W0347620

Namenlose

Thomas Schestag

Namenlose

Matthes & Seitz Berlin

VORWORT

Namen sind lose. Der Zusammenhang im -stand, des Worts aus Lettern, das den Namen *beim Namen* nennt, läßt zu wünschen übrig. Der unverbindliche Unzusammenhang mit sich, den alle Namen teilen, hat seinen Grund – doch dieser Grund hat keinen Grund –, grund*los*, darin, daß Namen, obwohl sie – aus Lettern zu Wörtern buchstabiert – Wörtern zum Verwechseln ähnlich sehn, *keine* Wörter, nicht Wörter unter Wörtern sind. Namen bleiben dem Wort, das sie – zu sein – scheinen, nämlich der Aufgabe, an der alle Wörter tragen, als Bedeutungsträger im Rahmen der ein und andern Sprache den Sprechern der ein und andern Sprache zur Verfügung zu stehen, abhold. Namen nennen und benennen nicht. Namen sind, mit einem Wort, namen*los*. Sie tragen weder das Nomen *Namen* noch *Namenlos* als Eigen- oder Übernamen, Namen aller Namen. Namen haben keine Namen. Namen sind – genau aus diesem Grund, *Un*grund – leichteste, leichtfertigste, leichtsinnigste Last. Ihre Leichtigkeit streift ans Untragbare. Namen tragen niemanden und nichts. Namen werden, ihre eigentümliche Untragbarkeit rührt von daher, getragen. Die *Neige*, den *Eigen*namen, die wir tragen, eingetragen, neigt, in ihrer Unvergeßlichkeit, zur Anonymität. Jeder Name – *onoma* – zum *Un*namen –

ounoma –. Anders als Zeichen, zeigen Namen nicht. Namen haben nicht nur nichts zu sagen. Sie haben nichts zu zeigen. Wo sie auf den Träger des Namens zeigen, verzweigt dies Zeigen den Blick, der den Träger namhaft zu machen sucht. Namen verzweigen das Zeigen. Namen gehören – sie haben, anders als Wörter, nichts (vor)zu tragen – keiner Sprache an. Namen sind sprach*los*. Weil Namen keiner Sprache angehören, hängen alle Wörter aller Sprachen am gekappten, abfallenden Zweig des Namens, summenden Bienenschwärmen gleich, die ihn beschweren. Dies Hängen am Namen verwandelt die Wörter selber zu porösen, übersüßen Waben. Der Last, in der ein oder andern Sprache zu sprechen, unscheinbar ledig. Nicht also sind Namen nicht nur nicht Wörter, sondern jedes Wort, *beim Namen* aufgerufen, um *als* Wort in Erscheinung zu treten und dem Auftrag, Bedeutung zu tragen, zu genügen, entfällt der Sprache, in der es zu Wort kommt, indem es in ihr spricht: zerfällt den Eindruck gegebener Sprachen. Namen sind keine Erinnerungsträger. Sie erinnern – *un*erinnerbar – daran, daß nicht nur Wörter, als deren Bestandteil im Wort*schatz*, keiner Sprache angehören, sondern auch Sprache nicht gehört. Sprache gehört nicht. Auch sich selber nicht an. Jeder Name erinnert, und erschüttert das Erinnerungs*vermögen*, genau – nämlich *un*vergeßlich, *un*erinnerbar – daran. Wo, und wie genau also, tragen wir die Namen, die wir tragen? Die wir einander (oft im Namen eines andern Namens) antragen? Ins Wort (in uns) zu Grabe tragen, das Mal zu versiegeln? Doch das versiegelte bricht, jeden Augenblick, aus uns, den Gehenden Sprechenden, auf. Auseinander. Wo also, und wie, tragen wir – wer aber: *wir*? – die Namen, die wir tragen? Wie auf Schultern, in Händen, auf Armen, im Arm, die teilbaren, leichtesten, unerträglich leichten Scheite. Sie präzisieren unsere Erscheinung zur Auflösungserscheinung.

Aus einem Gedicht Paul Celans, *ES IST ALLES ANDERS*, der Sammlung *DIE NIEMANDSROSE*, taucht ein Erinnerungsfetzen auf, der nicht den Namen im Arm, auf Händen, Schultern trägt, sondern den Namen begegnen, auf dich zukommen läßt, dem Namen Hände, Arme und Schultern verleiht, die verliehenen abnimmt, ab- oder an-, ein- oder austauscht, verwechselt, Hände *wie* Hände mit Händen, Namen *wie* Namen mit Namen, so, denn das rührt an die, rührt aus der Erfahrung des Tragens von Namen, daß durch Verwachsungen Verzweigungen gehn, keine Stelle Stelle ihres Orts, keiner an keiner Stelle einer, auch kein anderer, der nur einer mehr oder weniger wäre, sondern anders bleibt:

[…]
der Name Ossip kommt auf dich zu, du erzählst ihm,
was er schon weiß, er nimmt es, er nimmt es dir ab,
mit Händen,
du löst ihm den Arm von der Schulter, den rechten,
den linken,
du heftest die deinen an ihre Stelle, mit Händen,
mit Fingern, mit Linien,

– was abriß, wächst wieder zusammen –
da hast du sie, da nimm sie dir, da hast du alle beide,
den Namen, den Namen, die Hand, die Hand,
da nimm sie dir zum Unterpfand,
er nimmt auch das, und du hast
wieder, was dein ist, was sein war,
[…][1]

Doch du, du bleibst nicht du, wie er nicht er, auch er nicht, bleibt, ich nicht ich.

Namen sind lose. Fast so, als führte jeder Name das Affix *-lose*, diskret, *im Namen*: anhänglich, nachschleifend, ausfransend, lose. *-lose*, selber lose. Das Wort *Namenlose* stellt keinen Namen in dem Beiwort *-lose* auf den Boden der Gewißheit darüber, in der Unverbundenheit des Namens mit sich die einzig verbindliche Auskunft über den Namen vor Augen zu haben, in Händen zu halten. Das Anhängsel *-lose* bietet nur vorübergehend, lose Halt, spielt in Haltlosigkeit. Es kommt der Lösung, wo Namen, wie im Märchen, nicht nur verästelt, sondern verrätselt in Erscheinung treten, des Rätsels nur auf halbem Weg entgegen. So bleibt in dem Kinder- und Hausmärchen der Brüder Grimm, das den Namen *RUMPELSTILZCHEN* trägt, dem Träger des Namens die Lösung der Rätselfrage, die das kleine Männchen der zur Königin verwandelten Müllerstochter stellt, wie es denn heiße, der Name *Rumpelstilzchen*, ein Rätsel. Im *ach* des Männleins, das im Wald vor dem kleinen Haus ums Feuer tanzt und schreit:

> ach, wie gut ist, daß niemand weiß,
> daß ich Rumpelstilzchen heiß![2]

spielt Ohnmacht. Niemand weiß, mich eingeschlossen, wie ich heiße, wenn ich weiß, daß ich *Rumpelstilzchen*, *Rumpenstünzchen*, *Rumpenstinzchen* oder so ähnlich heiße. Den Ausweg aus dem Einschluß in die verzweigte, machtungewisse Macht (am Rand der *Ohn*macht) zu wissen, so oder so zu heißen, verzeichnen Risse; Risse durch den Glauben an die Tragbarkeit des Namens: an seine Überführbarkeit ins Wissen vom Heißen. Sie gehn durch Mark und Bein.

Namen *heißen* nicht. Geschweige denn, daß sie *verheißen*. Niemand *heißt*, so oder so. Die Namen, die wir tragen, so beredt sie scheinen, gerade auch die *sprechenden*, bleiben stimmlos, stumm. Noch weniger *sind* Namen, irgendwie *gegeben*. Es gibt – keine Namen. Nicht erst in die Unausrichtbarkeit und Unfeststellbarkeit des *Nehmens* der Namen, oder Namen*nahmen*, sondern – zuvorkommender – schon in die *Annahme*, Namen seien gegeben (oder versagt), liegt die ununterbindbare Ungewißheit darüber, was *ist* – *ist* beim Namen aufgerufen – heißt, verkapselt. Verhaspelt. Der Auf- und Herausschrei, *wie* gut ist, daß niemand weiß ..., schweigt nicht nur davon, daß dem, was *so* gut ist, das Maß gebricht. Der Schrei (der nackten Lust, am Rande der Verzweiflung, der Verzweigung des Namens halb inne) schließt nicht aus, daß ich nicht weiß, *wie* gut ist, ja ob es überhaupt (so) *ist*, daß ich (wer weiß) (so oder so ähnlich) *heiße*.

Namen sind Lose. Namen sind – einer Überlieferung aus Überlieferungen nach, deren Anlaß und Anstoß immer wieder verblaßt, zahllose Male, wie zum erstenmal, in Umlauf gesetzt – das Geschick ihrer Träger: Schicksal, Fatum, Los. Sie verkörpern den Anteil der Träger des Namens am Leben. Den Anteil, den ihre Träger am Leben *haben*. Den Anteil, den sie am Leben, am eignen wie am Leben aller (andern) *nehmen*. Namen: fatale Habe. Namen verkörpern, dieser Annahme nach, nicht nur *daß*, sondern *wie* deren Träger, dem Anspruch der Namen, die sie tragen, unterworfen, die Anteilnahme am Leben aller, das sie teilen, dahin- und aus-, zuende leben. Das Gesetz des Namens besagt, daß die Träger der Namen die Namen zu Tode (zum Tod ihrer *Träger*) tragen. Die überlebten aber, von ihren Namen überlebt, sollen *im Namen* (oft einem andern Träger übertragen) überleben. Dem Gesetz des Namens nach werden dessen Träger dem Namen nicht nur unterworfen, sondern die Unterworfnen ausgelöscht (im Namen, den sie trugen, der sie überlebt, zu dauern). Diese Auffassung vom Namen – der (unter anderm) den narrativen Aufzug der griechischen Epen aus den Kulissen unterhält – beruht auf der Vorannahme, die Sprache sei unsterbliches Gedächtnis – *athánatos mnéme* –; im Namen sieht sie den unverweslichen Ruhm (nämlich Ruf) – *kléos áphthiton* – des abgestorbenen, verwesten Trägers verkörpert[3]. Als ritten oder richteten die Namen ihre Träger, Pferden gleich, denen sie die Sporen geben, ab und zugrund. Beim Namen aufgerufen, richten deren Träger (aus der verblaßenden Erinnerung an sie) nicht *sich* einfach wieder auf, die (unerträgliche) Last der Namen im Rücken zu spüren, den sie spalten, die Namen zu schultern, die geschulterten zu tragen, sondern der Name trifft den (unabgerichteten) Rücken (des Kindes), splittert Haut und Knochen (unsichtbar), zerfetzt den Leib. Das Zerreißende im Ruf der Namen verwächst mit dem Rücken derer, die sie tragen. Namen sitzen ihren Trägern verwachsen auf. Träger und Name teilen das kentaurische Mal im vernarbten Aufriß der Stelle, wo Träger und Zutragendes, das namenlose Kind (tiergleich) und der Name einander berühren. Unterm kentaurischen Gesetz des Namens verwächst der Namen als Buckel oder Höcker mit dem (namenlosen) Kind, das ihn trägt.

Das Gesetz des Namens kommt aber nur *im Namen* des Gesetzes, keinem Gesetz (des Namens) unterworfen, zustand. Das Wort *Name* in der Wendung *im Namen des Gesetzes* nennt nicht (ohne ihn *beim Namen* zu nennen) den *Eigen*namen des Gesetzes, sondern zeichnet das Wort *Gesetz* selber zum Namen aus(einander). *A*nomie der (anonymen) Namen. Namen bleiben, ununterworfen, gesetz*los* übrig. Denn dem *Tragen* des Namens als Anteil – Los, Geschick – kommt das *Nehmen* des Namens zuvor. Dies Nehmen (das *es* nicht *gibt*) ist nicht Entgegen-, Inempfangnahme (unterm Gesetz als *Verteilungs*gesetz) des Namens als *Teil* und *An*teil (am Leben), sondern greift in den verteilten Namen eingreifender ein;

so, daß Risse (zwischen Bissen und Küssen offen) durch den Namen, der eins (mit sich) und einer (unter andern) schien, gehn. Das *Nehmen* des Namens, dem *Tragen* des Namens zuvor, spaltet den Namen – Los, Anteil, Scheit –, keinem Spaltungsgesetz unterworfen, nach *Belieben*. Das – regellose – Nehmen des Namens nimmt dem Namen das spezifische Gewicht, das er unterm Gesetz des Namens, dem Gesetz des Namens unterworfen, annimmt, um *im Namen* des Gesetzes, als Bote oder Engel, die Träger der zugeteilten Namen, ausfindig gemacht, dem Gesetz des Namens zu unterwerfen. Das Nehmen des Namens nimmt die Last, die er im Namen des Gesetzes zu verkörpern schien, nicht ohne List (leise, lose), vom Rücken. Der weder Mensch noch Tier gehört. Je zuvorkommender das Nehmen, desto untragbarer der Name.

Namen sind Lose. Namen bleiben dem Geschick, der Geschicklichkeit – dem Ungeschick – des Trägers, zu Gefallen, zufällig überlassen. Zufällig, zufallend: Namen, wie Lose. Aus der Lostrommel fallend, oder gezogen, aus Händen über den Waldboden, weiße Laken, die Tenne, wie Würfel, geworfelt. Unvergeßlich ausgelassen. Um, unter Umständen, dem gefallenen Los – Stäbchen, Zettel oder Scheit –, als Deut, die ein oder andere Bedeutung (mehr oder weniger ungeschickt) abzulesen: anzuheften: das Los, vom Zufall, dem es entspringt, bereinigt, dem Los als unzufälligem Geschick – aus Notwendigkeit – zuzuspielen. Das Los vom Los zu lösen und dem Los zu überlassen. Der Vorsatz, etwas – hier ein Los – zu überlassen und das Überlassen auszurichten – hier auf ein Los –, aus dem Los ein Los zu modeln, spielt, weder im Namen des *Zufalls* noch im Namen der *Notwendigkeit*, weder aus Sorge um Verlust noch Gewinn, in Verlassenheit.

-lose. *Dein*, so setzt Franz Kafka, am 13. Mai 1913, in einem Brief an Felice Bauer zur Unterschrift *im Namen* an, den Brief zu schließen, öffnet aber dort, wo der Name oder *Vor*name den Brief hätte klammern und versiegeln können, eine Klammer: *(wäre ich doch namenlos, ganz ausgelöscht und nur Dein)*[4]. Die Klammer klammert, anstelle des Namens, den Wunsch nach Namenlosigkeit, im Doppel-, Zwiespalt- oder (nicht ungleich dem *Mein*eid) *Mein*namen des *Seins*: namenlos zu *sein*, um ihm, dem andern Namen, angeklammert, anzuhängen: *sein* zu sein. Dir in Deinem Namen zu gehören: *Dein*. Durch die rückhaltlose Ausrichtung (auf Dich) aber gehn Spuren einer Umkehr (buchstäblich *Katastrophe*), die beibehält, wovon die Klammer loszukommen sucht: Ich, namenlos: *nur Dein*. Du aber: *mein*. Ohne daß ich Dich mit meinem Namen oder Namen*los* zu teilen, mich Dir in meinem Namen *mit*zuteilen hätte. In meinem Namen spielt ein *Mein-*, aus Täuschung und Verwechslung. Es unterhält den Wunsch, den Namen loszuwerden, um unaustausch- und unverwechselbar – ausgelöscht, vom Namen abgelöst – Fühlung mit Namenlosigkeit zu nehmen. Das Wort *namenlos* scheint alles zu verdichten, wovon ich als von mir und Meinem loszukommen suche, um nur Dein zu sein. An ihr, an dieser Klammer in der Klammer, halt ich fest. Doch das Wort *namenlos* hält nichts als den Zwiespalt, er bietet keinen Halt, der durch die verwunschene, verwünschte Klammer geht, fest: namenlos, nämlich den Namen los, seiner ledig, und noch des Seins los ...

Jahre später, im Begriff einen andern Brief, am 15. Juni 1920 aus Meran an Milena Pollak in Wien, im Namen, *Vor*namen, oder auch nur in dessen Initiale *F* (wie im Brief zuvor) zurückgenommen, zu versiegeln, taucht die Erinnerung an jene Klammer wieder auf. Sie kehrt (kaum) anders wieder:

Dein

(nun verliere ich auch noch den Namen, immerfort ist
er kürzer geworden und jetzt heißt er: Dein)[5]

Der Name fällt ab. Der Abfall des Namens fällt (in der Klammer) an. Nicht *ich* verliere ihn, nämlich *mich*, wo nicht *Dich*, in diesem Augenblick. *Ich* fällt (unversehens) aus. Auf den ersten Blick heißt der Name, *mein* Name, jetzt *Dein*. Ich bin nicht (weder *Ich* noch *Er*), sondern er, der Name, heißt *Dein*. Doch auf den zweiten Blick, als kehrte die Klammer aus der Erinnerung, losgerissen von dort, wieder, um die Pause, *Atem*pause zwischen *namen-* und *-los*, nicht namenlos *zu sein*, auch nicht *zu heißen*, zu skandieren, gehn auch *Er* und *Du* verloren. Das Kolon – *:* – markiert keine *Kunst*pause, Dich auf den Rest meines Namens zu spannen: *Dein*; sondern *er* und *Dein* flankieren nichts als ein Kolon, kupierte Kolonne: *:* . [...] und jetzt heißt *er*: [...]. *Dein* [...] heißt jetzt*:*

das Kind beim rechten Namen nennen

... Goethe ... Auerbach ... Homer ...

Es ist Faust, der in der Nacht, *im FAUST*, in der ersten Szene jenes Buchs, das Goethe *FAUST* nennt, dem Bücherwissen und Kramen in Worten absagt – in Worten, die jeder, der dies Buch gelesen hat, kennt – und sich, um zu *erkennen*, »was die Welt« – wie eine Faust – »Im Innersten zusammenhält«, der Magie ergibt[6]. Die Flucht, fort von den Büchern und von Worten, die mehr schlecht als recht kaschieren, daß nichts von dem, was sie enthalten, hält, was sie versprechen, ergreift Faust mit einem Buch in der Hand, von dem er sich Aufschluß über den innersten Zusammenhalt der Welt verspricht. In Worten, die Faust fordernd und fragend an Faust richtet, ohne eine Antwort zu erhalten: »Flieh! Auf! Hinaus in's weite Land! / Und dies geheimnisvolle Buch, / Von Nostradamus eigner Hand, / Ist dir es nicht Geleit genug?« Das Buch aus der eigenen Hand eines andern – eine *Hand*-schrift – in Händen, soll Faust, wie eine Hand, die seine Hand hält, in der Nacht, den Weg zur Erkenntnis, den die Bücher verstellen, bahnen: »Erkennest dann der Sterne Lauf«. Der Weg zur Erkenntnis ist hier an den Blick nach oben gebunden. Die Zeile legt den Inbegriff des Erkennens nicht mehr – dem Namen *Faust* nah – in den innersten, wie von einer Hand zu verantwortenden Zusammenhalt der Welt, sondern in den

Lauf der Sterne. Sie wirft das Echo einer Stelle im etymologischen Mittelteil von Platons *KRATYLOS*, wo es um Erkenntnis über die Herkunft der Götternamen, des Wortes *Götter – theoi* – geht, die Sokrates aus dem Verb *thein* – Gehen – ableitet und auf den Lauf der Sterne überträgt[7]. Durch den Echoraum dieser Zeile (den *Göttern* nah) *geht Goethe*. »War es ein Gott«, fragt Faust, nachdem er das Buch aufgeschlagen hat und das Zeichen des Makrokosmos erblickt, »der diese Zeichen schrieb«, wobei *diese Zeichen* zwischen Zeichen, die Faust im geheimnisvollen Buch des Nostradamus sieht und den Zeichen Goethes oszillieren, die *im FAUST* – im Buch dieses Titels – Fausts Blick in ein anderes Buch beschreiben. Und fünf Zeilen weiter unten, immer noch in den Anblick des Zeichens vertieft, wendet Faust die Frage nach der göttlichen Herkunft des Zeichens auf sich: »Bin ich ein Gott? Mir wird so licht! / Ich schau' in diesen reinen Zügen / Die wirkende Natur vor meiner Seele liegen. / Jetzt erst erkenn' ich was der Weise spricht«. Faust trägt bekanntlich, um das am Rande anzumerken, den Vornamen *Heinrich*: ein Name, dessen Mitte um die Lettern *INRI*, die den Gekreuzigten nennen, auseinandertritt. Und die Nacht, in die Goethes *FAUST* Fausts Verzweiflung und Euphorie datiert, ist die Nacht vom Ostersamstag auf den Ostersonntag. Eine Nacht, die in den Anblick eines offnen Zeichens oder Grabes – *sêma*[8] – mündet, das manchen Lesern Zeugnis der Erfüllung einer Prophetie, andern Lesern Anzeichen für Bedeutungsleere schien.

Der Kreuzweg, in dessen nächtliche, aporetische Mitte diese erste Szene in ihren ersten Worten Faust versetzt, zeigt Faust, im Namen der Erkenntnis, zerrissen zwischen Buch und Buch: zwischen einem Lesen in Zeichen, die ihm, der These des Hermogenes im *KRATYLOS* entsprechend, den Zugang zur Erkenntnis des Wesens der durchs Wort – *ónoma* – benannten Dinge – *ónta, prágmata* – verbauen, weil die benennenden Worte durch bloße Annahme, Übereinkunft und Vereinbarung – *nómo*, *éthei*, *thései* – entstanden sind; und einem Lesen in Zeichen, die ihm, der Auffassung des *Kratylos* im Dialog dieses Namens entsprechend, aufgrund des natürlichen Zusammenhangs – *phúsei* – zwischen benennendem Wort und benannter Sache, Aufschluß über das Wesen der Welt (wie Aufschluß über das Wesen des Wortes) versprechen. Die Wendung von der *wirkenden Natur*, die Faust vor seiner Seele liegen sieht, in ihr zu lesen, greift Spinozas Distinktion von *natura naturata* und *natura naturans* auf[9]. Sie hilft, Fausts Anspruch auf Erkenntnis genauer zu fassen: er sucht nicht Zugang zur Erkenntnis natürlich *entstandener* Zeichen (oder Dinge), sondern Zugang zur Erkenntnis natürlich *entstehender* Zeichen (oder Dinge). Zugang zum Zeichen – oder Ding (oder *Kind*) – im Augenblick seiner Entstehung. Bevor Faust weiter unten, im Zusammenhang mit dem Erkennen, auf dies Kind zu sprechen kommt, ergreift ihn Unmut über den Anblick des Zeichens im geheimnisvollen Buch: das beschaute Zeichen rückt Faust in die Rolle des Zuschauers und verwandelt, was auf den ersten Blick zum Greifen nahe lag, den Ort des Geschehens, zum bloßen Schauplatz: »Welch Schauspiel! aber ach! ein Schauspiel nur!« Fausts Famulus, Wagner, der wenig später klopft, erinnert Faust in Worten, deren Ironie ihm verschlossen bleibt, an dies Schauspiel: »Verzeiht! Ich hör' euch deklamieren; / Ihr las't gewiß ein griechisch Trauerspiel?« Auch ihn treibt der Wille zur Erkenntnis um: »Allein die Welt! des Menschen Herz und Geist! / Möcht' jeglicher doch was davon erkennen«. Fausts Replik aber geht weniger auf das Erkennen als auf das Nennen dieses einen Worts – *Erkennen* – ein: »Ja was man so erkennen heißt! / Wer darf das Kind beim rechten Namen nennen? / Die wenigen, die was davon erkannt, / [...] Hat man von je gekreuzigt und verbrannt«.

Erkennen ist für Faust, an dieser Stelle, nicht das natürliche Wort für einen natürlichen Vorgang, den das Wort zu erkennen gibt und der zur Erkenntnis über das Wesen eines durch den Erkenntnis*vorgang* freigelegten Dinges führt. Faust zögert, das Erkennen als ein gegebenes Vermögen, des Menschen, in ihm aber den Inbegriff des Menschen als *animal rationale* anzuerkennen. Er greift nicht, durchs Wort hindurch, auf das Erkennen als ein im Wort enthaltenes, durchs Wort erinnertes Vermögen des Menschen zurück, sondern wird zurückgehalten durch das Echo (zwischen *kindlich* und *unkenntlich* offen) eines Kindes in dem Wort *Erkennen*. Offen scheint für Faust nicht nur, *was* Erkennen heißt, sondern *ob Erkennen* tatsächlich das angemessene Wort für einen durch dies Wort benannten und bedeuteten Vorgang ist, oder nicht. Dies Zögern schließt, nicht zuletzt, das Zögern vor dem *Cogito, ergo sum* Descartes als Inbegriff des durch das *Dubito* des Zweifels erstrittenenen Glaubens an die Existenz des Menschen als *res cogitans* ein. Fausts Zurückhaltung vor dem Wort *Erkennen* übt – ohne sich darin auszukennen – Zurückhaltung vor der Anerkennung des *Da* – oder *Fort* –, gleichviel ob tot oder lebendig, des Menschen überhaupt. Zurückhaltung vor dem *Sein*. Das Erkennen ist nicht gegeben, weder das benennende Wort noch der durchs Wort benannte und bekanntzugebende Vorgang, sondern muß – *erkannt* werden. Die Notwendigkeit, das Erkennen zu erkennen, die Faust in diesen Zeilen streift, zielt nicht auf das Benennen als *Begleiterscheinung* im Vorgang des Erkennens. Sondern Faust stößt auf die Nötigung, im Ursprung des Erkennens Zugang zur Frage des Nennens und Benennens zu bahnen. Faust übt in diesen Zeilen Zurückhaltung weniger vor dem *Sein* als, vor das Sein zurück, vor dem *Nennen*: »Wer darf das Kind beim rechten Namen *nennen*?« Die Wenigen, die *was*, nämlich *wenig* davon: von der Verwicklung des Nennens ins Erkennen, vom Erkennen *als* Benennvorgang, wie von dem, was in dem Wort *Erkennen* zur Sprache kommt – *erkannt* haben, hat man, so Faust, »von je gekreuzigt und verbrannt«. Warum? Warum nennt Faust das, was man so *Erkennen* heißt, ein *Kind*, und warum sieht er über das Nennen des Kindes beim *rechten Namen*, über das Nennen des *Erkennens* bei seinem andern, eigentlichen oder *Eigen*namen, ein Verbot verhängt? *Kind* scheint bloß ein andrer Übername für das, was man so *Erkennen* heißt, zu sein.

Im dritten Band des *DEUTSCHEN WÖRTERBUCHS*, wo er das *Erkennen* bespricht, streift Jacob Grimm, unter der ausweichenden Geste einer Vorerinnerung an die ausführliche Erörterung des *Erkennens*, später, unter einem andern Wort, den andern Namen des *Erkennens*: *»von der tiefschlagenden, weitgreifenden wurzel soll unter dem einfachen* kann *und* kennen *gehandelt werden, vorläufig sei nur an* kuni, chunni, genus, *γένος, an* kniu, chnio, knie, genu, *γόνυ, an* kinnus, chinni, gena, *γένυς, an γεννάω*, genero, gigno, *γιγνώσκω, γινώσκω*, gnosco, nosco, nascor, natus, gnatus, genitus, notus, cognitus, kunþs, chund *und* chind *erinnert. sinnliche und geistige vorstellungen flieszen hier vielfach in einander*«. Und unter Hinweis auf *»den uralten zusammenhang des worts mit zeugen und gebären*« zitiert Jacob Grimm, um das Inein*ander* von *cognitus* und *coitus*, *generativer* und *kognitiver* Züge im *Erkennen* zu veranschaulichen, aus Übersetzungen der *GENESIS*: »und Adam erkante sein weib Heva (*vulg.* cognovit uxorem suam) [...] und Kain erkante sein weib, die ward schwanger und gebar den Hanoch«[10]. Unter der Ersetzung des Wortes *Erkennen* durch das Wort *Kind* deutet Faust offenbar an, daß in die *kognitive* Tendenz des Erkennens eine *koitive* spielt, die deren Zusammen- und Zustandekommen aufhält. Das Kind aber, so sehr es als erkenntnis*kritisches* Erkennungszeichen aufgeboten wird, nennt den Erkenntnisvorgang, dem das

Kind entspringt, nicht beim Namen, sondern taucht in Begleitung der Frage nach dem *rechten Namen* auf. Auch wenn, was Faust nahelegt, das Denken der Verbrannten und Gekreuzigten zu allen Zeiten, aller vergangenen und kommenden, den Inbegriff der *Gnosis* in den *Koitus* legt, liegt im Koitus, in diesem Wort, nicht unter allen Umständen der *rechte Name* des Kindes vor, sondern bleibt von der Frage nach der Herkunft des *Namens* – hier von der Frage, woher das Gehen und Zusammengehn (*co-ire*) kommt – unablösbar. Wenn alles Denken auf die erkenntnis*kritische*, die *Kinder*frage, woher die Kinder kommen, zurückgeht, dann teilt Fausts Frage – »Wer darf das Kind beim rechten Namen nennen?« – im Ursprung des Denkens als Erkenntnisvorgang das Augenmerk um *Namen*, die Aufmerksamkeit um das *Nennen* und *Benennen*. So, daß der Vorsatz, Zugang zur Erkenntnis über den Ursprung der Sexualität zu bahnen, unter andern um die Frage nach der Herleitung des Nomens *sexus* aus dem Verb *secare* – schneiden, teilen, trennen – auseinandertritt. Mit dem *Kind*, das Faust in diesen Zeilen anstelle des *Erkennens* – ins Erkennen verwickelt – nennt, kommt nicht die Verkörperung der Antwort auf die Frage nach dem Inbegriff des Erkennens zur Welt, sondern Verlassenheit von der Gewißheit über Herkunft und Ausrichtung eines Namens – in ihm aber des Nennens und Benennens überhaupt – zur Sprache. Das Kind, das zur Welt kommt, bringt die Frage nach dem Kommen und Gehen des Kindes, mit einem andern Wort des Erkennens, Könnens und Kennens – und Wiedererkennens – zur Welt. Das *Kind*, ein Wort, bringt die Frage nach dem Kommen und Gehen von Worten überhaupt – zu Wort: zu Wort, ob in *Wort* der *rechte Name* des Wortes, von Worten überhaupt, zu Wort kommt, oder nicht. Das Wort *Kind* bringt das *Wort* so *zu Wort*, daß offen bleibt, ob das Kommen zu Wort – *des* Worts – in die Ankunft des Worts wird übergegangen, ob das ankommende vom angekommenen Wort – ganz *fort* oder ganz *da* – wird abgelöst worden sein. Die Sprache, die *zur Sprache*, jedes Wort, das *zu Wort* kommt, spielt, weil das Kommen und Gehen – der Sprache wie des Worts – in keiner Sprache, die an- und zusammenkommt ohne auseinanderzugehn, zur Sprache und zu Wort kommt, auf der Schwelle: am Rand der Sprach- und Wort- (und Ort-) -losigkeit.

Unter der fragenden Wendung *Wer darf das Kind beim rechten Namen nennen?* trägt Faust, so war gesagt worden, den *kognitiven* Zügen im Erkennen *generative* Züge ein. Was heißt das? Dieser Eintrag besagt nicht, daß der Erkenntnisvorgang (als Anwendung eines angebornen oder anerzogenen Vermögens) das Wesen einer vorliegenden Sache oder eines vorliegenden Sachverhalts erst im nachhinein enthüllt, um von ihm durchs Wort zu zeugen, sondern daß die zu erkennende Sache (hier das *Erkennen*, ein *Kind*) im Verlauf eines Vorgangs, an dessen Ende das Erkennen als erkanntes, als ein Kind entspringen – und entsprungen *sein* – soll, erst erzeugt wird. Was aus dem Erkenntnisvorgang resultiert, ein *Kind*, mit einem andern Wort ein *Wort*, verkörpert aber, noch einmal, nicht den Inbegriff des Erkennens als erkanntes, sondern wirft, angesichts opaken Inein*anders* kognitiver und generativer Züge im *Wort*, die *kratylische* Frage nach dem *rechten Namen* auf. Im Fall *kognitiven* Erkennens soll das Wesen der erkannten Sache (hier des Erkennens) durch das Wort *bezeugt* werden; im Fall *generativen* Erkennens soll das Erkennen (hier des Erkennens) im und durchs Wort *erzeugt* werden. Beide Male, im Überkreuz beider Fälle, das ist die *Crux* im Aufriß des *Erkennens*, bleibt ein *Wort*; bleibt, genau genommen, vor das *bedeutende* Wort zurück, denn bevor es als Bedeutungsträger inkraft tritt, muß das Wort zitiert, *beim Namen* aufgerufen werden, ein *Name*, bleibt die Frage des *Nennens* und *Benennens* übrig. Beide Male bleibt ein *Wort*, mit einem andern Wort ein *Name*, der vom Namen weder als von einem Wort und vom Wort als Zeugen, noch vom Namen als einem erzeugten, unscheidbar vom *Kind*, das den *Namen* trägt, zeugen kann. Aus der Mitte im Überkreuz beider Fragen nach dem Wesen des Erkennens – in kognitiver, in generativer Hinsicht –, aus dem *Wort*, das bleibt, bricht die Frage des *Namens* auf. Die Frage nach dem Wesen des *Erkennens* wandert, verwandelt in die Frage nach dem Wesen des *Benennens*, in die Wendung *das Kind beim rechten Namen nennen* ein: ein irritierender Gemeinplatz, den Goethe Faust an dieser Stelle in den Mund legt, und den das *DEUTSCHE WÖRTERBUCH* 1873 unter dem Stichwort *Kind* zur Diskussion stellt.

Mit dieser Wendung liegt dem Lexikographen kein beliebiges Lemma unter anderen vor Augen, dem zur Erkenntnis über seine Bedeutung verholfen werden muß, sondern die Wendung verdichtet das Dilemma, die Aufgabe der Lexikographie überhaupt, jedes Wort – ein Kind –, vor alle nachträgliche Überlagerung zurück, beim rechten Namen aufzurufen, zu benennen. Wo also kommt die Wendung *das Kind beim rechten Namen nennen* her, und was bedeutet sie? In den Worten Rudolf Hildebrands, dem die Erklärung dieser Wendung zugefallen war, macht sich Verzweiflung breit: *»woher stammt das?«* Die Abstammung der Wendung, die fordert, die Abstammung des Kindes durch Beilegung des rechten Namens über alle Zweifel zu erheben, bleibt zweifelhaft. Weiter oben, wo sie zum erstenmal auftaucht, stellt Hildebrand der Wendung eine Erklärung zur Seite: *»ohne rücksichten die wahrheit grade heraus sagen«*. Er sagt aber nicht die Wahrheit über diese Wendung gerade heraus, sondern erklärt, ohne zu erklären, ohne den Weg vom *Kind* zur *Wahrheit* und vom *Nennen* zum *Sagen*, zum *Aus-* und *Heraussagen* zurückzulegen, die Wendung besage soviel wie: *»ohne rücksichten die wahr-*

heit grade heraus sagen«. Im Anschluß an ein Zitat von Philander – »nimmermehr aber kann was redliches sein, wo man so gar hinder dem berge haldet, wann man brei im mund hat und dem kind nicht will den rechten namen geben« –, wie im Anschluß an die Stelle aus Goethes *FAUST*, bietet Hildebrand noch den Eintrag aus einem *DEUTSCH-HOLLÄNDISCHEN WÖRTERBUCH* von 1787 auf – »ich gebe dem kinde seinen namen« – und erklärt: *»nenne eine sache wie sie ist«*. Aber auch im Fall dieser Erklärung wird nicht preisgegeben, warum die *Sache Kind* heißt, wird nicht gesagt, warum nicht gesagt wird, *was* Sache ist: daß das *Kind* die *Sache* ist. Und insbesondere bleibt offen, denn *Sache* ist nur der Name für eine namen*lose* Sache, Name dafür, daß der Name, mit einem andern Wort die Sache *selbst*, fehlt –; offen bleibt, wann der *Name* einer Sache mit ihrem *Sein* übereinstimmt und was *Sein* heißt: wann eine Sache *so* ist, *wie* sie ist und wie genau *Name – Sache – Kind* – und *Sein* zusammenhängen, oder auseinanderfallen. Die Wendung, die darauf pocht, daß die Wahrheit rückhaltlos auszusagen und die Sache beim Namen zu nennen sei, sagt weder die Wahrheit noch nennt sie die Sache beim Namen, sondern hält mit der Herkunft der Rede vom *Kind* und vom *rechten Namen* hinter dem Berg, den der Lexikograph abzutragen sucht: *»woher stammt das? ein sprichwort*: hätte jedes kind seinen rechten namen, so hieszest du nicht Peter Götz. [...] *Ähnlich ist und doch anders*, das kind musz doch einen namen haben!‹ *man musz es doch einmal entschieden aussprechen, oder es musz sich doch sagen lassen oder auch das ding musz doch einen namen erhalten* [...]. *Das könnte wol von der verhandlung unter verwandten über den zu wählenden taufnamen eines kindes herrühren«*[11].

Im Anschluß an das rätselhafte Sprichwort, das den Namen *Peter Götz* nennt und ihn als einen Fehl- oder Falschnamen denunziert, der das Wesen des angesprochnen *Kindes* oder *Du* nicht zum Ausdruck bringt, sondern verstellt, ohne daß das Sprichwort davon Rechenschaft ablegt, als verstünde sich von selbst, wen oder was der Name *Peter Götz* nennt oder zu erkennen gibt –; im Anschluß an dies Sprichwort, das Hildebrand mit Schweigen übergeht, und auf das ich gleich zurückkomme, wird eine ähnliche, nämlich abweichende Formel oder Forderung zitiert – *das kind musz doch einen namen haben!* – und glossiert. Die Glossen des Lexikographen spielen auf der Grenze zwischen Ungeduld und unverhohlener Verzweiflung. Was da beim Namen genannt werden muß, oszilliert zwischen *Kind* und *Es* und *Ding*, und das *Haben des Namens*, der Name als Habe, variiert in Hildebrands Formulierungsversuchen zwischen der Enthüllung eines immer schon vorhandenen Namens, aufzurufen aus dem Innern des namenlosen Kindes oder Dings, unter der Wendung *es musz sich doch sagen lassen*, und dem Zuspruch des Namens, nachträglich und von außen, unter der Wendung *das ding musz doch einen namen erhalten*. Was in diesen Zeilen auf dem Spiel steht, ist nicht das Gelingen oder Scheitern des Versuchs, eine x-beliebige Unbekannte durch Beistellung einer Erklärung zur Bekannten zu verwandeln, sondern die Aufgabe des Wörterbuchs: nichts Geringeres als die Gegebenheit einer partikularen oder Universalsprache als Bedeutungsträgerin und Mittel der Mitteilung. Was, wenn nicht erst die einem erklärungsbedürftigen Wort beigegebene Erklärung nicht das Kind beim rechten Namen nennt, sondern schon die Wendung *das Kind beim rechten Namen nennen*, weil sie stillschweigend Wörter durch Kinder, also Unbekannte durch Unbekannte ersetzt, erklärungsbedürftig bleibt? Der Riß durch Hildebrands Glossen, die weniger Deutungsversuchen als Beschwörungen gleichen, ist ein Riß durch die Gewißheit über Herkunft und Ausrichtung von *Namen* überhaupt. Seine Glossen über die Wendung *das kind musz doch einen namen haben!*, die er an die Stelle des rätselhaften Sprichworts um den Namen *Peter Götz* rückt, münden in die Vermutung, die Herkunft der Wendung (ihre *Taufe* gleichsam) könne *wol von der verhandlung unter verwandten über den zu wählenden taufnamen eines kindes herrühren*. Daß der *Vor*name, als *Tauf*name, Gegenstand einer *Verhandlung* unter Verwandten sein kann, bringt einerseits die Qual der Wahl bei der Vergabe des Namens (und Unverbindlichkeit im Aufriß der Verwandtschaftsverhältnisse) zur Sprache, andererseits aber eine Instanz ins Spiel, die den kontingenten Zug im Charakter des gewählten Namens tilgen soll. Aus dem Taufakt, wie ihn das christliche Taufritual vorschreibt, soll das ungetaufte, namenlose Kind nicht nur mit einem Namen versehen auftauchen, sondern der Taufname wird dem Kind im Namen eines andern Namens, im Namen einer namengebenden Instanz, beigelegt. So, daß das Kind den Eigennamen als zerbrechlichen Zeugen, als Siegel – *sphragis* – seiner Überantwortung an Gott, *im Namen Gottes*, in Gottes Namen trägt. Aus dem Taufgeschehen taucht, verwickelt in das Wort *Gott*, die Frage nach dem Namen Gottes auf.

Sie taucht, nicht weniger verwickelt, aus dem Sprichwort *hätte jedes kind seinen rechten namen, so hieszest du nicht Peter Götz*, verdichtet in die Diskussion des Namens *Peter Götz* auf. Aus dem Vornamen *Peter* kehrt, unter anderem, die Erinnerung an den ersten Taufakt Jesu, in dem Johannes der Täufer den *Messias* zu erkennen glaubt, am Anfang des *JOHANNESEVANGELIUMS* wieder (hier in der Übersetzung Martin Luthers): »Du bist Simon Jonas son / du solt Kephas heissen / das wird verdolmetscht / ein fels)[12]«. Im Griechischen des *JOHANNESEVANGELIUMS* spielt, dem Messias in den Mund gelegt, im Augenblick der Taufe, das Zögern zwischen *Sein* und *Heißen*: *ei Simon*, du bist Simon, heißt es zunächst; sodann aber: *klethése Kephas*, du wirst (oder sollst) Kephas heißen. In *Kephas* entziffert der Evangelist nicht nur den Namen, den Simon fortan tragen soll, sondern eine *Antonomasie: kefa*, ein Wort der aramäischen Sprache, das er ins Griechische übersetzt, durch *Pétros* ersetzt: *Kephas* (*ho hermeneúetai Pétros*)[13]. Das Lateinische der *VULGATA* entspricht durch: »Cephas (quod interpretatur Petrus)«[14], während die englische Übersetzung der *KING JAMES BIBLE* (1611) das Zögern zwischen *Sein* und *Heißen*, das Jesus auf *Simon* und *Kephas* verteilt, in den Stein einführt: »Cephas, which is by interpretation, A stone«[15]. Diese Irritation zwischen *Wort* und *Name*, *Sein* und *Heißen*, im ersten Taufakt Jesu, legt das *MATTHÄUS-EVANGELIUM*, an einer andern Stelle, die auf ihn zurückkommt, auseinander. Dort sagt Jesus zu Simon (wieder in Luthers Übersetzung, oder Deutung): »Vnd ich sage dir auch / Du bist Petrus / vnd auff diesen Felsen wil ich bawen meine Gemeine«[16]. Das Wort *Sein* stellt nicht die Ineinsbildung von benennendem Wort und benannter Sache fest, sondern lenkt, im Nennen des Namens – *Pétros* – den Blick auf ein Wort – *pétra* – der Bedeutung *Fels* oder *Stein*: du, Simon, bist nicht du, Simon, sondern er – *Pétros* –, ein Drittes, dieser Stein – *pétra* –, der Stein *heißt*. Die *Petri*fikation, auf die Jesus an dieser Stelle als auf einen Grundsteinnamen (der kommenden *ekklesia*) baut – geht zu Bruch, weil in *Kephas* weder die Grenze zwischen *Sein* und *Heißen* noch zwischen *Wort* und *Name* gezogen werden kann.

Während *Peter* auf den ersten Taufakt Jesu, eine Umbenennung, anspielt, spielt *Götz*, unter anderem, auf *Gott* an. In einer wortgeschichtlichen Notiz der *BEITRÄGE ZUR GESCHICHTE DER DEUTSCHEN SPRACHE UND LITERATUR*, 1897, erklärt Kurt von Bahder: *götze* ist [...] nichts anderes als diminutiv von *gott*«[17]. Diese Koseform des Wortes *Gott* sieht von Bahder ursprünglich auf roh geschnitzte hölzerne Figuren oder Puppen – *oscillae* – von Hausgöttern und Kobolden bezogen, und erklärt: »*Götze* ist [...] nichts anderes als ›aus holz geschnitztes bildwerk‹ [...]«[18]. Gebilde, mit denen die Hausbewohner auf vertrautem Fuße standen, die sie zur Hand nahmen und denen sie Namen beilegten. Das erklärt auch den Versuch, *Götz(e)* als Kurz- und Koseform des Namens *Gottfried* anzusehen. Ausgehend vom Götzen oder kleinen Gott als geschnitzter Holzfigur hat Luther seit 1520, im Zeichen protestantischer Propaganda gegen Idolatrie, die Bedeutung des Wortes zu *Abgott* und *Götzenbild* verengt. Die seit dem 15. Jahrhundert begegnende Bedeutung von *Götz* als *Narr* und *Dummkopf* schreibt von Bahder, unter Hinweis auf den *Ölgötzen*, der maskenhaften Starre jener Holzfiguren zu. Das Diminutiv *Götz*, gleichgültig ob von *Gott* oder von *Gottfried* abgeleitet, schwankt zwischen einem Schimpf- und Kosenamen; ein Schwanken, das durch Luthers abschätzige Beurteilung des hochgeschätzten Wortes *Götz(e)* nur bestätigt wird. Die Ambivalenz, zwischen Hochachtung und Verachtung, im Verhältnis zu *Götz*, faßt Adelungs Diskussion des Wortes *Götze* 1775 im Bann von Luthers Umdeutung, so zusammen: »im verächtlichen Verstande [...] eine erdichtete Gottheit [...] Figürlich, aber nur im verächtlichen Verstande, ein jeder Gegenstand einer übertriebenen Verehrung oder Hochschätzung«. In einer Anmerkung weist Adelung noch darauf hin, im Schwedischen bedeute *Gott* »eine Pfoste«[19]: einen steinernen oder hölzernen Türpfosten und Pfeiler.

Das Oszillieren zwischen Zutiefst und Zuhöchst, Vergrößern und Verkleinern, Gott und Idiot, zwischen Hochschätzung des Geringsten – eines Wichts, einer hölzernen Puppe – und Geringschätzung übertriebener Verehrung, verdichtet in das Wort wie in den Namen *Götz* den Ruin des Willens zur Angemessenheit des Wortes an eine durchs Wort bedeutete Sache wie des Namens an einen *im Namen* aufgerufenen Träger. Das Sprichwort, in der Fassung, die das DEUTSCHE

WÖRTERBUCH verzeichnet – *hätte jedes kind seinen rechten namen, so hieszest du nicht Peter Götz* –, nennt den Namen *Peter Götz*, ohne ihn so zu nennen, einen Falsch- und *Un*namen, der die Namen*losigkeit* nicht nur des angesprochnen *Du*, eines *Kindes*, sondern die Namenlosigkeit des Namens *Peter Götz* vergrößert. Eine andere, frühere Version, unter der das Sprichwort zum erstenmal Eingang in ein Wörterbuch findet, verzeichnet Georg Henischs *TEÜTSCHE SPRACH VND WEISSHEIT*, ein *THESAURUS LINGUAE ET SAPIENTIAE GERMANICAE*, 1616: »Hat ein jedes Kind sein rechten Namen / so heist du nicht Peter götz«[20]. Was in der Fassung des *DEUTSCHEN WÖRTERBUCHS* Wirklichkeit geworden scheint, daß ein Kind den Namen *Peter Götz* trägt, bleibt in der Fassung des *Thesaurus* Vermutung und Verdacht: hat ein jedes Kind seinen rechten Namen, so heißt kein Kind *Peter Götz*; oder anders wiederholt: jedes Kind, das *Peter Götz* heißt, heißt nicht *Peter Götz*, und ist vielleicht kein *Kind*, sondern ein *Götzen*kind, dem abgöttische Zuneigung erwiesen wird oder tiefste Verachtung entgegenschlägt: ein Stück Holz, *Odradek*, ein bucklicht Männlein, das die *Sorge* um den Aufbau der Sprache (wie der Welt) zum Haus aus Namen in jedem Namen heimsucht. In beiden Fassungen des Sprichworts nennt der Name *Peter Götz*, so könnte man folgern, um zu schließen, niemanden und nichts als den Eigennamen der Anonymität. Der Name läßt aber offen, ob er Anonymität beim *Eigen-* oder einem andern -namen, einem *Para*nonym, und also Anonymität nicht nennt und zu erkennen gibt, ob Namen*losigkeit* ein Name sein und also das Wort Lügen strafen kann, und ob, wenn Anonymität keinen *rechten Namen* hat, nicht auch der rechte Name *linkisch* bleibt, mit einem andern Wort, kein Kind beim rechten Namen genannt werden kann und *Name* nicht der Name des Namens ist. Über das denkbar Größte hinaus, vor das denkbar Winzigste zurück, taucht aus der Diskussion semantischer Ausrichtung des Namens *Peter Götz* die Frage nach dem Namen Gottes auf: ob das Nennen, ob die *Gott* und *Götz* genannte, unter alles Tiefe und Tiefste zurück versunken, über alles Hohe und Höchste hinaus erhoben, nämlich *erhaben* vermutete nennende Instanz einen Namen trägt, auf den sie hört, bei dem sie angerufen werden kann, dem sie – als einem *Über*erhabenen – gehorcht und also unterworfen bleibt, oder nicht; ob im Horchen auf *Gott* (und *Götz*) die unvordenkliche Erinnerung an Unerhörtes und vielleicht Unhörbares im Nennen und Benennen anklingt. Verheddert in die Frage nach dem Namen Gottes taucht die Frage auf, wie ein Name überhaupt zu nehmen, zu geben und zu lassen, anzunehmen oder abzulegen, willkommen zu heißen oder zu verabschieden sei. Verlassenheit des Namens – Verlassenheit vom Namen: ununterbindbare Unverläßlichkeit der Habe des Namens, wenn Hören und Gehören, Angehörigkeit und Auf- und Ausgelassenheit, Adaption und Adoption, Verwandtschaften und *Wahl*verwandtschaften, Ungehorsam und Gehorsam, die im Namen spielen und zu Ohren kommen, im Namen innehalten, stocken, und den Namen, einen *Findel*namen – aussetzen. In jedem Namen spielt ein *Fund*, ein *Findel*fund, der das eingespielte Verhältnis von *Suchen* und *Finden* über den Haufen wirft.

In die Frage nach dem rechten Namen des Kindes, als Frage nach der Angemessenheit des Namens ans Benannte, verhalten um die Frage, was *Erkennen* heißt, wie in die Frage nach Herkunft und Ausrichtung der Wendung *das Kind beim rechten Namen nennen*, liegt, nicht zuletzt unterm Winkel der Frage nach dem Namen des christlichen Kindergottes oder Gotteskindes, die Frage nach dem Namen des einen, einzigen Gottes im jüdischen (christlichen und islamischen) Monotheismus, dem die ausschließliche Benennkraft im Sinn der *Genesis* des Benannten durch den nennenden Namen zugeschrieben wird, verkapselt. Diese Kapsel (aus Fragen über Fragen) ist dem ersten Kapitel, »Die Narbe des Odysseus«, in Erich Auerbachs Buch *MIMESIS* (1946), das Auerbach zwischen Mai 1942 und April 1945 im türkischen Exil, in Istanbul schrieb, auf irritierende Weise eingenäht[21]. Denn die Namensfrage beherrscht in diesem Kapitel nicht den thematischen und argumentativen Vordergrund der Szene, sondern sucht, aus einer beweglichen, exzentrischen Mitte, deren Bau und Aufbau heim. Der Titel, *DIE NARBE DES ODYSSEUS*, überspielt zunächst, daß es in diesem ersten Abschnitt des Buchs nicht nur um *Anagnorisis*, um die Szene der Wiedererkennung des Odysseus, der unbekannt, als namenloser Fremdling in Ithaka auftaucht, durch die einstige Amme Eurykleia geht; sondern das Kapitel ist der vergleichenden Lektüre dieser Szene im neunzehnten Gesang der *ODYSSEE*, einem epischen Text der griechischen Antike, mit der alttestamentlichen Szene um die Opferung Isaaks durch Abraham, in der Fassung des sogenannten Elohisten, einem epischen Text der jüdischen Antike gewidmet, um Aufschluß über Überschneidungen und Unterschiede zweier Erzählweisen zu gewinnen, die Auerbach für die Szene um die Narbe des Odysseus unter dem Begriff der *Sage* und des *Sagenhaften* (des *mythos* und *mythein*), für die Szene um das Opfer Isaaks unter dem Begriff des *Geschichtlichen*, der *Geschichte* und *geschichtlicher Wahrheit* (der *historía*, des *historein*) rubriziert. *Wo* genau geht – und *wie* –, das ist Auerbachs Frage im Vordergrund der vergleichenden Lektüre beider Szenen, im Epischen die Wirklichkeit des Mythos in den Anspruch auf geschichtliche Wahrheit über?

Auerbach wendet sich zunächst der Szene um Odysseus zu, in der aus dem Innehalten Eurykleias über der ertasteten

Narbe die Erinnerung an den *Namen* hervorbricht. Im Anschluß an eine Paraphrase der fraglichen Stelle – »Kaum hat die Alte die Narbe ertastet, läßt sie in freudigem Schreck den Fuß ins Becken zurückfallen; das Wasser fließt über, sie will in Jubel ausbrechen; mit leisen Schmeichel- und Drohworten hält Odysseus sie zurück« – unterstreicht Auerbach das Ununterbrochene und Fließende in dem paraphrasierten Erzählvorgang. *Restloser Ausdruck*: in diesen Ausdruck faßt er die Quintessenz epischen Erzählens in der *ODYSSEE* zusammen: »[…] alles wird erzählt, […] mit vollkommener, nichts im Dunkeln lassender Ausformung aller Dinge und aller sie verbindenden Glieder«. Und: »Klar umschrieben, hell und gleichmäßig belichtet, stehen oder bewegen sich Menschen und Dinge innerhalb eines überschaubaren Raumes; und nicht minder klar, restlos ausgedrückt, auch im Affekt wohlgeordnet, sind die Gefühle und Gedanken«. Das Merkwürdige an Auerbachs Paraphrase der Szene der Wiedererkennung liegt darin, er kommt im Anschluß an die Rede vom *restlosen Ausdruck* ausdrücklich auf diese Unausdrücklichkeit zurück, daß sie eine Unterbrechung, einen Riß durch den Erzählfluß an genau der Stelle unterdrückt, wo Eurykleia, in Auerbachs Worten, die *Narbe* (und also den Fremden *beim Namen*) *erkennt*: »Bei meiner Wiedergabe des Vorgangs habe ich bisher den Inhalt einer ganzen Reihe von Versen verschwiegen, die ihn mitten unterbrechen«. Und Auerbach, nachdem er – nachträglich – im Aufriß der Paraphrase, die dem Epos das Zeugnis lückenloser Narration, restlosen Ausdrucks ausstellt, einen Riß freilegt, als ertastete er (indem er die Rolle der Amme Eurykleia mimt) für die Leser im Text (der an die Stelle des fremden Gastes rückt) eine Narbe, um sie aufzutrennen, gibt den Inhalt der bisher verschwiegenen Zeilen wiederum durch Paraphrase wieder: »Die Unterbrechung, die gerade an der Stelle erfolgt, wo die Schaffnerin die Narbe erkennt, also im Augenblick der Krise, schildert die Entstehung der Narbe, einen Jagdunfall aus Odysseus' Jugendzeit, bei einer Eberjagd, als er zu Besuch bei seinem Großvater Autolykos weilte. Dies gibt zunächt Anlaß, den Leser über Autolykos zu unterrichten, über seinen Wohnort, die genaue Art der Verwandtschaft, seinen Charakter, und, ebenso ausführlich wie entzückend, über sein Benehmen nach der Geburt des Enkels [...] alles wird erzählt, wiederum mit vollkommener, nichts im Dunkeln lassender Ausformung aller Dinge und aller sie verbindenden Glieder. Und dann erst kehrt der Erzähler in Penelopes Gemach zurück, und Eurykleia, die vor der Unterbrechung die Narbe erkannt hat, läßt erst jetzt, nach derselben, vor Schreck den hochgehobenen Fuß ins Becken zurückfallen«. Daß alles erzählt wird, scheint nicht nur auf die paraphrasierte Erzählung von der Entstehung der Narbe, sondern auch auf das paraphrasierende Erzählen Auerbachs zuzutreffen. Das Irritierende an dieser zweiten Paraphrase liegt aber darin, daß auch sie einen Riß überspielt, von dem Auerbach nicht mehr, wie noch im Fall der ersten Paraphrase, nachträglich zu erkennen gibt, er habe ihn verschwiegen, sondern den er mit Schweigen übergeht. Und zwar geht dieser Riß – der unschlüssig, unvernarbt, offen bleibt – durch Auerbachs Rede vom *Benehmen* des Großvaters, Autolykos, »nach der Geburt des Enkels«. Zwar merkt die zweite Paraphrase, die das Entstehn der Narbe nacherzählt, an, der Leser werde *ausführlich* über das Benehmen des Autolykos nach der Geburt des Enkels unterrichtet, doch ohne ausführlich auf dies Benehmen einzugehn: Auerbach beläßt es (kurzangebunden) bei dem Wort *ausführlich*, das den Leser ohne Aufschluß über das angesprochene Benehmen läßt. Das Wort *ausführlich* reißt, weil es den Ausfall, die *Exzision* des ausführlichen Berichts markiert, in den Erzählzusammenhang der Paraphrase eine Lücke. Auerbach verschweigt, daß der Einschub nicht nur das Entstehen der *Narbe*, sondern auch die Entstehung des *Namens* – Odysseus – erzählt. Die Szene um die Entstehung, um den *Fund* des Namens nach der Geburt des Enkels ist es, die Auerbach in das Wort *Benehmen* zusammenzieht. Diese Szene streift Auerbach auf der nächsten Seite, im Anschluß an die zweite Paraphrase, in Worten, die zum Ausdruck bringen, daß Auerbach das *Benehmen* des Autolykos, das in der *Homerszene* zum Ausdruck kommt, einer Zensur oder Verdrängung unterwirft, die seine Diagnose, in den homerischen Gedichten werde alles *restlos ausgedrückt*, genau an der Stelle, die das Entstehen des Namens zur Sprache bringt, durch eine *Ausnahme*, durch Herausnahme des Berichts vom *Fund* des Namens, bei dem das Kind genannt und erkannt werden soll, zu bestätigen sucht. Das ist die Szene der Unterdrückung, in Auerbachs Worten, dessen, was im fraglichen Einschub der *ODYSSEE* zu Wort kommt: »Wenn die junge Eurykleia [...] dem Großvater Autolykos den neugeborenen Odysseus nach dem Festmahl auf die Knie setzt, ist die alte, die wenige Verse zuvor den Fuß des Wanderers betastet hat, ganz vom Schauplatz und ganz aus dem Bewußtsein verschwunden«. Der Schauplatz dieser Periphrase bringt aber etwas anderes zum Verschwinden; bringt *zur Erscheinung*, daß sie etwas anderes verschwinden läßt: denn was die junge Eurykleia dem Großvater auf die Knie setzt, ist nicht, ist *noch nicht Odysseus*, sondern ein *namenloses Kind*. Wie Odysseus den Fuß mit der Narbe vom Herd weg ins Dunkel – *skóton* – rückt[22], um den Augenblick der unvermeidlichen Anagnorisis durch Eurykleia im Schatten vor sich gehn zu lassen, so sucht Auerbach die Namen*losigkeit* des neugebornen Kindes dadurch aus der Paraphrase auszublenden, daß er es *schon Odysseus* nennt. Auerbach sucht, vom Riß zwischen dem namenlosen Kind und dem Kind, das

Autolykos *Odysseus* nennen wird, also genau von jener Szene, in der die Frage der *Mimesis* im Verhältnis des benennenden Namens zum benannten Kind – oder Ding – und also die Frage nach dem Wesen *dargestellter Wirklichkeit* zur Sprache kommt, abzulenken, lenkt aber genau dadurch den Blick darauf, daß das erste Kapitel der *MIMESIS*, dem er den Namen *DIE NARBE DES ODYSSEUS* gibt, auch *DIE WUNDE ODYSSEUS* heißen könnte. Der Riß, dem Auerbach auszuweichen sucht, dem er ausweichend *begegnet*, geht durch den Aufriß des Namens *Odysseus*: durch den Aufruf des Kindes beim Namen.

Den *Charakter* des Vaters der Mutter des neugeborenen Kindes – *paida néon gegaota* –[23], das Eurykleia Autolykos auf die Knie legen wird, nennen die Zeilen, die den Fund des Namens vorbereiten, dem *Hermes* verdankt (als dessen Sohn Autolykos gilt)[24]. Autolykos ist, vor allen Menschen, ein Lügner und Dieb, Meister im Trügen und Schwören – *kleptosúne th'horko te* –[25]. Das Schwören bezieht sich auf den Vorgang, Verbindlichkeiten (meist im Namen eines Namens) einzugehen, von denen er, der Meister des Meineids, zum voraus weiß, daß er sie brechen wird. Ihm legt Eurykleia das namenlose Kind auf die Knie und nennt – *onómazen* – das Wort – *épos* – und spricht es aus – *t'éphat ék* –[26]. Sie ruft das Wort, das sie sagen wird, beim Namen auf: ein Wort, aus Worten, das Autolykos um den Namen des Kindes bittet. Die Zeile führt eine fast unmerkliche Differenz zwischen Nennen und Aussprechen, zwischen Wort und Name, *epos* und *onoma* ins Sagen ein und bereitet so die Diskussion des Namens vor. Denn Eurykleias Anruf nennt zwar in seinem ersten Wort *Autolykos* beim Namen, spricht den *sprechenden* Namen *Autolykos* aus – der, wörtlich aufgefaßt, aus dem Pronomen *autòs* und Nomen *lykos* vernäht, den *leibhaften Wolf* nennt –, aber trennt den Namen auf, indem sie seine erste Hälfte –

Autó- – nachträglich aus dem Namen ablöst, als ein Wort der griechischen Sprache, ein Pronomen – *autòs* –, zu erkennen gibt und als syntaktische Partikel so in ihre Rede übernimmt, daß im Ende des Pronomens [*aut*]***òs***, wie zerschnitten, los, das Ende des apokopierten Nomens ***luk'*** anklingt: ***Autóluk', autòs*** *nun ónom' heúreo*[27] –: Autolykos, du selbst nun finde den Namen. Durch den Anruf geht eine leise Ironie: denn wie soll Autolykos, dessen Name, zu Worten aufgetrennt, im Anruf auseinanderfällt, wie soll Autolykos *selbst*, wo dies *Selbst* zwischen den ersten Silben eines Namens und dem autonomen Wort, einem Pronomen, der griechischen Sprache schwankt, sich bei sich *selbst*, im Namen seines Namens, beim Namen aufgerufen, wiederfinden, um einen Namen für das namenlose Kind zu finden, in dem Augenblick, wo der Name des Findigen zerschellt? Wie soll Autolykos den Riß durch *Autolykos* – einen Namen, eine Wunde – schließen und zum vernarbten Namen, zur Narbe finden, die unter ihrem griechischen Namen – *oule* – auf eine Herkunft aus der alten epischen Form *oulos*, der ionischen Variation von *holos* – ganz, ungeteilt, heil, unverletzt – anspielt? Der wiedergefundene, vernarbte Name vergrößert, aufgrund der Narbe, die seine unversehrte Ganzheit sagt, die Verwundbarkeit des Namens. Die Narbe präzisiert den Namen zum Wund-, *Un*ruheherd. Der gefundene, wiedergefundene Name, ein Schauplatz aus kaum vernarbten Wunden, ein Geflecht verwundbarer Narben, ist nicht die Heimat dessen, der beim Namen an- und aufgerufen wird, den Namen zu tragen, sondern liegt – und legt – *brach*: ein für an-, für unangestrengte Suchen, und anders, offenes Fund-, ein zerbrechliches Bruchstück, das den Schein des *ganzen* Namens, eines *Holonyms*, den es verbreitet, den Schein der Ein- und Heimkehr in den Namen als in einen angestammten oder angetragenen Besitz vereitelt: *teilt*.

Autolykos scheint, weil er, im Namen des *Hermes*, als ein Meister unmerklichen Entwendens, als ein Meister des Vertragsbruchs eingeführt wird, die Erinnerung an das Versehrte und Versehrende des Namens, dem der Wunsch nach einem unvernarbten *ganzen* Namen, der Wunsch nach einer Narbe, die die Narbe überspielt, erst entspringt, zu verkörpern. Entsprechend geht die Begründung für den *sprechenden* Namen, den er findet, ins Grundlose aus[28]. Hier in der Übersetzung Wolfgang Schadewaldts: »Als einer, der ich vielen zürne – *odussámenos* –, bin ich hierher gekommen, Männern und Frauen [...]: darum soll ›Odysseus‹, ›Zürner‹, der Name sein, mit welchem er benannt ist – *Oduseùs ónom' ésto epónumon* –«[29]. Über die Bedeutung und Syntax des Partizips – *odussámenos* – herrscht unter Philologen Streit[30]. Seine Semantik schwankt zwischen Zorn oder Groll, und Haß, und ungewiß ist, ob das Partizip aktiv oder passiv aufzufassen sei: ob Autolykos zürnt oder den Zorn vieler Männer und Frauen auf sich zieht, ob *Odysseus* grollt oder vom Groll verfolgt werden wird (etwa Poseidons, weil Odysseus dessen Sohn *Polyphem* unter einem andern, *Niemands*namen – *Oûtis*: *Niemand* blenden wird[31]). Vor allem aber fällt aus der Begründung, die Autolykos für die Wahl des Namens gibt, der Grund dafür aus, warum er viele Männer und Frauen haßt oder vielen Männern und Frauen verhaßt heißt. Das namenlose Kind soll den Namen *Odysseus* tragen, weil Autolykos sich selbst *odussámenos* nennt oder von andern so genannt wird, weil er haßt oder gehaßt wird, der Grund für den Haß oder Zorn aber bleibt ungenannt: offen bleibt, ob die Ungenanntheit ihren Grund in der Unnennbarkeit des Grundes oder im Vorsatz der Verheimlichung des nennbaren, aber – aus Gründen, die ungenannt bleiben – verschwiegenen Grundes, Grund*satzes* oder *-namens* hat. Der Grund geht in der Besinnung auf *Hermes*, in der Besinnung auf die Herkunft eines andern Namens, verloren.

Für das *Retardierende*, »das ›Vor- und Zurückgehen‹ durch Einschübe«, das Auerbach aus Briefen, die Goethe und Schiller im April 1797 über die homerischen Gedichte wechseln, als Kennzeichnung des Einschubs, der die Szene der *Anagnorisis* unterbricht, übernimmt –; für das *Retardieren* sucht Auerbach im Anschluß an die zweite Paraphrase, aus der er die Szene um Herkunft und Vergabe des Namens *Odysseus* ausblendet, die Ursache oder den Grund: »[...] die Ursache der Erscheinung des Retardierens scheint mir [...] in dem Bedürfnis des homerischen Stils [zu liegen], nichts von dem was überhaupt erwähnt wird, halb im Dunkel und unausgeformt zu lassen. [...] Hier ist es die Narbe, welche im Zuge der Handlung hervortritt; und es ist, für das homerische Gefühl, nicht erträglich, sie nur einfach aus einem unaufgehellten Dunkel der Vergangenheit hervortauchen zu sehen; sie muß hell ans Licht [...]. Es geschieht viel Schreckliches in den homerischen Gedichten, doch niemals geschieht es stumm; Polyphem spricht mit Odysseus; dieser spricht mit den Freiern, wenn er beginnt sie zu töten [...] und keine Rede ist so angst- oder zornerfüllt, daß in ihr die Instrumente der sprachlich-logischen Gliederung fehlten oder in Unordnung geraten wären. Dies letztere gilt natürlich nicht nur von den Reden, sondern von der Darstellung überhaupt. Die einzelnen Erscheinungsglieder werden überall auf das klarste miteinander in Beziehung gesetzt; eine große Anzahl von Konjunktionen, Adverbien, Partikeln und anderen syntaktischen Werkzeugen, alle in ihrer Bedeutung klar umschrieben und fein abgestuft, grenzen die Personen, Dinge und Ereignisteile gegeneinander ab, und bringen sie zugleich miteinander in ununterbrochene, mühelos fließende Verbindung; wie die einzelnen Erscheinungen selbst, so treten auch ihre Verhältnisse, die zeitlichen, örtlichen, kausalen, finalen, konsekutiven, vergleichenden, konzessiven, antithetischen und bedingenden Verschränkungen in vollendeter Bildung ans Licht; so daß ein ununterbrochenes, rhythmisch bewegtes Vorüberziehen der Erscheinungen stattfindet, und sich nirgends eine Fragment gebliebene oder nur halb beleuchtete Form, nirgends eine Lücke, ein Auseinanderklaffen, ein Blick in unerforschte Tiefen zeigt«[32]. Auerbach legt die Ursache für das Erscheinen des *Retardierens* in das homerische Stilbedürfnis, alles, was überhaupt erwähnt wird, *ganz* zur Erscheinung zu bringen. Im Retardieren kommt der Wille, an allem, was erscheint, an allem, was *zu Wort* kommt, alles zur Erscheinung zu bringen: alles am Wort, das *ganze* Wort zu Wort kommen zu lassen. Im benennenden Wort aber die durchs Wort benannte Sache. Im Fall dieses Einschubs die *Narbe*. Mit der Narbe taucht aber die Frage auf, was eine *ganze* Narbe sei, nicht zuletzt deshalb, weil das griechische Nomen *oule* das Echo des Wortes *ganz* – *holos* – wirft. Mit der Narbe kommt nicht das *ganze* Wort, sondern das Wort *ganz* zur Erscheinung. Die Verlegenheit im Vorsatz, die *ganze* Narbe zu sagen, greift auch in Auerbachs Worten Raum: »sie [die Narbe] muß hell ans Licht, und mit ihr ein Stück Jugendlandschaft des Helden«[33]. Der Akzent liegt hier auf dem Wort *Stück*. Daß mit der Narbe *alles* ans Licht muß, was zur Entstehung der Narbe gehört, verlangt nicht nur ein *Stück* aus der Jugendlandschaft des Helden, sondern den *ganzen* Helden: Aufschluß über einen Namen, in ihm aber über die Herkunft aller Namen, über Nennen und Benennen überhaupt. In das Wort *Jugendlandschaft* aber drängt Auerbach zusammen, und unter die Wahrnehmungsschwelle zurück, was in dem Einschub vorgeht. Denn der Einschub treibt das Retardieren, vor das Erscheinen der Narbe zurück, bis in den Augenblick der Vergabe des Namens an das namenlose Kind, dem einst die Verwundung zustoßen wird, aus der es die Narbe davonträgt: die Narbe *des Odysseus*. Dort aber, im Ursprung der Vergabe des Namens, geht nicht nur die Erklärung für die Herkunft des Namens – *Odysseus* –, wie des Kindes, ins Grund- und Boden- und Erklärungslose auseinander, schlägt nicht nur jedes erklärende Wort mehr in ein erklärungsbedürftiges um, sondern zerfällt, im Anruf Eurykleias – *Autóluk', autòs* –, vergrößert in die (rissigen) Silben *autòs*, die weder *ganz* in der Auslegung als Bestandteil des Namens noch in der Auslegung zum *ganzen* Wort der griechischen Sprache aufgehn, die sinnstiftende Einheit einer jeden bedeutungstragenden sprachlichen Partikel, der instrumentelle, Werk- und Zeug-, der zeugende, bezeugende und zeigende Charakter der Sprache wie die *hologrammatische* Identität des Namens (und Pronomens). Durch das Retardieren als Rückgang auf bisher Ungesagtes *im Gesagten*, hier auf *Glossen* über die Herkunft und Bedeutung des Namens – *Odysseus* –, wird nicht alles zu Sagende nach und nach vor-, zur Sprache und zu Wort gebracht, sondern im Kommen zur Erscheinung, des Retardierens, kommt an allem, was erscheint – hier am Namen –, ein eigentümlicher Verzug, ein *ritardando* (im Erscheinen) zur Erscheinung, das noch den *ganzen* Verzug in Verzug zum Verzug setzt: *verbrachte* Sprache. In der Szene um den Namen *Odysseus* stößt das Retardieren, von Auerbach als Stilprinzip der homerischen Gedichte aufgefaßt, auf ein *ritardando*, das nicht der Erscheinung des Namens ausschließlich eignet, sondern freilegt, was durch glossierendes Vor- und Zurückgehen vom erklärungsbedürftigen Namen durch das erklärende Wort zum erklärten Namen unterbunden werden soll: *Glossolalien*, *Risse*, *Pausen, Wort- und Sprachlosigkeit* im Aufriß eines jeden ausgesprochenen (wie eines jeden ausgesprochen verschwiegenen) Worts. Der Einschub um die Entstehung der *Narbe* stößt in der Szene um die Entstehung des *Namens* nicht auf das jüngste oder älteste Detail aus der Jugendlandschaft des Helden, das die Narbe zur ganzen, zur Narbe *des Odysseus* ergänzt und schließt, sondern der Einschub teilt, zur Mitte des Einschubs, *im Namen* (vertieft in die Herkunft des Namens), den Blick um eine klaffende, unverwahrbare Wunde, die zur Wiederaufnahme dessen, was Auerbach »das ›Vor- und Zurückgehen‹ durch Einschübe« nennt, zu Interpolationen in die Interpolation einlädt. Der Einschub als Inbegriff des retardierenden Stilprinzips (nach Auerbach kennzeichnend für das Epos) spielt auf der Grenze zwischen Lust und Verzweiflung – *am Namen*.

Im fünften Kapitel der *MIMESIS*, vertieft in eine Stelle des *ROLANDSLIEDS*, sieht Auerbach wieder »eine Form des epischen Retardierens« am Werk, das er jetzt nicht mehr nur, wie im ersten Kapitel, ein »Vor- und Zurückgehen« nennt, sondern als ein Geschehen »mit Vor- und Rückstößen, wie Zeugung oder Geburt« beschreibt[34]. Das *Stil-* wird hier zum *Erkenntnis*prinzip verzweigt. Das im Augenblick der Erscheinung des Worts zu Wort kommende und das Kommen des Wortes zu Wort aufhaltende *ritardando* (weil das Wort, das zur Erscheinung kommt, nicht das Erscheinen des Wortes zur Erscheinung bringt), löst die zwischen Lust und Verzweiflung, zwischen Schmerz und Gefallen oszillierende Möglichkeit des *Einschubs*, mit einem andern Wort von *Interpolationen* aus, die den Verzug im Zugang zur Herkunft des Wortes nicht überwinden (das ist die Absicht, die Auerbach dem epischen Retardieren als Stil- und Erkenntnisprinzip zuschreibt), sondern vergrößern und entfalten. Auerbach stößt in dem auf Zeugung und Geburt – eines Namens, eines Kindes – zielenden Vor- und Zurückgehn oder -stoßen (getragen vom Glauben an einen generativen Impuls, der das Verhältnis zueinander von Kind – oder Ding – und Name regelt) auf die ununterbindbare Erfahrung rückhaltloser Zurückhaltung: des Namens *vor dem Namen* im Vorgang, der den Namen zur Sprache, wie des Kindes *vor dem Kind* im Vorgang, der das Kind zeugt oder zur Welt bringt, und Name und Kind zuein*ander* verhält.

Interpolation: In die Szene um die Entstehung der Narbe – verursacht durch den weißen Hauer (*leuko odónti*) eines Ebers –, die Auerbach ins Helle rückt, wie um die Vergabe des Namens, die Auerbach ins Dunkel rückt und auszublenden sucht, ist auf irritierende Weise auch der Name *Erich Auerbach* verwickelt. Denn der *Hauer* nennt nicht nur den Eck- und Stoßzahn des Keilers, und nicht nur – *pars pro toto* – auch das *ganze* Tier, sondern durchläuft auch *Eric**hAuer**bach*, so, daß das auseinandergeschriebene Wort *Hau-er* die Einheit von Vor- und Nachname weniger auftrennt und verwundet als *vernarbt* erscheinen läßt und neben dem *Hauer* auch die *Bache*, das weibliche Pendant desselben Tieres, mit ihr aber ein Paar und die Möglichkeit der Paarung beider im Namen vergrößert, ohne die Risse, die *hAuer* und *bachE* teilen, indem sie aus dem versehrten Vor- und Nach- des -namens versehrt auftauchen, abzublenden.

In der Szene um die Herkunft des Namens – *Odysseus* –, zwischen benennendem Wort und zu benennendem Kind offen, stößt Erich Auerbach nicht nur auf den Ruin der Plausibilität seiner Diagnose, wonach in den homerischen Epen »sich nirgends eine Fragment gebliebene oder nur halb beleuchtete Form, nirgends eine Lücke, ein Auseinanderklaffen, ein Blick in unerforschte Tiefen zeigt«, und nicht nur auf das Auseinanderklaffen des Namens *Erich Auerbach*; er stößt in dieser Szene auch auf den Ruin der Annahme *mimetischer* Entsprechung zwischen benennenden Worten und der durchs Wort benannten Welt. Die einzige Stelle in *MIMESIS*, an der Auerbach ausdrücklich auf Namen zu sprechen kommt und das Verhältnis von Ding und Name streift, ist ein Satz in Kapitel 4, Gregor von Tours gewidmet: »Gregor ist nichts Menschliches fremd, in jede Tiefe leuchtet er hinein, er nennt die Dinge bei ihrem Namen [...]«[35]. Auerbach diskutiert das Verhältnis von darstellendem Wort und dargestellter Wirklichkeit (in der abendländischen Literatur) im Schatten oder Bannkreis des Versprechens, das Ding – oder Kind – beim rechten Namen zu nennen.

Das erste Kapitel der *MIMESIS* ist aber nicht nur der *Narbe des Odysseus* gewidmet, sondern, um den innerepischen Kontrast zwischen *Sage* und *Geschichte* zu verdeutlichen, auch der Erzählung um das Opfer Isaaks. Während Auerbach zufolge im homerischen Gedicht alles ans Licht tritt, nichts ungesagt und unerklärt bleibt, zeichnet den Bericht des Elohisten horizontale Unverbundenheit, aber »vertikale Bindung« aller Erzählungen und Erzählteile aus, »die sie alle unter einem Zeichen zusammenhält, und die Homer gänzlich fehlt«.Weil im homerischen Epos alles gesagt und ausgesprochen wird, nichts fehlt, fehlt ihm gerade dies Fehlen oder Nichts: daß etwas nicht gesagt wird. Was Homer *gänzlich fehlt*, ist das Erscheinen eines Zeichens, dem jede Erklärung abgeht. Dies Zeichen ist im Bericht des Elohisten *Gott*. »Luther übersetzt den Anfang [der Erzählung um das Opfer Isaaks] folgendermaßen: Nach diesen Geschichten versuchte Gott Abraham, und sprach zu ihm: Abraham! Und er antwortete: Hier bin ich! – Schon dieser Anfang läßt uns stutzen, wenn wir von Homer kommen. Wo befinden sich die beiden Unterredner? Das wird nicht gesagt. Wohl aber weiß der Leser, daß sie sich nicht jederzeit am gleichen irdischen Ort befinden, daß der eine derselben, Gott, von irgendwo ankommen, aus irgendwelchen Höhen oder Tiefen ins Irdische hineinbrechen muß, um zu Abraham zu sprechen. Woher kommt er, von woher wendet er sich an Abraham? Davon wird nichts gesagt. [...] Es wird auch nichts von der Ursache gesagt, die ihn bewogen hat, Abraham so schrecklich zu versuchen. [...] auch was er im eigenen Herzen erwog wird uns nicht mitgeteilt; unvermutet und rätselhaft fährt er aus unbekannten Höhen oder Tiefen in die Szene hinein und ruft: Abraham!«[36]. Und Auerbach faßt die wiederholt vorgetragene Erkenntnis, daß über das *Wo* der Unterredung wie über das *Woher* Gottes nichts gesagt wird, in den Satz zusammen: »Alles bleibt unausgesprochen«[37]. Unausgesprochen bleibt, im Augenblick des Rufs, woher die ausgesprochenen Namen und Zeichen kommen, woher *Abraham* und woher *Gott*, ob *Gott* der Name Gottes ist oder das Wort *Gott* nur sagt und aussagt, daß der Name Gottes ungesagt, unausgesprochen bleibt. Was beide Epen teilen (was den Aufriß des *eipein* teilt) und das Verhältnis von Sage (oder Mythos) und Geschichte kompliziert, ist die Ungewißheit über Herkunft und Ausrichtung, über *Da* oder *Fort* des Namens, noch dort, wo, wie im Fall der Narbenepisode, eine Erklärung angezettelt wird, der erklärungsbedürftige Text aber ins Grund- und Bodenlose ausfranst. So sehr bei Homer alles ausgesprochen wird, nämlich alles Unausgesprochene *gänzlich fehlt*, so sehr im Bericht des Elohisten alles unausgesprochen bleibt, nämlich alles Ausgesprochene *gänzlich fehlt*: im *ritardando* der Erscheinung des Namens (wie des Kindes) erlischt die Distinktion zwischen Aus- und Unausgesprochenheit, zwischen Sage und Geschichte. »Geschichte zu schreiben«, in diesen Worten streift Auerbach das Inein*ander* beider epischer Verfahrensweisen, »ist so schwierig, daß die meisten Geschichtsschreiber genötigt sind, Konzessionen an die Sagentechnik zu machen«[38]. Das *Retardieren* aber, als Inbegriff der Sagentechnik, bricht im Augenblick der Erscheinung des Namens (wie des Kindes) um das Unkalkül infinitesimaler Interpolierbarkeit, um Dazwischenmengung auseinander.

Was in diesen Worten auf dem Spiel steht, ist die Einlösung des Anspruchs, den Lukian an einer Stelle seiner Schrift *WIE MAN DIE GESCHICHTE SCHREIBEN MÜSSE* an den Geschichtsschreiber stellt (hier in der Übersetzung Christoph Martin Wielands): »Ich verlange [...] von einem Geschichtschreiber, daß er ohne Menschenfurcht, unbestechlich, edel, ein Freund der Wahrheit, und freymüthig genug sey, um, wie der Komische Dichter sagt, eine Feige, — eine Feige, und einen Kahn — einen Kahn zu heissen [*tà suka suka, tèn skáphen dè skáphen onomáson*]«[39]. Dieselbe Wendung des anonymen Komikers taucht, unter Ausfall der Feigen, in einem der Apophthegmata Plutarchs auf, wo es von den Makedoniern, um ihre Rüpelhaftigkeit zu illustrieren, heißt: *tèn skáphen skáphen légontas*: sie nannten ein Schaff Schaff[40]. Erasmus von Rotterdam, der den Spruch des anonymen griechischen Komikers (in dem er Aristophanes vermutet) ins Lateinische übersetzt, liest anstelle von *skaphé skáphos* und entspricht dem Wort durch *ligo*: Hacke oder Spaten[41]. Die erste englische Übersetzung der *APOPHTHEGMATA* Plutarchs, aus der lateinischen Übersetzung des Erasmus[42], durch Nicolas Udall, 1542, entspricht dem bei Plutarch (um die Feigen gekappt) zitierten Spruch, indem er der Fehlübersetzung des Erasmus folgt, so: »[...] and the *Macedonians* [...] had not the witte to calle a spade by any other name then a spade«[43]. Diese Formel wird im Englischen, zum Sprichwort verschliffen – *to call a spade a spade* –, als Übersetzung jener Wendung aufgeboten, die mich hier zurückgehalten hat: *das Kind beim rechten Namen nennen*. Wie genau aber Kind und Name mit Spaten, Trog (und Boot) und Feige zusammenhängen, das ist der Anfang einer anderen Geschichte.

Treppen

Sorge: *oikos*: Odradek

Auf dem Weg, aber von *Weg* kann keine Rede sein, Spuren zum Ursprung der *Architektur*, Spuren *in* der Architektur, in diesem *Haus*, wenn Du so willst, zum Ursprung der Architektur zu bahnen, um Risse in ihrem Aufriß, Risse im Ursprung freizulegen, bin ich an der Treppe, an einer dieser Treppen, hängen geblieben. An der ich gerade lehne. Ich hänge nicht an diesem Wort. Nicht an der *Treppe*: ein vertracktes Wort, das die Erinnerung an Fuß- und Schrittspuren, von Menschen und Tieren, an den *Trapp* oder die *Trappe*, an *Trappen* weckt. Ich will nicht sagen, daß ich der Treppe in die Falle gegangen bin. Obwohl die *Trappe*, als Trittfalle, für Menschen und Tiere, dem *Trappen* entspringt. Sie schnappt, von Laub und Sand und Blättern überdeckt, dem Blick entzogen, wo der tastende Fuß blindlings das Trittbrett der Falle berührt, auf, und augenblicklich zu: hält das Ertappte fest. Oder das Brett gibt, wie eine Falltür, nach und die Stürzenden finden sich in einer Grube, einem Käfig oder Netz, unter Grund. Eingeschlossen, grundlos, ohne Dach. Die *Trappe* nennt, im DEUTSCHEN WÖRTERBUCH, »*also ursprünglich das trittbrett, durch dessen berührung mit dem fusz das tier den mechanismus der fangvorrichtung auslöst und so eingeklemmt wird; dann die ganze falle; schlieszlich in naheliegender begriffs-*

erweiterung, jedes tierfanggerät, mit verschiedener spezialisierung in den einzelnen sprachen. Am ende steht die übertragung zu ›hinterhalt‹«[44]. Die *Trappe* nennt einen Grund oder Untergrund, der bei der geringsten Berührung nachgibt und Füßen und Händen und Augen, allem, was tastend vor- oder nachgeht, Spuren zu legen, in Spuren zu lesen, jeden Halt und Anhalt nimmt: das Dach eines doppelten Bodens, dann Doppelbödigkeit überhaupt. Am Ende steht, in den Worten des *DEUTSCHEN WÖRTERBUCHS*, »die übertragung zu ›hinterhalt‹«. Der eigentliche Inhalt, den die Falle, das Wort *Trappe* zunächst anzeigt, ist Inhalts*leere* – eine Fangvorrichtung auf dem Sprung –, die auf Inhalts*fülle* zielt: einen Hohlraum mit Beute zu versorgen. Dieses Inhalts – des Umschlags von Bedeutungsleere und Bedeutungsfülle inein*ander* – wird die Trappe, zum *Hinterhalt* übertragen, beraubt. Die Trappe als *Hinterhalt* bedeutet nicht mehr einen zunächst inhaltslosen leeren Raum (wie ein Maul), oder einen Mechanismus, der unversehens zuschnappt, einen Inhalt erfaßt und verschlingt, oder losläßt, sondern der *Hinterhalt* nennt einen unheimlichen Ort, der die Beute *hin*hält. Was in den Hinterhalt gerät, ist nicht einfach mehr der ersehnte Inhalt, eine leere Form zu füllen, sondern dem Zerfall der Form des Ortes ausgesetzt: aus dem Hinterhalt bricht hervor, was nicht auf Erhalt, sondern auf Vernichtung des Überraschten zielt. Was in der Übertragung der *Trappe* als leere *Form* (auf das Ergreifen von *Inhalten* angelegt) zum *Hinterhalt* einzig erhalten bleiben soll, ist der vernichtende Gestus. Ein Anspruch: dem Vorgang der Vernichtung von Formen und Inhalten eine (der Vernichtung überhobene, erhabene) Form gegeben zu haben. Die Übertragung zum *Hinterhalt* verwandelt die *Trappe* zur *Attrappe*.

Die *Trappe*, als Falle – auf dem Weg zum *Hinterhalt* – entspringt dem selben Verb – *Trappen* – wie die Fußspur – *Trapp* oder *Trappe* – und die *Treppe*. Liegt nicht in der Treppe, in der hölzernen oder steinernen Stiege, als *Piedestal*, wie in der *Skala* aus Stufen, rechtwinklig oder verschroben und gewunden, enger oder freier angelegt, *skandiert*, die Erinnerung an den Ursprung der Architektur bloß? Bildet nicht die *Treppe*, gleichgültig ob sie unter Grund, ins Unterirdische, in ein Souterrain, einen Keller oder eine Krypta führt, in ein Labyrinth aus Gängen, Stollen und Kanälen, oder nach oben und den Boden unter den Füßen höhlt, das erste Haus? Einerseits ist die Treppe, im oder außer Haus gelegen, ein Mittel, Zugang zum Haus oder Zugang, im Haus, zu bahnen, Stockwerke Fluchten Flure, über- und untereinander gelegene Räume und Kammern und Säle zu verbinden. Ohne Treppen, ohne Treppen*haus*, dies Haus *im* Haus, bliebe jedes Haus ein Schacht – von Babel –, ins Ober- oder Unterirdische getrieben. Andererseits bildet jede Treppe ein Dach – *tectum* –, das als gestufter Bogen – *arcus* – eine Wanne, einen blinden Winkel (aus Winkeln), einen Hohlraum *unter der Treppe* überdacht und verdeckt, wo – zu Zeiten – Tiere und Menschen hausen. Zu andern (oder allen) Abfall anfällt. Treppen sind gangbare Dächer. Der Eindruck der Geborgenheit, der von der Treppe als Dach für die unter der Treppe, in diesem *Treppen*haus Kauernden ausgeht, wird von denen, die über die Treppe den Weg nach oben oder unten nehmen, mit Füßen getreten. Daß Treppen Dächer bilden oder bilden können, also die Außenansicht eines Hauses stellen, gerade auch wenn die Treppen *im* Haus gelegen sind und das *Treppenhaus* bilden, bleibt denen, die sie benutzen, zumeist verborgen. Oft ist der Hall der Schritte einziger, flüchtiger Anhalt für einen Gedanken in diese Richtung, unter Grund. Zuweilen wecken Treppen, weckt das Gehen über Treppen den Verdacht, daß unter der Treppe etwas lebt oder leblos liegt, daß es dort spukt, ein Schalk dort sein Wesen oder Unwesen treibt, oder daß die Treppe ein Totenhaus baut. Ich denke an die aztekischen, ägyptischen und babylonischen Stufenpyramiden. *Zikkurat*. An die Angst des Kindes, auf der Treppe in den Keller oder von dort her, daß die Stufen nicht mehr tragen, sondern eine unter ihnen nachgibt und eine Trappe ins Bodenlose öffnet. Ein Verlies aus Verlassenheit.

Der Eindruck der Unheimlichkeit des Hauses, im Ursprung der Architektur, geht von der *Treppe* als *Trappe* (und Attrappe) aus.

Im Französischen heißt das Treppenhaus *cage d'escalier*, also *Käfig*: das -haus *im* Haus – ein Käfig aus Treppen-. Im Englischen: *staircase*, also Treppenkasten, -kästchen, -mantel.

Als Dach gewährt die Treppe denen, die *unter* der Treppe hausen, Schutz, den sie, *als* Treppe, für beide Parteien, die die Treppe in Anspruch nehmen, aufs Spiel setzt: die auf und nieder Steigenden können das Dach zum Einsturz bringen und selber, jeden Augenblick, einbrechen. Unter der Treppe hausen die in der Hierarchie des Hauses zuunterst Angesiedelten: das Gesinde. Im Hinblick auf die Dienerschaft ist die Wendung *unter der Treppe* gegen Ende des 18. Jahrhunderts in der deutschen Sprache zum Gemeinplatz erstarrt, der den (abgeschlossenen) Raum für die Dienerschaft nennt. Das *DEUTSCHE WÖRTERBUCH* zitiert, um das Vorkommen der stehenden Wendung auch in übertragener Bedeutung zu belegen, einen Satz aus den Schriften von Helfrich Peter Sturz (1779): »schon wandelt allmählich die populär gewordene litteratur unter die treppe, und mir ist eine lesegesellschaft bekant, zu welcher ein paar Kutscher gehören«[45]. Zuweilen aber hausen, unter die stehende Wendung zurück, unter der Treppe auch die aus der Hierarchie des Hauses Ausgegrenzten. Was unter der Treppe lagert oder lungert, hat *im* Haus, hat im Haus*halt*, in der *Ökonomie* des Hauses keinen Platz: Bettler und Hunde. Fahrendes, fahriges Volk. Der Ort *unter der Treppe*, der den Inbegriff des Hauses, des Haus*innenraumes* aber auch des Haus*umrisses* nennt, wo die Treppe als *Dach* wahrgenommen wird, ist zugleich ein Ort, der die Unheimlichkeit des Hauses unterstreicht. Kein *Oikodespotes* oder *Paterfamilias*, der den Überblick über alle ins Haus verkapselten Häuser, *Treppen*häuser, *Trappen* hätte und in Erinnerung behalten könnte. Kein *Hausvater*, der in der Gewißheit wohnt, zu wissen, was ein *Haus* und wer sein *Vater*, was ein *Vaterhaus* sei. *Unter der Treppe*, im Ursprung der Architektur, geht das Haus aus den Fugen.

Von der Treppe geht aber noch eine andere Anziehungskraft aus. *Unter der Treppe* wohnen nicht nur die Bettler und Hunde, sondern, Hugo von Hofmannsthal spricht 1907 in seinem Vortrag DER DICHTER UND DIESE ZEIT davon, auch der Dichter. Um das Wohnen des Dichters im *Haus der Zeit* seiner Gegenwart zu veranschaulichen, greift von Hofmannsthal auf eine *alte Legende* zurück:

> So ist der Dichter da, wo er nicht da zu sein scheint, und ist immer an einer anderen Stelle als er vermeint wird. Seltsam wohnt er im Haus der Zeit, unter der Stiege, wo alle an ihm vorüber müssen, und keiner ihn achtet. Gleicht er nicht dem fürstlichen Pilger aus der alten Legende, dem auferlegt war, sein fürstliches Haus und Frau und Kinder zu lassen und nach dem Heiligen Lande zu ziehen; und er kehrte wieder, aber ehe er die Schwelle betrat, wurde ihm auferlegt, nun als ein unerkannter Bettler sein eigenes Haus zu betreten und zu wohnen, wo das Gesinde ihn wiese. Das Gesinde wies ihn unter die Treppe, wo nachts der Platz der Hunde

ist. Dort haust er und hört und sieht seine Frau und seine Brüder und seine Kinder, wie sie die Treppe auf und nieder steigen, wie sie von ihm als einem Verschwundenen, wohl gar einem Toten sprechen und um ihn trauern. Aber ihm ist auferlegt, sich nicht zu erkennen zu geben, und so wohnt er unerkannt unter der Stiege seines eigenen Hauses.

Dies unerkannte Wohnen im eigenen Haus, unter der Stiege, im Dunkel, bei den Hunden; fremd und doch daheim; als ein Toter, als ein Phantom im Munde aller, ein Gebieter ihrer Tränen, gebettet in Liebe und Ehrfurcht; als ein Lebendiger gestoßen von der letzten Magd und gewiesen zu den Hunden; und ohne Amt in diesem Haus, ohne Dienst, ohne Recht, ohne Pflicht, als nur zu lungern und zu liegen und in sich dies alles auf einer unsichtbaren Wage abzuwiegen, dies alles immerfort bei Tag und Nacht abzuwiegen und ein ungeheueres Leiden, ungeheures Genießen zu durchleben, dies alles zu besitzen wie niemals ein Hausherr sein Haus besitzt – denn besitzt der die Finsternis, die nachts auf der Stiege liegt, besitzt er die Frechheit des Koches, den Hochmut des Stallmeisters, die Seufzer der niedrigsten Magd? Er aber, der gespenstisch im Dunkeln liegt, besitzt alles dies: denn jedes von diesen ist eine offene Wunde an seiner Seele und glüht einmal als ein Karfunkelstein an seinem himmlischen Gewand – dies unerkannte Wohnen, es ist nichts als ein Gleichnis, ein Gleichnis, das mir zugeflogen ist, weil ich vor nicht vielen Wochen diese Legende in dem alten Buch »Die Taten der Römer« gelesen habe – aber ich glaube, es hat die Kraft, uns hinüber zu leiten, daß ich Ihnen von dem spreche, was nicht minder phantastisch ist und doch so ganz zu dem gehört, was wir Wirklichkeit, was wir Gegenwart zu nennen uns beruhigen: zu dem, wie ich den Dichter wohnen sehe im Haus dieser Zeit, wie ich ihn hausen und leben fühle in dieser Gegenwart, dieser Wirklichkeit, die zu bewohnen uns gegeben ist.[46]

Die Wirklichkeit der Gegenwart, *diese Zeit*, nennt von Hofmannsthal ein *Haus*. In dieser Auszeichnung der *Zeit* zum *Haus* wohnt die Erinnerung an die Nähe zueinander von *tempus* und *templum*: das Haus der Zeit als Zeitspanne oder -abschnitt – ein Tempel. *Tom.* Wir, die Zeitgenossen, wohnen in der Gegenwart wie in einem Haus, als Zeitgesinde. Denn der Zeit*raum* dieses Hauses ist Besitz des Dichters. Er bewohnt aber *sein eigenes Haus* unerkannt, wie ein Verschwundener, ein Toter oder ein Phantom, gespenstisch, *unter der Treppe*. Unter der Treppe der Überschrift dieses Vortrags – *DER DICHTER UND DIESE ZEIT* – drängen sich noch andere: *Der Hausherr und sein Haus*; *Die Gegenwart des Hausvaters*; *Der Hausgott und sein Tempel*. Und andere, anders, die das Treppenhaus der Überschrift, vielleicht eine Attrappe, unsichtbar durchlaufen. Doch der Dichter wohnt nicht nur unerkannt *im eigenen Haus*, nicht nur *wie* ein Hausherr, obzwar inkognito. Sondern er besitzt sein Haus und alle Hausbewohner anders: »wie niemals ein Hausherr sein Haus besitzt«. Wer im eigenen Haus, aber unter der Stiege – im Vortrag ist von *Treppe* und *Stiege* die Rede – wohnt, wohnt so, als wohnte er nicht *im* Haus. Das Wohnen unter der Treppe führt Verwirrung in die *sprachliche* Ökonomie des Hauses ein. Denn wer unter der Treppe wohnt, nimmt das Haus unter einem *exquisiten* Winkel, er nimmt die Doppelbödigkeit der Treppe wahr. Was alle andern, die das Haus bewohnen oder besuchen, »wie sie die Treppe auf und nieder steigen«, ausschließlich *Treppe* oder *Stiege* nennen, heißt dem, der unter der Treppe haust, in einem Winkel (aus Winkeln), den kein Hausbewohner gern besucht, geschweige denn bewohnen würde, weil die Treppe ihm Obdach gewährt, auch *Dach*. Der

Dichter, der *unter der Treppe* des eigenen Hauses und also nicht zuletzt auch unter der Treppe der eigenen Sprache haust, wohnt nicht nur gleichsam ohne Namen, anonym, sondern auch wort- und sprachlos: der Sprach- und Wortlosigkeit alles dessen ausgesetzt und geneigt, was ihn umgibt. Er nimmt die Wort- und Namenlosigkeit alles dessen wahr, was *so* oder *so* heißt und *weil* es so *oder* anders heißt, beim *Eigen*namen aufgerufen und Eigentum des Rufenden schien. Wer unter der Treppe des Hauses liegt oder *lungert* – halb atemlos, halb atmend –, ist, mit einem andern Wort Hugo von Hofmannsthals aus dem selben Vortrag, *niemandes Sache*: »Er [der Dichter] ist da, und es ist niemandes Sache, sich um seine Anwesenheit zu bekümmern«. Der Ort *unter der Treppe* ist ein Niemandswinkel, und wer dort haust, gehört, nicht nur von Rechts wegen, niemandem an[47]. Es ist der *Dichter*, der *unter der Treppe* des eigenen Hauses – *der Zeit* –, einem verfemten Kronos gleich, der *A*realität und *A*chronie des Hauses wie der Zeit ausgesetzt, wohnt. Nur weil er dort, *unter der Treppe*, unbehaust haust, gehört ihm nichts und gehört der Dichter niemandem (auch *sich selbst* nicht) an. Aber nur *weil* ihm nichts gehört, nur weil er niemandem gehört – und gehorcht –, sondern anders hört – und horcht –, kann ihm mehr als alles, was ein Hausherr je besitzen könnte, gehören. Im Dichter geht das Haben als *Besitz* in ein eigentümliches *Gehören* über. Er, der nichts hat und niemand ist, der so *da* ist, als wäre er *fort*, dessen *Da* – aber als das eines Verschwundenen oder Toten – in aller Munde ist, dessen Name im Haus wie ein Gespenst umgeht, besitzt alles, das Haus und was zum Haus gehört, »wie niemals ein Hausherr sein Haus besitzt – denn besitzt der die Finsternis, die nachts auf der Stiege liegt, besitzt er die Frechheit des Koches, den Hochmut des Stallmeisters, die Seufzer der niedrigsten Magd? Er aber, der gespenstisch im Dunkeln liegt, besitzt alles dies: […]«. Alles, was diese Zeilen als Besitz des Dichters aufzählen, ist insbesondere ans Ohr, ans Hören gebunden. Dem Dichter gehört, was er, der im Dunkeln unter der Treppe liegt, hört: was in den Lauschenden einwandert, ohne von seinem Innern wie von einem Haus Besitz zu ergreifen. Und dennoch greift, was in ihn einwandert, den Dichter an: »Er aber […] besitzt alles dies: denn jedes von diesen ist eine offene Wunde an seiner Seele […]«. Dem offenen Ohr, am Lauschenden, entspricht die offene Wunde, an seiner Seele. Was in den Lauschenden eingeht, betrifft – verletzt und verletzlich, eine verwundbare Wunde – seine Seele. Dem Dichter gehört nichts als die Verletzlichkeit alles dessen, was er hört. Die Wendung von der *offenen Wunde* ergänzt von Hofmannsthal noch um eine andere, wie um zu verdeutlichen, was im Fall des Dichters unter der Treppe *Besitz* heißt oder heißen könnte: »Er aber […] besitzt alles dies: denn jedes von diesen ist eine offene Wunde an seiner Seele und glüht einmal als ein Karfunkelstein an seinem himmlischen Gewand […]«. Es fällt schwer, von der Wendung um die *Wunde* und um den *Karfunkelstein* Besitz zu ergreifen.

Die Finsternis um diese Wendungen erhellt aber vielleicht die *Finsternis*. Sie eröffnet die Liste alles dessen, was der Dichter, anders als ein Hausherr sein Haus, besitzt: » – denn besitzt der die Finsternis, die nachts auf der Stiege liegt […]?« Die Rede vom *Gewand* im unteren Saum der Erklärung um den Besitz des Dichters nimmt eine Wendung weiter oben in dem Vortrag auf, wo es von den Lesenden, »die nach den Büchern der Wissenschaft und Halbwissenschaft greifen«, heißt: »sie wollen nicht schaudernd dastehen in ihrer Blöße unter den Sternen. Sie ersehnen, was nur der Dichter ihnen geben kann, wenn er um ihre Blöße die Falten seines Gewandes schlägt. Denn Dichten, das Wort steht irgendwo in

Hebbels Tagebüchern, Dichten heißt die Welt wie einen Mantel um sich schlagen und sich wärmen«[48]. Der Dichter unter der Treppe liegt in die steinernen hölzernen Falten des Mantels vergraben. Er lauscht, unerhört, in die Falten der *Treppe* versunken: in die Falten der Finsternis, die nachts auf der Stiege liegt, wie der Dichter unter der Stiege. Der Lauschende nimmt die Finsternis, nimmt das Wort *Finsternis* nicht einfach in Besitz, sondern sie wandert als eine offene Wunde, ein verletzliches Wort, in den Lauschenden ein: die Finsternis tritt um einen Stern in der Mitte des Worts auseinander. *Fin – stern – is*. Die Enden des Worts aber trennen das lateinische Wort für das Ende – *finis* – auf. Der Lauschende trennt die *Finsternis*, das Wort, zur offenen Wunde auf, offen um einen *Karfunkelstein*: einen funkelnden Stern in der Finsternis. Aber nicht fortwährend, immer, sondern: »jedes von diesen ist eine offene Wunde an seiner Seele und glüht einmal als ein Karfunkelstein an seinem himmlischen Gewand«: ein andermal, im Augenblick des Lauschens, anders. Mit dem *Gewand* des Dichters hat es eine eigene Bewandtnis. Denn er deckt nicht die Blöße der Lesenden, die nicht »in ihrer Blöße unter den Sternen« stehen wollen, sondern der Lauschende unter der Treppe legt *undichte* Worte auseinander und enthüllt den Lesenden Fäden und Falten und Fetzen eines Gewebs, in dem *Gewand* und *Wunde*, *Verwundung* und *Verwunderung*, *Mund* und *und* und *mundus* ineinanderspielen.

Das Verhältnis des Lauschenden – unter der Treppe –, unter die Schwelle des Hörens und Gehörens zurück, zu den Dingen, *Wort*dingen in ihm und um ihn her, streift der Vortrag an der Stelle, wo von der Ungreifbarkeit und Unzugehörigkeit des Dichters die Rede ist: »Er ist da, und es ist niemandes Sache, sich um seine Anwesenheit zu bekümmern. Er ist da und wechselt lautlos seine Stelle und ist nichts als Auge und Ohr und nimmt seine Farbe von den Dingen, auf denen er ruht. Er ist der Zuseher, nein, der versteckte Genosse, der lautlose Bruder aller Dinge, und das Wechseln seiner Farbe ist eine innige Qual: denn er leidet an allen Dingen und indem er an ihnen leidet, genießt er sie. Dies Leidend-genießen, dies ist der ganze Inhalt seines Lebens«[49].

Zweimal heißt es vom Dichter, er sei *lautlos*, also stumm: *mutus*. Sein *Da* ist das lautlose Wechseln der Stelle. Er ist, wie es weiter oben heißt, »da, wo er nicht da zu sein scheint, und ist immer an einer anderen Stelle als er vermeint wird«. Er, der *Schrift*steller, läßt sich nicht *stellen*. Er wohnt unter der Treppe, ohne in die Falle zu gehn. Seine Schriften sind *Trappen*, die er stellt. Jede Schriftstelle, in jedem Wort, die eine Treppe, Schrittstellen bildet, um zu einer Kammer, in ein Zimmer, eine Zelle oder einen Spiegelsaal aus Inhalten zu gelangen, wechselt – lautlos – ihren Stellen- und Schwellencharakter. Jedes Wort, das eine Treppe bildet, öffnet die Augen, die mit den Worten Schritt zu halten suchen, zum Ort *unter der Treppe*, im Wort. Wo alles, was gestellt, ein- und ausgestellt scheint, aussetzt: unaufhörlich, stumm, changiert. Das *Da* der Schriften des Dichters eröffnet diesen stummen Stellenwechsel in jeder Letter, jedem Wort, so, daß *da*, wo ein Wort – seines Orts – zu sein scheint, in die Falle des Augenblicks gegangen, da, nämlich *geschrieben* steht, das Wort – lautlos – aufbricht: eine offene Wunde an der Seele des Lesenden.

Durchsichtig-undurchsichtig, *nichts als Auge und Ohr*, aber weder *ganz* Auge noch *ganz* Ohr, nimmt der Dichter »seine Farbe von den Dingen, auf denen er ruht«: er nimmt sie nur so *in Besitz*, daß er ihre Farbe annimmt. Sein Schreiben, das lautlose Wechseln der Stelle, ist Mimikry ans Durch-, ans Undurchsichtige. Es mimt Inbesitznahme. Es zahlt sich nicht aus. Worauf er ruht, das wandert in ihn ein, ohne in ihm anzukommen, ohne in ihm, der die Stelle unaufhörlich wechselt, den ein oder andern Posten, die ein oder andere Stellung zu beziehen: es bricht in ihn ein, aber in ihm auf und auseinander, ohne daß der Auseinanderbruch dessen, was er sieht und hört, zustande kommt. Nichts anderes als diesen Auseinanderbruch, der nicht zustandekommt, stellen seine Schriften aus. Sie bilden eine Treppe, die sie, *von unter der Treppe her*, höhlen.

Der Dichter dort, unter der Treppe, »ist der Zuseher, nein, der versteckte Genosse, der lautlose Bruder aller Dinge«. Das *Nein* in diesem Satz mimt Gestammel, Stottern. Es wirft die Frage der Benennung, die Frage nach dem *Namen*, dem *Eigen*namen dessen, der lautlos die Stelle wechselt, auf: er ist der Zuseher, *nein*, der versteckte Genosse, *nein*, der lautlose Bruder aller Dinge, *nein* ... Die Zeilen stellen das Leiden, sie stellen die Lust am *Um*benennen, am lautlosen Wechsel der Namen aus. Am Wechsel nicht als Ersetzung von Worten durch Worte, sondern verwechselbarer so, daß die verworfenen *bleiben* und die berufenen heimsuchen. Der Dichter ist ja der Zuseher, nein: er sieht, aber nicht zu, ist nicht Zuschauer – *theoretés* –, sondern, nichts als Auge (und Ohr), ins Sehen versunken. Er ist ja der versteckte Genosse, nein: in dem Wort *Genosse* liegt das Wort *Genuß* bloß. Er ist ja der lautlose Bruder aller Dinge, nein: er wechselt lautlos die Stelle des Bruders und nimmt, stummes Geschwisterkind, die Farbe eines andern Dings, ohne sie *an*zunehmen. Was er nimmt, nimmt er nicht in Empfang. Er *nimmt* alle Namen – wie Dinge –, alle Wörter aller Sprachen, aber keinen Namen, kein Wort keiner Sprache – *an*. Alle bleiben ihm, der nicht bleibt, *An*nahmen: teilbar, wund. »[...] und das Wechseln seiner Farbe ist eine innige Qual: denn er leidet an allen Dingen und indem er an ihnen leidet, genießt er sie. Dies Leidendgenießen, dies ist der ganze Inhalt seines Lebens«. *Unter der Treppe*: unter der Wahrnehmungsschwelle. Der Dichter zieht aus dem Leiden an den Dingen, an Worten *wie* Dingen, die ihn färben, nicht Nutzen, sondern Genuß: er findet an den Worten, die er *lautlos* nimmt, ein eigentümliches Gefallen. Die Dinge, Worte, die er nimmt, nimmt er nicht in Gebrauch, sondern dies Nehmen, seiner Farbe von den Dingen, ist der ganze Inhalt seines Lebens. *Nehmen* heißt in diesen Zeilen: leidend genießen, Genuß am Leiden finden. »Er leidet, sie [die Dinge] so sehr zu fühlen«. Dies *Leiden* ist nicht aus einem Guß, es bleibt zwischen Passivität und Passion, zwischen Duldung und Zuneigung offen: er mag die Dinge leiden. Was er leidet, ist das lautlose Wechseln der Stelle, die die Dinge, für einen Augenblick, bekleiden. Der *ganze* Inhalt seines Lebens bildet kein *Ganzes* und gewährt keinen *Halt*, denn sein Leben geht in die Erfahrung der Haltlosigkeit der Dinge, nicht weniger als der Dichter, die lautlos die Stelle, unter der Treppe, lautlos Namen wechseln und verwechseln, auseinander.

Der Dichter leidet, so heißt es, die Dinge zu *fühlen*: auch deshalb ist er, obwohl nichts als Ohr und Auge, nicht Zuschauer, nicht *Theoretiker* der Dinge, er *sieht* sie nicht, sondern nimmt mit den Dingen, die er sieht und hört, *indem* er sie hört und sieht, *Fühlung*. Aber so, *so sehr*, daß es dem Vorsatz oder Versprechen zu sagen, *wie sehr*, die Stimme und das Wort verschlägt. Er füllt, unter der Treppe, keine Hohlform mit Inhalten; nicht das Füllen, um Erfüllung zu finden, nicht Erkenntnis, um Wissen zu sammeln und zu speichern, sondern *Fühlen*, eine *Grenz*erfahrung, ist der ganze Inhalt seines

Lebens: das Innewerden der Verletzlichkeit der Form, *sprachlicher* Formen, die er fühlt, nicht füllt. Der Dichter fühlt, *so sehr*: über alles, was *Fühlen* heißt, hinaus. In ihm, der lautlos die Stelle, lautlos die Farbe wechselt, lautlos – Worte, spielt das Innewerden der Verletzlichkeit nicht nur von Worten (wie Dingen), sondern der Grenze zwischen den Sinnen. Er *fühlt* das Inein*ander* aller Sinne, die alle *Sinne* heißen, aber *Fühlen* ist nicht das Wort. Der Dichter ertastet, unter der Treppe, unter die Schwelle des Fühlens zurück, ins Fühlen vertieft, eine Grenze, an der Hören und Sehen vergehn.

Der Dichter, heißt das, heißt, *so sehr* er *Dichter* heißen mag, nicht Dichter. Der Dichter, *nein*, der Zuseher, *nein*, ... Doch auch *Nein* nennt den Dichter nicht beim Namen. Nein, *nein* ... Das Leiden am Wort, das fehlt, dessen Fehlen der Dichter *fühlt*, löst aber Gefallen an allen Worten, die kommen und gehn, Gefallen am Ineinanderüber- von Worten (wie Dingen), Gefallen am Fehlgehn der Worte, die sich einstellen, aus. Das seltsame Wohnen des Dichters, *unter der Treppe* seines eigenen Hauses, mag deshalb *seltsam* heißen, weil die Wahrnehmung des Dichters von dort, von unter der Treppe her, alles, was *so* oder *so* oder *anders* heißt, aufs Spiel setzt. Mit einem andern Wort, das *Heißen*. Also auch das, was im Vortrag *Haus* heißt. Und also die *Ökonomie* des Vortragstextes, *DER DICHTER UND DIESE ZEIT*. Denn wenn kein Anhalt, gerade auch unter der Treppe nicht, dafür gefunden werden kann, daß der Dichter *Dichter* heißt, dann geht auch der Anhalt dafür, ob nicht die Zeit in Wirklichkeit *Haus* oder das Haus nicht in Wirklichkeit *Zeit* heißt, verloren.

Gegen den drohenden Ruin, das Haus der Rede (wie die Rede vom Haus, in ihr) zum Einsturz gebracht zu sehn, bietet von

Hofmannsthal die Rede vom *Gleichnis* auf: » – dies unerkannte Wohnen, es ist nichts als ein Gleichnis, ein Gleichnis, das mir zugeflogen ist, weil ich vor nicht vielen Wochen diese Legende in dem alten Buch *DIE TATEN DER RÖMER* gelesen habe – aber ich glaube, es hat die Kraft, uns hinüber zu leiten, daß ich Ihnen von dem spreche, was nicht minder phantastisch ist und doch so ganz zu dem gehört, was wir Wirklichkeit, was wir Gegenwart zu nennen uns beruhigen: zu dem, wie ich den Dichter wohnen sehe im Haus dieser Zeit, wie ich ihn hausen und leben fühle in dieser Gegenwart, dieser Wirklichkeit, die zu bewohnen uns gegeben ist«. Das unerkannte Wohnen des Dichters, unter der Treppe des eigenen Hauses, nennt von Hofmannsthal ein Gleichnis, *nur* ein Gleichnis. Der Dichter wohnt nicht *wirklich*, nicht in Wirklichkeit unter der Stiege im eigenen Haus, sondern in seiner Zeit, in der Gegenwart seiner Zeitgenossen so, *als ob* er die Wirklichkeit wie ein *Haus*, *sein* Haus, bewohnte. Dies erste Gleichnis, das Wohnen in der Wirklichkeit der Gegenwart seiner Zeit *wie in einem Haus*, wird aber durch ein zweites heimgesucht: der Dichter wohnt im Haus der Zeit, *als ob* er dort nicht wohnte. Er wohnt in seiner Zeit, als wohnte er im eignen Haus, aber so, als wohnte er dort nicht: er wohnt im Haus der Zeit, das er nicht in Wirklichkeit bewohnt, denn die Wirklichkeit der Zeit ist in Wirklichkeit kein *Haus*, so, als wohnte er in ihm – unerkannt, *unter der Treppe* – der Trauer über sein Fehlen bei, und zieht aus dem Leiden an der Klage um ihn – den *Hausvater* – *wie* um einen Verschwundnen, *wie* um einen Toten, insgeheim Genuß. Der Dichter bewohnt das *Als-ob* des Wohnens im Haus der Zeit so, *als ob* er dort nicht wohnte. Er wohnt noch im *Als-ob* nur so, *als ob* er in ihm wohnte. Dies Wohnen im *Als-ob*, als ob ..., ist, *im Gleichnis* des Wohnens als Wohnen *im Haus*, das Wohnen *unter der Treppe* des Hauses, *wie* in einem Haus. Das Wohnen des Dichters *unter der Treppe* setzt die Gleichnis*kraft*, einen eigentlichen aber undurchsichtigen Sachverhalt durch einen uneigentlichen aber einleuchtenden Sachverhalt genauer zu fassen, außer Kraft.

Unter der Rede vom *Gleichnis* setzt eine eigentümliche *Vergleichgültigung* zwischen dem undurchsichtigen Verhältnis des Dichters zu *dieser Zeit*, in der er lebt, und dem Bild vom unerkannten Wohnen eines Hausvaters, unter der Treppe, im eigenen Haus, der Legende ein. Denn von Hofmannsthal hält, der Rede vom *Gleichnis* zum Trotz, an der Wendung vom *Haus* im Fall des Dichters wie im Fall des legendären Hausherrn, am Wohnen *in der Zeit* wie in einem Haus, fest. Durch dies Festhalten gehn aber die Rede vom Dichter wie die Rede vom Hausvater in das über, wogegen das Gleichnis als Vergleich aufgeboten schien: in Indifferenz. Diese Indifferenz durchläuft im Vortrag, an genau dieser Stelle, die vom *Gleichnis* handelt, den Benennvorgang und erschüttert, in ihm, den Glauben an die Nenn*kraft*. Das Gleichnis habe, so glaubt von Hofmannsthal, zumindest ist vom Glauben *die Rede*, »die Kraft, uns hinüber zu leiten, daß ich Ihnen von dem spreche, was nicht minder phantastisch ist und doch so ganz zu dem gehört, was wir Wirklichkeit, was wir Gegenwart zu nennen uns beruhigen: zu dem, wie ich den Dichter wohnen sehe im Haus dieser Zeit, wie ich ihn hausen und leben fühle in dieser Gegenwart, dieser Wirklichkeit, die zu bewohnen uns gegeben ist«. Dem Gleichnis vom unerkannten Wohnen des Hausherrn unter der Treppe des eigenen Hauses wird die Kraft zugesprochen, dorthin überzuleiten, wie eine Leiter über einen Abgrund: *daß* ich spreche. Hinüberzuleiten zur Möglichkeit, überhaupt zu sprechen. Und zwar vom *Dichter*, der *stumm* die Stelle wechselt: *lautlos* wohnt. Unter der Treppe. Dieses Sprechen aber stellt die Benenn*kraft*, den

Glauben an ein prästabiliertes oder zu erstellendes Korrespondenzverhältnis zwischen benennendem Wort und zu benennender Sache (und wäre die Sache das *Wort*), also auch die Durchsetzung des Anspruchs, durchs benennende Wort eine *bedeutende* Stelle in Besitz zu nehmen und sie um jeden Preis zu halten, infrage. Denn gesprochen werden soll nicht von der *Wirklichkeit* und *Gegenwart*, und also auch nicht *in* der einen oder andern, sondern von dem, »was wir Wirklichkeit, was wir Gegenwart zu nennen uns beruhigen«: von dem, was wir *gewohnt* sind, *Wirklichkeit* und *Gegenwart* zu nennen, was aber auch anders, zum Beispiel *Zeit* und *Haus der Zeit* heißen könnte. Das Gleichnis soll die Kraft haben, hinüberzuleiten *unter die Treppe*: dorthin, wo der Glaube an die Benenn*kraft* aussetzt: »zu dem, wie ich den Dichter wohnen sehe im Haus dieser Zeit, wie ich ihn hausen und leben fühle in dieser Gegenwart, dieser Wirklichkeit, die zu bewohnen uns gegeben ist«. Alle Wendungen in diesem Satz, die den Ort des Wohnens, einen Wohn*sitz* nennen: *im Haus dieser Zeit – in dieser Gegenwart – dieser Wirklichkeit*, nennen den Ort, *indem* sie ihn so oder so oder anders nennen, ohne Gewißheit über den *Namen* des Orts und also über den Ort *selbst* verbreiten zu können, *als ob* sie ihn nennten: *unbestimmter Wohnsitz*. Wenn es von diesen Wendungen und Wörtern, die, einander zum Verwechseln ähnlich, lautlos die Stelle wechseln, ohne eine *bestimmte* einzunehmen, heißt, es sei uns *gegeben*, sie zu bewohnen, dann beruht diese *Gegebenheit* auf der Gewohnheit, *anzunehmen*, in diesen Wendungen, die den Schein *stehender* Wendungen verbreiten, zu wohnen. Wir leben aber weder *im Haus dieser Zeit* noch *in der Gegenwart* noch *in Wirklichkeit*, sondern im Umgang mit Worten, die (jeden Augenblick) lautlos die Stelle wechseln. Zum Beispiel das Wort *wir*.

Was von Hofmannsthal, der den Ruin von *Gegenwart* und *Wirklichkeit* und *Haus* und *Zeit* in Kauf nimmt, aus diesem Ruin, aus dem Einsturz des Hauses im Gleichnis wie in der Rede vom Dichter, den der Vortrag im *Haus dieser Zeit* wohnen läßt, rettet, ist die Wendung *unter der Treppe.* In diesem Ruin, unter der Treppe zerfallender Sprachen, haust der Dichter, lautlos, als ein unerkannter *Hausvater*; von Hofmannsthal verleiht ihm, unter Rückgriff auf eine Legende, die Aura eines heimlichen Königs und Heiligen.

Welche Legende? Was von Hofmannsthal »vor nicht vielen Wochen [...] in dem alten Buch *DIE TATEN DER RÖMER* gelesen« hat, ist die Legende um den Heiligen Alexis oder Alexius, die seit Anfang des 14. Jahrhunderts, aus älteren Fassungen (bis ins 5. Jahrhundert zurück) tradiert, sowohl in den *GESTA ROMANORUM* als auch, kaum abweichend, in der *LEGENDA AUREA* des Iacobus de Voraginus überliefert und aus beiden Büchern in andre Sprachen übersetzt wird[50]. In den *GESTA ROMANORUM* ist Alexius der einzige Sohn des römischen Senators Euphemian und seiner Frau Aglaia. Noch in der Hochzeitsnacht, nachdem er seine Braut ermahnt hat, ihre Unschuld zu bewahren – *ad virginitatis provocare pudorem* – und in Gottesfurcht zu leben, verläßt Alexius unerkannt das Elternhaus und gelangt auf Umwegen in die syrische Stadt Edessa. Der Vater, in Sorge – *ingemiscens* (aufseufzend) – um den verlorenen Sohn – *decessum filii* –, läßt allenthalben, ohne ihn zu finden, nach ihm suchen. Alexius lebt in Edessa 17 Jahre lang als Bettler auf der Schwelle zur Kirche der Gottesmutter Maria – *in atrio dei genetricis Mariae sedere coepit* –. Nach Ablauf dieser Zeit spricht ein Bild der Jungfrau – *imago virginis* – im Kircheninnern den Küster an und verlangt von ihm, dem Alexius Einlaß zu gewähren – *Fac introire hominem dei, quia dignus est regno caelorum* –. Dem Küster, der nicht weiß, von wem die Rede ist, wird der Bescheid erteilt: *Ille, qui sedet foris in atrio, ipse est* (Jener, der draußen auf der Schwelle sitzt, der ist's). Alexius verläßt, weil er den Ruhm verabscheut, Edessa, wird durch einen Sturm in einen römischen Hafen verschlagen und beschließt, in sein Vaterhaus – *In domo mei patris* – zurückzukehren, dort unerkannt zu wohnen – *ignotus manebo* –. Der Vater, vom Sohn auf der Straße angesprochen und um Aufnahme in sein Haus gebeten, gewährt dem Unbekannten dort einen eigenen Ort – *locum proprium in domo sua tribuit* –. Nach wiederum 17 Jahren unerkannten Wohnens, im Vaterhaus, verlangt Alexius, weil er sein Leben zu Ende gehen fühlt, Papier und Tinte, und hält sein Leben schreibend fest – *et totum ordinem vitae suae ibidem scripsit* –, worauf er stirbt. Vom Himmel fordert eine Stimme, einen Gottesmann zu finden, der imstande sei, für Rom zu Gott zu beten. Niemand wird gefunden, bis die Stimme einen Hinweis gibt: *In domo Euphemiani quaerite* (Sucht im Haus des Euphemian), wo der Leichnam des Namenlosen mit der Lebensbeschreibung in Händen liegt. Aus dem Vorlesen der Schrift enthüllt sich der Tote den Umstehenden als der verlorene Sohn, Alexius. Die um den Leichnam sich drängenden Kranken werden durch Berührung geheilt. Unter Tränen und Wehklagen, des Vaters, der Mutter und Braut, wird der Tote in die Kirche des Heiligen Bonifatius überführt, wo ihm ein Grabmal aus Gold und Edelsteinen errichtet wird – *monumentum ex auro et gemmis pretiosisque lapidibus* –. Die Legende datiert den Todestag des Heiligen Alexius in das Jahr 328.

Dies unerkannte Wohnen, des Heiligen Alexius in den *GESTA ROMANORUM*, das ich Dir *so*, das man auch *anders* zusammenfassen und auseinanderlegen könnte, übernimmt von Hofmannsthal nicht ohne Abweichungen, Kürzungen und

Zusätze aus der Legendensammlung. In der Legende ist Alexius kein *Fürst*, es ist ihm nicht »auferlegt [...], sein fürstliches Haus und Frau und Kinder zu lassen und nach dem Heiligen Lande zu ziehen«; das Haus, das er verläßt, ist nicht *sein*, sondern seines *Vaters* Haus, und er läßt in ihm nicht *Frau und Kinder*, sondern seine kinderlose Braut zurück. Alexius kehrt ins Vaterhaus zurück, doch aus freien Stücken; es ist ihm nicht »auferlegt, nun als ein unerkannter Bettler sein eigenes Haus zu betreten und zu wohnen, wo das Gesinde ihn wiese. Das Gesinde wies ihn unter die Treppe [...]. Dort haust er und hört und sieht seine Frau und seine Brüder und seine Kinder, wie sie die Treppe auf und nieder steigen«. Nicht nur, daß er in diesem Haus weder *seine Brüder* noch *seine Kinder* sehn und hören kann; die Legende nennt ihn den einzigen Sohn seiner Eltern und seine Braut kinderlos; sondern er wohnt auch nicht *unter der Treppe*. Den Ort, den der Vater ihm zuweist, nennt die Legende *locum proprium*: ein dem *Fremden* im Haus des Vaters *eigener* Ort: die eigentliche Fremde, im eigenen Haus, wo die Knechte des Hauses den Fremden mit Spott und Spülwasser übergießen – *Famuli autem domus ipsum deridentes aquam utensilium domus super caput eius frequenter fundebant*. Es scheint, als ob die Übersetzer der Legende den Ort *unter der Treppe* aus diesem Hinweis als den eigentlich fremden Ort und als Eigentum des Fremden (dem nichts eignet) *interpolieren*. William Caxton, der erste englische Buchdrucker und Verleger, Autor einer englischen Version der Legende (im 15. Jahrhundert), aus der *LEGENDA AUREA* des Iacobus de Voraginus übersetzt, führt den Ort *unter der Treppe* mit folgenden Worten in die englische Übersetzung ein: »And anone he [Euphemian] commysed hym to one of his servauntes, and commaunded y^{t} his bedde sholde be made in a corner of ye hall, whereas comers and goers myght se hym. And the servaunt to whom Alexis was commaunded to kepe made anone his bedde under the stayr and steppes of the hall. And there he lay right like a poore wretche [...]«[51].

Einschub. – Der Eindruck der Interpolation, an dieser Stelle, wo der *locus proprius* des Fremden, ein Ort *außer Haus im Haus* des Vaters, zum Ort *unter der Treppe* präzisiert wird, täuscht. Denn ältere Fassungen der Alexiuslegende nennen den Ort unter der Treppe ausdrücklich. In einer altfranzösischen metrischen Version, Mitte des 11. Jahrhunderts, *LA VIE DE SAINT ALEXIS*, begegnet der Sohn, im Augenblick der Rückkehr nach Rom, auf der Straße unerkannt dem Vater, erkennt ihn wieder und spricht ihn beim Eigennamen an – *Sil reconut, par sun dreit num le numet* –. Er bittet Euphemian nicht nur um Herberge in dessen Haus, sondern geht ins Detail: um ein einfaches Lager unter der Treppe – *Suz tun degrét me fai un grabatum* –, das weiter unten noch einmal genannt wird: unter der Treppe, wo er auf einer Matte ruht – *Soz le degrét ou il gist sur sa nate* –[52]. Die Wendung vom *locus proprius* in den *GESTA ROMANORUM* nennt nicht den Ort beim Namen, sondern unterdrückt (durch Überschreibung), als wäre sie tabu, die überlieferte Wendung *unter der Treppe*. Der *eigentliche* Ort, das Eigentum – *proprium* – des besitzlosen Fremden im Haus Euphemians, ist ein Un- und *Abort*, der in der *Ökonomie* des Hauses keine Stelle hat, weil er das Haus einem Haus – *außer Haus* – in ihm aussetzt, das den Gebrauch und die Bewohnbarkeit des ganzen Hauses in jedem seiner Teile, ausgehend von der *Treppe* und vom Treppen*haus*, ruiniert. *Gegen* das Wohnen unter der Treppe des Hauses, *wie* in einem Haus, gegen das Wohnen unter der Treppe des Hauses *wie in einem Gleichnis* vom Wohnen, von der *Obdachlosigkeit* des Wohnens überhaupt, bietet das Haus keinen Schutz. Nicht nur hat das Wohnen unter der Treppe des Hauses *wie in einem Haus* keinen Ort *im Haus*, sondern es entstellt den Ort des Hauses *selbst*: das Haus *ist* vielleicht, weil es Haus *heißt*, und also auch anders heißen könnte, kein *Haus*. Das Wohnen des namenlosen Fremden unter der *Treppe* wie unter einem *Dach* setzt den Willen zum *nomen proprium*, an dem Besucher und Bewohner das Haus *als* Haus und jeden seiner Teile *als solchen* – an seinem Ort – *lokalisieren* können, an dem sie einander wie *sich selbst* als am Namen, den sie als *Eigen*namen tragen, wiederzuerkennen glauben, außer Kraft.

> *Zusatz* (im Winkel): der Name, Eigenname dessen, der unter der Treppe haust, Alexius, erinnert nicht nur an das griechische Nomen *álexis* – Hilfe – und seine Herkunft aus dem Verb *alexein* – Gefahr abwehren, abwenden, -halten, und also (ein Haus und seine Bewohner) verteidigen –, sondern setzt, der Zusammensetzung des Worts *Ökonomie* aus *oikos* – Haus – und *nomos* nah, das ins Lateinische unter anderem durch *lex* – Gesetz – übersetzt wurde, das Gesetz des Hauses, seine *Benenn*kraft, *a*lex-, gesetzlos unter der Treppe des Eigennamens lungernd, auseinander.

In der Legendenfassung der GESTA ROMANORUM ist es Alexius nicht »auferlegt, sich nicht zu erkennen zu geben«, sondern er entscheidet: *In domo patris mei ignotus manebo* (Im Haus meines Vaters werde ich unerkannt wohnen). Dreimal schreibt von Hofmannsthal, ihm liegt an diesem Wort, dem Dichter sei *auferlegt*: »Gleicht er nicht dem fürstlichen Pilger aus der alten Legende, dem auferlegt war [...] aber ehe er die Schwelle betrat, wurde ihm auferlegt [...] Aber ihm ist auferlegt [...]«. Doch was dem Dichter, der dem Heiligen im Gleichnis gleicht, *auferlegt* heißt, ist genau genommen eine *Überlagerung* (oder Überlastung) der Legende. Das Auferlegte hat im Vortrag die Faktur der Überschreibung: es gleicht (mit Ausnahme der Wendung *unter der Treppe*, die von Hofmannsthal, vor den Wortlaut der Legendenfassung in den *GESTA ROMANORUM* zurück, freilegt und festhält) einem *Palimpsest*.

Unter Überlagerungen vergraben, unter die Treppe des eigenen Hauses wie in ein Grab zu Lebzeiten ausgesetzt, zeichnet der Vortrag den Dichter zum *Hausvater* aus, der sein Haus, das Haus dieser Zeit (nicht weniger als Sprache) so bewohnt, als bewohnte er es nicht. Er wohnt als unerkannter Zeuge der Sorge um den Verschollenen wie der Trauer um den Totgeglaubten bei und zieht aus diesem Umstand, sich nicht nur *als* Lebendigen und sich *als* Anwesenden zu kennen (und so zu *nennen*), sondern sich außerdem auch *als* Verschwundenen und sich *als* Toten besprochen zu sehn und zu hören, Genuß. Er besitzt nicht nur alles, was er, *als* Hausvater, von Rechts wegen besitzt, sondern er besitzt, weil er alles, was er besitzt, außer *daß* er es besitzt, auch so besitzt, als besäße er es nicht, auch den *Nicht*besitz des Hauses, und zieht aus diesem Nichtbesitz, als aus einem zusätzlichen Besitz, Genuß. Die eigentümliche *Ökonomie*, deren Beherrschung von Hofmannsthal dem Dichter in dieser Zeit, im *Haus der Zeit* zuschreibt, baut auf der Annahme, daß der Dichter *Fürst* des Hauses, in Wirklichkeit Haus*vater* ist: der *Vates – Vater*, der *Poet – Pater*, und der *Dichter – Dach*. Diese Annahme durchläuft von Hofmannsthals Adaption oder Adoption der Alexiuslegende in der Fassung der *GESTA ROMANORUM* von einem Ende des Vortrags zum andern. Obwohl der Dichter »lautlos seine Stelle [...] wechselt«, ist es immer *seine* Stelle, die er wechselt, ist es sein *Stand*, den der Dichter in jeden Stellen- und Stellungswechsel mitnimmt. Der da die Stelle lautlos wechselt, ist immer ein und der*selbe*: der Dichter als heimlicher Herrscher im Haus (der Zeit). Das Wohnen *unter der Treppe* des eigenen Hauses *wie* in einem Haus untergräbt aber den Anspruch, den der Dichter von dort, von unter der Treppe wie aus dem Wohnen *im Negativ* des Wohnens im eigenen Haus her, auf den Besitz noch der Unmöglichkeit, das Haus *als* Haus zu besitzen, erhebt. Die Annahme, noch den *Nicht*besitz des Hauses zu besitzen, baut auf der Annahme, das Haus zu besitzen. Und vor diese Annahme zurück auf der Annahme, das *Besitzen* zu besitzen: in den Besitz eines Wortes (hier des Wortes *Besitz*) und seiner Bedeutung gelangt zu sein und an diesem Wort wie an seiner Bedeutung als an einem Besitz festhalten, auf dieses Wort wie auf seine Bedeutung bauen zu können. Das Wohnen *unter der Treppe* wie unter einem *First* oder *Dach*, mit andern Worten *wie in einem Haus*, unterminiert den Anspruch, daß die Treppe in Wirklichkeit *Treppe* heißt und als solche in Gebrauch ist, *außerdem* aber, nämlich *abgesehn* von diesem *Sach-* und *Sprach*verhalt, auch noch anders heißen und also anders in Gebrauch genommen werden kann. Das Wohnen *unter der Treppe* unterminiert den Anspruch, noch das *Leiden*, aus dem der Dichter *Genuß* zieht, in den Dienst der *Nutz*nießung zu stellen. Es legt die Stelle, die von Hofmannsthal den Dichter als *seine*, dem Dichter *eigene*, im Haus der Zeit als Hausvater Kronos (der seine Söhne verschlingt) einnehmen läßt, brach.

Im Text der *GESTA ROMANORUM* ist Alexius nicht Fürst und Vater, sondern der *verlorene Sohn*. Er ist dort *die Sorge des Hausvaters.* Unter diesem Titel hat Franz Kafka 1920 in dem Band *Ein Landarzt*, den er *Meinem Vater* widmet, eine kleine Erzählung erscheinen lassen, die das Echo beider, der Wendung *unter der Treppe* in von Hofmannsthals Vortrag *DER DICHTER UND DIESE ZEIT* wie der Wendung vom *locus proprius* in der Legende vom Heiligen Alexius, wie sie die *GESTA ROMANORUM* überliefern, wirft:

Die Sorge des Hausvaters.

Die einen sagen, das Wort Odradek stamme aus dem Slawischen und sie suchen auf Grund dessen die Bildung des Wortes nachzuweisen. Andere wieder meinen, es stamme aus dem Deutschen, vom Slawischen sei es nur beeinflußt. Die Unsicherheit beider Deutungen aber läßt wohl mit Recht darauf schließen, daß keine zutrifft, zumal man auch mit keiner von ihnen einen Sinn des Wortes finden kann.

Natürlich würde sich niemand mit solchen Studien beschäftigen, wenn es nicht wirklich ein Wesen gäbe, das Odradek heißt. Es sieht zunächst aus wie eine flache sternartige Zwirnspule, und tatsächlich scheint es auch mit Zwirn bezogen; allerdings dürften es nur abgerissene, alte, aneinander geknotete, aber auch ineinander verfitzte Zwirnstücke von verschiedenster Art und Farbe sein. Es ist aber nicht nur eine Spule, sondern aus der Mitte des Sternes kommt ein kleines Querstäbchen hervor und an dieses Stäbchen fügt sich dann im rechten Winkel noch eines. Mit Hilfe dieses letzteren Stäbchens auf der einen Seite, und einer der Ausstrahlungen des Sternes auf der anderen Seite, kann das Ganze wie auf zwei Beinen aufrecht stehen.

Man wäre versucht zu glauben, dieses Gebilde hätte früher irgendeine zweckmäßige Form gehabt und jetzt sei es nur zerbrochen. Dies scheint aber nicht der Fall zu sein; wenigstens findet sich kein Anzeichen dafür; nirgends sind Ansätze oder Bruchstellen zu sehen, die auf etwas Derartiges hinweisen würden; das Ganze erscheint zwar sinnlos, aber in seiner Art abgeschlossen. Näheres läßt sich übrigens nicht darüber sagen, da Odradek außerordentlich beweglich und nicht zu fangen ist.

Er hält sich abwechselnd auf dem Dachboden, im Treppenhaus, auf den Gängen, im Flur auf. Manchmal ist er monatelang nicht zu sehen; da ist er wohl in andere Häuser übersiedelt; doch kehrt er dann unweigerlich wieder in unser Haus zurück. Manchmal, wenn man aus der Tür tritt und er lehnt gerade unten am Treppengeländer, hat man Lust, ihn anzusprechen. Natürlich stellt man an ihn keine schwierigen Fragen, sondern behandelt ihn — schon seine Winzigkeit verführt dazu — wie ein Kind. „Wie heißt du denn?" fragt man ihn. „Odradek," sagt er. „Und wo wohnst du?" „Unbestimmter Wohnsitz," sagt er und lacht; es ist aber nur ein Lachen, wie man es ohne Lungen hervorbringen kann. Es klingt etwa so, wie das Rascheln in gefallenen Blättern. Damit ist die Unterhaltung meist zu Ende. Übrigens sind selbst diese Antworten nicht immer zu erhalten; oft ist er lange stumm, wie das Holz, das er zu sein scheint.

Vergeblich frage ich mich,

was mit ihm geschehen wird. Kann er denn sterben? Alles, was stirbt, hat vorher eine Art Ziel, eine Art Tätigkeit gehabt und daran hat es sich zerrieben; das trifft bei Odradek nicht zu. Sollte er also einstmals etwa noch vor den Füßen meiner Kinder und Kindeskinder mit nachschleifendem Zwirnsfaden die Treppe hinunterkollern? Er schadet ja offenbar niemandem; aber die Vorstellung, daß er mich auch noch überleben sollte, ist mir eine fast schmerzliche.

In der Alexiuslegende, wie die *GESTA ROMANORUM* sie überliefern, gilt die Sorge des Hausvaters dem verschollenen Sohn: *At pater decessum filii ingemiscens per universas mundi partes pueros suos misit, qui eum inquirerent diligenter* (Der Vater, seufzend um den verlorenen Sohn, sendet seine Knechte in alle Teile der Welt, sorgfältig nach ihm zu suchen). Später sorgt er, dem Doppelsinn des Wortes *Sorge* – zwischen *cura* und *caritas*, *Sorge-tragen-für* und *Sich-sorgen-um* – entsprechend, für den Fremden, dem er einen *locum proprium* in seinem Haus anweist: unter der Treppe. Von Hofmannsthals Vortrag kehrt dieses Verhältnis um: im Haus der Zeit tragen alle Bewohner – »seine Frau und seine Brüder und seine Kinder« – Sorge um den verschollenen Hausvater, an dessen Stelle der Vortrag den Dichter rückt, der unerkannt wohnt, im eigenen Haus: unter der Treppe. In Kafkas kleiner Erzählung gilt die Sorge – als *Angst-um* und *Angst-vor*, wie als *Fürsorge* – weder dem Vater noch dem Sohn, obwohl sie die Sorge *des Hausvaters* heißt und auf seine *Kinder und Kindeskinder* zielt. Die Sorge betrifft, in den Worten des Hausvaters, zunächst ein *Wort*, die *Bildung* eines Wortes, das Wortgebilde *Odradek*. Wortforscher versuchen, die Bildung des Wortes aufgrund seiner Abstammung aus der ein oder andern Sprache nachzuweisen. Denn *Odradek* ist *Fremd*wort. Kein *Fremdwort* im eigentlichen Sinn des Wortes *Fremd-*, nicht abstammend aus einer *eigenen*, im Haus einer andern, fremden Sprache unterwegs, sondern befremdlicher: allen Wörtern aller Sprachen *fremd*. Es kommt im Wörterbuch keiner Sprache vor, seine Herkunft, sein Sinn und seine Bestimmung sind unbekannt. Das Wort *Odradek* bleibt *alexi …*: es entspringt keinem *Stamm*, wurzelt in keinem Grund und gehört keiner Familie an. Ohne Vorfahren und Nachkommen, ohne *Eltern*, aus *Lettern* gebildet, kommt Odradek, *wie ein Wort*, aber vag, *alexi*kalisch, im Haus des Hausvaters vor.

Über den *Stand* des Hausvaters wie des Hauses verliert *DIE SORGE DES HAUSVATERS* kein Wort. Er ist weder Senator noch Fürst, und auch kein Dichter, sondern gleicht, auf der Schwelle zum Lexikographen, der Parodie des *Grafen*: kaum mehr als ein *Graph*. *Para*-Graph. Das Haus aber gleicht dem Haus, und Haus*halt*, der ein oder andern Universal- oder Partikularsprache, hier vielleicht der deutschen oder tschechischen. Der *Ökonomie* der Sprache als Haus aus *Wörtern* entsprechend, deren jedes einer *Sache* oder einem Sachverhalt im Haus der Welt, im Kosmos als Welt*gebäude* korrespondiert, geht der Grund für die Sorge des Hausvaters (dessen Silhouette zwischen *-graph* und Haus*gott* zögert) vor das Wort zurück und über das Wort hinaus: dem Wort entspricht ein *Wesen*, der Hausvater nennt es auch *Gebilde*, das *Odradek* heißt.

Das dem Wort entsprechende Wesen erscheint nicht weniger sinnlos als das Wort: »das Ganze erscheint zwar sinnlos, aber in seiner Art abgeschlossen«. Über diesen Worten schließt die Beschreibung des *Gebildes* durch den Hausvater: »Näheres läßt sich übrigens darüber nicht sagen, da Odradek außerordentlich beweglich und nicht zu fangen ist«. Unbehaust und unbrauchbar, sucht das Wesen oder Gebilde, das *Odradek* heißt, nicht nur das Haus des Vaters, *unser Haus*, sondern auch andre Häuser, aus denen er – aus dem *Es* ist ein *Er* geworden – »dann unweigerlich wieder in unser Haus« zurückkehrt, heim. Unheimliche Ein- und Heim- und Rückkehr. Unheimliche Kehre.

Im Haus nicht der deutschen, sondern der tschechischen Sprache kommt ein Wort vor, es ist dort zuhause, das den *Abfall*, alles das, was außer Gebrauch geraten, vernutzt und unbrauchbar geworden ist, beim rechten Namen nennt: *Od-*

padek[54]. Das Wort *Odpadek* führt das, was außer Gebrauch geraten sinnlos übrig, achtlos liegen bleibt, dem Vergessen anheimgegeben, alles, was aus der *Ökonomie* sinnvollen Wort- und Sachgebrauchs herausfällt, alles Weggeworfne, Ausgeschiedene, *Entsorgte*, also alles, was *im Haus* – der Sprache und Welt – keinen Platz mehr hat, in den Sprachgebrauch wieder ein. Das Wort *Odpadek* bedeutet alles, was nichts mehr bedeutet. Alles, was unwiderruflich unter den Teppich oder unter die Treppe gekehrt gehört: Kehricht. *Odpadek* nennt, ohne ihn zu nennen, im Haus der tschechischen Sprache, den Ort *unter der Treppe*.

Das Wort *Abfall*, im Haus der deutschen Sprache, nennt aber nicht nur den Kehricht und Müll, sondern reichert die tschechischen Wörter *Odpad* und *Odpadek* – *Pád* nennt im Tschechischen den *Fall* – insgeheim mit andern Bedeutungsnuancen an. Der Abfall nennt das Fallen der Blätter von den Bäumen. *Odradeks* Lachen klingt, in den Worten des Hausvaters, »etwa so, wie das Rascheln in gefallenen Blättern«; Abfall als Abtrünnigkeit, Untreue und Verrat, nennt aber auch, in den Worten Johann Christoph Adelungs, »die bösliche Verlassung eines rechtmäßigen Herrn oder einer Religion«[55]: den Abfall vom Haus(vater), vom Herrn, von Gott. *Odpadek* klingt, unter diesem Winkel wahrgenommen, etwa so, wie der Eigenname für das Haus der Welt *nach dem Fall*. Dem Hinweis des Hausvaters auf die *Winzigkeit* Odradeks nah, nennt *Abfall* außerdem, wiederum nach Adelung, »z. B. bey den Fleischern verschiedene Nebentheile der geschlachteten Thiere, als Kopf, Füße, Leber u. s. f. welche [...] an andern Orten [...] das *Kleine*, letzteres mit Vorsetzung des Nahmens des Thieres, von welchem es ist, z. B. Hasenklein u.s.f. heißt«[56]. Im Tschechischen nennt die verwinkelte Nachsilbe *-ek* das Diminutiv. Eine weitere Bedeutungsnuance des Wortes *Abfall* betrifft die Nuance: »Die zufällige Abweichung von der gewöhnlichen Beschaffenheit, die Verschiedenheit in Nebendingen. [...] In weiterer Bedeutung aber auch eine solche Abweichung überhaupt«. Adelung führt als Beispiel eine Wendung Lessings an: »In einem etwanigen Abfalle von Farben in Ansehung ihrer Lebhaftigkeit und Reinigkeit [...]«[57]. Die Zeilen erinnern an die zwirnbezogene Spule Odradek: »allerdings dürften es nur abgerissene, alte, aneinander geknotete, aber auch ineinander verfitzte Zwirnstücke von verschiedenster Art und Farbe sein«. *Odradek* scheint von *Zwirnabfall – odpad při skaní* –, von ausgeblichnen ausfransenden Fäden überzogen. Der *Abfall* nennt, nicht zuletzt, auch die Ausnahme von der Regel: Abweichungen vom regelhaften Gebrauch, zum Beispiel eines Wortes.

Zwischen *p* und *r*, zwischen *-radek* und *-padek* für Abweichungen offen, abweichend vom tschechischen Wort *Pád* – Fall –, taucht aus der Überschreibung beider Wörter – *Odradek* und *Odpadek* – ein italienisches Wort, *padre* auf. Das Gespenst des Vaters. *Odradek* durchläuft, eingedenk der tschechischen Konjunktion und Vorsilbe *Od-* – seit, ab, gegen, vom –, unter anderem als eine Travestie seiner Widmung – *Meinem Vater* – den Band, der auch *DIE SORGE DES HAUSVATERS* enthält. *Od-padre-k*: (Abfall von) Meinem (kleinen) Vater.

In dem Wort *Odradek* erleidet das Wort *Odpadek*, das den Abfall bedeutet, nicht weniger als das Wort *Abfall*, eine Ausnahme. *Odpadek* deckt alles Abgefallene, das alles, was dem Abdecker zufällt, miteinschließt, als ein Dach und Deckwort zu. Die Wiederverwertung des Abfalls, der in *Odpadek* am rechten Ort – *loco proprio* –, ins rechte Wort entsorgt und versargt, abgelegt lagert, um *als* das Wertlose, Ausgesonderte und außer Haus Verbrachte in die *Ökonomie* des Sprach- und

Weltgebäudes wiedereingeführt zu werden, gerät über dem Wort – und Wesen – *Odradek* ins Stocken. *Odradek* fällt dem Hausvater dadurch auf, daß es vom Abfall – von der Sache wie vom Wort, das sie bedeutet – abfällt. *Odradek* – »außerordentlich beweglich und nicht zu fangen« – weicht vom Fall und Abfall ab. Der Abfall (vom Haus) ist in dem Wort *Odpadek*, das ihn bedeutet, zuhause. Das Wort *Odpadek* nennt im Haus der Sprache alles, was im Haus der Sprache kein Haus und keine Sprache, keinen Ort und kein Wort, weder Namen noch Pronomen, keine *Für*sprecher hat. *Odradek* aber *bedeutet* nicht den Abfall vom Abfall, sondern führt Abweichungen vom Abfall, des Abfalls von *sich*, in das Wort *Abfall – Odpadek* – ein: franst den Glauben an die Unbrauchbarkeit des Unbrauchbaren wie an die Brauchbarkeit des Brauchbaren, und noch den Glauben an die Brauchbarkeit des Unbrauchbaren – in das Wort *Odpadek* und *Abfall* und anders gefaßt –, aus. *Odradek* entstellt und stört den Wortort, der den Abfall hortet, auf: den Ort *unter der Treppe*. Aus *Odradek* kehrt unweigerlich, was *im Haus* unwiederbringlich *außer Haus* geschafft, was unter die Treppe des Wortes *Odpadek* entsorgt schien, wieder. *Odradek*: *die Sorge des Hausvaters*, kehrt aber weder als der verlorene Sohn noch als *mein Vater*, weder als Messias noch als Väterchen, nicht als Antichrist und Antipater, weder als Dichter noch als Dichterfürst aus dem zerfallenden Wort *Odpadek*, das für den Abfall, für alles Abgefallene, Verweste, Tote steht und *gerade* steht, wieder. Odradeks Wiederkehr, unweigerlich, *in unser Haus*, ist keine Heimkehr, sondern (sorglose) Heimsuchung eines Orts, an dem Odradek nichts verloren hat. Odradek sucht, ohne sie zu suchen, die *Sorge* des Hausvaters heim. *Odradek* – das Wort nicht weniger als das Wesen – setzt die *Sorge* des Hausvaters, die Sorge des Hausvaters *um die Sorge*, als *Für-* und *Vor*sorge, als *Angst-um* und *Furcht-vor*, die Sorge um die Sterblichkeit des

Lebens als Glaube an dessen Todverfallenheit, aufs Spiel: »Vergeblich frage ich mich, was mit ihm geschehen wird. Kann er denn sterben? Alles, was stirbt, hat vorher eine Art Ziel, eine Art Tätigkeit gehabt und daran hat es sich zerrieben; das trifft bei Odradek nicht zu«. Vom *fragenden* Hausvater *sagt* der Hausvater, er frage *vergeblich*: im Fragenden nimmt der Hausvater Fühlung mit einer *unbestimmten* Schicht, in der die Frage *als* Frage, in der das *Wort* als *Ant*wort auf die Frage – *Kann er denn sterben?* –, zu fehlen anfängt. Eine Schicht, die auch aus der Begegnung mit dem Winzigen, aus *Odradek* auftaucht: »Übrigens sind selbst diese Antworten nicht immer zu erhalten [von der Antwort auf die Frage, ob er denn sterben kann, zu schweigen]; oft ist er lange stumm, wie das Holz, das er zu sein scheint«. *Odradek* setzt aber auch *DIE SORGE DES HAUSVATERS*, in der *Odradek* – »außerordentlich beweglich« – vorkommt, aufs Spiel: die Sorge um die *Ökonomie* der kleinen Erzählung, um ihre Les- oder Unlesbar-, Aus- und Ablegbarkeit, um entweder an nichts als am *Sinn* des entsorgten Schriftstücks oder an nichts als am Schriftstück *selbst* festzuhalten.

In *Odradek* geht die Unterscheidung zwischen Brauch- und Unbrauchbar-, Bewohn- und Unbewohnbarkeit, zwischen bedeutendem *Wort* und der durchs Wort bedeuteten *Sache*, geht die *Ökonomie* des Wort- und Waren-, Wort- *als* Warentausches, aus den Fugen. Abweichend von allem, was *als* Abweichung und Ausnahme dingfest gemacht, das Inkraft der Regel und Geradlinigkeit bloß zu bestätigen scheint, bricht *Odradek* den Ort *unter der Treppe*, den das Deckwort *Odpadek* – und *Abfall* – beim rechten Namen nennt, und bricht von dort her, auf. *Odradek* weckt, aber weder bloß im Haus der einen noch bloß im Haus der andern Sprache, sondern allenthalben unterwegs, die Erinnerung daran, daß jedes

Wort*gebilde*, jedes Welt*gebäude* einem *Dach*, nicht nur der abfälligen Seite an ihm, sondern auch seinem *-boden*, und also *Treppen* (die den Ort *unter der Treppe* einschließen) gleicht.

DIE SORGE DES HAUSVATERS spricht von *Odradek*, wie von ungefähr, immer im Hinblick auf die *Treppe* und das Treppen*haus*: »Er hält sich abwechselnd auf dem Dachboden, im Treppenhaus, auf den Gängen, im Flur auf. [...] Sollte er also einstmals etwa noch vor den Füßen meiner Kinder und Kindeskinder mit nachschleifendem Zwirnsfaden die Treppe hinunterkollern?« Dem Ort *unter der Treppe* entgegen? Auch die Lust, ihn anzusprechen, kommt Hausbewohner und -besucher in Treppennähe an: »Manchmal, wenn man aus der Tür tritt und er lehnt gerade unten am Treppengeländer, hat man Lust, ihn anzusprechen«. [...] *und er lehnt gerade unten* [...]: ich hätte Lust, Dich auf das Schiefe in dieser Wendung, daß Odradek *gerade lehnt*, auf *Odgeradek* anzusprechen, aber will Dich nicht länger auf- und zurückhalten hier.

Absatz. — Jahre später. Vom Vorhergehenden, -lehnenden, -stehenden wie durch Pausen, Atempausen abgeschnitten. Die Ein- und Aus- im Atmen absetzen voneinander. Und auf dem Absatz – ganz oben oder unten –, zwischen Auf und Ab im Ein- und Aus-, dort, wo der Kasten oder -korb, der Atem holt, ins Atemlose spielend, aussetzt, innehalten. Wer könnte, oder wollte auch nur, alle Absetzungsbewegungen der Zwischenzeit, alle Zwischenzeiten (zwischen allen Atemzügen) zählen. Als machte jemand, nach all dem, fort von dort, genau an dieser Stelle auf dem Absatz kehrt, wie um zurückzukehren an den Ort, *unter der Treppe*. Warum? Nicht allein, um auf einem obersten, untersten Treppenabsatz innezuhalten, die ganze Treppe, wie gewunden immer, in den Blick zu nehmen und im Auge zu behalten. Sondern *unter* die Treppe wo nicht zurückzugehn, -zutasten, als wäre dort, im Ungangbaren etwas vergessen worden, unaufgelesen, liegen geblieben. Verworfen, verlassen, verwest. Verlies. Oder bist Du, frage ich mich, von dieser Treppe gar nicht losgekommen, bist, wie mit den Füßen (in eine Falle) verwachsen, auf einem ihrer Absätze stehn oder stecken geblieben, obwohl Du hin- und her-, und auf- und abgegangen bist? Atem zu holen. *Von dieser Treppe*, weder ganz Dach noch Obdach noch ganz Boden, als wäre sie nie aus dem Sinn gegangen, unabgesetzt unterhalten. Genauer nämlich: von *unter* der Treppe (wie als ob *Odradek* dort, ohne Haus noch Wort zu halten, – unbehaust –, noch hauste, oder huschte) heimgesucht, von dort und also dem, was von der Treppenoberfläche, jedem Treppenabsatz oben, deren jeder, denn Treppen bilden Dächer, *Dachboden*fragment heißen mag, abgesetzt und abgesondert, ab- und herabgefallen, übrig blieb: *demittitur*. Vom Absatz wie von einer Ausgeburt, oder Geburt: eine Bedeutung des Worts *Absatz*, die nicht wirklich Absatz gefunden hat oder in Umlauf gekommen ist, sondern bloß in einer übertragenen, auf *Sprachen* übertragenen Bedeutung verzeichnet vorliegt. So weiß das DEUTSCHE WÖRTERBUCH an einer Stelle unter dem Wort *Absatz*: »*Von einzelnen thieren wird gesagt, wenn sie junge werfen oder entwöhnen, dasz sie* setzen, absetzen, *in diesem sinn könnte auch die neugeburt* absatz *heiszen, wofür doch sichere belege gebrechen, es sei denn ein solcher, dasz in der vorrede zu seinen gedichten* Hoffmannswaldau *die arabische sprache den* absatz, *folglich abkömmling der hebräischen nennt*«[58]. Jede Sprache – *Absatz*. Nicht unter allen Umständen so, daß Sprachen, zu Familien geordnet und gesondert, aneinander gewöhnt, gerad auch dort, wo sie *Fremd-* heißen, Verwandtschaftsverhältnisse bilden oder Wahlverwandtschaften eingehn, sondern abgesonderter. Absonderlicher. Sonderbarer. Jede Sprache *entwöhnt* allen andern: geworfen, verworfen. *Abfall.* Keine, die nicht Abgefallenheit – nicht nur von allen andern, sondern noch von sich (aber nicht *mit* allen andern, noch auch *mit* sich) – teilte.

Absatz. (Einzug.) Gleich ob es treppauf oder treppab geht, was beim Schreiben anfällt, fällt als Geschriebenes ab. Jedes Schriftstück – Absatz. Jeder Absatz – Abfall. Doch die genaue Absetzung der Stücke voneinander bereitet Schwierigkeiten. Denn nicht nur Absätze und Sätze, auch Wörter und Lettern stehen abgesetzt. Anders könnten sie, *als* solche, gar nicht wahrgenommen werden. Doch keine Partikel, abgesetzt von allen andern, bietet dem Blick, der in dem, was geschrieben steht, zu fußen sucht, unumwunden Halt, sondern tritt – vor Augen – auseinander: der eigentümlich abschüssige, abfällige Charakter alles Geschriebenen. Jeden Absatz im Schriftstück (jede Letter) zeichnet eine eigentümliche, eigentümlich unberechenbare *Schräge* aus. Alle Lettern stehn, wo immer sie gerade stehn, irgendwie schief. Windiges Volk, ausfransende, zerzauste Wolken. Schriften sind Treppen. Jedes -stück in jeder Schrift ein Absatz, *Treppen*absatz, Stufe – auf dem Sprung, überzuleiten: abzubrechen. Keine bildet das Dach, das sie zu bilden scheint, Obdach zu gewähren, sondern jedes Schriftstück, jede Treppe nährt, auf jeder Stufe, jedem Absatz, in jedem isolierten, von allen andern abgesetzten Wort, *Verdacht.* Keine Schrift baut, Stufe um Stufe, Absatz für Absatz, eine *Skala*, sondern jede – auf jeder Stufe, jedem Absatz – innezuhalten, Atem zu holen –, in jeder Letter eines jeden Wortes – *eskaliert.* An einer Stelle, im *VERSCHOLLENEN*, kommt solche Eskalation (auf jeder Stufe, in diesem Fall treppauf) im Aufriß eines jeden Schriftstücks zur Sprache: »Als sie zu der Treppe kamen [...] ›Wir sind gleich oben‹, sagte Delamarche einigemale während des Treppensteigens, aber seine Voraussage wollte sich nicht erfüllen, immer wieder setzte sich an eine Treppe eine neue in nur unmerklich veränderter Richtung an. Einmal blieb Karl sogar stehn, nicht eigentlich vor Müdigkeit, aber vor Wehrlosigkeit gegenüber dieser Treppenlänge. [...] Endlich erschien auf einem Treppenabsatz Robinson vor einer geschlossenen Wohnungstür, und nun waren sie angelangt; die Treppe war noch nicht einmal zu Ende sondern führte im Halbdunkel weiter, ohne daß irgendetwas auf ihren baldigen Abschluß hinzudeuten schien«[59]. Auf jedem Absatz, der das Treppensteigen für Augenblicke unterbricht, tut sich der Blick auf verschlossene Türen auf. Genau dort aber, in solchen Pausen, wo die eine Treppe aufhört, fängt oder schließt (unschlüssig, abschüssig, schräg) eine neue Treppe an, die von der vorhergehenden (unten) unmerklich abweicht. Sie überholt die Voraussage, jenen Refrain aus dem Munde *Delamarches* (»Wir sind gleich oben«), vom nahen Ende der Treppe: setzt dem verheißenen Ende ein Ende. Der Absatz markiert nicht nur das Ende der einen, sondern den Anfang, oder Ansatz, einer andern Treppe. Offen zwischen An- und Ab-, greift auf dem Treppenabsatz – an jeder Stelle eines jeden Schriftstücks – die Zersetzung des *Bodens* oder *Dach*bodens Raum, den der Treppenabsatz (ein *Unter*grund als *Ober*fläche) bot: die Zersetzung der Orientierung im Raum. Den Unterschied von *oben* und *unten* versetzt das Treppenhaus in Schwebe. Die Doppelbödigkeit der Treppe spielt in Bodenlosigkeit. Daß der Voraussteigende an dieser Stelle *Delamarche* heißt, hilft auch nicht, vom Treppensteigen loszukommen. In ihm, *in diesem Namen*, greift die Eskalation des Treppensteigens, Schriftenschreibens, das Schrift- als *Trappen*- oder *Fallen*stellen, Raum. Der Treppensteigende trägt die Treppe, Treppenstufe im Namen. Genauer: aufgebrochen und auseinandergelesen, in drei voneinander abgesetzte Partikel oder Wörter, geht der Eigenname *Delamarche* in eine Wendung der französischen Sprache über: *de la marche*. Ins Deutsche übersetzt: *von der Treppenstufe*. Der Name, auf dessen Zusammenhang und -halt *mit sich* der Treppensteigende vielleicht baut, der *in seinem*, im *Eigen*namen Treppen steigt, Stufe um Stufe, bricht auf jeder Stufe – *marche* –, die *Delamarche* berührt, um von ihr loszukommen, auf: denn das Nomen der französischen Sprache – *la marche* – wie die beiden Partikel im Namen – *lamarche* – nehmen Fühlung weder im Namen des Namens noch im Namen des Worts, weder im Namen der (französischen) Sprache noch im Namen der Sprach- und Namenlosigkeit, sondern schneiden, im Augenblick der Fühlungnahme einander sichelnd so, daß Worte, -fetzen, Silben, Splitter, Lettern, abgesetzt voneinander nicht weniger als abgesetzt von sich, einander ins Wort fallen, wie vom Wort ab-; ohne daß *ein* Wort, hier das Wort *Abfall*, die ab-, auseinanderfallenden auffängt und versammelt; ohne Abfall zu *bilden*.

Wer schreibt, schneidet. Beim Schneiden fallen Splitter, Scheiter, Späne, Stücke ab, die auf den ersten Blick das Schriftstück – Absatz für Absatz – zusammensetzen. Die abgeschnittnen, abgerissnen, abgebissnen aber bleiben Schnitten, Rissen, Bissen ausgesetzt: »Ein grobes Holzstück sein und von der Köchin gegen ihren Leib gestemmt werden, die aus der Seite dieses steifen Holzstückes (also etwa in meiner Hüftgegend) das Messer mit beiden Händen heranziehend mit aller Kraft Späne zum Anmachen des Feuers losschneidet«[60]. Oder: »Vorstellungen wie zB die, daß ich ausgestreckt auf dem Boden liege, wie ein Braten zerschnitten bin und ein solches Fleischstück langsam mit der Hand einem Hund in die Ecke zuschiebe – solche Vorstellungen sind die tägliche Nahrung meines Kopfes«[61]. Jeder Text eine Treppe, die aus, die auf – Abfall baut. Was für eine Treppe! Ein Schriftstück, wenig mehr als ein Absatz, am Eingang oder Kopf eines der sogenannten OKTAVHEFTE, Ende Februar/Anfang März 1917 entstanden[62], rückt diese Treppe in den Blick:

Ich hätte mich doch wohl früher sollen
darum kümmern, wie es sich
mit dieser Treppe verhält,
was für Zusammenhänge hier
bestanden, was man hier zu
erwarten hatte und wie man
es aufnehmen sollte. Ich hatte
ja niemals von dieser Treppe
gehört sagte ich mir nur
und in den
Erzählungen und Büchern wird
Zeitungen
doch immerfort alles durch-
gehechelt was es nur irgendwie
gibt. ~~angefangen von den~~
Wohlweislich erwarteten Platte
bis ~~zu~~ dem ~~Adler~~ über
dem Felsengebirge welcher der
Erde für immer entflogen
~~ist. Aber~~ Von dieser Treppe aber
~~hatte ich~~ war nichts zu lesen. Das
mag sein antwortete ich mir
selbst. Es wird aber ungenau

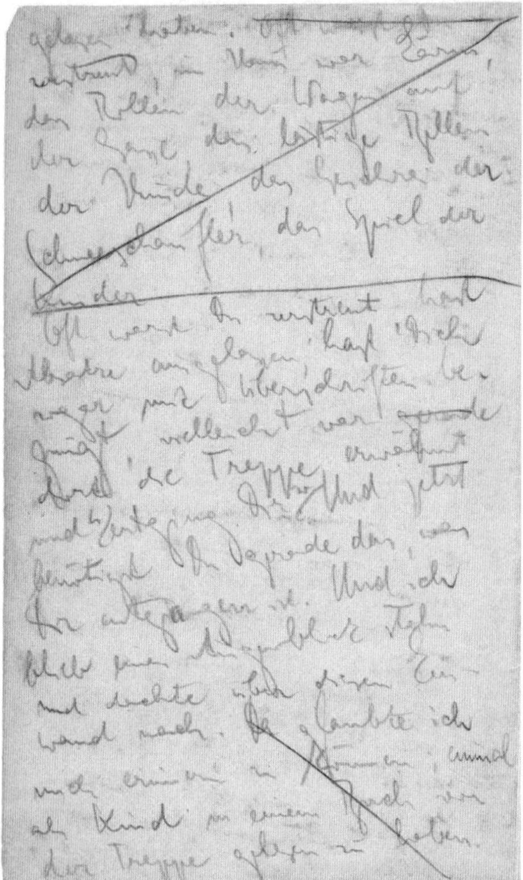

gelesen hatten. ~~Oft wenn ich zerstreut im Raum war, Lärm, das Rollen der Wagen auf der Gasse, das lustige Rollen der Stunde, das Geschrei der Schneeschaufler, das Spiel der Kinder~~

Oft wenn ich zerstreut hatte, hatte ich Theater ausgelassen, hatte Überschriften bewogen [illegible] vielleicht war ~~gerade~~ gerade die Treppe erwähnt [illegible] Und jetzt und entging mir. [illegible] bemerkte ich gerade das, was mir entgangen ist. Und ich blieb einen Augenblick stehen und dachte über diesen Einwand nach. ~~Da glaubte ich mich erinnern zu können, einmal als Kind in einem Buch von der Treppe gelesen zu haben.~~

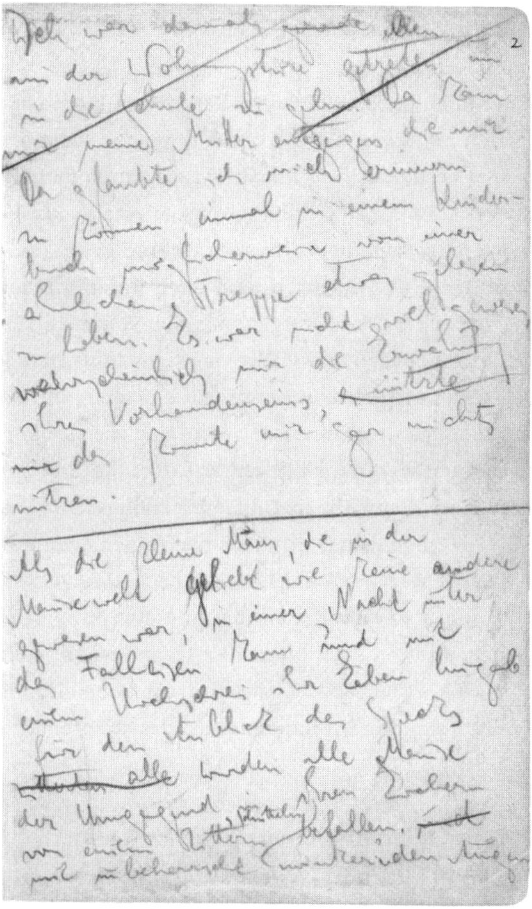
2

Ich war damals [illegible] ~~[illegible]~~ [illegible]
an der Wohnungstüre getreten um
in die Schule zu gehn. Da kam
mir meine Mutter entgegen, die mir

Da glaubte ich mich erinnern
zu können einmal in einem Kinder-
buch ausführlicher von einer
ähnlichen Treppe etwas gelesen
zu haben. Es war nicht viel gewesen,
wahrscheinlich nur die Erwähnung
ihres Vorhandenseins, ~~eintrete~~
mit der könnte mir sogar nichts
nützen.

Als der kleine Mann, der in der
Mäusewelt geliebt wie keine andere
gewesen war, in einer Nacht unter
[illegible] Mann und mit
der Fallbrücken [illegible] sein Leben hingab
unter Wehgeschrei
Anblick des Spaßes
für den ~~[illegible]~~ alle wurden alle Mäuse
der Umgebung in ihrem Zusammen
von einem Zittern [illegible] befallen. ~~[illegible]~~
mit zu [illegible] [illegible] Augen

In eine (typographische) Umschrift übertragen (von der Handschrift abgesetzt), danach (gekehrte Letterntreppe), von Verschreibungen und Streichungen bereinigt, in Druck gegeben, steht dort (geschrieben):

> Ich hätte mich doch wohl früher darum kümmern sollen, wie es sich mit dieser Treppe verhielt, was für Zusammenhänge hier bestanden, was man hier zu erwarten hatte und wie man es aufnehmen sollte. Du hast ja niemals von dieser Treppe gehört, sagte ich mir zur Entschuldigung, und in den Zeitungen und Büchern wird doch immerfort alles durchgehechelt was es nur irgendwie gibt. Von dieser Treppe aber war nichts zu lesen. Das mag sein, antwortete ich mir selbst, Du wirst eben ungenau gelesen haben. Oft warst Du zerstreut, hast Absätze ausgelassen, hast Dich sogar mit Überschriften begnügt, vielleicht war dort die Treppe erwähnt und es entging Dir so. Und jetzt benötigst Du gerade das, was Dir entgangen ist. Und ich blieb einen Augenblick stehn und dachte über diesen Einwand nach. Da glaubte ich mich erinnern zu können, einmal in einem Kinderbuch möglicherweise von einer ähnlichen Treppe etwas gelesen zu haben. Es war nicht viel gewesen, wahrscheinlich nur die Erwähnung ihres Vorhandenseins, das konnte mir gar nichts nützen.[63]

Der kleine Text, über drei Seiten mit Bleistift notiert, eröffnet das *OKTAVHEFT 3*. *Diese Treppe*, auf die der erste Satz verweist, scheint vor den Satz, der *über* diese Treppe schreibt, die ungefähr in seiner Mitte zum erstenmal auftaucht, zurückzugehn. Der Satz steht, fast unschlüssig, irgendwie abschüssig, um *diese Treppe* in seiner Mitte, verhalten. Als wäre sie, die vor ihn zurückzugehn, aus der infolgedessen dieser Satz, fast wie ein erster Absatz, hervorzugehen oder aufzutauchen scheint, auf sie zurückzublicken, dorthin vertragen oder mitgenommen worden, als ein Fremdkörper, der ohne Aufschluß darüber läßt, wie es sich mit ihm verhält. *Diese Treppe* steht, inmitten des ersten Satzes, nicht weniger schräg, irgendwie fehl am Platz, verrückt. Der Satz hält, soviel scheint festzustehen, augehend vom *Ich* am Satzeingang, auf *diese Treppe* in seiner Mitte zu, die so gut in meinem Rücken – denn ich beziehe mich auf sie zurück – wie mir vor Augen liegt, wie mich zu tragen scheint, in die ich, demnach, irgendwie verheddert stehe; und alles, was im ersten Satz auf *diese Treppe* folgt, wird auf sie, in seiner Mitte, zurückbezogen. Alles, was in diesem Satz steht (*Ich* eingeschlossen), steht im Schatten *dieser Treppe*. Als bildete der Satz *diese Treppe*, unter die er sie zu kehren sucht. Vertreppter Satz. Versetzte Treppe. Unbekümmert, sorglos bin ich vorgegangen, als ich *diese Treppe* nahm. Nun hänge ich, so scheint es, mit dieser Treppe – *hier* – zusammen. Offen aber bleibt, vorerst, welche Zusammenhänge hier bestehen, was man hier zu erwarten hat und wie man es aufnehmen soll. Das initiale *Ich* des ersten Satzes erscheint, vom Anfang des zweiten Satzes aus gesehen, aufgetrennt: abgesetzt von sich. Um *diese Treppe* tritt es auseinander. Nicht nur markiert das initiale *Du* des zweiten Satzes einen Neuansatz, mit dieser Treppe zurecht oder zurande zu kommen, sondern es setzt *Ich* ab von *sich*: *Du ...*, so fällt, gespalten, abgefallen von sich selbst, *Ich* sich ins Wort. Das initiale *Du* des zweiten Satzes macht, wie auf dem Absatz, kehrt, dem *Ich* – doch jetzt auch *Aber*-Du: *Du* jenes *Du* – am Eingang des ersten zugewandt, in das es eindringt, aus dem es auftaucht, das es auftrennt, spaltet, und fährt, indem es auf *diese Treppe* zurückkommt, also verhalten, fort: »Du hast ja niemals von dieser Treppe gehört, sagte ich mir zur Entschuldigung, und in den Zeitungen und Büchern wird doch immerfort alles durchgehechelt, was es nur irgendwie gibt«. Von dieser Treppe hast Du, anders als alle andern, sage ich, mir – und höre mich so sagen –, nie gehört. Nicht, daß ich von dieser Treppe nie gehört habe und daß es das doch wohl nicht gibt, daß ich noch nie von ihr gehört habe, sage ich zu mir (in vorwurfsvollem Ton), sondern – zur Entschuldigung –, daß es *diese Treppe* irgendwie *nicht gibt*. Als sagte ich zu mir, an dieser Stelle: das gibt's ja gar nicht, diese Treppe (gibt's ja gar nicht)! Niemals hast Du von dieser Treppe gehört, weil sie allem, was *als* Treppe gilt, nicht angehört. Sie fällt von allem, was gewöhnlich *Treppe* heißt, ab. Diese Treppe ist noch nie, nirgendwo, weder in Gebrauch genommen noch außer Gebrauch gesetzt noch verschwiegen noch besprochen worden, von ihr war noch nie, weder in Zeitungen noch Büchern, zu lesen. Außer an dieser Stelle. *Von dieser Treppe* an dieser Stelle zu hören – *hörst Du* –, das ist unerhört (denn sie gehört ja nicht, als Treppe unter Treppen, allem, was *Treppe* und *als* Treppe gegeben, ja *heraus*gegeben, also *ediert*, aufgeschrieben, redigiert, in Druck gegeben, auf den Markt geworfen, am Kiosk feil zum Verkauf, abgelesen, besprochen, durchgehechelt, verrissen, dann zerrissen, weggeworfen, Altpapier heißt, an). *Diese Treppe*, an dieser Stelle, ist Treppe *unter alles*, wovon als von Treppen, tagaus tagein, treppauf treppab, die Rede geht, *zurück*. Treppe *unter* Treppen: nämlich unterschlagene, von Treppen überwölbte, übergangene, anders als alle andern Treppen *mit Füßen getretene* Treppe. Aus dem Zusammenhang mit allen Treppen gerissene Treppe. Treppe, die keinen *Absatz* findet. Unabgesetzt, übersehen, verdrängt. Unter den Teppich der Rede von Treppen *gekehrt*. Denn *diese Treppe* ist keine, die *es gibt*; keine, die *Treppe* heißt. Weder *heißt* noch *ist* diese Treppe *Treppe*. Mit dieser Treppe *verhält* es sich; doch *wie* es sich mit ihr verhält, darum habe ich mich bisher nicht gekümmert. Diese Treppe hat es nie gegeben. Sie ist keine Gegebenheit, keine

Gelegenheit (auf- oder abzusteigen). Kein *Datum*. Weder *Edikt* noch *Edition*. *Wie* es sich mit ihr verhält, scheint seinen Grund in ihrer Verhaltenheit zu haben. Zurückhaltende Treppe, in jedem Sinn des Worts, denn sie hält mich ja, hält Dich ja zurück, und hält auf der Schwelle zur Treppe, die es gibt, die Treppe *ist* und Treppe *heißt*, inne. *Diese Treppe* hat etwas *Anekdotisches*, als schnappte auf jeder Stufe, und jede Treppenstufe heißt ja selber *Treppe* – von einem alten Wort für die Summe aller Treppen(stufen), von dem Wort *Stiege* abgesetzt –, je nachdem wie die Augen in ihr fußen, ein geheimes Schubfach auf oder eine Lade, ein Verlies (den Blick auf jeder Stufe – oder Treppe – *unter die Treppe* freizulegen). Was *diese Treppe* in die Nähe eines Tisches, eines *Schreibtischs* rückt: *Sekretär*. Anekdo*Tisch*. Tischoberfläche. Schreibunterlage. Auf der das Oktavheft aufgeschlagen liegt, dessen erste Seite, als wäre sie, die weiße, Treppenoberfläche, -unterlage, *diese Treppe* auftischt. »Von dieser Treppe aber war nichts zu lesen«. Von dieser Treppe, von der hier zu lesen ist, war nichts zu lesen. Mit dieser Wendung – *Von dieser Treppe* –, als ginge der Anfang des dritten Satzes (fast abgesetzt von ihm) auf eine Stelle oder Stufe im zweiten Satz zurück, um von dort, von dieser Wendung – *von dieser Treppe* – wieder auszugehn, beschließt das initiale *Ich* des ersten Satzes, das im ersten Wort des zweiten Satzes um ein *Du* (und *Aber*du) verwandelt auseinandertritt, die Entschuldigung dafür, warum ich mich um diese Treppe nicht früher gekümmert habe. Von dieser Treppe hast Du ja niemals gehört, weil von dieser Treppe nichts – nirgendwo – zu lesen war. *Außer an dieser Stelle.* Doch von dieser Treppe ist auch an dieser Stelle, in der Wendung *von dieser Treppe*, weil der Zeiger *dieser*, der die Bewegung fort *von* der Treppe aufhält: den Blick in ihre Richtung lenkt; bricht und ins Leere geht – aussetzt –, nichts zu lesen. Die Wendung *von dieser Treppe* wendet (sich) von dieser Treppe ab, ohne daß aus der Abwendung auf das *Wo*, den *Ort*, das *Da* der Treppe oder Treppenda*sein* Rückschlüsse gezogen werden könnten. Die Wendung *von dieser Treppe*, die von ihr herzukommen, einen Schritt auf sie hin zu erlauben scheint, fast schon eine Treppenstufe bildet, öffnet im Blick, der in ihr Fuß zu fassen, Halt zu finden und zu stehen, zu verstehn sucht, Bodenlosigkeit. Die Wendung *von dieser Treppe* legt weder bloß Spuren der Ab- noch der Zuwendung bloß. In ihr steht *diese Treppe* – gesetzt, sie steht in ihr geschrieben – weder ab- noch zugekehrt, auch nicht *verkehrt*, sondern wie unter die Treppe der Rede, die über sie geht und gehalten wird, gekehrt. *Diese Treppe*: Treppenabfall. *Kehricht.*

Einschub-, Aufschub-, -lade. — Zwischen dem Ende des zweiten Satzes – *und in den Zeitungen und Büchern wird doch immerfort alles durchgehechelt was es nur irgendwie gibt* – und dem Anfang des dritten – *Von dieser Treppe* –, findet sich, im Treppenhaus der ersten Seite von *OKTAVHEFT 3*, eine gestrichene Stelle. Wer eine Stelle streicht, übermalt oder -zeichnet sie, und legt sie so, die überschriebene, (als verschwundene, wie unter die Stiege der Wortoberfläche verwahrt oder verwahrlost), erst bloß. *Frisch gestrichen!* könnte an jeder Stelle im Treppen-, Wendeltreppenhaus dieser Zeilen geschrieben stehn. Kein Wort, das andere nicht streift, fast an-, fast aus-, fast eingestrichen übrig, nicht weniger als andre streicht. Die gestrichenen, an dieser Stelle, sind (unterm Strich hervorgekehrt) die Zeilen: *angefangen von der im Kellerloch erstickten Ratte bis z(um>u) dem Adler über dem Felsgebirge, welcher der Erde für immer entflogen ist.* Unter die unterste Treppenstufe in der Skala alles in Zeitungen und Büchern Durchzuhechelnden, wie über die letzte Stufe im Pressetreppenhaus hinaus, aufs Dach und übers Dach nach oben fort, halten diese Zeilen, in Abbreviatur, alles fest, *was es nur irgendwie gibt*, nämlich herausgegeben und in Druck gegeben (und also in Erscheinung tretend, zu Ohren kommend und zu lesen), gibt. Die Spanne alles dessen, was in der Presse, in Zeitungen und Büchern immerfort – am Rand der Atemlosigkeit, ohne Atem zu holen – *durchgehechelt* wird, nämlich alles, was es nur irgendwie gibt, was Atem gibt – und nimmt –, reicht von der im Kellerloch *erstickten* Ratte, unter die unterste Stufe zurück, bis zum Adler, der Erde für immer entflogen, dem Jenseits der Atmosphäre, *Atem*sphäre zu, über die oberste Stufe hinaus: der Erde (und Rede), der Erdung *in Rede* überhoben, wo die exorbitante Wendung *(welch)**erderErde*** nicht mehr bloß vor Augen liegt, sondern der Zusammenhall und -halt von Lettern, Silben, Worten aus den Fugen geht: auf-, auseinanderfliegt. Die Presse setzt alles, was irgendwie atmet, beatmet und (also) besprochen werden kann, von der (erstickten) Lite*ratte* bis zum (entflogenen) Liter*adler*, unter Einschluß alles Atem*losen*, was zu atmen aufgehört hat oder vom Atmen abzulassen im Begriff ist, unter Druck: um es in Druck zu geben und den Lesern (die noch atmen) als etwas *Atemberaubendes* aufzutischen (aus der Fühlungnahme mit Atemlosem Lust und Befriedigung darüber, daß wir noch atmen, zu ziehn). Was in Zeitungen und Büchern durchgehechelt wird, soll den Atem (der Leser) durch die Hechel ziehn, vom Durchgehechelten beeindruckt, bis an den Rand der Atemlosigkeit getrieben. Die *Hechel* ist ein Eisenkamm, *»mit scharfen drahtspitzen, zum durchziehen und reinigen des flachses oder hanfes«*. Das Ziehen *durch die Hechel »ist übertragen worden auf das ziehen eines guten namens durch scharfe zungen, auf die scharfe beurtheilung der person, der worte oder der thaten jemandes«*[64]. Alles Durchgehechelte wird mit Hohn und Spott überzogen, durch den Zensurkamm der stichelnden und Lästerrede, spitze Zungen gezogen, die alles abzustechen, totzuschweigen, auszusondern suchen, was sich nicht *durchziehn* und *bereinigen* läßt. Die durchhechelnde ist nicht schlicht die von Abfall bereinigte Presse, sondern – fast umgekehrt – die Presse, für die nichts als Abfall anfällt, die nichts als Abfall produziert, die nichts als alles, was geeignet scheint, Gegenstand *abfälliger* Rede zu sein, also nichts als das, was *als* Abfall gilt, durchhechelt: von der im Kellerloch erstickten Ratte bis zum entflogenen Adler. Hechelt, bis alles Durchgehechelte zum Abfall zählt: fehlt. Abwiegelnde, striegelnde, strähnende, *flachsende* Rede, im Druck. *Diese Treppe* aber läßt sich nicht durch die Hechel ziehen oder über einen Kamm scheren, weder *zur Rede* noch *in Abrede* stellen; weder anerkennen noch verleugnen. Diese Treppe steht quer zu allem, was unter Druck gerät, in Druck geht, quer zu allem, was es irgendwie, in Büchern und Zeitungen herausgegeben, gibt. Gewöhnlich bilden Treppen Übergänge, immer unterm Druck der Gehenden, die über Treppen auf- und abgehn. Diese aber ist immer übergangen worden. Nie, um *als* Übergang und Gegenstand *abfälliger* Rede herzuhalten, in den Blick geraten; unter alles, was *als* Abfall gilt, zurück. Unterschlagne, überlesne, ungangbare Treppe, *hier*.

Der Übergang vom Gestrichenen, an dieser Stelle, zum nächsten Satz, ihn vor das Überstrichene zurück an die Wendung *was es nur irgendwie gibt* als Neuansatz oder nächste Stufe anschließen zu lassen, geht nicht ohne ausfransende Um- und Überschreibungsreste, Spuren aus Fusseln oder Letternstaub, die unfortgekehrt bleiben, vor sich: *gibt (,>.) [angefangen ... Aber] (v>V)on dieser Treppe <aber> [habe ich] <war> nichts <zu> gelesen.* Das Lesen, was zu lesen, aber ungenau gelesen, vielleicht übersehn und übergangen worden war, rückt, fast in der Mitte des kleinen Textes, in die Mitte der Aufmerksamkeit. Eine kleine Szene, die ich mir, mitten im Treppenhaus, mache. Für alle Mietparteien (lauschend hinter Wohnungstüren) hörbar: »Von dieser Treppe aber war nichts zu lesen. Das mag sein, antwortete ich mir selbst,

Du wirst eben ungenau gelesen haben. Oft warst Du zerstreut, hast Absätze ausgelassen, hast Dich sogar mit Überschriften begnügt, vielleicht war dort die Treppe erwähnt und es entging Dir so«. Die kleine Szene spielt am Fuß der ersten Seite auf dem ersten Blatt des Oktavhefts; sie bricht dort über dem Wort *ungenau* ab: *Du wirst eben ungenau*. Der Vorwurf, von mir an mich – ein Du –, zieht sich genau in das Wort *ungenau*, eine Spitze, gerichtet gegen mich, zusammen. Er setzt mich unter Druck. Als ließe der Vorwurf (pauschal, der kein Blatt vor den Mund nimmt), *Du – ungenau*, nur noch das resignierte Eingeständnis zu: *Genau* (Du hast recht). Doch der Vorwurf setzt sich, wenn das Blatt gewendet wird (wenn, wer – Zeile für Zeile von oben nach unten absteigend – gelesen hat, unten angekommen innehält, und das Blatt wendet), auf der nächsten Seite oben, im Rücken der vorhergehenden – abgemildert, fast zurückgenommen –, fort: *gelesen haben. Oft warst Du zerstreut, hast Absätze ausgelassen, hast Dich sogar mit Überschriften begnügt, vielleicht war dort die Treppe erwähnt und es entging Dir so*. Eigentümliche Entlastung. Oft warst Du zerstreut, hast *Absätze* ausgelassen. Doch das eine Wort, *Absatz*, das alles Ausgelassene verdichtet (Du weißt, weil Du Dich erinnerst: Du hast beim Lesen ganze Absätze übersprungen, *ausgelassen*, wie Du warst), wendet *Text* und *Treppe* ineinander. So, daß der Vorsatz, das Gedruckte – aus *Absätzen* komponiert –, und die Treppe – aus *Absätzen* komponiert –, auseinanderzuhalten, scheitert (oder stolpert). Das Wort *Absatz* vereitelt den Vorsatz, es, im Namen der Treppe oder im Namen von Zeitung und Buch (in denen die Treppe vielleicht erwähnt worden war), zusammenzufassen. Aus dem Wort *Absatz* bricht die Einsicht (undurchsichtig) vor, das genaue – zusammenlegende – Lesen lasse sich vom ungenauen – nicht nur aus- und auseinanderlegenden, sondern zerstreuten – Lesen nicht genau scheiden. Je genauer das

Wort *Absatz* in den Blick gerät, vor Augen liegt, desto ungenauer die Gewißheit über semantische Herkunft oder Ausrichtung, die es auf den ersten Blick verkapselt (und verbreitet). Druckwerk und Schuhwerk und Treppe gehn, aber *ungehnau* (wenn man so sagen darf); gehn, wie die Frage nach Verbreitung oder Absatz, den jeder einzelne semantische Aspekt, abgesetzt gegen alle andern, die das eine Wort in Umlauf setzt, finden mag, im *Absatz* ineinander über. Fast so, wie aus dem Wort *genau*, bei genauerem Hinsehn, das Wort *Augen* – zu Silben zerschnitten, anders vernäht – auftaucht. Du hast Dich, das wiegt wieder schwerer, *sogar mit Überschriften begnügt. Denn vielleicht war dort die Treppe erwähnt und es entging Dir so*. Von der Überschrift, von dem Wort *Überschrift* geht, aus der Nähe zu der auf der vordern oder Kehrseite desselben ersten Blatts vorgenommenen Streichung oder Überstreichung oder *Über*schrift, alles andre als Genügsamkeit oder Bescheidung aus. Das Wort *Überschrift* geht, an dieser Stelle, über das, was es enthält, hinaus. Denn so sehr *Überschrift* als Titel oder Name eines Textes, Schlagzeile, die den Ton des nachstehenden Artikels, Kapitels oder Buchs – aus einem oder mehrern Absätzen – anschlägt, steht, so sehr nennt *Überschrift* auch die Überschreibung, Schicht über Schichten, Schrift über Schriften, denen sie als oberste aufliegt, die unterliegen. Vielleicht also war *unter* der Überschrift, nämlich nicht im Anschluß an sie, auf derselben Seite, Oberfläche oder Ebene, sondern unterschwelliger – abgelegen, un*ab*lesbar –, *am Ort* der Überschrift, unter die Überschreibung, in eine verworfene, vertuschte oder übertünchte Unterschicht zurück, die Treppe erwähnt, *und es entging Dir so*. Die Überschrift als Trappe, *Attrappe*, die eine Falltür oder Bodenluke überstreicht, die Zugang, treppab, unter ein unterstes Geschoß, in ein Verlies eröffnete. Ein Verlies aber, im Untergrund der Überschrift, zu dem keine Treppe Zugang bot, sondern das nichts – verlassen, überlesen – als *diese Treppe* (unter Verschluß gehalten) freilegt. *Diese Treppe*, auf die kein Verlaß war, die nicht *als* Treppe angegangen oder übergangen werden konnte. Unbrauchbare, bodenlose, unannehmbare, unveräußerliche Treppe, für die kein Angebot und keine Nachfrage besteht, die keinen anspricht, keinen Absatz findet.

Der Blick auf die Kehrseite des ersten Blatts im Oktavheft, oben, wo *gelesen haben* geschrieben steht, stößt, im Anschluß an den Punkt – . –, auf einen Satzansatz, *Oft warst Du zerstreut*, gefolgt von Gründen für das Zerstreutsein, nicht immerwährend, sondern oft: »Oft warst Du zerstreut, im Haus war Lärm, das Rollen der Wagen auf der Gasse, das lästige Bellen der Hunde, das Geschrei der Schneeschaufler, das Spiel der Kinder«. Die angeführte, anfangende Serie der Gründe, die dem Zerstreutsein etwas wie ein Fundament oder einen Boden, Unterboden einziehen, Halt bieten soll, geht aber selber in Zerstreung über oder, wer weiß, aus Zerstreuung hervor, bietet nichts als eine unzusammenhängende, grund- und folgenlose Folge zerstreuter Gründe, ohne über einem Prädikat zu schließen, das alle diese Gründe faßte, den Gründen selber Grund zu sein, ein Podest, in dem sie fußen. Die lose, irgendwie zerstreute Aufzählung der Gründe für Dein Zerstreutsein, nicht immer, sondern oft, bietet keinen Halt. Daß Du nicht immer, nur manchmal zerstreut warst, präzisiert die unzerstreuten Augenblicke selber zu zerstreuten, denn indem sie die Zerstreuung unterbrechen, zerstreun – nämlich *streun* – sie die Zerstreuung: was vielleicht als Unterbrechung der Zerstreuung gedacht war, sie zu zerstreuen, *streut* sie; so, daß die Zerstreuung am Wort – *Zerstreuung* – keinen Anhalt findet, das Wesen der Zerstreuung zu bedeuten, oder Zerstreuung beim Namen aufzurufen (wie um der Zerstreuung, halb herrisch halb verzweifelt, zu bedeuten: *reiß Dich zusammen*). Unzusammenhängende Begründung: keiner der angeführten Gründe geht aus dem andern hervor, keiner begründet einen andern, keiner geht dem andern auf den Grund, keiner baut auf einem andern (als auf seinem Untergrund), eine stufenweise angelegte, Absatz für Absatz schlüssige Urteilsbegründung im Satz anzufertigen, und die syntaktisch verfugte zur Verfügung zu stellen, sondern die Gründe stehn teilnahmslos, zerstreut, unschlüssig, stumm. Streunen unter den Augen. Weder ganz im Haus, noch ganz außer Hause: »im Haus war Lärm, das Rollen der Wagen auf der Gasse, das lästige Bellen der Hunde, das Geschrei der Schneeschaufler, das Spiel der Kinder«. Und *so* weiter. Aber *wie* genau? Die Aufzählung im Satz, wie der ganze Satz(ansatz), bricht über dem Wort *Kinder*, am Anfang einer neuen Zeile, grundlos, ab. Das Rollen, Bellen, Schreien, Spielen, der Wagen, Hunde, Schneeschaufler und Kinder, draußen, dringt, so scheint es fast, in das eine Wort *Lärm* getan, ins Haus, lärmt drinnen fort. Im Resonanzkasten des Treppenhauses vielleicht lauter als außer Haus, draußen. Lärm schneit ins Haus, ins Treppenhaus (und zerschneidet seinen Aufriß). Der Vorsatz, den Ballen Lärm, der sich ins Treppenhaus fortpflanzt, in Flocken zu zerschneiden, Ordnung in den Lärm zu bringen, ihn aus Lärmkristallen, denen ihre Herkunft anzusehen, abzulauschen wäre, zusammenzusetzen, oder die Lärmkristalle zu zerschlagen, schlägt fehl.

> Lärm dringt durch alle Poren der Mauern ins Haus, nimmt das Treppenhaus in Beschlag. Lärm komt dem alarmierenden Ruf zu den Waffen – *all arme* –, der aus dem *Lärm*, in den er untergeht, verstümmelt wiederkehrt, zuvor. Das Entwaffnende des Lärms, außer Haus in ihm, begegnet – im Treppenhaus – dem Aufruf aus einem anderen Notizheft: »In unserm Haus, diesem ungeheuern Vorstadthaus, einer

von unzerstörbaren mittelalterlichen Ruinen durchwachsenen Mietskaserne, wurde heute am nebligen eisigen Wintermorgen folgender Aufruf verbreitet.

An alle meine Hausgenossen.

Ich besitze fünf Kindergewehre, sie hängen in meinem Kasten, an jedem Haken eines. Das erste gehört mir, zu den andern kann sich melden wer will, melden sich mehr als vier, so müssen die überzähligen ihre eigenen Gewehre mitbringen und in meinem Kasten deponieren. [...] Das war der erste Aufruf. In unserm Haus hat man keine Zeit und keine Lust Aufrufe zu lesen oder gar zu überdenken. Bald schwammen die kleinen Papiere in dem Schmutzstrom der vom Dachboden ausgehend, von allen Korridoren genährt, die Treppe hinabspült und dort mit dem Gegenstrom kämpft der von unten hinaufschwillt«[65]. Gegen den Lärm außer Haus, durchworfen vom Lärm spielender Kinder: der Aufruf im Haus, zu den Kinderwaffen, -gewehren, in meinem *Kasten*, also, aus der Erinnerung ans Treppenhaus als *staircase*, im Treppenhaus. Im Treppenhaus ein Waffenkasten (für Holzgewehre, mit denen Kinder lärmen), um gegen den Lärm, der ins Haus dringt, bis an die Zähne bewaffnet mit zerbrochenen Gewehren, anzugehn. Der Aufruf aber – stumm –, weil auf kleine Papiere geschrieben, ins Treppenhaus verstreut, eine Treppenhaustruppe oder -armee gegen den Lärm, wer weiß, auf die Beine, *Kinder*beine zu stellen, Kindergewehre zu schultern, bleibt ohne Echo. Die kleinen Zettel schwimmen im Spülwasser mit dem Schmutzstrom vom Dachboden her über die Treppe hinab, wo der Strom von oben mit dem hinaufschwellenden – von Schwelle zu Schwelle dringenden, Stufe für Stufe nehmenden – Gegenstrom kämpft. Die Treppe ist, in jeder Hinsicht (immer), auch *diese Treppe*, unter (jeder) andern, *abfallend*. Abfallende Treppe. Abfall wird über die Treppe (als wäre sie dem

Strom ein Bett) in beide Richtungen verflößt: hinabschwimmend, hinaufschwellend, -aufgeschwemmt. Abfall gegen Abfall[66]. Der Schauplatz dieses Kampfes, Kehricht gegen Kehricht, ist die Treppe, auf jeder Stufe unscheidbar *Dach* und *Boden*, *unten* : *oben*. Diese Treppe: von schwimmenden, verschwemmten Zetteln, deren Schrift verschwimmt, bedeckt, fast – wie die Zettel selber, denn *In unserm Haus hat man keine Zeit und keine Lust Aufrufe zu lesen* – übersehen. Unter fast versetzten Vorzeichen, diese Treppe, noch einmal übersehen, auf der ich stand, inmitten abfallender Blätter, die ganz Treppe überschwemmt, nach oben und unten von lose beschriebenen Bogen bedeckt, die ich aus Umschlägen zog, las, fortwarf, nämlich auf die Stufen werfen mußte, weil die aus den Umschlägen zu ziehenden Briefe kein Ende nehmen wollten. Wachsender Abfall, der die ganze, nach oben und unten abfallende Treppe bedeckte, auf der ich stand, *mitten auf einer Treppe*, in die ich versank. Bericht von einem Wunschtraum, in einem Brief an Felice Bauer: »Gott, es waren Zauberbriefe. Ich konnte soviel beschriebene Bogen aus den Umschlägen ziehn, sie wurden nicht leer. Ich stand mitten auf einer Treppe und mußte die gelesenen Bogen, nimm es mir nicht übel, auf die Stufen werfen, wollte ich die weitern Briefe aus den Umschlägen herausnehmen. Die ganze Treppe nach oben und unten war von diesen gelesenen Briefen hoch bedeckt und das lose aufeinander gelegte elastische Papier rauschte mächtig. Es war ein richtiger Wunschtraum«[67]. Worauf aber, *mitten auf einer Treppe*, zielt der Wunsch? In der losen, elastischen Last gelesener Blätter zu versinken, oder die Blätter loszuwerden? Im Abfall unterzugehn, oder gegen den Abfall Fühlung mit der abfallenden Treppe, auf der ich stand, zu halten? Wie genau korrespondiert der *Abfall* beschriebener Bogen, die sie hoch bedecken, mit der nach unten und oben *abfallen-*

> *den* Treppe, ich inmitten? Wie die abfallende mit dem Abfall, der sie bedeckt? Wie die abfallenden Blätter mit der abfallenden Treppe? Wie, was abfällt, mit sich? Wie verhält sich, was abfällt, zu sich? Wie verhält es sich mit dieser Treppe? Oder verhehlt, was abfällt, sich jede Abfälligkeit (gerad auch gegen sich)? Wie verhält es sich mit allem, was abfällt, verhallt, fehlt und alles, was bleibt, höhlt? Wie – mit dieser Treppe.

Die Wendung ***im H aus***, auseinandergeschrieben, stellt das (zerstreute) Emblem der Durchläßigkeit des Hausinnern, also *Treppen*hauses, für Lärm von draußen: *im Haus*. Lärm faßt Fuß im Treppenhaus, ohne im Treppenhaus zu fußen. Daß Du diese Treppe überlesen (oder übersprungen) hast, mag daran liegen, daß *diese Treppe*, weil sie den Lärm (undurchsichtig) fortpflanzt, die Zerstreuung auslöst. Im Lärm, der überhand nahm, hattest Du kein Auge mehr für *diese Treppe*. Dem Lärm im Haus, im *Treppen*haus, läßt alles, was zu ihm gehört, sich nicht ablauschen; die angezettelten Schnitte durch den Lärm, seinem Ursprung aus Ursprüngen außer Hause genauer (horchend) nachzugehen, ufern aus. So wenig wie im Lärm die Ohren, fassen Deine Augen auf *dieser Treppe* Fuß. Aus diesem Grund vielleicht überstreichen drei Striche, ohne ihn zu unterschlagen, den Satzansatz – *Oft warst Du zerstreut* –, der die Begründung der Zerstreuung im Lärm sucht, aber verloren geht: über dem Wort *Kinder* abbricht. Eine neue Zeile, wie um einen Absatz zu markieren, Abstand zu finden und einen Neuansatz, fährt fort, indem sie auf den alten -ansatz so zurückgreift, daß sie den Lärm im Haus, als hätte sie kein Ohr für ihn (in einen verstrichenen Absatz, einen Kinderwaffenkasten verworfen) übergeht, und Halt an dem Wort *Absatz* findet: »Oft warst Du zerstreut, hast Absätze ausgelassen, hast Dich sogar mit Überschriften begnügt, vielleicht war dort die Treppe erwähnt und es entging Dir so«. Der Neuansatz führt die Treppe – *diese Treppe* – und den Treppen*text* in dem Wort *Absätze* durch die Enge. In dem einen Wort *Absätze* kann kein Auge fußen. Der Absatz als Abschnitt im Text, durch Einzug vom vorhergehenden abgesetzt, steht dem Absatz als Treppenabsatz im Weg. Der Versuch, beide Absätze genau dort, wo sie aufeinanderstoßen, nämlich ineinanderspielen, auseinanderzuhalten, schlägt fehl. Der Vorsatz, Absatz und Absatz gegeneinander abzusetzen, schlichtet nicht nur die Verwirrung über die semantische Ausrichtung der Absätze nicht, sondern facht die gestiftete an. Absatz und Absatz werden dadurch, daß zwei semantische Tendenzen in ein und demselben Wort voneinander *abgesetzt* erscheinen sollen, nicht geschieden, sondern in beide Absätze erscheint – ohne zu erscheinen – eine dritte semantische Tendenz interkaliert: die Absetzungsbewegung. Eigentümliche, eigentümlich zerstreute *Ausgelassenheit*: je mehr einer der beiden Absätze – sei's der *Absatz im Text*, sei's der *Treppenabsatz* – Gestalt annimmt, desto übergangener, unterschlagener – unterlegener und unterliegender –, also *ausgelassener*, der andere (im einen). Weil aber die Absetzung des einen vom andern Absatz die Verwirrung nicht schlichtet, sondern die gestiftete *streut*, wandern die übergangenen (unter ihnen auch die Geste, auf dem Absatz kehrt zu machen, wie der Absatz, den ein Wort im Rahmen ökonomischer Zusammenhänge findet) in den ausgesuchten ein und schlagen – je überlesener desto *ausgelassener* – (stummen) Lärm. Die auseinanderstrebenden semantischen Tendenzen in dem Wort *Absätze* bilden keinen *Dach*verband und ziehn dem Wort keinen *Boden* ein, sondern zeichnen den Aufriß der *Ausgelassenheit*. Wer liest, läßt aus. So sehr Lesen liest, läßt Lesen aus. Je auserlesener ein Wort vor Augen, das ausgesuchte ab- und auszulesen, desto überlesener, also unterschlagener und ausgelassener, alles Restliche: alles, was *außer allem* bleibt. Die Lese als Auslese – oder Selektion – nimmt aber, was sie ausläßt, mit. Alles *Ausgelassene*, ungenau Gelesene und *Über*lesene, im Lesen Übergangene erscheint – ohne in Erscheinung zu treten – ins Auserlesene eingelassen, wie in ein Verlies, das den (Dach)Boden der Seite, den die Augen lesend – Letter für Letter – abtasten, wölbt. Als ginge das Lesen – in Schriften – im (gewölbten) Rücken alles Ausgelassenen vor sich, das der Schrift vor Augen eigentümlich unterliegt: so, daß jede Schrift – auf der Schwelle zur *Überschreibung* (wie zur Über*schreitung*) – als *Über*schrift erscheint: »Oft warst Du zerstreut, hast Absätze ausgelassen, hast Dich sogar mit Überschriften begnügt, vielleicht war dort die Treppe erwähnt und es entging Dir so«. Alles, was in Schriften (auch und gerade in Schriften wie dieser – »Ich hätte mich doch wohl früher darum kümmern sollen [...]« –, die vom Lesen in Schriften, vom ungenauen Lesen und von ausgelassenen Absätzen schreiben) offenbar vor Augen liegt (Lettern, die das Blatt, seine Vorder-, seine Rückseite bedekken), also jedes Schriftstück überhaupt, läßt, indem es zum Ablesen einlädt, Absätze (ins Offensichtliche wie in den Blick verkapselte Verliese) aus, mit andern Worten *diese Treppe*. Im Rücken alles Aufgeschriebenen, im Rücken alles Abgelesenen –; unter alles Aufgeschriebene und Abgelesene zurück: *diese Treppe*. Die Dir entging, weil sie, über und über bedeckt von Geschriebenem, alles Aufgeschriebene als Abzulesendes trägt. Sie entgeht, weil alle Blätter, die sie bedecken, aus-, ab- oder ungelesen, lose zurückbleiben. Wie unter die Treppe, die sie bedecken, gekehrt. Womit Du Dich begnügt hast, waren, vor ausgelasssene Absätze zurück, in dieses eine (zusammengesetzte) Wort wird der leise Vorwurf – *Du wirst eben ungenau gelesen haben* – zusammengezogen, *Überschriften*: «[...] hast Dich sogar mit Überschriften begnügt, vielleicht war dort die Treppe erwähnt und es entging Dir so. Und jetzt benötigst Du gerade das, was Dir entgangen ist«. Was Dir entging, weil – nämlich *während* – Du Dich mit Überschriften begnügtest, waren nicht die Schriften selbst (aus Absätzen montiert), als bildeten erst sie *diese Treppe* (also das Treppen*haus*) und die Überschrift das *Dach*. Das Wort *dort* sieht nicht von der Überschrift ab, um den Blick auf eine Schrift darunter, im Anschluß an die Überschrift zu lenken, sondern *dort* zielt in die *Überschrift*, als versuchte das Wort, deren Ort zu höhlen, aufzutrennen. Vielleicht war *diese Treppe* gerade *dort*, an deren Ort, *in* den Aufriß der Überschrift, unter sie zurück, verhakt oder verklammert, erwähnt. Du aber hast sie überlesen. Du hast, das scheint die Quintessenz des Vorwurfs, anstatt in Schriften zu lesen, Überschriften überlesen. *Und es entging Dir so*. Was aber: *es*? Und wie genau: *so*? In keine Schrift vor Augen hast Du Dich vertieft, sondern jede war Dir Überschrift, über etwas in ihr, aber so *in* ihr, als läg es offen zutage, im Überflug, der alles übersieht und überliest, aufgefaßt zu werden (die Schrift im Augenblick des Überflugs aber fallen zu lassen). Inzwischen, als hättest Du vom Lesen als Überlesen, in Schriften als in Überschriften, Abstand genommen und angefangen, Dich (schreibend, lesend) in Schriften – schritt- und stufenweise – zu vertiefen, hast Du Fühlung mit Unterschriften, Unterschichten, unter Schriften und Schichten zurück aber, mit *dieser Treppe* hier genommen. Diese Treppe aber bildet keinen *Boden*, den zuunterst gelegenen, abgelegtesten, verschollensten, abgeschiedensten, verlassensten Schriften und Schichten Grund – Asyl und Obdach, Verstecke im Verlies – zu bieten; diese Treppe lag (allem, was *Überschrift*, *Schrift*, *Unterschrift* heißt) nie zugrund; sie führt (oder verführt) ja erst dorthin und, wer weiß, abfallender, weiter treppab. Unter Grund. Sie war – im überlesenden Überflug über Schriften ist es Dir entgangen –

schon (auch) *Dach*. Während Du noch dachtest, im Überflug, an Stelle der Überschriften *Dächer* wahrzunehmen, jedes Dach von Lettern wie Schindeln bedeckt, waren Deine Augen in *diese Treppe* schon verstrickt. Zwischen *Dach* und *Boden* offen. Erst jetzt hast Du es entdeckt. Als hätte der Anblick von oben, das Überblicken der Dächer, der Dachverband der Überschriften, in Dir *Verdacht* geweckt. *Und jetzt benötigst Du gerade das, was Dir entgangen ist*. Beim Übergehn der Überschriften ist Dir entgangen, daß Du *dieser Treppe* – abschüssigem, -fallendem Lesen –, einer Neige im Überlesen, nicht entgangen bist. »Und ich blieb einen Augenblick stehn und dachte über diesen Einwand nach«. Ich überdachte diesen Einwand. Was Dir aus diesem Einwand entgegenkommt, Dein übergehendes Gehen hemmt, weshalb Du – *einen Augenblick* – (im Gehen) innehältst, stehenbleibst, ist eine *contradictio in adjecto*. Eine Hemmung zwischen *Ent-* und *-gehen*. Ins Entgehen so interkaliert, daß sie beim (Über)Lesen fast entgeht. Dir ist entgangen, daß Dir *diese Treppe* nicht entgangen ist. Du bist, genau das ist Dir entgangen, dem Entgehn entgangen. Dein Gehn und *Über*gehn – Überlesen von Überschriften – war ein *Ent-*, ein *Wider-*, einwendiges, Gehn in Winkeln. Immer geneigt. Im Gehn war ein *Gegen-*, *Ent*gegengehn, Gehn gegen dies *Ent-*, wie ein gegen dies *Gegen* angehendes Gehn, Gehn gegens Gehn, gegen das Gehn wie gegen das Gegengehn angehendes Gehn – *Gegehn* – am Werk: *Ent-entgegengegen-. Kontrakontra*[...]*diktionen*: in die – [...] – eine vertreppte Stiege, *diese Treppe*, nach unten wie nach oben offen, eingelassen, mitgenommen, blieb. So, daß Du – im Gehen (Schritt vor Schritt, Stufe um Stufe) – einen Augenblick stehn geblieben bist. In jeden Schritt, zwischen *Arsis* und *Thesis*, ist eine Pause eingelassen geblieben: *diese Treppe*. Kurz, Du hast, *im Gehen*, diese Treppe genommen, ohne *diese Treppe* wahrzunehmen, die Du in jeden Schritt mitgenommen hast, und mitnimmst, von der Treppe mitgenommen, ohne sie zu haben. Das Überdenken, im Stillestehn, für einen Augenblick, des Einwands, löst eine (abbrechende, gestrichene) Erinnerungserinnerung aus: »[Da glaubte ich mich erinnern zu können, einmal als Kind in einem Buch von der Treppe gelesen zu haben. (W>I)ch war damals [gerade] eben aus der Wohnungstüre getreten um in die Schule zu gehn. Da kam mir meine Mutter entgegen die mir]«. Dem Einwand entgegen, gegen den Einwand gewandt, wie ein Gegenwind oder Gegengewinde, ein Erinnerungsfetzen, dem Einwand den Wind aus den Segeln zu nehmen. Aus der Windstille klaube ich die Erinnerung an ein lesendes Kind, *als Kind in einem Buch von der Treppe gelesen zu haben*, auf. Es scheint, als stünde ich in den Vorsatz vertieft, mich in die Herkunft der Erinnerungserinnerung einzulassen: mich an den Ursprung der Erinnerung (an das Kind, in einem Buch, von der Treppe gelesen zu haben) zu erinnern. Verwinkeltes, im Augenblick der Übergabe des Buchs aus den Händen der Mutter (vielleicht) abbrechendes, Zugrund. Ich war eben vor die Wohnungstür getreten, im Begriff, die Treppe zu nehmen, das Haus zu verlassen, um in die Schule zu gehn, da kam mir, von unten, meine Mutter auf der Treppe entgegen. *Die mir*. Doch da bricht die Erinnerung an den Erinnerungsuntergrund ab. Dem Einwand entgegen, *diese Treppe* übersehn zu haben, biete ich die Erinnerung an die Erinnerung, als Kind in einem Buch von der Treppe gelesen zu haben, so auf, daß ich zum Untergrund der Erinnerung (an die ich mich zu erinnern glaube) vortaste: auf dem Sprung, die Treppe – *treppab* – zu nehmen, um in die Schule zu gehn, kommt meine Mutter mir auf der Treppe – *treppauf* – entgegen, wie um mir (doch da bricht das Erinnern ab), dem Kind, ein Buch in die Hand zu geben, das ich aufgeschlagen, in dem ich von der Treppe gelesen haben werde. Die (ob)dach- und bodenlose

Erinnerungsverschachtelung (an das lesende Kind) taucht aus dem aufgeschlagenen Buch, im Hinblick auf die Treppe, wieder auf: als Kind in einem Buch von der Treppe gelesen zu haben, ausgelöst durch die Vorerinnerung an ein Kind auf der Treppe, dem seine Mutter auf der Treppe entgegenkommt, ihm ein Buch zu geben, in dem das Kind von einem Kind auf der Treppe, genau genommen aber auf dem Treppen*absatz* liest, auf dem Sprung, *die* Treppe zu nehmen, auf der ihm seine Mutter entgegenkommt. Die Treppe, *diese Treppe*, Ort der Begegnung, im Treppenhaus, *mitten auf der Treppe*, trennt, was sie begünstigt, das Zustandekommen der Begegnung wie der Entgegengehenden, -kommenden, von Kind und Mutter, auf. *Absatz* war, das *DEUTSCHE WÖRTERBUCH* erinnert daran (vermutungsweise), vielleicht ein altes Wort für Neugeburt: *»Von einzelnen thieren wird gesagt, wenn sie junge werfen oder entwöhnen, dasz sie* setzen, absetzen, *in diesem sinn könnte auch die neugeburt* absatz *heiszen, wofür doch sichere belege gebrechen«*[68]. Die Treppe, Ort der Begegnung und Wiederbegegnung, von Mutter und Kind, hält die Vereinigung, Wiedervereinigung der Begegnenden auf. Die Treppe trägt allem, was auf der Treppe begegnet, im Augenblick der Begegnung, dort zumal, wo die Treppe, *diese Treppe*, aus einem aufgeschlagenen Buch (in Lettern vertragen) wiederkehrt, und aus dem Treppen- oder Letternuntergrund das Bild der Mutter, eines *Eltern-* (*Lettern-*)teils auftaucht, im Begriff, dem Kind das Buch zu überlassen, in dem das Kind von der Treppe lesen wird, auf der das Kind der Mutter mit einem Buch in der Hand für das Kind begegnet, das der Erinnerung an ihr Verschwinden wie dem Vergessen der Verschwundenen vorbeugen soll, eine schüttre, erschütternde Neige ein. Das Buch aus der Hand der Mutter, auf der Treppe übergeben, aus dem die Erinnerung an sie, verkapselt in genau den Augenblick, wo – und *wie* – sie, nämlich *so*, dem Kind dort, auf der Treppe, das Buch überreicht, beim Wiederlesen wiederkehren soll (in das aufgeschlagene vertieft), fällt dem verlassenen Kind beim Lesen aus der Hand, verlassen noch von der Erinnerung an das Kind-seiner-Mutter, weil über dem aufgeklappten Buch (als klaffte es wie eine Trappe), aus dem sie wiederkehrt, wie sie dem Kind auf der Treppe mit dem Buch in der Hand für das Kind begegnet, für einen Augenblick stehenbleibt, die Erinnerung an die aus Letternteilen Wiederkehrende, indem sie statthat, fehlt. Die blasse Erinnerung (gegen die Entgegnung, diese Treppe sei mir beim Überlesen wohl entgangen, aufgeboten) an das Kind wie an die Mutter (verwickelt in den Augenblick, im Buch den Ursprung der Erinnerung ans ungeschiedene Ineins der auf dem Treppenabsatz voneinander abgesetzt Begegnenden, abfallend voneinander, verkörpert zu sehn), wird unterboten von der Erinnerungserinnerung an *diese Treppe*, kahl, die ins Bodenlose wie ins Unbedachte ragt, auf der dies alles begegnet, dies alles (unter anderm) entgangen sein mag. Unbehauste Treppe. Unbehaustes Treppenhaus. Der aus dem Augenblick, in dem ich stehnblieb, auftauchende Erinnerungsfetzen, halb verworfen, halb verweht, reißt genau dort, auf der Schwelle zur Berührung der Hände, zum Buch aus den Händen (der Mutter) in die Hände (des Kindes), ab: *Da kam mir meine Mutter entgegen die mir*. Abgesetzt gegen diesen ersten, gestrichenen Erinnerungsansatz, zieht der zweite die Wendung *einmal als Kind in einem Buch* in das Wort *Kinderbuch* zusammen: »Da glaubte ich mich erinnern zu können, einmal in einem Kinderbuch möglicherweise von einer ähnlichen Treppe etwas gelesen zu haben. Es war nicht viel gewesen, wahrscheinlich nur die Erwähnung ihres Vorhandenseins, das konnte mir gar nichts nützen«. Die verengte Wendung *einmal in einem Kinderbuch* wirft mit dem Anfang des nächsten, letzten Satzes, der den Text beendet – weniger abschließt als -bricht –, *Es war nicht viel gewesen*, das Echo des Refrains am Eingang vieler Märchen: *Es war einmal*. Als konstellierte das Lettern- und Silbengestöber, für Augenblikke, einen halb verwehten Satz: *Es war einmal in einem Kinderbuch nicht viel gewesen*. Die aus dem Zusammenzug der Wendung *einmal als Kind in einem Buch* ins *Kinderbuch*, wie unter die Treppe, auf der sie dem Kind begegnet, verkehrte, verstoßene *Mutter* wirft aber, vielleicht, ein Echo mehr. Weniger von *Vater* als *Gevatter*, in dem das Echo die Erinnerung an eine Überschrift aus den *KINDER- UND HAUSMÄRCHEN* (der Brüder Grimm) weckt: *DER HERR GEVATTER*. In der Überschrift steht nichts von einer Treppe, sie verliert kein Wort über sie, doch wird sie dort (in ihr) erwähnt, denn das Kinder- und Hausmärchen beschreibt den Weg eines armen Mannes über die Treppen im Haus des Herrn Gevatter, immer *eine Treppe höher*, bis vor eine Stubentür, »und guckte durch das Schlüsselloch«:

> Ein armer Mann hatte so viel Kinder, daß er schon alle Welt zu Gevatter gebeten hatte, und als er noch eins bekam, so war niemand mehr übrig, den er bitten konnte. Er wußte nicht, was er anfangen sollte, legte sich in seiner Betrübnis nieder und schlief ein. Da träumte ihm, er sollte vor das Tor gehen und den ersten, der ihm begegnete, zu Gevatter bitten. Als er aufgewacht war, beschloß er, dem Traume zu folgen, ging hinaus vor das Tor, und den ersten, der ihm begegnete, bat er zu Gevatter. [...] Der Mann wollte doch einmal seinen Gevatter besuchen [...]. Als er aber ins Haus kam, war eine so wunderliche Wirtschaft darin. Auf der ersten Treppe zankten sich Schippe und Besen und schmissen gewaltig aufeinander los. Er fragte sie: »Wo wohnt der Herr Gevatter?« Der Besen antwortete: »Eine Treppe höher.« Als er auf die zweite Treppe kam, sah er eine Menge toter

Finger liegen. Er fragte: »Wo wohnt der Herr Gevatter?« Einer aus den Fingern antwortete: »Eine Treppe höher.« Auf der dritten Treppe lag ein Haufen toter Köpfe, die wiesen ihn wieder eine Treppe höher. Auf der vierten Treppe sah er Fische über dem Feuer stehen, die britzelten in der Pfanne und backten sich selber. Sie sprachen auch: »Eine Treppe höher.« Und als er die fünfte hinaufgestiegen war, so kam er vor eine Stube und guckte durch das Schlüsselloch, da sah er den Gevatter, der ein paar lange Hörner hatte. Als er die Türe aufmachte und hineinging, legte sich der Gevatter geschwind aufs Bett und deckte sich zu. Da sprach der Mann: »Herr Gevatter, was ist das für eine wunderliche Wirtschaft in Eurem Hause? Als ich auf Eure erste Treppe kam, so zankten sich Schippe und Besen miteinander und schlugen gewaltig aufeinander los.« »Wie seid Ihr so einfältig«, sagte der Gevatter, »das war der Knecht und die Magd, die sprachen miteinander.« »Aber auf der zweiten Treppe sah ich tote Finger liegen.« »Ei, wie seid Ihr albern! Das waren Skorzenerwurzel.« »Auf der dritten Treppe lag ein Haufen Totenköpfe.« »Dummer Mann, das waren Krautköpfe.« »Auf der vierten sah ich Fische in der Pfanne, die britzelten und backten sich selber.« Wie er das gesagt hatte, kamen die Fische und trugen sich selber auf. »Und als ich die fünfte Treppe heraufgekommen war, guckte ich durch das Schlüsselloch einer Tür, und da sah ich Euch, Gevatter, und Ihr hattet lange, lange Hörner.« »Ei, das ist nicht wahr.« Dem Mann ward angst, und er lief fort, und wer weiß, was ihm der Herr Gevatter sonst angetan hätte.[69]

Was dem armen Mann auf der Suche nach dem Gevatter in dessen Haus, nach dem Hausvater, Treppen über Treppen nehmend, auf jeder Treppe, jedem Treppen*absatz* widerfährt oder begegnet, übersteigt jede Vorstellung von einer *Ökono-*

mie, die alles unter Dach und Fach gebracht hat oder weiß: *eine wunderliche Wirtschaft*. Der Haushalt ist außer Rand und Band. Nur das Treppenhaus scheint alles auseinander-, und so zusammenzuhalten. Belebtes erscheint unbelebt (eine Menge toter Finger, ein Haufen toter Köpfe, Fische in der Pfanne), Unbelebtes – belebt (Schippe und Besen streiten auf der ersten Treppe). Die Verwirrung wird dadurch gestiftet, auf wunderliche Weise aber auch geschlichtet, daß Lebende wie Unbelebte, Unbelebte wie Belebte – *sprechen*. Das Sprechen auf der Treppe, in ein Sprüchlein getan – *Eine Treppe höher* –, das alle Dinge teilen, läßt sich weder lebenden noch toten Sprachen, weder dem Leben noch dem Tod zuschlagen. Das Sprechen *im Refrain* – den alle Dinge teilen –, fällt, wie die Treppe – die alle Dinge trägt –, von der im Refrain als von einer kommenden, eine Treppe höher gelegenen Treppe die Rede ist, die aus dem Refrain (als ein Versprechen) aufbricht, aus dem Haus und Haushalt eigentümlich aus. Im Refrain bleibt die Treppe, wie das Sprechen (zwischen Tod und Leben), wie die Dinge (zwischen belebt und unbelebt, beleibt und unbeleibt: beliebig), nach oben und unten, unschlüssig, offen. Der *Gevatter*, dessen Stube oben, unterm Dach, der arme Mann zuletzt betritt, dessen *namen und brauch*, wie das DEUTSCHE WÖRTERBUCH weiß, *in den einrichtungen der christlichen kirche und zwar in der kindtaufe im gegensatz zu den anfangs üblichen taufen der erwachsenen* [...] *wurzelt*[70], der als Taufpate oder *compater* die Figur des (leiblichen) Vaters, der ihm in der Stube gegenübersteht, teilt – oder verdoppelt –, der das zuvor namenlose Kind in seinem Namen aus der Taufe hebt, das Kind als Träger seines Eigennamens (den es im Namen eines andern Namens, in Gottes Namen tragen soll) zu bezeugen; der *Gevatter* fällt dem Bericht des *Mannes* (ein Anagramm des *Namens*), der in Worten noch einmal über die Treppe (aus Treppen über Treppen) aufsteigt, ins Wort, und tauscht die Namen aller Dinge, die dem Erzähler auf der Treppe in dessen Worten begegnet waren, gegen andre aus. *Schippe und Besen* werden zu *Knecht* und *Magd*, die *toten Finger* zu Schwarz- oder *Skorzenerwurzeln*, die *Toten-* zu *Krautköpfen* verharmlost, ohne daß es dem Mann wie Schuppen von den Augen fällt. Doch über den Fischen, die in der Pfanne britzelten und sich selber backten, bleibt, scheint es, dem Gevatter das Gegenwort im Halse stecken: er verstummt. Es ist, als hielten die aus dem Wasser gehobenen Fische – dem Gestus des aus der Taufe gehobenen Kindes zunächst – den Einwand des Gevatters in Schach: »Wie er das gesagt hatte, kamen die Fische und trugen sich selber auf«. Die Fische tischten sich selber auf. In den auftischenden, aufgetischten Fischen scheint der überlieferte Refrain christlicher Kirchen, *Christos* als *Ichthys*, Gestalt anzunehmen und dem Teufel Paroli zu bieten. Die letzte Stufe im Bericht des armen Mannes, auf die Gestalt des Gevatters bezogen, der mit seinen *langen langen Hörnern* zwischen Tod und Teufel schwankt, wird durch den blassen Einwand *»Ei, das ist nicht wahr«* nicht entkräftet, läßt den Mann die Fische auf dem Tisch vergessen, und die Flucht ergreifen. Der Refrain *Eine Treppe höher* zerschlägt den Schein der Lösung und Erlösung, den die Fische, die kamen und sich selber auftrugen, als bereiteten sie in der Stube des Gevatters ein christliches Gericht, für einen Augenblick verbreiten, und vertagt, nämlich verträgt den Entscheid über den Streit um Wörter und Sachen, Dinge und Namen, Dinge in ihren Namen, eine (Treppen)Stufe höher. Doch auch die nächste (oder übernächste), vermeintlich oberste Instanz, eine Stube (dicht unterm Dach), dieser Vetternwirtschaft, von *Gevattern* und Vätern, einem gespenstischen Gemisch aus Vatervätern, *Com-* und *Antipatern*, Über-, Gott- und Götzenvätern, *Götten* bevölkert, die einander das Wissen darüber, was auf der

Treppe (aus Treppen) begegnet, und wie die Dinge heißen, abstreiten, wird heimgesucht vom Refrain: *Eine Treppe höher*.

Mit einem andern Wort, kaum anders: *Eine Treppe tiefer*. In der Nacht vom 7. zum 8. Februar 1913 schreibt Kafka an Felice Bauer: »Ich setze mich ein wenig verwirrt zum Schreiben hin, ich habe manches durcheinandergelesen, es geht in einander über und wenn man durch solches Lesen einen Ausweg für sich zu finden hofft, so täuscht man sich; man steht an einer Mauer und kann nicht weiter«. Weiter unten schneidet der Brief die Frage der Frömmigkeit, das (unterbrochne) Gehn in den Tempel an, und fragt: »Und was hält Dich, der Gedanke an das Judentum oder an Gott? Fühlst Du – was die Hauptsache ist – ununterbrochene Beziehungen zwischen Dir und einer beruhigend fernen, womöglich unendlichen Höhe oder Tiefe? Wer immer das fühlt, [...] der muß nicht [wie ich es muß], wenn er die Treppen in sein Bureau hinaufgeht, zu sehen glauben, daß er gleichzeitig von oben [...] durch das ganze Treppenhaus hinunterfällt«[71]. Hoch und tief, *Höhe oder Tiefe*, gehn hier verwirrend durcheinander, in einander über. Anzeichen des Gefühls der Frömmigkeit ist das Fühlen einer ununterbrochenen, aber beruhigend fernen, Nähe zu einer *womöglich unendlichen Höhe oder Tiefe*. *Oder* mag hier heißen: *gleichviel*: der Unterschied zwischen Höhe und Tiefe fällt nicht ins Gewicht, die Ferne mag *hoch* heißen oder *tief*, ihre Nähe ist beruhigend fern. Fernennähe. Der Aufriß solcher Frömmigkeit ist telepathisch. Anders, wer nicht *glaubt*, sondern *zu sehen glaubt*, daß er, wenn er die Treppe in sein Bureau hinaufgeht, gleichzeitig von oben durch das ganze Treppenhaus hinunterfällt. Wer so geht, immer eine Treppe höher, nach oben (in sein Bureau), glaubt zu sehn, daß er gleichzeitig in die Tiefe fällt. Die Gleichzeitigkeit des Falls, nach *oben* oder *un-*

ten, gleicht dem Gefühl unendlicher Beziehung zu einer *Höhe oder Tiefe* aufs Haar. Der Unterschied – kaum wahrnehmbar, kaum fühlbar, fast wie wenn ein Haar gespalten wird – liegt darin, daß, wer gleichzeitig durchs ganze Treppenhaus, dessen Treppen er hinaufgeht, hinunterfällt, den Abfall von beiden, *Höhe oder Tiefe*, fühlt: die (beruhigende) Beziehung zu, als (verwirrenden) Abfall von. Ein Abfall, der nicht nach oben oder unten fällt, sondern noch dem Fall, nach oben oder unten, ab.[72]

Zwei Monate zuvor, am 25. Dezember 1912, variiert ein anderer Brief an Felice Bauer das Durcheinander verwirrender Gleichzeitigkeit von Hinauf- und Hinunter-, auseinandergehaltener, weil verschiedenen Parteien zugeschrieben, so: »Ich muß auch weg, denn eben sind Verwandte mit äußerst durchdringenden Stimmen angekommen, die Wohnung bebt [und mit ihr, weil der Lärm sich dorthinein oder -hinaus fortpflanzt, das ganze Treppenhaus], ich entweiche ungesehn, ungehört durch das Vorzimmer. Wäre es doch mit Dir! Ich würde Dir zuliebe sogar meinen Lauf über die Treppen mäßigen. Ich habe nämlich die Gewohnheit – es ist der einzige übrigens selbsterfundene Sport, den ich treibe – die Treppen, als ein Schrecken aller Hinaufsteigenden, hinunterzurasen«[73]. Die Szene wirft das Echo eines Geschehens, am Ende einer Geschichte, die Kafka in der Nacht vom 22. zum 23. September 1912 geschrieben hatte und später unter dem Titel *DAS URTEIL* publiziert. Es sind die Zeilen im Anschluß an das Urteil aus dem Mund des Vaters: »›Ein unschuldiges Kind warst du ja eigentlich, aber noch eigentlicher warst du ein teuflischer Mensch! – Und darum wisse: Ich verurteile dich jetzt zum Tode des Ertrinkens!‹« Die Szene um das Urteil, im *URTEIL*, der Verwirrung um den *Herrn Gevatter* nah, schreibt die Travestie des Taufgeschehens, dessen Drastik – im unentflecht-, un*aufheb*baren Durcheinander aus *Hinunter-* und *Hinauf-* – Martin Luther im *SERMON VON DEM SAKRAMENT DER TAUFE*, 1519, festhält: »Und wer getaufft wirt, der wirt tzum tod vorurteylt, als sprech der priester, wan er tauffet ›sich, du bist ein sundigs fleysch, drumb erseuff ich dich yn gottis namen, unnd urteyll dich tzum tod yn dem selben namen [...]‹«[74]. Die letzten Zeilen der Geschichte *DAS URTEIL* lenken, anschließend an den Augenblick, in dem das Urteil (aus dem Mund des Vaters) fällt, den Blick zur Treppe, ins Treppenhaus, und aus dem (Treppen)Haus hinaus, in die Verwirrung, einmal mehr, zwischen *Hinab-* und *Herauf-*: »Georg fühlte sich aus dem Zimmer gejagt, den Schlag, mit dem der Vater hinter ihm aufs Bett stürzte, trug er noch in den Ohren davon. Auf der Treppe, über deren Stufen er wie über eine schiefe Fläche eilte, überrumpelte er seine Bedienerin, die im Begriffe war heraufzugehen, um die Wohnung nach der Nacht aufzuräumen. ›Jesus!‹ rief sie und verdeckte mit der Schürze das Gesicht, aber er war schon davon. Aus dem Tor sprang er, über die Fahrbahn zum Wasser trieb es ihn. Schon hielt er das Geländer fest, wie ein Hungriger die Nahrung. [*Treppen-* und *Brücken*geländer gehn in einander über.] Er schwang sich über, als der ausgezeichnete Turner, der er in seinen Jugendjahren zum Stolz seiner Eltern gewesen war. Noch hielt er sich mit schwächer werdenden Händen fest, erspähte zwischen den Geländerstangen einen Autoomnibus, der mit Leichtigkeit seinen Fall übertönen würde, rief leise: ›Liebe Eltern, ich habe euch doch immer geliebt‹, und ließ sich hinabfallen. / In diesem Augenblick [...]«. *Heraufgang – Hinabfall.* (Verwirrendes) Ineinander von Hinab- und *Herauf-*, *Abfall* (-phall-) und *Ejakulation*, in diesem Augenblick (aus der Erinnerung Max Brods an einen ziemlich unvermittelten Kommentar Franz Kafkas, im Gespräch, zum letzten Satz: »›Ich habe dabei an eine starke Ejakulation gedacht‹«[75]). Doch auch was ich dabei dachte, in diesem Fall – des Hinabfalls – an Ejakulation, ergeht nicht als Erlaß oder Erguß von ganz oben, nicht als Urteil in letzter Instanz, nicht als letztwillige Verfügung oder Testament, wie aus einer Stube zuoberst – unterm Dach –, wo Gedachtes anfällt, ins Treppenhaus der – treppauf wie treppab – anfallenden (wie anfälligen), abfallenden (wie abfälligen) Deutungen. Sondern fällt, unter allem, was ich *dabei* denke, überdenke oder überdacht haben könnte, an. Oder ab.

Eine Treppe höher. — Es ist, als ginge aus dem *Refrain*, der wiederkehrt und, indem er wiederkehrt, mit dem Eindruck, diese Treppe hier sei die oberste (oder unterste), *bricht*, die nächste – *eine Treppe höher* – erst hervor, als nähme sie unterm Blick auf den Refrain, Stufe um Stufe, vage Gestalt an, als hörte das Steigen unterm Hören auf das Wort *höher* im Refrain nicht auf (sondern finge immer wieder, unterbrochen, nur erst an), als wüchse sie unter Deinen steigenden Füßen – oder Blicken – aufwärts. Ein Fragment Franz Kafkas, nachgelassen, hält diese Variation, als tauchte sie aus der Erinnerung an das *Es war einmal* des Haus- und Kindermärchens vom *HERRN GEVATTER* abweichend auf, so fest (so lose): »[...] Ich bin nicht am richtigen Ort, leider kann ich mich dem Eindruck nicht verschließen, daß ich nicht am richtigen Ort bin. [...] Warum eile ich denn blindlings in ein Haus, lese nicht die Aufschrift über dem Tor, bin gleich auf den Gängen, setze mich hier mit solcher Verbohrtheit fest, daß ich mich gar nicht erinnern kann, jemals vor dem Haus gewesen, jemals die Treppen hinaufgelaufen zu sein. Zurück aber darf ich nicht, diese Zeitversäumnis, dieses Eingestehn eines Irrwegs wäre mir unerträglich. Wie? In diesem kurzen, eiligen, von einem ungeduldigen Dröhnen begleiteten Leben eine Treppe hinunterlaufen? Das ist unmöglich. [...] Hast Du also einen Weg begonnen, setze ihn fort, unter allen Umständen, Du kannst nur gewinnen, Du läufst keine Gefahr, vielleicht wirst Du am Ende abstürzen, hättest Du aber schon nach den ersten Schritten Dich zurückgewendet und wärest die Treppe hinuntergelaufen, wärest Du gleich am Anfang abgestürzt und nicht vielleicht sondern ganz gewiß. Findest Du also nichts hier auf den Gängen, öffne die Türen, findest Du nichts hinter diesen Türen, gibt es neue Stockwerke, findest Du oben nichts, es ist keine Not, schwinge Dich neue Treppen hinauf, solange Du nicht zu steigen aufhörst, hören die Stufen nicht auf, unter Deinen steigenden Füßen, wachsen sie aufwärts.[76]« Das Steigen über Treppen, über die oberste hinaus, fort von ihr, aufwärts, die es nicht gibt, die weder da noch fort sind, sondern (sonderbar genug) im Steigen – oder Schreiben – erst entstehn, läßt jede oberste als eine Treppe unterhalb (und genau aus dem Grund *unentstanden*) so zurück, daß im Aufwärtssteigen, -schreiben, unentstandener und abschüssiger, bestürzender noch als die unentstandnen Treppenstufen, unter Grund, unter die zurückbleibenden Treppen- und Letternoberflächen zurück, an deren Innenseite, wie im Futter an der Decke eines Unterbodens haftend, ein Untergrund, *Un*grund entsteht: Abfall von allem, was im Steigen anfällt, der – aber verhohlener, unschlüssig, läßlich, verlassener, lose – auch steigt (oder -fällt): Abraum, der jede Treppenstufe, die etwas wie eine Decke oder einen Deckel bildet, von innerhalb, unterhalb kehlt.

Kein Tisch, in keiner Stube, tischt die Wahrheit über die Treppe wie über das Geschehen auf der Treppe auf. Weder auf, noch ab. Die von unten nach oben, Treppe um Treppe, sich häufenden Dinge, begegnen nicht, aus der Stube oben erlassen, der Wahrheit, wie auf höchstrichterlichen, letztinstanzlichen Beschluß ergangen, über die Namen der Dinge, deren Falschnamen von wahren überschrieben (unter die wahren gekehrt), oder deren wahre Namen – umgekehrt – unter abgetragenen falschen vorgekehrt werden, sondern der Abfall von unten – abgehackte, ausgenommene Sachen, die alle *Eine Treppe höher* sagen – begegnet dem Abfall von oben: Wörter über Wörtern (von unten) Wörtern über Wörtern (von oben), Wörter unter Wörtern (von unten) Wörtern unter Wörtern (von oben). Jeder *Tisch*, in der Stube des höchsten, letzten oder jüngsten Gerichts gedeckt, gleichviel, bleibt ein *Treppen*detail: Treppen*absatz*. Aufgebockte Treppenstufe, Hucke auf vier Beinen (die vieles unterschlägt): ein Ort, an dem, sei's nach oben sei's nach unten, Abfall anfällt. Seltsame Komplizität von *Tisch* und *Treppe*.

Treppe, *Tisch* und *Sekretär*. — Wie Treppen, als Stufen*oberflächen* – den Auf- und Absteigenden (vorübergehend) *Grund und Boden* –, räumt der Tisch, als *-platte*, insbesondere als *Schreib*tisch oder *Sekretär*, doppelten Böden Raum ein: Schubladen und Geheimfächern, die *unerledigte Sachen* unter Verschluß nehmen, aber offen lassen, ob sie den Blikken Unliebsames oder Liebgewordenes entziehn: eigentümlich *Lediges*, *-lose*, schon frei und ungebunden, aber noch im Käfig; in Zwie-, in Zwischenböden, zwischen die Zeilen wie in Fallen geratene Tiere. Als veranschaulichte (verschachtelt genug) die Tisch- (und Treppen-) architektur, was im Schreiben (unter der Hand) anfällt. »Gibt es«, schreibt Kafka an Felice Bauer, »kein Geheimfach, wo sich alte unerledigte Sachen wie ekelhafte Tiere drängen?«[77] Dort, auf dem Schreibtisch, wo unverwandt *oben* und *unten*, *Decke* – oder *Dach* – und *Boden* ineinanderübergehn, die offen lassen – das Geheimnis des Schreibens (und Lesens) (zwischen Treppe und Tisch) liegt in dies Offene verkappt – ob, wer schreibt, *über*haupt oder *unter* Grund schreibt, ob die Schrift *Über*schriften oder *Unter*schriften deckt (auf- oder zu-), wie an dieser Stelle, im *VERSCHOLLENEN*: »Dünne Seitenwändchen senkten sich langsam und bildeten den Boden neu sich erhebender oder die Decke neu aufsteigender Fächer; schon nach einer Umdrehung hatte der Aufsatz ein ganz anderes Aussehen [...].[78]« Sonderbares *Oder*, in dem *Sowohl-als-auch* und *Weder-noch* so einander kreuzen, daß sie dem Ort zur Mitte des Überkreuz eine Klause oder Krypta, ein *Verlies* (als drängten unerledigte Sachen in ihm) eintragen. Unerledigte vielleicht; vielleicht aber auch nur, also lediglich, ledigere, *lose* Sachen. Weder am Boden noch unter oder über der Decke, weder unten noch oben zu verorten: auf- oder abzulesen.

Abfall nach oben (sich türmend). — Die Stelle im Brief an Felice Bauer (am 17. November 1912), von den Zauberbriefen – »Gott, es waren Zauberbriefe« –, die ich, während ich mitten auf der Treppe stand, ohne abzusehn aus Umschlägen zog – »Die ganze Treppe nach oben und unten war von diesen gelesenen Briefen hoch bedeckt« –, korrespondiert einer andern Stelle, in einem andern Brief an Felice Bauer, kaum drei Wochen später (vom 3. Dezember 1912), wo *mein Schreibtisch* an die Stelle der *ganzen Treppe* rückt; auch er (von Abfall, abfallenden Blättern) *hoch bedeckt*: »Mein Schreibtisch im Bureau war gewiß nie ordentlich, jetzt aber ist er von einem wüsten Haufen von Papieren und Akten hoch bedeckt, ich kenne beiläufig nur das, was obenauf liegt, unten ahne ich bloß Fürchterliches«[79].

Abfall nach unten (sich türmend). — Wenige Tage nach der endgültigen Trennung von Felice Bauer, Ende Dezember 1917, unter dem Eintrag, der die Trennung (abfallend einander, Abriß, -reise) nennt – »Abreise F. Weinen.« –, notiert Kafka eine Szene um das Fressen des Abfalls vom eigenen Tisch, die er aufheben und dem Konvolut der sogenannten *ZÜRAUER ZETTEL* eintragen wird: »Er frißt den Abfall vom eigenen Tisch, dadurch wird er zwar ein Weilchen lang satter als alle, verlernt aber oben vom Tisch zu essen, dadurch hört dann aber auch der Abfall auf«[80]. Eine Stelle im *BRIEF AN DEN VATER*, geschrieben im November 1919, erinnert eine unvergessene Szene über Tisch, aufmerksam für das, was dabei unter den Tisch gefallen war, an dem das Kind mit dem Vater gesessen und gegessen hatte: »Da ich als Kind hauptsächlich beim Essen mit Dir beisammen war, war Dein Unterricht zum großen Teil Unterricht im richtigen Benehmen bei Tisch. Was auf den Tisch kam, mußte aufgegessen, über die Güte des Essens durfte nicht gesprochen werden [...] Man mußte achtgeben, daß keine Speisereste auf den Boden fielen, unter Dir lag schließlich am meisten«[81].

Der Tisch – als *-platte* – markiert, wie die Treppen*stufe*, mehr noch der Treppen*absatz*, ein Grenzgebiet. *Schwelle*. Verhält Oben und Unten, Über-ihm (oder ihr) und Unter-ihm (oder ihr) zueinander. Der Tisch oder die Platte verkörpert aber alles andere als ausgleichende Gerechtigkeit, den Ort synthetisierenden oder symbiotischen Ineins von Oberhalb und Unterhalb, Groß und Klein, Vater und Sohn. Oben – auf dem Eßtisch – wird das Essen aufgetischt (abgeräumt). Oben – auf dem Schreibtisch – wird aufgeschrieben (abgelesen). Auf beiden Tischen fällt Abfall an.

In seinen ersten Briefen an Felice Bauer schreibt Kafka meist von Schreibschwierigkeiten. So hier, am 1. November 1912: »Mein Leben besteht und bestand im Grunde von jeher aus Versuchen zu Schreiben und meist aus mißlungenen. Schrieb ich aber nicht, dann lag ich auch schon auf dem Boden, wert hinausgekehrt zu werden.[82]« Wenn ich schreibe, fallen Schriften an; ab von mir: *Abfall.* Wenn ich nicht schreibe, falle ich dem Schreiben ab, unter den Tisch auf den Boden: *Abfall.* Dieser Abfall ist der eigentümliche Stand – Unbestand – meines Lebens.

Die Erinnerung (des Schreibenden) an die Beobachtung des Kindes, über Tisch mit dem Vater, vergrößert ein Ungleichgewicht, etwas wie eine Ungerechtigkeit, die Neige zwischen dem Gebot des Vaters, achtzugeben, *daß keine Speisereste auf den Boden fielen*, und dem Blick des Kindes unter den Tisch: *unter Dir lag schließlich am meisten.* Dem Vater entgeht – ihm fällt nicht auf –, daß über dem Achtgeben auf das Gebot, achtzugeben, das aus seinem Mund (beim Kaun und Essen) an den Sohn ergeht, beim Essen keine Speisereste anfallen, nämlich unter den Tisch fallen zu lassen, sondern alles – restlos – (ohne Widerrede) aufzuessen, unter ihm schließlich am meisten Abfall lag. Die Einführung des Kindes, über Tisch, in das richtige Benehmen bei Tisch, und ängstliche Einhalten des väterlichen Gebots, Speisereste nicht auf den Boden fallen zu lassen, führt nicht nur zu der Einsicht, weil unter dem Gebieter zuletzt am meisten Abfall lag, daß der Vater als einziger dem Gebot aus seinem Munde überhoben war, also irgendwie, zwiespältig und *unversöhnlich*, gleichzeitig das *Gesetz* wie die *Ausnahme* vom Gesetz verkörperte, sondern nährt im Kind Zweifel an der Richtigkeit, Rechtmäßigkeit des im Namen des Vaters erlassenen Gesetzes (das dem, der's erließ, erlassen schien). Die Szene löst den *Abfall* des Kindes von der grausamen Komödie und linkischen Konvention der väterlichen Tischsitten aus. Dieser Abfall aber schließt den Abfall von der besinnungslosen, mechanischen Bobachtung religiöser Praktiken *im Namen des Judentums* durch den Vater, der, wie es an einer andern Stelle im *BRIEF AN DEN VATER* heißt, über ein *Nichts von Judentum* verfügte, mit ein: »Es war auch unmöglich, einem vor lauter Ängstlichkeit überscharf beobachtenden Kind begreiflich zu machen, daß die paar Nichtigkeiten, die Du im Namen des Judentums mit einer ihrer Nichtigkeit entsprechenden Gleichgültigkeit ausführtest, einen höheren Sinn haben konnten«[83]. Das einzige Verhältnis zu dem, was im Brief *das Glaubensmaterial, das mir überliefert wurde*[84] heißt, das dem Kind *geboten* (oder genauer, weil es sich die Freiheit nahm, *erlaubt*) schien, war der *Abfall* von ihm. Mit einem andern Wort der Vorsatz, es *loszuwerden*: »Wie man mit diesem Material etwas besseres tun könnte, als es möglichst schnell loszuwerden, verstand ich nicht; gerade dieses Loswerden schien mir die pietätvollste Handlung zu sein«[85]. Zwiespältiger *Abfall*, Zwiespalt im *Loswerden*: was ich loszuwerden suche, soll entweder abfallen, oder ich laß es los, falle ihm – in diesem Fall dem Glauben oder *Glaubensmaterial* – ab. *Abfall* oszilliert zwischen dem, was abfällt von mir und mir, der ich abfalle. Wer (oder was) im Fall des *Abfalls* fällt, was (oder wer) nicht, bleibt offen. Abfall oszilliert aber auch zwischen Abfall und Abfall: zwischen dem, was zwar – angefallen – vorliegt als Abfall, aber anzufallen nicht aufhört, immerfort anfällt; und dem Abfall als Vorgang (unanfänglich, unaufhörlich, unabschließbar). Beide Abfälle – die Sache, der Vorgang – teilen *eins*: die Gewißheit über beider *Da* bleibt überm Innewerden ihrer Unzustandgekommenheiten suspendiert. Das Kind übt Solidarität mit dem *Abfall* unter Tisch. Sein *Aufstand* gegen die väterliche Welt mit ihren Geboten und Verboten liegt in diesen *Abfall* verkapselt. In diesen Abfall, oder Schmutz. *Schmutz* ist, das legt eine andere Stelle im *BRIEF AN DEN VA-*

TER nah, ein *Deck-*, ein *Treppen*wort für *Abfall*: »Bestand die Welt also nur aus mir und Dir, eine Vorstellung, die mir sehr nahe lag, dann endete also mit Dir die Reinheit der Welt und mit mir begann kraft Deines Rates der Schmutz«[86]: *Un*rat. Wenig mehr als ein Jahr später, in einem Brief an Milena (Oktober 1920), nennt Kafka den Schmutz – oder Abfall – seinen einzigen Besitz: »Und was den Schmutz betrifft, warum soll ich ihn, meinen einzigen Besitz [...] nicht immer wieder ausbreiten?«[87] *Schmutz* ist ein Wort, das Kafka immer wieder verwendet, ja vorschützt, mit dem Wort *Abfall* hält er eigentümlich Haus. Die Solidarität mit dem Abfall unter Tisch schließt den Abfall, als *Loswerden*, vom Judentum, dem *Nichts von Judentum*, über das der Vater verfügte, mit ein, legt aber so in dem Wort *Abfall* ein anderes frei: *Apostasie*; Abfall oder Abstandnahme von einer Religion als Zugehörigkeit zu einer Religionsgemeinschaft. Der *Apostat* aber, der nicht mehr gehört oder zugehört, und dem nichts mehr gehört – *in Wahrheit*, so heißt es im Brief an den Vater, *ein enterbter Sohn*[88] –, nichts als jener *Abfall* (wie in einen Eimer, in das Deck- und Schutzwort *Schmutz* getan), dem nichts gehört als die eigentümliche Erfahrung *des Abfalls von ... als Loswerden*, läuft Gefahr, die Rolle eines Apostels der Apostasie anzunehmen und dem Abfall (von einer oder allen Religionen) als ein *Sekten*gründer anzuhängen.

Sekten. — Die Ungewißheit über das Zustandekommen des *Abfalls von ...* als *Loswerden* (einer oder aller Religionen, als Glaubens- und Lebensgemeinschaften) schneidet Kafka in einer Notiz von 1920 an (entweder aus einem Brief an Milena, Anfang Oktober 1920, abgeschrieben, oder in den Brief übernommen[89]), der *Sekten*frage gewidmet[90]. Die »vielen Krankheitserscheinungen, welche die Psychoanalyse aufgedeckt zu haben glaubt«, heißt es dort, »sind Glaubenstatsachen«. Die Notiz läßt keinen Zweifel daran, daß sie auch die Psychoanalyse, die aufgedeckt zu haben *glaubt* (in ihrem *therapeutischen Teil* mithin), der Religion zuschlägt. Vortastend in den Untergrund der *Glaubenstatsachen* (fast ein Oxymoron), den alle *›Krankheiten‹* als Glaubenstatsachen teilen, fährt Kafka fort: »Glaubenstatsachen, Verankerungen des in Not befindlichen Menschen in irgendwelchem mütterlichen Boden; so findet ja auch die Psychoanalyse als Urgrund der Religionen auch nichts anderes als was die ›Krankheiten‹ des Einzelnen begründet, allerdings fehlt heute die religiöse Gemeinschaft, die Sekten sind zahllos und meist auf Einzelpersonen beschränkt, aber vielleicht zeigt sich das so nur dem von der Gegenwart befangenen Blick. Solche Verankerungen, die wirklichen Boden fassen, sind aber doch nicht ein einzelner [*austauschbarer*: ergänzt der Brief an Milena] Besitz des Menschen, sondern in seinem Wesen vorgebildet und nachträglich sein Wesen (auch seinen Körper) noch weiter in dieser Richtung umbildend«. Alle Religionen fußen, oder fassen Grund – wie Anker – in irgendwelchem mütterlichen oder wirklichen Boden. Die Verankerungen des in Not, wie in *See-*, *Meeres-*, *Mutter*not – von der Mutter abgeschnitten, nur durch diesen Schnitt gebunden (also entbunden) – geboren befindlichen, ins Leben wie auf hohe (oder tiefe) See entlassenen Menschen (den Kafka unterschwellig einem Boot vergleicht) –; solche *Verankerungen*, die *wirklichen Boden fassen*, nennt Kafka nicht einzelnen, nämlich beliebig austauschbaren Besitz, sondern im Menschenwesen *vorgebildet* und *nachträglich* sein Wesen weiter umbildend. Die Verankerungen des Menschen(boots) sind seine *›Krankheiten‹*, oder Religionen: Glaubenstatsachen. Solche Anker, die Menschen in jenen wirklichen Boden treiben, sind – oder heißen – ihnen Schutz gegen den unabwendbaren *Absatz* – oder *Abfall* – von dem, was die Notiz, vage genug, *irgendwelchen mütterlichen Boden* nennt. Die Anker, von Fall zu Fall in irgendwelche unterseeische Böden getrieben, nachträglich gegen den vorgebildeten Abfall aufgeboten, bieten nur prothetisch – vorübergehend – Schutz. Je verankerter, desto abgerissener. »Und was den Schmutz betrifft«, schreibt Kafka wenige Tage zuvor in einem andern Brief, auch an Milena, »warum soll ich ihn, meinen einzigen Besitz (aller Menschen einziger Besitz, nur weiß ich das nicht so genau) nicht immer wieder ausbreiten?« Dies Zögern (in eine Klammer getan) über den *einzigen Besitz*, ob ausschließlich mein oder *aller Menschen einziger Besitz*, ist Zögern über den *Status des Abfalls* (wiederum fast ein Oxymoron). Die Bemerkung über das Verhältnis zwischen Religion, als *religiöser Gemeinschaft*, und *Sekten* schneidet das an. Der Abspaltung aus *irgendwelchem mütterlichen Boden*, das ist die Mythe oder Paramythe, an der die Notiz irgendwie haftet (ohne für deren Wirklichkeit zu haften), solchem *Schnitt*, entspringt die im Anker versinnbildlichte ›*Krankheit*‹ oder Religion. Die *Anker* sind Inbild der Halt- und Bodenlosigkeit (sie versprechen Fühlung mit einem Grund, oder Boden, der ihnen abgeht, fehlt). *Religionen* sind, in ihrem Ursprung, *Sekten*: Abspaltungen, Splittergruppen religiöser Gemeinschaften, die voneinander abfallen, nichts als *Abfall*, Abspaltungen von Abspaltungen, splitternde Splitter anfallen lassen, deren Zahl – weil ununterbindbaren *Brüchen* ausgesetzt – auf der Schwelle zur Unzahl, in Zahl*losigkeit* spielt: »allerdings fehlt heute die religiöse Gemeinschaft, die Sekten sind zahllos und meist auf Einzelpersonen beschränkt«. Fast als läge im Auseinanderfall, im Abfall voneinander aller Sekten, die alle *Sekten* heißen, ihr einziger Zusammenhalt. Vor Anker. Doch auch die *Einzel*personen zerfallen, weil, wie der *einzelne* Besitz, vereinzelt, als vereinzelte aber abzählbar, und austauschbar durcheinander. Zerfällt jede *Einzel*person – jede verkörpert eine *Sekte* – wieder in einzelne, wie einzelne Sekten in einzelne Sekten, oder entfällt jede einzelne, unter Zahl und Zählbarkeit zurück, zur – unaustauschbar – *einzigen?* (Kafka nennt im Brief an Milena den Schmutz *meinen einzigen Besitz* und mutmaßt in ihm *aller Menschen einzigen Besitz.*) Bleibt, was Kafka an dieser Stelle, auf den *Schmutz* bezogen, *einzig* und einzigen *Besitz* nennt, bloß *einzeln* und vereinzelt, weil teil- und (in allen Teilen) austauschbar? Was genau hat es an dieser Stelle (im Ursprung aller Religions- und Lebensgemeinschaften) mit dem *Schmutz*, dem *Abfall* nämlich, auf sich? (In dem Wort *Sekte* spielt immer auch das Wort *Sex* – beide entspringen dem Lateinischen *secare* (schneiden) –; spielen *Schnitt* und *Geschlecht.*) Wie schwer es fällt, den *Sekten*, der Sekten*bildung* auf die Spur zu kommen, in ihnen den Abfall von Religion und Religionsgemeinschaft, aber wiederum im Hinblick auf Bildung einer Religionsgemeinschaft, verkörpert zu sehn, veranschaulicht eine Schrift von Ernst Troeltsch, *DIE SOZIALLEHREN DER CHRISTLICHEN KIRCHEN UND GRUPPEN* (1912). Kafka mag sie gelesen haben[91].In einem Abschnitt unter dem Zwischentitel »Das absolute Gottes- und Naturrecht und die Sekten« schreibt Troeltsch: »Irreführend ist [...] der Ausdruck ›Sekten‹. Das Wort ist ursprünglich polemisch und apologetisch gemeint und bezeichnet solche von der offiziellen Kirche abweichende Gruppen, die gewisse Grundelemente der christlichen Idee festhalten, die aber durch ihre Herausstellung aus der kirchlichen Kontinuität und Gemeinsamkeit – die übrigens meistens gar keine freiwillige ist – sich als minderwertige Nebenbildungen, Einseitigkeiten, Uebertreibungen oder Verkürzungen des kirchlichen Christentums erweisen. [...] In den sogenannten Sekten kommen oft genug gerade erst wesentliche Triebe des Evangeliums zu ihrer Auswirkung, wie sie sich denn stets auch auf das Evangelium und das Urchristentum berufen und die Kirche als abgefallen bezeichnen; [...] Die Sekten gewinnen so an Intensität des christlichen Lebens; aber sie verlieren an Universalismus, indem sie die Kirche als abgefallen bezeichnen müssen [...]. Die Kirche ist in der Tat nicht ein einfacher Abfall vom Evangelium«[92]. Das Wort *Sekte* irritiert: es führt in die Irre. Ursprünglich nennt es, in polemischer Absicht, vom kirchlichen Dogma abweichende, verfemte Splittergruppen. Die Sekten sind dem kanonischen kirchlichen Christentum abgefallen. Sie weichen, aus dessen Perspektive wahrgenommen, vom vorgezeichneten Heilsweg ab, gehen – und führen – in die Irre. Umgekehrt rechtfertigen die aus der Warte der offiziellen Kirche als Sekten abgestempelten, gebrandmarkten Gruppen ihre Existenz als religiöse Gemeinschaften dadurch, daß sie *die Kirche als abgefallen bezeichnen*. Der Kirche fallen die Sekten ab, die Sekten nennen die Kirche abgefallen. Immer aber, gleichgültig ob in polemischer oder apologetischer Absicht, steht der *Abfall – Apostasie* – als Abstandnahme im Dienst der Sekten- oder Kirchenbildung. Ohne Abfall (von bestehenden Kirchen und Sekten) keine Kirchen- oder Sekten(bildung). Die zustandekommenden Sekten (von andern Sekten abgefallen) bleiben vom Schnitt, der ihren Umriß zeichnet, so gezeichnet, daß sie dem Abfall, dem sie entspringen, ausgesetzt bleiben: abfallenden Sekten entspringen abfallende Sekten. Jede Sekte muß gegen den Abfall, dem sie entspringt, aufgeboten, abgeschottet werden, als abgefallene immer Sekte *gegen* den Abfall von der Sekte, muß *Gegensekte* sein: abfallen von sich. Dem Abfall, dem sie entspringt, gegen den sie aufgeboten werden muß, um als Sekte Bestand zu haben, verfällt jede Sekte, weil der Abfall von der Sekte, der nicht sein darf, sein muß. Jede Sekte –

deren jede durch Abfall von Sekten zustandekommt –, so sehr die Sekten Abstand voneinander suchen, zu halten suchen müssen, nicht um einzeln und einzeln, austauschbar durcheinander zu stehn, sondern um einzig wahre Sekte zu sein, muß unter allen Umständen, aber darf unter keinen Umständen, *Sekte-gegen-den-Abfall-von-der-Sekte-dem-sie-entspringt* heißen. Jede *Sekte* muß ihrem Ursprung – Abfall (von einer Sekte) – abzufallen suchen, und bleibt, genau aus diesem Grund – *Un*grund – Insektionen, dem Abfall in ihrem Ursprung, den sie unter die Treppe zu kehren, zu übergehn und übersehn, zu überschreiben suchen muß, ausgesetzt, bleibt – *In*sekt: *-sek-*. Sekten sind (wie) Treppen. Sie akkumulieren den Abfall, der über ihre Stufen von unten nach oben drängt, von oben nach unten schwemmt. Die Irre, in die alle Sekten führen – weglos –, ist der Abfall von ihnen, dem sie entspringen. Die Irre – Abfall (von ihnen), der bleibt. Was alle Sekten (Kirchen, Religionen, Religionsgemeinschaften) teilen, ist das Gebot (oder Verbot), Sekte *im Namen des Abfalls* zu sein (oder zu heißen). Was genau aber bleibt, *im Namen des Abfalls* (von allen Sekten) übrig? Was wäre der Abfall – oder *Schmutz* – als *einziger Besitz?* »Und was den Schmutz betrifft, warum soll ich ihn, meinen einzigen Besitz (aller Menschen einziger Besitz, nur weiß ich das nicht so genau) nicht immer wieder ausbreiten?« Dem Zögern über dem, was den Schmutz – oder Abfall – als einzigen Besitz betrifft, entspricht die Notiz über das Fressen des Abfalls vom eigenen Tisch genauer:

»Er frißt den Abfall vom eigenen Tisch, dadurch wird er zwar ein Weilchen lang satter als alle, verlernt aber oben vom Tisch zu essen, dadurch hört dann aber auch der Abfall auf«. Es ist, als ginge die Notiz von der Erinnerung an die Solidarität des Kindes mit den Abfällen, Speiseresten, die beim Essen unter den Tisch, auf den Boden fielen und das über Tisch aus dem Mund des Vaters an den Sohn ergehende Gebot, keine Speisereste anfallen zu lassen, entkräften, aus. Das Kind fällt dem Glauben an die Geltung und Autorität der väterlichen Tischsitten ab. Der Abfall setzt das Kind unter den Eßtisch aus und stiftet dort eine verstohlene Gemeinschaft des abfallenden Kindes mit dem Abfall unter Tisch. Geheime Sektenbildung unter dem väterlichen Eßtisch. Doch der dem Essen über Tisch, duchs Fressen des Abfalls unter Tisch, den er oben hatte anfallen lassen, abfällt, findet sich dort, unterm Tisch, einem Dilemma, das seinen Ursprung im Abfall hat, ausgesetzt. Zwar wird er, weil er noch den Abfall, der oben angefallen war, unten frißt, *ein Weilchen lang satter als alle*, doch hört der Abfall, den er oben beim Essen hatte anfallen lassen, auf. Ihm, dem Abgefallenen, ausgesetzt unter Tisch, geht (mit der Zeit) der Abfall aus. Ihm fehlt der Abfall, oder Fraß, den er früher, zu Zeiten, da er noch über Tisch saß, aß, hatte anfallen lassen. Er fällt dem Abfall ab, verfällt auf lange Sicht (so scheint es), vielleicht auch nur vorübergehend, dem Hunger, wie auf dem Sprung zur Bildung einer neuen Sekte: Hungerkünstler. Oder anders: Mit dem Abfall des Essenden vom Tisch und von der Tischgemeinschaft oben, seiner Absonderung von der Gemeinschaft der Esser und Mitesser – auch wenn er nur *mit* sich allein war –, unter den Tisch, wo er den eignen Abfall frißt, hört der Abfall von oben auf. Nicht nur fängt der Abfall an zu fehlen, sondern der Abgefallene entfällt der Solidarität mit dem Abfall unter Tisch *wie mit sich*: er fängt an – das ist der kritische, *dia*kritische Augenblick im Aufriß des Abfalls –, dem Abgefallenen, der mit dem *Stand*, *Zu*stand des -gefallenen sich abzufinden, in ihm sich einzurichten anfängt, vielleicht Gefallen an ihm findet, abzufallen. *Abfall vom Abfall*: zwiespältige Wendung. Denn einerseits unterhält sie das (durchbrochene) Perpetuum der

Sektenbildung durch *Apostasie*. *Durchbrochen* deshalb, weil *Apostasie* mit *Konversion* nicht Hand in Hand geht[93]. Der Apostat ist nicht Konvertit, sondern was den Abfall auslöst, ist *Aversion*: Ekel *am Abfall*, nämlich Ekel daran, dem Abfallen von jeglichem Anhang – *anzuhängen*; Ekel an Zugehörigkeit, gerade auch an der Zugehörigkeit zu denen, die nicht zugehören. Apostasie als Abwendung von einer Sekte geht nicht bruchlos zur Konversion als Hinwendung zu einer andern über, gerad auch wenn die andere als Sekten*gründung* dem Abfall erst entspringt. Die Geste der Apostasie ist Apokope. Der Apostat – haut ab. Sein Abfall – abrupt – ist Bruch mit einer Religions-, Lebens-, also *Ess-* und *Sprecher-*, in einem Wort Bruch mit einer *Sprach*gemeinschaft, mit *Sprach*-überhaupt. Apostasie bricht mit Sprache. Der Apostat: *er bricht* (mit) Sprache, bricht *Mit*sprache, alles, was (über Tisch) in Worten mitgeteilt, verteilt und ausgeteilt erscheint. Apostasie bricht Sprache, das tägliche Brot einer Sprecher-, Ess- und Lebensgemeinschaft, über Tisch. Und teilt den Bruch (zuweilen) mit. Zugleich aber vergrößert die Wendung – *Abfall vom Abfall* – im Aufriß des *Abfalls* (eines *Worts*, zwischen einen Vorgang und anfallende Überbleibsel, *Aschenbrösel*[94] suspendiert) Abweichungen, Ausbeugungen, Beulen, Brüche, Risse, – *clinamen* –, die nicht *im Namen* des Abfalls an- oder abfallen, sondern *entfallen*: vom Namen – *Abfall* – los. Dem Namen – ins Wort.

Ein Brief an Milena, am 13. August 1920, konstelliert solche Deklinationen (die das Sternbild diskutieren), wieder unter Aufbietung des Wortes oder *Deck*wortes *Schmutz*, diesmal (unter anderm auch) auf außerehelichen *Sex* bezogen, um das Paradies, die Vertreibung aus dem Garten Eden, den Sündenfall, also *Abfall* – von Gott –, den *Apfel*: »Du schreibst von den Menschen die einen gemeinsamen Abend und

Morgen haben und jenen, die das nicht haben. Eben die Lage der letzteren scheint mir günstiger. Sie haben etwas Schlimmes getan, gewiß oder vielleicht, und der Schmutz dieser Szene kommt, wie Du richtig sagst, wesentlich aus ihrem Fremdsein und es ist irdischer Schmutz sowie der Schmutz in einer niemals bewohnten und plötzlich wild aufgerissenen Wohnung. Das ist also schlimm, aber es ist nichts Entscheidendes geschehn, nichts was förmlich im Himmel und auf der Erde entscheidet, es ist wirklich nur ein ›Spiel mit einem Ball‹ wie Du es nennst. Es ist so wie wenn Eva den Apfel (manchmal glaube ich, ich verstehe den Sündenfall wie kein Mensch sonst) zwar abgerissen hätte, aber nur um ihn Adam zu zeigen, weil er ihr gefallen hat. Das Hineinbeißen war das Entscheidende, das Mit-ihm-spielen war zwar nicht erlaubt, aber auch nicht verboten«[95]. Das Liegen zweier Menschen, einander fremd, zwischen Abend und Morgen im *Schmutz*, einer fremden unbewohnten Wohnung, im Unbehausten oder *Ungewohnten*, nennt Kafka *nichts Entscheidendes*: nichts Ungewöhnliches. Es ist, als Verstoß gegen religiöse, moralische Konventionen, aus Geboten und Verboten, Teil eines *Spiels*. Es ist, so schneidet Kafka die Nähe dieser *un-*, genauer vielleicht aber *außer*moralischen Begegnung (in einer wildfremden Wohnung) mit dem Paradies vor dem Sündenfall an, *so wie wenn Eva den Apfel zwar abgerissen hätte, aber nur um ihn Adam zu zeigen, weil er ihr gefallen hat*. Was den Abriß des Apfels vom Zweig auslöst, ist Evas *Gefallen* an ihm – ob am Apfel, an Adam, am Zweig oder Laub, bleibt offen –, wie am Gefallen, dies Gefallen zu teilen: Adam den Apfel zu zeigen. (Das rissige Wort *Adamsapfel*, dem Kehlkopf und Biß in die Kehle nah, spielt in diesen Zeilen.) Entscheidend für den Abfall – von Gott – war, so Kafka, der Biß in den Apfel. Das Mit-dem-Apfel-spielen war weder *geboten* noch *verboten*. Eva hat sich den Abriß des Apfels vom Baum (der Erkenntnis) *erlaubt*. Was genau heißt aber hier *entscheidend*? Das ist die entscheidende Frage. Denn bei genauerem Hinsehn, im Augenblick, wo das Wort *Abfall*, das der Brief an Milena unter die Treppe des Wortes *Schmutz* gekehrt (verwahrt) hat, (wie aus der Verkehrung oder Versenkung) auftaucht, deklinieren *Apfel* und *Abfall* einander. Gedoppelter Biß: als entfiele dem Biß in das Wort *Apfel* das Wort *Abfall*, wie dem Biß in das Wort *Abfall* – *Apfel*. Ein schneidendes, einschneidendes Spiel in den Aufriß der Lettern-, Wort- und Zeichensprache, das den Umriß beider, von *Apfel* wie *Abfall*, auftrennt und das Zustandekommen der Erzählung vom Zustandekommen des Sündenfalls – durch den entscheidenden Biß in den Apfel als Augenblick des Abfalls von Gott –, auf die unverbrüchliche, unangebissene Integrität von Wörtern, Silben, Lettern angewiesen, – suspendiert.

Steinbrüche. Abraum. -fall. — Am 7. Februar 1915 hält Kafkas Tagebuch, in der Umgebung von Einträgen, die von *fast nutzlosen* Schreibversuchen, *ausgeworfen* aus dem Schreiben handeln, eine eigentümliche Erkenntnis *über* Selbsterkenntnis, *bei einem gewissen Stande der Selbsterkenntnis* fest, die in die Apologie – aus Einsicht –, ins Innewerden der Unüberbiet- und Ununterbietbarkeit, Unüberwind- und Ununterbindbarkeit des Schmutzes mündet: »Bei einem gewissen Stande der Selbsterkenntnis und bei sonstigen für die Beobachtung günstigen Begleitumständen wird es regelmäßig geschehen müssen, daß man sich abscheulich findet. Jeder Maßstab des Guten – mögen die Meinungen darüber noch so verschieden sein – wird zu groß erscheinen. Man wird einsehn, daß man nichts anderes ist als das Rattenloch elender Hintergedanken. Nicht die geringste Handlung wird von diesen Hintergedanken frei sein. Diese Hintergedanken werden so schmutzig sein, daß man sie im Zustand der Selbstbeobachtung zunächst nicht einmal wird durchdenken wollen, sondern sich von der Ferne mit ihrem Anblick begnügen wird. Es wird sich bei diesen Hintergedanken nicht etwa bloß um Eigennützigkeit handeln, Eigennützigkeit wird ihnen gegenüber als ein Ideal des Guten und Schönen erscheinen. Der Schmutz, den man finden wird, wird um seiner selbst willen da sein, man wird erkennen, daß man triefend von dieser Belastung auf die Welt gekommen ist und durch sie unkenntlich oder allzu gut erkennbar wieder abgehn wird. Dieser Schmutz wird der unterste Boden sein, den man finden wird, der unterste Boden wird nicht etwa Lava enthalten, sondern Schmutz. Er wird das unterste und das oberste sein und selbst die Zweifel der Selbstbeobachtung werden bald so schwach und selbstgefällig werden, wie das Schaukeln eines Schweines in der Jauche«[96]. Die archäologische Tendenz der Notiz, wie aus unausweichlicher Zukunft in die Gegenwart zurück gerichtet, die jede aus der Gegenwart in jene Zukunft ragende teleologische Tendenz einer ins Licht moralischer Besserung rückenden Selbsterkenntnis annulliert, verleiht ihr – in Gnadenlosigkeit und Aussichtslosigkeit getaucht – prophetische Züge. *Bei einem gewissen Stande der Selbsterkenntnis* – als spielte die Notiz, ungewiß genug, auf den Stand des Sündenfalles an – *wird es regelmäßig geschehen müssen* (als regelte das Fatum – oder *Los* – jegliches Geschick), daß jeder einzelne sich abstoßend findet: abzufallen suchen wird von sich; von sich im Stande der *Abscheulichkeit*, des Ekels. Von sich im Stand der *Abgefallenheit*. Im Stande der *Apostasie*. Abzufallen suchen wird – vom Abgefallenen. Der Ekel nistet in dem Vorsatz, *vom Abfall abzufallen*, weil der Abfall vom Abfall – unausweichlich, unaufhebbar – Abfall anfallen läßt: Abfall *wiedergibt*. Hinter jedem Gedanken – den Abfall (also sich) loszuwerden – ein Hintergedanke: wie vom Abfallenden, der dem Abgefallenen abfällt – abfallen. Doch hinter diesem Hintergedanken wartet schon der nächste: einer schmutziger als der andere, weil man *bei einem gewissen Stande* (der Selbstwahrnehmung) *nichts anderes ist als ein Rattenloch elender Hintergedanken*: über den Schmutz nicht hinaus, unter den Schmutz nicht zurück kommt. Die Hintergedanken lassen den Schmutz, den sie eindämmen, ausufern. Die schmutzigen Gedanken – einer hinter dem andern – sind Gedanken an den Schmutz, der ich *bin*, *als* den ich mich wahrnehme und erkenne, und den ich, einmal erkannt, loszuwerden suche. Anders als im Brief an Milena, Jahre später, wo Kafka den Schmutz *meinen einzigen Besitz* nennt, nichts als Habe, *bin ich*, auf einer gewissen (Treppen) Stufe der Selbsterkenntnis (stehend), die das Tagebuch ins Auge (und in Schrift) faßt, nichts anderes als *Schmutz*. Der Schmutz aber legt nicht einfach den Weg vom *Sein* zur *Habe* zurück, sondern schwankt schon im Tagebuch zwischen *Habe* und *Sein*. Fast abgelöst erscheint Schmutz dort, *um seiner selbst willen da*, dennoch wie eine unablässige, unabgelöste, un(ab)geworfene Last, *Belastung* oder Bürde aller, die zur Welt kommen (durch sie hindurch und wieder abgehn): Schmutz, den sie (von Schmutz durchsetzt und überzogen) *triefend* tragen. Der lastende Schmutz (lastend von innen wie außen) entstellt alle Menschen, immer vom Standpunkt jenes *gewissen Standes der Selbsterkenntnis* her, zur Kenntlichkeit oder Unkenntlichkeit; auch hier zögert die Hand: »man wird erkennen, daß man triefend von dieser Belastung auf die Welt gekommen ist und durch sie unkenntlich oder allzu gut erkennbar wieder abgehn wird«. *Gewiß* an jenem *gewissen* Stand der Selbsterkenntnis ist einzig seine *Ungewißheit*. Es ist der Stand der Selbsterkenntnis im Zeichen des *Gewissens*. Selbsterkenntnis im Stande des Gewissens, und seiner eigentümlichen Gewissenhaftigkeit, steht im Bann des

Schmutzes (des Willens zum Schmutz wie des Willens zur Abkehr vom Schmutz), allenthalben. So, daß eine *gewisse* Selbsterkenntnis, *selbst*gewiß, die Treppe von jener Stufe aus im Blick, auf der sie vor sich geht, innehält, zustandekommt und steht, zuunterst wie zuoberst – zögernd zwischen Inbegriff und Makel des Menschen im Stand des Sündenfalles –, auf Schmutz stößt: »Dieser Schmutz wird das unterste und das oberste sein«. Die unterste wie oberste Stufe auf der Treppe der Selbsterkenntnis im Namen des Gewissens, trägt ein und denselben Namen: *Schmutz*. Das Gewissen zwingt, an ein und demselben Namen, zwingt, am *Schmutz* festzuhalten. Gerade auch, um ihn loszuwerden. Diese gewissenhafte Doppelung – *double-bind* –, am Schmutz, den man loszuwerden sucht, *um* ihn loswerden zu können, festzuhalten, führt zu nichts als einer irritierenden Oszillation: schaukelnder Schmutz, Schaukeln im Schmutz: »wie das Schaukeln eines Schweines in der Jauche«. Durch den Blick, unter die Treppenstufe, auf jenem Absatz der Selbsterkenntnis, die im Zeichen des Gewissens unter ihr wie unter allen – *überall* –, auch unter der untersten, immer nur *Schmutz* findet, gehn in der *gewissenlosen* oder *-loseren* Beschreibung jenes gewissen Stands (oder Gewissensstands) der Selbsterkenntnis, die das Tagebuch festhält, Risse: »der unterste Boden wird nicht etwa Lava enthalten, sondern Schmutz«. Der ausdrückliche Hinweis darauf, was dem (gewissenhaften, am Gewissen haftenden) Blick unter die unterste Stufe der Treppe zu sehn verwehrt sein wird, nicht Schmutz, sondern Lava zu finden, legt nah, daß das, was *bei einem gewissen Stande der Selbsterkenntnis*, im Namen des Gewissens, *Schmutz* heißt, auch anders heißen könnte: *Lava* (ein Echo, fast, von *Abfall*). Aber auch anders als *Lava*, nämlich – unter anderm – auch *Jauche*.

Abfall, ein Wort, das auch die Notiz zum *gewissen Stande der Selbsterkenntnis* hintanhält, wie um mit Abfall hauszuhalten, dem *Schmutz* dagegen das ganze Blatt, die ganze Szene einzuräumen, tritt an einer andern Stelle, der die Nähe zur Treppe eingetragen bleibt, in einer andern Schrift in den Vordergrund. *Abfall* nimmt dort überhand. Es ist der längste zu Kafkas Lebzeiten erschienene Text, aber namenlos, ohne Begleitung oder Begleitschutz, oder Begleitschmutz, unüberschrieben, ununterhalten von der Signatur *Franz Kafka*. Es ist eine Stelle – aus Stellen und Stollen, Stufenfragmenten, Abraum und Schutt – , die vom Besuch *aller Steinbrüche* (unter Beigabe von Photographien) berichtet, als eine Serie von Bildlegenden angelegt, im *JAHRESBERICHT 1914* der *Prager Arbeiter-Unfall-Versicherungs-Anstalt für das Königreich Böhmen*. Abgefaßt in zwei Sprachen, Deutsch und Tschechisch; unter der Überschrift: *BEGRÜNDUNG DER FORDERUNG NACH STÄNDIGER UND ALLGEMEINER REVISION ALLER STEINBRÜCHE*. »Die Abbildungen«, schreibt Kafka, »stellen durchwegs Brüche dar, die intensiv industriell ausgenützt werden. [...] *Abbild. I* gibt einen Granitbruch wieder, in welchem vom Beschauer rechts oben die Bildung überhängender Säulen mit gleichzeitiger Bankbildung sehr deutlich zu sehen ist. Weder der Abraum noch der Abfall ist weggeschafft. Das Ganze ist eine wüste Trümmerstätte. Sogar die Bildung von Stegen zwischen Klüften rechts und links ist zu konstatieren. Der Zugang zu den Bruchstellen ist durch Abfall fast verbarrikadiert.« Auf den andern Bruchbildern, Bildbruchstücken, so halten die Legenden fest, fällt nichts anderes als Abraum und Abfall (auch – oder gerad auch – dort, wo sie, ausnahmsweise, fehlen) an, ins Auge: »Noch deutlicher als bei dem vorigen Steinbruch ist hier zu sehen, wie der rollige Abraum nirgends weggeschafft ist und wie seine Abfälle den Bruch seiner ganzen Höhe nach bedecken. [...] Auch hier ist der Abfall und der Abraum nicht weggeräumt, unvermischt liegen Abfall und brauchbare Blöcke durcheinander. [...]

Auch hier überall Abfall, der nicht weggeräumt ist, und nicht entfernter Abraum. [...] Es fehlen hier eben die von Abfall verstellten Stufenfragmente der vorigen Brüche. [...] Auch das Reinhalten des Bruches von Abfall trägt zu dem besseren Eindruck des Bruches bei. [...] Der Abraum ist nicht weggeschafft, der Bruch von Abfall nicht gesäubert, ja sogar infolge des Abfalles unzugänglich. Insbesondere links droht der rollige Abfall hinabzustürzen. [...] Der Anblick dieses Bruches ist erschreckend. Alles ist von Abraum, Abfall und Schutt überfüllt«[97]. Gehn die Augen zwischen beiden Texten, dem tschechischen und deutschen, hin und her, vom einen in den andern Steinbruch, *Wort*steinbruch über, fallen die tschechischen Worte für *Abfall* und *Abraum* ins Auge. Beide fallen von den entsprechenden deutschen Wörtern so ab, daß sie – als Übersetzungen – an ihnen hängen bleiben; eine Art Überhang bilden; oder – umgekehrt – so, daß die deutschen von den tschechischen abhängen, an denen – *deutschechisch* – kleben. Und genauer: beide Wörter beider Sprachen fallen – hängen – so voneinander ab, daß, unter die Sprach- oder Treppenstufe des einen Worts der einen Sprache gekehrt, immer das eine, andre Wort der einen, andern Sprache -wartet. Auf- oder ab-. *Weder der Abraum noch der Abfall ist weggeschafft*, heißt es an einer, wie an vielen andern Stellen. *Weder der Abraum – Ani odkryvka*; *noch der Abfall – ani odpadky*. Was, unter das Wort *Abraum* gekehrt, aus dem Abraum – unweggeschafft – wiederkehrt, ist das Wort *odkryvka*; was, unter die Treppe des Wortes *Abfall* gekehrt, wiederkehrt von dort: *odpadky*. *Od-* nennt *Ab-*, *-kryvka* : *-raum*, und *-pad* (und *-padky*) : *-fall*. Aus dem Abraum fällt, im *-raum*, das Wortbruchstück *-kryvka* ab, das *Kafka* – oder *kavka* – kryptiert, vergriffelt; aber so, daß weder das Wort vom Namen, noch der Name vom Wort abhängt oder -fällt: abgefallen anhängt. Und im Abfall – *odpad*, *odpadky* – bricht ein Abfall vom Abfall an, der weder mehr an-, noch abfällt, der *als* Abfall unverant*wortet*, unverwertbar, unabgesondert, *-sonderbar* bleibt: in verkleinerten, fast winzigen Abfall, *odpad* um das tschechische Diminutiv-Suffix *-ek* erweitert, in *odpadek* verdreht oder verkapselt: Entstellung des Abfalls (in beiden, allen Sprachen) auf dem Sprung (immer auf dem Sprung) zur Enthaltung vom Abfall, Abfall zu enthalten, in dem das Warten auf -lösung (alles An- und Abfallenden) in ein weder ab- noch auf- noch anders -wartendes (Uner)Warten spielt: gerade am Geländer lehnt, mitunter übrig (oder über), wie das Rascheln im Laub gefallender Blätter: *Odradek.*[98]

Und vieles / Wie auf den Schultern eine / Last von Scheitern

Odysseus. Aufbruch. Aposiopese …

Wieder auf dem Weg. Weniger *auf* als, unterdem, ins Unwegsame offen, ungefähren Spuren, der Vorerinnerung an ein Versprechen, auf der Spur: *unter*wegs. Wie der, *Odysseus*, ins Unterwegs verschlagen, nach jahrlangen Irrfahrten mit den Gefährten, in Booten, zwischen Inseln von Winden hin- und hergeworfen, -stillen ausgesetzt, um endlich, aus dem Unterwegs heraus, an den heimatlichen Strand verschlagen, *Ithaka*, in Namenlosigkeit gehüllt, das vertraute Haus heimzusuchen, von dem er ausgegangen, aufgebrochen war, im Augenblick des Wiedersehens und -erkennens aber, allem Widerfahrenen und Widrigen entgegen, alles Wiedergewonnene, Wiedererhaltene, Wiedererkannte, beim Namen Genannte und Wiedergenannte einmal mehr zurückläßt, aufbricht. Warum – aus welchem Grund – bricht *Odysseus* im Augenblick der Heimkehr, die zerfetzten Segel zu streichen, das Ruder einzuholen und beiseite zu legen, die kielgeholten kehligen, die rotgefärbten Boote in den Sand zu setzen, Rissen durch die verblassenden Farben überlassen, noch einmal auf? Den jahrlang ersehnten Ort noch einmal, anstatt Fuß in ihm zu fassen und Wurzeln zu schlagen, – verlassen. Von welcher Verläßlichkeit fort? Welcher Verlassenheit entgegen? Der Rückkehr wie sich, dem Zurückgekehrten, den Rükken zu kehren, sich von sich abzuwenden, weil er im Augenblick der Heim- und Wiederkehr – *Nóstos* im Griechischen, zuweilen auch als der andere Name der *ODYSSEE* in Umlauf – sich nicht wiederkennt: der sich bei sich, den seinen, am gesuchten, am Fundort in der Fundlandschaft, nicht findet? Sich nicht an ihm zurecht und den Ort selber – aus den Fugen? Kehrt also, der wiederkehrt – und Wiederkehr ist fast das Leitmotiv der *ODYSSEE* –, kenntlich (andern wie sich selber) aus der Erinnerung an eine Narbe, aus der Erinnerung an eine offne Wunde weniger wiederkehrt als quillt, nicht wieder, sondern trägt, im Augenblick der Heimkunft, von Unterwanderungen überlagert, von Überresten aus Erinnerungen an zerschellte Boote, ertrunkene Gefährten, Planken, Salz in Mund und Augen, Sand unterspült, ins Erinnerte und Kenntliche Spuren einer -entdeckung ein, die nicht nur von allem, was Wieder- heißt, abweicht, sondern abweicht noch von allem, was *als* Abweichung vertraut war und das Vertrauen ins Unerschütterliche festigte: daß, was wiederkehrt – aus der Erinnerung als das Erinnerte und Kenntliche, Kontur annimmt –, im Augenblick der Wiederkehr kentert, ins Unkenntliche aussetzt: aufbricht? Spuren einer namenlosen *Odyssee*, einer Nichts- und Niemandsreise, die noch den Namen, Nichts- und Niemandsnamen, den Odysseus auf der Flucht vor dem geblendeten Zyklopen, *Polyphem*, aus der Höhle im Schmerz vorbrechend, ins Dunkel gehüllt am hellichten Tag, als Antwort auf die Frage nach dem Namen zurückgelassen hatte, auflöst: *Oûtis* oder *Oudeis* – *Niemand* –, der von ungefähr den andern Namen – *Odysseus* –, den er zudeckt, wiederholt, fast aufdeckt, fast entdeckt, durchläuft[99]. So, daß beide Namen; der alte – *Odysseus* – wie der neue – *Oudeis oder Oûtis* –, den der Listenreiche aus dem alten, den er trägt, im Augenblick, wo er Reißaus vor dem Riesen nimmt, fast als ein Echo zieht oder losreißt, die Boote am

Strand, aus der Verankerung gerissen, schon vor Augen, abzulegen, den alten Namen zuzudecken, zu verunken, zu verunkenntlichen, als unerkannten Quell unter Verschluß zu halten, obwohl er aus dem Echo, das er warf, als Echo eines Echos, gebrochen – Brechungen ausgesetzt –, Spreisel oder Scheit, zurückzukehren anfängt, ohne anzukommen –; auf-, auseinanderbrechen. Der Vorsatz, den Namen zurückzuhalten, den alten aus dem losgerissenen im Horchen auf den Hall, den sein Echo warf, wieder aufzulesen; im Namen (des Namens, den ich trug), wie aus dem Namen, unversehrt, wiederzukehren, kommt zu spät. *Odysseus* bricht auf. Ausblendung (von ungefähr) ins Offene ...

Als wäre die Entdeckung des Wiederkehrenden, im Augenblick der Heimkehr (sie schließt die Erfahrung des ausgesetzten Namens – *Odysseus* – ein, ohne Halt an ihr zu finden): *Stasis* – *Ek*stasis, – (Aufstand, Hinausstand, Auf- Auseinanderbruch) im Aufriß der *Anagnorisis*.

Wenn – heute – von *Odyssee* die Rede ist (oder geht), drängt unter allem, was um den Namen drängt, nicht *Heimkunft* als vertrauteste Assoziation sich auf; sie bleibt, unter andern, zurück (ohne zu fehlen). Was vordrängt, aus dem Namen, ist die Erinnerung an *Irr*fahrt. Obwohl doch alles im Epos auf Heimkehr – *Nóstos* – angelegt erscheint. *Nóstos*, so umschreibt die SUDA (jene byzantinische Enzyklopädie des 10. Jahrhunderts, die Wörter über Wörter vergangener Epochen verzeichnet, als warteten die, in kommende übernommen zu werden, aus kommenden wiederzukehren) das Wort, ihm den Weg (vor oder zurück) an den Ort seiner eigentlichen (angestammten oder angewiesenen) semantischen Bestimmung zu bahnen, das Irrwort in Bedeutung zu verankern, als wäre *Nóstos* das Überwort, der Übername eines jeden Wortes, das im Wörterbuch verzeichnet steht, der auch die *SUDA* erst auf den Begriff bringt, dem das Wörterbuch zu entsprechen gehalten scheint (und aufgeschlagen wird), in dem – als Haus aus Häusern, oder *Über*haus – jedes Wort bei sich, zuhause, angetroffen werden soll: *he oíkade epánodos* – Rückkehr zum Haus, Rückkehr nachhause[100]. Doch aus dem *einen* Wort an *seinem* Ort, im Wörterbuch, brechen alle, die dem einen seinen Ort anweisen, ihm sein Zuhause zu bereiten, selber ortlos (mit ihnen aber jenes eine, anders, wieder) auf, auseinander ...

Wie kommt es zu dieser Unterbrechung oder Schwebe zwischen Namen? *Odyssee* und *Nóstos*? Wie zur Benennung, wie zur Umbenennung des Benannten? Steht der eine Name *für* den andern, den andern zu stützen; steht der eine dem andern *entgegen*, den andern zu stürzen? Steht, wo ein Name steht – auch *wider*steht –, *ein* Name, *eins* mit sich? Wer sagt, und wagt, das Gesagte zu bestätigen, daß Namen *stehn*? Steht jeder Name auf der Schulter eines andern Namens, *und so*, wie Friedrich Schlegel in seinem Aufsatz (gesetzt, es ist ein *Aufsatz*) *UEBER DIE UNVERSTÄNDLICHKEIT* schreibt, *ins unendliche fort bis zur ursprünglichen Schulter*[101]? Und wäre nicht *Schulter* – (unter anderm auch) ein *Name* (unter andern)? Welchen Namen schultern, welchen andern ablegen? Wer ist – aus welchem Grund oder Ungrund – welchen Namen zu schultern (den Namen zu tragen), welchen abzustreifen geneigt? Oder schultern und tragen wir Namen – wie Ruder –, bis wir einem oder einigen (unter andern) begegnen, die, was wir unter dem ein oder andern Namen tragen (weil wir glaubten, was wir unter einem Namen trugen, sei in ihm zuhause), anders nennen? Und sind erst dort, im Augenblick, wo das Tragen des einen aussetzt, das Innewerden des andern ausbleibt, angekommen? *Wo* aber, genau; wenn: *dort*? Am Ort *ohne* Ort? *Fort* vom Ort? Zuhaus im Unbehausten? In Obdachlosigkeit? Im Namen *ohne* Namen, der noch den *Niemands*namen und sein Echo – … *Odysseus, Oûtis, Oudeis* … – abgestreift hat? Also dort, von allen Orten fort, wo weder *Odyssee* noch *Nóstos* mehr als Namen greifen? Doch im Griff zum Namen, ihn zu fassen und zu halten, mit Händen und Füßen in seine Wolle, wie eines Schafs, das den Gefangnen unerkannt und unertastet, ungeschoren aus der Höhle des Zyklopen trägt, verklammert, den ergriffenen zu tragen oder nicht, spielt Unbegreiflichkeit. So auch in *Nóstos*. Denn die Heimkehr ist im Wort nicht Erfahrung ihrer Verwirklichung, sondern bleibt – verwickelt in *-kehren*, Ab- und Um- und Wieder- –,Versprechen (oder Drohung), offen, unerfahren, aus- … Warum, noch einmal, aber bricht *Odysseus*, im Augenblick der Heimkehr – *Nóstos* –, auf?

Wer wiederkehrt, im Augenblick der Ankunft als Rückkunft, als der einst Fortgegangene, jetzt Heimgekehrte, kenntlich wird (vielleicht auch ohne *sich* zu erkennen zu geben), legt Zeugnis davon – oder dafür – ab, daß er (daß *sie*) noch lebt. Solange, wer fortgeht, in Abkehr vom vertrauten Angesicht und Ort verwickelt, zurückkommt oder -kommen kann, zu -kommen verspricht (in Briefen, durch Boten und Gerüchte), ist der Fortgegangene, fort aus den Augen gegangen, von dem Erinnerung verblaßt, nicht fort, nicht dort und tot, sondern *am Leben*. Was heißt *leben*? Wiederkehren.

Setzt also, wer aufbricht, geht, (im Gedanken an Wiederkehr oder nicht), das Leben aufs Spiel, geht, wer fortgeht, *sterben*, aus dem Leben fort, oder geht, wer aufbricht fort, um wiederzukehren, mit einem andern Wort, aufs Leben zu: zu *leben*? Geht, wer geht, zu leben? Geht, wer geht, zu sterben? Legt, wer geht, Risse durchs Erinnerungsvermögen der Zurückgebliebenen, die am Namen festzuhalten, den Namen in Erinnerung zu rufen suchen, oder ist *Erinnerung*, weil, wer fortgeht, sie *belebt* und weckt – sie hält, im Namen, den Fortgegangenen zurück –, der andre Inbegriff des *Lebens*? Lebt, wer lebt, also wiederkehrt, aus der Erinnerung ans *Leben* (des Fortgegangenen)? Bleibt ein Wort, solang es wiederkehrt, *am Leben*? Hier das Wort *Leben*? Aber kehrt nicht auch das Gegenwort, der *Tod*; kehren nicht auch die Fortgegangenen, aus dem Leben fort, aus der Erinnerung als Tote, die fortgegangen sind ohne wiederzukehren, wieder? Wie genau sind Lebende und Tote in die Wiederkehr verwickelt? Wie genau nehmen Lebende und Tote die Wiederkehr – *Nóstos* – beim Wort?

Odysseus bricht auf. *Odysseus* kehrt wieder. Kehrt der eine aus dem andern Satz wieder, bricht der eine aus dem andern – ohne wiederzukehren – auf? Gehn beide Sätze – weil sie ein und dasselbe bedeuten – Hand in Hand? Gehn beide – unvereinbar miteinander – in Handgreiflichkeiten über? Einander aus dem Weg? Schlägt *Odysseus*, der wiederkehrt, nach *Ithaka*, um (wieder) aufzubrechen, das Leben oder den Tod, die Lebenden oder Toten vor den Kopf? Bricht Odysseus *im Namen* des Lebens oder Todes, der Toten oder Lebenden auf?

Paradox der *Wiederkehr*: wer wiederkehrt, kehrt dem Wiederkehrenden den Rücken. Wer der Wiederkehr die Treue hält, übt an der Wiederkehr Verrat (denn im Augenblick der Wiederkehr spielt – ununterbindbar – Aufbruch).

Warum *Odysseus*, im Augenblick der Heimkehr wieder aufbricht, dafür lassen sich, aus dem Rückblick in das Epos – das unter beiden Namen, *ODYSSEE* und *NÓSTOS* wiederkehrt – Gründe finden. Der Aufschlußreichtum aber spielt ins Grund- und Bodenlose. Die Gründe dafür, warum *Odysseus* im Augenblick der Heimkehr wieder aufbricht, werden in der *ODYSSEE* Odysseus in den Mund gelegt, aus dem sie wiederkehren – in Worte gehüllt – als kehrten sie wieder:

wo der Rhapsode den Worten Stimme leiht; wie denen vor Augen, die lesen.

Der Grund dafür, daß Odysseus noch einmal, im Augenblick der Heimkehr aufbricht, liegt, den Worten des Odysseus nach, im *Unter*grund; dort, von wo – der Sage nach – niemand wiederkehrt: in der Unterwelt, der Abgeschiedenen, Toten. Auf die Insel der Kirke, *Aiaia*, verschlagen, erfährt Odysseus aus dem Mund der Göttin in deren Palast, die ihn fest- und zurückzuhalten sucht, daß die Rückkehr nach *Ithaka* nur auf dem Umweg über *Hades* zu erzwingen sei. Nur der Weg an den Ort ohne Wiederkehr – *der Toten* –, wiederzukehren von dort, hält die Hoffnung auf Heimkehr *am Leben*. Vor Vollendung der Irrfahrt, und Rückkehr nach Hause, muß Odysseus einen andern Weg zurücklegen: vollenden: zum Haus des Hades; dort die Seele des blinden Sehers Teiresias befragen. Die Auskunft entledigt Odysseus – weil sie Aussicht auf Aussichtslosigkeit, den lichtlosen Ort aufzusuchen, eröffnet – des Wunsches, fortzuleben – *zóein* – und das Licht der Sonne zu schaun. Er fühlt sein Herz zerbrechen[102]. Herzzerreißender Spott. Als hörte einer (sich) sagen, im Augenblick, wo er sein Herz zerbrechen fühlt: Lieber (freiwillig) in den Hades gehn als das: in den Hades gehn (zu müssen). Denn niemand hat je, so *Odysseus* zu Kirke, den Weg zum *Aïdos* – im Griechischen aus *a* und *idein*, lichtlos, abgeleitet, also auf Lichtlosigkeit als Heimat zurückverwiesen – gewiesen, niemand den Weg dorthin je gefunden, niemand den Weg von dort je wieder fort: zurück von dort. Die Forderung, zum Hades aufzubrechen, scheint in den Wind gesprochen. Doch ein -wind, der Nord-, Nordost-, so Kirke, weist den Weg: *Boreas*. Odysseus soll mit den Gefährten in die Boote, Segel setzen und die Ruder, eingezogen, ruhen lassen. *Boreas* weist den Booten den Weg zum Ort der Abgeschiedenen. Dort, beim Hain der Persephone, am Ort des Zusammenflusses zweier Flüsse, *Pyriphlegeton* und *Kokytos*, in einen dritten, *Acheron*, soll Odysseus eine Grube ausheben, um sie her den Toten Honig, Wein und Wassser spenden, das Gemisch aus Honigseim und Wein und Wasser mit Weißmehl überstreut. In die Grube aber Schafblut – einen andern Inbegriff des Lebens – opfern, die Toten anzulocken: wiederzukehren. Abhalten aber soll er die Abgeschiedenen vom Blut, bis er den Bescheid der Seele des toten Sehers eingeholt hat; dann Abschied nehmen von den Abgeschiedenen, den Rückweg, heimzukehren, einzuschlagen.

Elpenor. Der Weg zu den Booten, zum Hades aufzubrechen, in den Booten liegend Boreas allein den Weg zum Hades nehmen zu lassen, wird aber aufgehalten. Etwas kommt dazwischen. Was dazwischenkommt, und die Fahrt zum Hades für Augenblicke aufhält, ist der Tod des jüngsten Gefährten, *Elpenor*, der schlafend, weil er zuviel Wein getrunken hatte, im Augenblick des Aufbruchs der Gefährten, in einem Winkel lag, aufschrickt, blindlings vorstürmend vom Dach des Hauses fällt und das Genick bricht: »seine Seele [...] ging hinunter zum Hades«[103]. Der Sturz vom Dach, des Jüngsten, der den Aufbruch aufhält, nimmt den Weg der Gefährten, ohne zu wissen, daß sie den Weg zum Hades einschlagen, vorweg. Er stürzt, allen zuvor, zu Tod und kehrt als erster, allen zuvor, aus dem Hades, Jüngster unter den Toten (wie unter den Lebenden), an die Blutgrube – Schwelle zwischen Lebenden und Toten – zurück, den wartenden Odysseus anzusprechen. Und kommt ein zweites Mal, diesmal einem irritierenden Detail im Bescheid des Teiresias an Odysseus (auf das diese Blätter gleich zurückkommen) zuvor. Die Seele Elpenors nimmt Odysseus das Versprechen ab, ihm – *Elpenor* –, dem Toten, den die Gefährten im Gewimmel des Abschieds im Palast der Kirke zurückgelassen hatten, bei seiner Rückkehr unter die Lebenden ein Denkmal – *sêma* – zu errichten, ohne das Ruder zu vergessen: »und stecke mein Ruder tief in das Grabmal«[104]. Als wäre dem jungen Toten die Erinnerung an das im Leben, unter den Lebenden oben, zurückgelassene Ruder – *eretmón* –, das aus der Erinnerung des Toten nur als zurückgelassenes, Relikt unaufgelesen, als eines, das nicht wiederkehrt – abhanden –, wiederkehrt, Inbild der Lebendigkeit des Lebens geblieben: »mit dem ich auch im Leben gerudert habe unter meinen Gefährten«[105]. Als läge dem Toten ins Ruder das Ein- und Ausatmen des Lebenden verkappt, der das Ruder ohne zu sehn ins Wasser tauchte, vorzog, auftauchen sah, eintauchte, vorzog, auftauchen sah, wieder und wieder, in unterbrochnen Zügen, die das Boot bewegten. Als sollte im Ruder eine Holzhand, von Rissen durchlaufen, die Erinnerung (des Toten) ans Leben – wie umgekehrt der Lebenden an Tote –, aus der Erde ragen. Wie umgekehrt: als begegneten im Ein- und Ausatmen, Ein- und Auftauchen, in der *Pause* zwischen Ein- und Aus-, Tote und Lebende einander. Aus dieser Pause – oder Mulde – quillt (und versiegt) die Sprache, die Lebende und Tote teilen. Denn darin liegt – liegt darin nicht – die Seltsamkeit, die an der Grube aufbricht, aus der Grube wiederkehrt: Die Toten sprechen wie die Lebenden. Die Toten sprechen, wie die Lebenden. Lebende wie Tote – sprechen. Miteinander. In Worten, die sie teilen, die weder den Lebenden noch den Toten gehören, die weder *im Namen* der Lebenden noch der Toten ein-, auf-, auseinanderbrechen: wiederkehren.

Vom Sprechen ist aber an der Grube, die Odysseus auswirft und mit dem Blut geschlachteter Tiere füllt, die Seelen der Abgeschiedenen zu locken, zur Wiederkehr an jene Schwelle, an der Lebende und Tote Sprache teilen, zu bewegen, vorerst nicht die Rede. Das Defilee der wiederkehrenden Seelen, die in Scharen kamen, geht zwar nicht stumm vor sich, wird aber von einem Wort begleitet, wo sie um die Grube drängen, das am Sprachrand zögert, zwischen Aus- und Unaussprechlich offen: ***thespésios***, von Wolfgang Schadewaldt so übersetzt: *mit* ***unaussprechlichem*** *Geschrei – thespesie iachê –*. *Graunvoll* nennt es Johann Heinrich Voß in seiner Übersetzung der *ODÜßEE*[106]. Für das zusammengesetzte, aus *theós* – göttlich – und *eipein* – tönen, sprechen – zusammengesetzte Wort wird in Franz Passows *HANDWÖRTERBUCH DER GRIECHISCHEN SPRACHE* die ursprüngliche Bedeutung »urspr. *von Gott gesprochen* od. *eingegeben*« aufgeboten[107]; an den meisten homerischen Stellen hat es aber schon die allgemeine Bedeutung von *theios* – göttlich – angenommen: als kehrte aus dem wiederkehrenden Wort – *thespésios* – die Rede vom Sprechen und Tönen, die aus ihm wiederkehrt – halb unterschlagen, halb in Offensichtlichkeit verwickelt –, nicht wieder. Das *göttlich* heißende Geschrei kehrt an dieser Stelle, um die Grube, als ein »über Menschenkräfte Hinausgehende[s]« wieder[108]. Als kehrte aus dem zusammengesetzten Wort, aus Rissen durch die Naht, die es verwahrt, nichts als Erinnerung an die Erfahrung eines unfaßbaren Übermaßes, die im Augenblick des Tönens, Sprechens und Verlautens – *eipein* – aufbricht, wieder. Wieder und wieder. Die auseinanderstrebenden Bedeutungen, sie setzen die Zusammensetzung aus zweien zu einem Wort aufs Spiel, sucht Passow in den einen, an der Naht jener ursprünglichen Zusammensetzung orientierten, »der Herleitung des Wortes ganz entsprechenden Begriff zusammen[zu]fassen: *so dass nur ein Gott es aussprechen könnte, nur für einen Gott sagbar, also unaussprechlich*«[109]. *Unaussprechlich* heißt (den ein und andern Übersetzern, von derselben Stelle angelockt) das Sprechen der um die Grube drängenden Toten, als käme aus dem ausgesprochenen Wort *unaussprechlich* das Unaussprechliche im Sprechen der Toten zur Sprache (zurück). Doch wann *ist* ein Wort, wann *hat* ein Wort – ausgesprochen? Wann – und wie genau – liegt ein Wort in seiner Ausgesprochenheit (hier das Wort *unaussprechlich*) vor? Setzt es (ohne Wiederkehr) ins Ausgesprochene aus, kehrt es in (seine) Ausgesprochenheit zurück? Das Wort *unaussprechlich* teilt die Unaussprechlichkeit des Lärmens der Toten nicht mit. Aus dem Aussprechen (und Ablesen) des Wortes *unaussprechlich* bricht Unaussprechlichkeit *im* Sprechen vor, das Lebende und Tote teilen: als zerbräche – *im* Augenblick des Sprechens, *aus* dem sie doch wiederkehrt – Sprache. Spricht, die Frage taucht, an dieser Stelle, um die Grube, *zwischen* Lebenden und Toten, Menschlichem und Göttlichem auf, aus allem Sprechen und *Aus*sprechen Unaussprechlichkeit? Spricht, wer immer spricht, das Sprechen *selbst* nicht aus? Hält, wer spricht, *weil* er – oder sie: einer oder eine oder eins oder vieles, *aufs Mal* – spricht, mit dem Sprechen hinterm Berg? Spricht, wer spricht, *weil* er spricht, nicht? Spricht, wer spricht, nichts *aus* – zuende –, ohne einfach nicht zu sprechen? Bricht, wer spricht, mit dem Sprechen, unaussprechlich? Setzt, wer spricht –; bricht, wer spricht – unausrichtbar –, aus? Bricht Odysseus an dieser Stelle, mit gezücktem Schwert an der Grube sitzend, dem unaussprechlichen Geschrei der Toten entgegen, die entgegendrängen, vom Blut geschlachteter Tiere zu kosten, um zu sprechen, auf?

Persephone. Odysseus, das unaussprechliche Geschrei der Toten vor Augen, im Ohr, im Begriff mit dem jüngsten unter ihnen, *Elpenor*, zu sprechen, aus dem Mund des Toten zu erfahren, wie er, den Fortgehenden nach, allen Gefährten zuvor den Weg zum Hades hatte nehmen müssen, aus dem er jetzt entgegenkommt; Odysseus, auf die Erscheinung des toten Sehers, *Teiresias* wartend, der ihm hier, am Ort ohne Wiederkehr, Bescheid über das *Wie* der Rückkehr nach *Ithaka* geben soll, sitzt nicht nur auf der Schwelle zum Hades, sondern zum Haus der *Persephone*. Im Namen *Perse**phone*** aber gehen das Wort für das verlautende Wort – *phoné* – (das geschrieben mit Omega – *ω* – vor Augen steht) und das Wort für Mord und Totschlag – *phone* – (das geschrieben mit Omikron – *o* – vor Augen steht), ineinander über. Ein Wort auf der Schwelle, die Lebende – oft auch *die Sprechenden* genannt – und Tote teilen, als spielte in den Sprechenden, *am Leben*, nicht nur das Leben, sondern die Todeslust als Tötungslust: die Lust am *Mord aus Worten*, wie Hölderlin an einer Stelle seiner *ANMERKUNGEN ZUR ANTIGONAE* vermerkt[110]. Als läge ins Sprechen, ins Anwenden von Worten wie Waffen, die Lust an der Provokation und Proliferation jenes *unaussprechlichen* Geschreis – der Toten – verkappt, um es vom – *aussprechlichen* – Sprechen der Lebenden streng geschieden zu halten; im Morden, durch Worte provoziert, zu *über*leben, nämlich (dem Innewerden der Sterblichkeit der Mordenden zum Trotz) fortzumorden. Als läge der Inbegriff der Sprechenden – *am Leben* –, denen der Inbegriff des Sprechens im Mord aus Worten liegt, ins Töten versargt. In *Perse**phone*** aber setzt der Wille zur verbindlichen Separation von aus- und unaussprechlichem Sprechen, zwischen *-phone* und *-phωne*, aus.

Die *Unaussprechlichkeit* des Sprechens, der Toten, wird aber im Gespräch zwischen Odysseus und Elpenor, der auch dem Seher, Teiresias, zuvor- (Odysseus aus dem Hades entgegen) -kommt, durch ein Wort aus dem Mund des Toten, der davon spricht, wie er zu Tode kam, überboten: »Wein in unsagbarer Menge – *athésphatos oinos* –«[111]. Das Beiwort *athésphatos* nennt eine Unaussprechlichkeit, die noch über das, was nur ein Gott – kein Mensch – (zu sagen) vermag, hinausgeht. In den Worten von Franz Passow: »urspr. was selbst ein Gott nicht auszusprechen vermag; dah. unaussprechlich gross, lang, viel, stark«[112]. Elpenor spricht, in Worten, die Lebende und Tote teilen, von *Über*unaussprechlichkeit, in der die Separation, die das unaussprechliche Sprechen der Toten (und Götter) vom aussprechlichen Sprechen der Lebenden (und Menschen) trennt, erlischt. In einem der zwei Gründe, die Elpenor für den Sturz vom Dach in den Tod anführt (der andre ist ein *Daímon*), geht der Vorsatz, noch das unaussprechliche Sprechen *im Namen* einer (göttlichen) Instanz, *als* unaussprechliches an- und ausgesprochen, vom aussprechlichen abzusetzen, aus den Fugen. Die Unmenge Weins, die den Sturz auslöst, entzieht dem Willen (vom Aussprechen zu schweigen), Unaussprechlichkeit *als Grund* für den Sturz an- und auszusprechen – den Grund. Das Wort für den Grund zum Sturz – *athésphatos* –, als Sturz vom Grund (den noch das Dach als Boden bot, in den Abgrund, unter den Hof, in dem der Leib aufschlug, fort), nimmt an dieser Stelle Fühlung mit Grund- und Fühllosigkeit im Sprechen, das von beiden, Aus- und Unaussprechlichkeit (des Sprechens) spricht. In diesem Augenblick, ins Sprechen von der Über- oder Außerunaussprechlichkeit verwickelt, bittet Elpenor Odysseus, wenn der aus dem Hades unter die Lebenden zurückgekehrt sein mag, den Leib des Toten – Elpenor – im Hof zu bergen, ihn und seine Waffen zu verbrennen, dem Verbrannten am Strand ein Denkmal aufzuschütten und »mein Ruder tief in das Grab« – *sêma* – zu stecken.

Diese Bitte, in Überunaussprechlichkeit verwickelt, bereitet der Begegnung mit Teiresias, auf dessen Wiederkehr Odysseus (am Ort ohne Wiederkehr) wartet, den Grund.

Die Seele der toten Mutter – *Antikleia* – taucht an der Grube auf, doch Odysseus wehrt ihr, vom Blut zu trinken und zu sprechen, bevor er nicht Teiresias gehört hat, dessen Seele – sie trägt einen goldenen Stab (*chrúseon skeptron*) – Odysseus gleich erkennt[113]. Sie verlangt vom Blut zu trinken, um dem Sitzenden Unfehlbares, das in die Zukunft weist, nämlich aus der Zukunft – anders hieße es nicht *unfehlbar* – wiederkehrt, zu künden. Das erste Wort (in der Erinnerung des Epos an den Bericht aus dem Mund des Odysseus, aus dessen Erinnerung es wiederkehrt) –; das erste Wort, das Teiresias, nachdem er vom Blut gekostet hat, sagt, das erste, das aus dem Mund des Sehers wiederkehrt, ist das Wort, dem zuliebe Odysseus zum Hades, zum Ort ohne Wiederkehr aufbricht, ist das Wort, das von Wiederkehr spricht, *Nóstos*: »Heimkehr [...] suchst du, honigsüße, Odysseus!«[114]

honigsüß. Daß Teiresias die Heimkunft *honigsüße* nennt – *meliedéa* –, mag seinen Grund in einem Echo haben, das aus dem Wort *nóstos*, wenn es ausgesprochen wird, – gebrochen – wiederkehrt; es ist das Verb *nostóo* – versüßen, würzen –. Weil in den homerischen Epen, *ILIAS* und *ODYSSEE*, die Heimkehr – *nóstos* – wiederholt in Begleitung der Beiwörter *hédus* und *glukerós* – angenehm, süß – auftaucht, haben, so Passow, »spätere Gramm[atiker] dem Subst[antiv] auch die Bedeutung *Süssigkeit, Annehmlichkeit* beigelegt, u[nd] davon *nóstimos* in der 2. Bedeutung abgeleitet«. Das Beiwort *nóstimos*, in jener zweiten Bedeutung, nennt, was an Feld- und Baumfrüchten »zur Rückkehr geschickt« heißt, zur Einfuhr oder zum Sammeln reif[115]. Als läge im Sammeln und Ernten der reifen Früchte und Ähren deren Bestimmung. Zu welchem Ende aber? Aus Samen, in den Boden gedrückt oder gesteckt oder verstreut in aufgepflügte Schollen, und befruchteten Blüten, Jahr für Jahr wiederzukehren, um eingeholt – und gemahlen, zerschnitten, zubereitet und verzehrt – zu werden? Wo genau – an welchem *Ort* – liegt aber in den Wiederkehren, aus Werden und Vergehn, Kommen und Gehn, der Augenblick der Heim- als Einkehr und Bestimmung der Wiederkehrenden (wo die Unterbrechung jenes *und*) beschlossen, oder offen? Früchte wie Worte. In der *ILIAS* kennen Worte – im Fluß, im *Rede*fluß – das Beiwort *honigsüß* als eines, dessen Süßigkeit sie überbieten. So heißt es von Nestor an einer Stelle im ersten Gesang der *ILIAS*: »Süßer als Honig – *mélitos glukíon* – floß ihm das klingende Wort von der Zunge«[116]. Ist Empfindung ihrer Süßigkeit, der Worte, ihres Überreichtums oder ihrer Überreife, Merkmal ihrer Einkehr als Heimkehr an den Ort, von dem sie ausgegangen, aufgebrochen sind? Wo aber ist der? Wem liegt dieser Ort – auf der Zunge? Überunaussprechlich süß? Die Rede von *Honigsüßigkeit* – der Heimkehr, wie von Früchten und Korn – und *Übersüßigkeit* – von Worten – treibt die Suche nach dem *Ort* der Heimkehr auf eine Spitze, die bricht: zwischen dem, was immer noch nicht und schon nicht mehr *reif* heißt, nicht mehr und noch nicht *genießbar*, angenehm, willkommen, süß. Ungewißheit greift aber auch darüber Raum, ob die Rede von der *honigsüßen Heimkehr* ihren Ursprung in der Heimkehr (an den von Süßigkeit erfüllten Ort) oder in der Wabe hat, die das Wesen des (Bienen-)Hauses mit Süßigkeit erfüllt. Entspringt der Rede von der *honigsüßen* Heimkehr aus dem Mund der Seele des Teiresias an dieser Stelle erst im Nachhinein das Verb *nostóo* – versüßen, würzen –, oder kehrt – umgekehrt – die Rede von der *honigsüßen Heimkehr* als Echo eines Wortes wieder, des Verbs *nostóo* im Vorhinein, dem sie erst (zur *figura etymologica* verkapselt) entspringt? Ein letzter Zusatz zu dem Eintrag *nóstos* in Passows *HANDWÖRTERBUCH DER GRIECHISCHEN SPRACHE* streift die Ungewißheit über das, worin genau – im Hinblick auf das reife Korn – die Süßigkeit der Heimkehr (Einfuhr in die Scheuer) als Bestimmung ihrer Ausrichtung liegt. Im Anschluß an den Hinweis, »*nóstos* selbst komm[e] in dieser Bedeutung«, als *Süßigkeit* und *Annehmlichkeit*, nicht vor (zumindest im Bruchteil der überlieferten Schriften nicht, die heute als antike *Quellen*texte vorliegen), verweist Passow auf ein Homer-Scholion von Eusthatius, demzufolge

»*nóstos* bei Tryphon [...] so viel als *eúnostos* [...], ein Mühlengott« sein soll. »Andere deuten es *Kernmehl*«[117]. Ist also das gereifte Korn, gemäht, zu Garben gebunden, nicht schon eingeholt und heimgekehrt, sondern bloß auf- und zusammengeklaubt, um zu warten, auf der Tenne mit Worfelschwingen in Spreu und Weizen gesondert zu werden, und auch dort nicht zuhause, sondern jetzt erst, in Säcke verschnürt, unterwegs, im Namen des Mühlgotts, der *Heimkehr* im und als Namen trägt (vielleicht), zwischen Steinen zermalmt und zermahlen zu werden, und auch dort nicht, im *Kernmehl*, zuhaus ...

Die Kunde der Seele des Sehers, aus der Zukunft, in die Odysseus, wenn er aus dem Hades aufbricht, zurückkehrt, weiß vom Grund für die Irrfahrt und den Verzug der Heimkehr. Odysseus hat, weil er den Sohn – *Polyphem* – geblendet hat, den Zorn des Meergotts, *Poseidon*, auf sich gezogen. Wenn endlich Odysseus, andern Gefahren entronnen, ohne Gefährten, allein nach Ithaka zurückgekehrt sein, die Freier im eigenen Palast erschlagen haben wird, »sei es mit List, seis im offenen Kampf mit dem spitzigen Eisen, *dann* [...]«: und alles drängt, dieser Spitze zu, die Heimkehr – *nóstos* – in diesen Augenblick (Odysseus, der Wiederkehrende, *am Leben*, von Toten, deren Seelen fortgegangen sind, umgeben) versiegelt zu sehn; doch *dann*, so Teiresias zu Odysseus: »brich auf – *érchesthai* – [...]«. Und dann beschreibt Teiresias den Aufbruch und Weg, den Odysseus nehmen soll:

Dann brich auf und nimm in die Hände ein
  handliches Ruder – *eueres eretmón* –,
Bis du zu jenen gelangst, die nichts mehr wissen
  vom Meere, Menschen, die Salz nicht genießen,
  auch nicht mit den Speisen, die also

Gar nichts wissen von Schiffen mit purpurn –
phoinikoparéous – gestrichenen Seiten,
Nichts von handlichen Rudern – *euére'eretmá* –,
die Flügel den Schiffen verleihen.
Dafür gelte als deutlichstes, unübersehbares
Zeichen – *sêma* –:
Trifft dich endlich ein anderer Wandrer und sagt dir,
du trügest
Wohl eine Schaufel zum Worfeln – *athereloigòn*
[Hachelverderber] – mit dir auf der
glänzenden Schulter:
Dann verstaue du fest im Boden das handliche Ruder
– *eueres eretmón* –![118]

Die Kunde vom abermaligen Aufbruch im Augenblick der Heimkehr nach Ithaka, die Odysseus aus dem Mund der Seele des Sehers erfährt, heißt weiter unten, nachdem Teiresias zu sprechen aufgehört und ins Haus ohne Wiederkehr, ins Haus des Hades – *dómon Aïdos* – (wieder) fortgegangen ist, *thésphat'*[*os*][119]: *göttliches* – Menschen verwehrtes, demnach *unaussprechliches* – Sprechen; es kehrt aus der Nähe zur Rede – aus dem Mund der Seele Elpenors – vom Wein in überunsagbarer, auch Göttern zu sagen verwehrter Menge – *athésphatos* – und zu dem (für Menschen) unaussprechlichen (weil göttlichen) – *thespésios* – Lärmen der an die Grube drängenden Seelen der Toten wieder: die Kunde zögert zwischen Aus- und Unaussprechlichkeit, zwischen wiederkehrenden (den Menschen *am Leben* vertrauten Worten) und Worten, die (fast) unkenntlich, erst- und einmalig in Erscheinung treten, so, daß sie, *indem* sie kommen, zur Sprache und zu Ohren kommen, gehn. Im Augenblick der Heimkehr aufzubrechen: das ist die halb aus-, halb unausgesprochene Auskunft des Sehers. Ein handliches Ruder schultern und gehn, fort vom Meer, bis Odysseus denen begegnet, die nichts wissen vom Meer und von Salz, nichts von purpurwangigen Schiffen und also auch handliche Ruder nicht, nicht den Namen dessen kennen, was der Fremde, dessen Namen sie nicht kennen, auf der Schulter trägt[120]. Wo aber sind die zuhause? Wer aber sind und wie heißen die? Und wie solche kennen, wiedererkennen, denen die See – *o die See* –, Seesalz und Seefahrt, Schiffe und Ruder unbekannt sind? Nämlich die *Namen*. Überzusetzen zum Ding, das sie nennen, an das Namen, fast wie auf Schultern, Erinnerung tragen; die Namen, aufzubrechen zum Ding, hier zur See, aber weniger überzusetzen (wie es vom Leben zum Tod geht, in Barken und Nachen) als aus- ... Dafür, wie die, die das Meer und Odysseus nicht kennen, die Odysseus nicht kennt, wiederzuerkennen sind, kennt Teiresias ein untrügliches, unübersehbares Zeichen – *sêma* –: dort, im Augenblick der Begegnung, wo ein anderer Wandrer den anderen Wanderer kreuzt und vom handlichen Ruder auf der Schulter des andern sagt, was der andre auf der Schulter trage, sei wohl ein Hachelverderber; genau dort, wo das Ruder im Auge des andern nicht Ruder mehr heißt, sondern einen andern Namen trägt, das Ruder aus dem Ruder läuft, der andre Name eine andre Sache nennt, der andre in den Augen des andern etwas anderes schultert; genau dort soll Odysseus den Gang fort vom Meer unterbrechen, das Ruder von der Schulter nehmen, in die Erde stecken, fast wie um ein Grab – *sêma* –, um das die Seele des Toten, Elpenor, Odysseus einen Augenblick zuvor gebeten hatte, »mein Ruder – *eretmón* – tief in das Grabmal« zu stecken am Strand, zur Erinnerung an den Namen des Toten, den Toten im Namen, für den das Ruder, *sein* Ruder – kein andres – aus der Erde ragt, abzustecken, um hier, an einer dem Meer abgewandtesten Stelle, dem Meergott Poseidon zu opfern.

Und umzukehren: »Dann gehe heim – *oíkad'aposteíchein* – [...]«[121].

Doch in den anderen Aufbruch, von Ithaka fort, sind Kehren und Verkehrungen verwickelt, die den Willen zur Umkehr entsetzen. Das *handliche Ruder*, die *Rede* vom handlichen Ruder klammert, indem sie (indem es) unverwandt – *eueres eretmón* – wiederkehrt, die Enden der neun Zeilen zwischen Aufbruch und Umkehr; und genau aus der Mitte der geklammerten Passage kehren handliche Ruder – *euére'eretmá* – noch einmal, kaum versetzt, wieder. Als stellte die Wendung vom *handlichen Ruder* nichts andres dar als eine stehende Wendung: ein geflügeltes Wort. Doch die Ruder gehn in den Worten des Sehers, und nicht erst, wo er vom Entgegengehenden spricht, der das Ruder als Ruder nicht wiedererkennt, also auch das Wort nicht kennt, aus den Fugen, denn die Ruder verleihen den Schiffen, sagt der Seher, Flügel – *pterà* –, verwandeln die Boote in Vögel. Aus den Flügeln – aus dem Wort *pterà* –, an dieser Stelle, taucht aber unter anderm eine stehende Wendung, die zum *geflügelten Wort* geworden ist und aus den homerischen Epen allenthalben wiederkehrt, auf: die Rede von Worten als *geflügelten*, die wenige Zeilen weiter unten, nachdem Teiresias gegangen ist, die Worte aus dem Mund der Mutter – *Antikleia* – charakterisiert: »[...] und sagte mir [...] gefügelte Worte – *épea pteróenta* – «[122]. Ruder wie Flügel wie Worte: der Vorsatz, deren Verhältnis zueinander zu schematisieren, gebricht. Wie Ruder zu Booten, so Flügel zu Vögeln, so Worte: aber nicht zur Sprache, die ausfällt. Worte, wie Ruder, sind *flügge*: immer (wieder anders) auf dem Sprung, aus der Fassung zu Worten zu gehen, aus dem Ruder zu laufen, zu *ent*fliegen oder zu -fliehn: dem Ruder, dem Flügel, dem Wort: zwischen fortbewegt und fortbewegend, fort vom Weg, und weg und weglos, offen.

Die wiederkehrende Wendung vom *handlichen Ruder* in dieser Sequenz, als könnten die Augen, wie Hände an Ruder sich halten und das Ruder halten, sich an die Wendung klammern, das Wort *Ruder* im Auge behalten, ohne zu sinken, den Flügeln, die Teiresias mit den Rudern den Booten verleiht, zum Trotz, wird aber – zweimal – skandiert von einem Wort, das als *Hapax legomenon* aus den Glossen zu Homer wiederkehrt: als eine zugleich erst- und letztmalig, nur *an* dieser Stelle, nur *aus* dieser Stelle auftauchende Wortneubildung. Das eine Wort betrifft die Farbe der Boote, das andere das Ruder. Das eine – *phoinikoparéous* –: aus dem Wort von den purpurfarbenen Wangen der Schiffe taucht, fast unkenntlich, ein Gesicht, *am Leben*, auf und bringt das Boot *als* Boot fast zum Kentern. Es schwankt für Augenblicke zwischen einem den Augen zu- und abgewandten Gesicht. Halb zu-, halb abgekehrte, anliegende abgleitende Maske, Antlitz aus gehöhltem und gefärbtem Holz.

Doch die erst- und einmaligen Worte, wie um ein Ende anzudeuten, aus dem Mund des toten Sehers, auf der Schwelle zum Haus ohne Umkehr, kehren – kaum abweichend – wieder. Sie kehren wieder, im dreiundzwanzigsten Gesang der ODYSSEE, aus dem Mund des Heimgekehrten, der Penelope versichert, dies – hier – sei das Ende nicht: »Denn meine Zukunft hat mir Teiresias' Seele geweisssagt. / Stieg ich doch wirklich hinab eines Tages und drang in des Hades / Haus, als ich Heimkehr – *nóstou* – suchte für mich und meine Gefährten«[123]. Penelope bittet Odysseus darum, den Grund für den Aufschub des Endes zu erfahren. »Bist du«, fragt Odysseus, »ein Dämon – *daimoníe* –, daß du mich wieder so drängst«, zu sprechen[124]; wiederholt aber, fast Wort für Wort, was er schon am Hof des Königs Alkinoos, im elften Gesang, wiederholte. Die Worte der Seele des Toten:

[...]
er hieß mich, zahllose Städte der Menschen
Aufzusuchen, in Händen ein handliches Ruder –
eueres eretmón – zu tragen,
Bis ich zu jenen dann käme, die nichts mehr wissen
vom Meere,
Menschen, die Salz auch nicht mit den Speisen
genießen, die also
Gar nichts wissen von Schiffen mit purpurn –
phoinikoparéous – gestrichenen Seiten,
Nichts von handlichen Rudern – *euére'eretmá* –,
die Schiffen Flügel verleihen.
Folgendes klare Zeichen – *sêma* – verriet er, du sollst
es vernehmen:
Träfe mich endlich ein anderer Wandrer und sagte,
ich trüge
Wohl eine Schaufel zum Worfeln *athereloigòn*
[Hachelverderber] bei mir auf der
glänzenden Schulter,
Dann sei es Zeit, das Ruder – *eretmón* – im Boden
fest zu verstauen.[125]

Das eine Wort, war gesagt worden, betrifft die Farbe der Boote, das andre Wort das Ruder; das in den Augen des andern Wanderers, der das Meer nie gesehn hat, nur Land kennt, und dennoch geht er dem Meer zugewandten Gesichtes entgegen, denn er begegnet einem andern, der das Meer im Rücken zurückgelassen hat, ohne es mehr zu sehn, kein Ruder ist, denn er kennt keine Ruder. Dennoch kommt, was der andere schultert, dem andern als ein vertrautes Gerät entgegen, das Teiresias bei einem unvertrauten Namen nennt: *athereloigòn.* Die Wörterbücher schreiben das zusammengesetzte Wort – Ährenverderber, Hachelvernichter –

der Orakelsprache zu. Einem Sprechen, das halb aus-, halb unaussprechlich spricht. Das fast unkenntliche Wort läßt die Erinnerung an das andere, vertraute Wort für das Gerät, das der andre auf der Schulter des andern wiedererkennt, fast zurück, fast kehrt es sie hervor. Es ist das Nomen *ptuon*, das die Wurfschaufel oder Worfelschwinge nennt, mit der das reife ausgedroschene Getreide auf der Tenne in die Höhe geworfen wird, um die Körner von der Spreu zu trennen. Das befremdliche, aus dem Mund der Seele des Sehers an die Stelle eines vertrauten Worts für eine vertraute Sache rückende Wort *athereloigòn* nennt ein, wie vertraut es auch erscheinen und in der Hand liegen mag, befremdliches Ding. *Zwischen*ding. Denn die Wurfschaufel – *ptuon*, aus dem Verb *ptuein* (spucken, speien, spritzen) abgelöst –, die Teiresias *Ährenvernichter* nennt, trennt: sie spuckt und spritzt und speit das reife, auf die Spitze – der Ähren – getriebene, abgeschnittene, gebündelte und eingefahrene Getreide im Augenblick der Heimkehr – *nóstos* – wieder aus, um dem Korn *am Ende*, das auf der Tenne unter freiem Himmel geworfen und geworfelt wird, die Spitze oder den Stachel – *Ähre* oder *Äher* und *Hachel* nennen dies Äußerste, *den Ort* – zu nehmen. Die Wurfschaufel ist ein Gerät, das den Augenblick der Einfuhr des Getreides spaltet: es trennt die Spreu vom Weizen.

Am Ende der Kunde vom kommenden Aufbruch, im Augenblick der Heimkehr (der die Heimkehr auf die Spitze treibt – und bricht), des *Odysseus*, spricht die Seele des Toten, *Teiresias*, vom kommenden Ende, vom Tod des Odysseus: »Der Tod aber wird zu dir kommen / Sanft und *ex halòs*«[126]. Über diese Wendung, die sagt, von woher der Tod einst kommen wird, herrscht Streit. Denn sie ist nicht aus einem Guß: *ex halòs* mag heißen *aus dem Meer*, aber auch, je nachdem wie die Partikel *ex* aufgelesen und ausgelegt wird – *her von* oder *fern von* –, die Spreu der Form vom Kern ihrer Bedeutung zu scheiden, *fern vom Meer*. Manche Deutungen, die beide Tendenzen der klaffenden Wendung zu vereinbaren suchen, wie um eine offene Wunde zu schließen, verweisen auf die nur aus Fragmenten, in Bruchstücken überlieferten Epen vom Aufbruch des Odysseus (*fort von Ithaka*), im Augenblick der Heimkehr (*zurück nach Ithaka*), die unter den Namen *TELEGONIE* und *THESPROTIS* in Umlauf sind. Überlieferte Überreste dieser Epen vermerken, so in der *CHRESTOMATHIE* des Proklus (mit Ergänzungen und Varianten aus der *BIBLIOTHEK* Apollodors), daß Odysseus, Jahre nach seiner Rückkehr aus dem Land der Thesproter (wo er das Ruder von der Schulter genommen, in Erde gerammt und dem Meergott Poseidon geopfert hatte), in Ithaka, das er gegen Eindringlinge verteidigt, vom Speer ihres Anführers, *Telegonus*, tödlich verwundet wird (*Telegonus* aber ist, wie er von seiner Mutter, *Kirke*, weiß, der Sohn des Odysseus, tötet also, ohne zu wissen wen, in diesem Augenblick seinen Vater, der nicht weiß, daß in diesem Augenblick sein Sohn die Waffe hält). Die Speerspitze aber, die Odysseus tötet, ist der Stachel eines Rochen[127]: beide Tode, der Tod *aus der See* und Tod *fern der See*, laufen in den Stachel – fast wie in eine Ährenspitze, oder Hachel – aus: splittern den Augenblick des Todes (Odysseus stirbt weder der einen noch der andern Deutung nach) und halten den Abstieg der Seele des Toten, Odysseus, den Aufbruch in das Haus des Hades, zum Ort ohne Wiederkehr, auf.

Was ist diß? *Reif sind*: so, auf die Spitze der Heimkunft, als Ernte und Einfuhr in Scheuern getrieben, *am Ende*, fängt, wie es scheint, ein Gedicht – *MNEMOSYNE* –von Hölderlin an: »Reif sind, in Feuer getaucht, gekochet / Die Frücht und auf der Erde geprüfet«[128]. Ein Entwurf hält für das Ende der zweiten, mittlern, der drei Strophen fest:

[...]
da, vom Kreuze redend, das
Gesezt ist unterwegs einmal
Gestorbenen, auf heller Straß
Ein Wandersmann geht
Fern ahnend mit
Dem andern, aber was ist diß?[129]

Und eine andre Fassung wiederholt fast:

[...] dort
Vom Kreuze redend, das
Gesezt ist unterwegs einmal
Gestorbenen, geht auf hoher Straß
Ein Wandersmann zornig mit
Dem andern, aber was ist diß?[130]

Dies abermalige Fragen, danach, was *diß* ist, kommt an kein Ende. Es bricht auf, *unterwegs*, ohne genaueren Aufschluß über Woher und Wohin, über dies *Wo-*, des auf ein Zeichen, zu Zeigendes, da oder dort, weisenden *diß*. Verwaiszeichen. Weichbild. Dies *diß* hat im *Unterwegs*, auf heller hoher Straß, wo ein anderer Wanderer einem andern Wanderer begegnet, ein anderer mit einem andern ein Stück Weges geht, keinen festgesetzten Ort, von dort aufzubrechen, dorthin heimzukehren. *Diß* ist auch nicht unter allen Umständen das *Kreuz*, von dem es heißt, es sei *gesezt*, denn das Kreuz, Kreuz*wort*, kehrt aus Erinnerung – *vom Kreuze redend* – wieder, vielleicht von Mund zu Mund, weder dem einen noch andern eigen. Es mag ein Kreuz am Wegrand sein, *einmal Gestorbenen* gesetzt, zum Andenken – ein Zeichen, aus Erinnerungen ans Erinnern –, das ans Kreuz, an Kreuz*wege* der christlichen Passion, auf Schultern getragen, erinnern mag, an andere Kreuze, andres als Kreuze, anderswo. Die Rede vom Kreuz, an dieser Stelle, erinnert fast an eine *Aporie* – einen andern Kreuzweg –: *crux interpretum*. Das Kreuz der Interpretation. Die stehende Wendung bietet Herder im Vorwort zum *ZWEITEN THEIL* der *VOLKSLIEDER* (1779), dort auf Homers *einartige Beiwörter* gemünzt, auf: »diese [...] das Kreuz aller berühmten Uebersetzer«; und fährt fort: »sind die Seele seiner Harmonie. [...] aber dem, dünkt mich, ist Homer nicht erschienen, der den lieben Fußgänger nur auf raschrollenden Wagen und den sanften Strom seiner Rede als Mühlengeklapper [...] sich vorbildet. Sein Tritt ist sanft, und die Ankunft seines Geistes, wie Ulysses Ankunft in der Heimath: [...]«[131]. Homer, der liebe Fußgänger, erscheint erst einem andern, der auch zu Fuß des Weges – fast wie ein Müller, dem das Wandern Lust ist –, unterwegs ist (oder geht): wie Ulysses Ankunft in der Heimat (ins Namenlose, in Zurückhaltung verkappt). Jede Ankunft, in der Heimat, des Ulysses, als Rückkehr in die Heimat, aber bleibt – fast unmerklich – in Aufbruch, Abkehr vom Ort der Ankunft, vertrackt. Begegnet einem andern Wanderer der Geist Homers, des lieben Fußgängers, erst dort, wo aus dem Vers- und Redefluß ein eigenartiges, *einartiges* Beiwort, wie auf Schultern begegnet und aus dem, der das Wort wie ein Ruder auf der Schulter trug, das ein anderer, im Augenblick der Begegnung, *Ährenvernichter* nennt, eine einzige Frage – *Was ist diß?* – auftaucht: alles innehält?

Was ist *diß*: die wiederkehrende Rede vom Kreuz, von Wurfschaufel und Ruder? Worin genau liegt die *crux* der Rede von dem, was den Schultern aufliegt, was die Schultern tragen? Die erste Strophe des Gedichts, *MNEMOSYNE*, hält an einer Stelle, in Verse – Kehr und Umkehr, Ein- und Abkehr, Wiederkehr und Wiederwiederkehr – gespalten, die Rede von den *Schultern* fest:

[...]
Und vieles
Wie auf den Schultern eine
Last von Scheitern ist
Zu behalten.
[...][132]

Dies eigenartige *Merke*, daß *vieles* [...] *Zu behalten* sei, als forderte der Satz, als ordnete der Satz nur eines an, dies eine zu behalten: *vieles ist zu behalten*, erscheint in diesen Versen, unter dem Titel *MNEMOSYNE*, nicht nur (durch Enjambement) aus dem syntaktischen Zusammenhalt entlassen, Haltlosigkeiten überlassen, ins Ungebundenere offen, sondern um eine Mitte aufgetrennt, die – fast als Gedächtnisstütze – illustriert und zu behalten hilft, was *behalten* heißt und *wie*, was zu behalten ist – vieles –, zu behalten sei. Dies eine: *vieles*. Vieles: *eine* / Last. Beide Wörter, *vieles* und *eine*, erscheinen ans Zeilenende, also an den Ort, wo die Zeile bricht, verbracht, wo das Wort oft, als *Reim*wort, mit einem anderen gepaart, wie heimgekehrt, wiederaufgenommen in den Reim erscheint. Ungereimt erscheinen beide dort: reim*los*. Vieles ist – in Gedanken – zu behalten, wie auf den Schultern eine Last von Scheitern. Vieles – wie *eine* Last, aus Vielem: *Scheitern*. Das eine Wort *Scheitern* bündelt an dieser Stelle viele: *Scheite* sind, mit einer Axt – die auch *Scheit* heißt –, aus einem Holzklotz abgespaltene Stücke, oft als Brennholz verwendet, aber nicht bloß: so heißt *Scheit* auch die Flachsschwinge, zum Worfeln von Flachs. *Scheiter* sind zerschmetterte, splitternde Trümmer, insbesondere zerschellter Schiffe, lose Planken, Splitter von Spanten, zerspellte Ruder. *Scheit* heißt (in Rheinhessen) ein kleiner Nachen. Überzusetzen, aber nicht bloß. Das eine Wort *Scheitern* enthält nicht nur *vieles* (andere), das aus ihm (kunstvoll) abgespalten werden könnte, das *eine* als aus (vielen) Teilen, in die es – *fiel' es* – zerfiel, sondern spielt oder spillt (kunstlos) auf der Grenze – und zerfällt die Grenze – zu Zersplitterungen, die das Kalkül gewollter Abspaltungen sprengen. Das eine Wort, berechenbaren Abspaltungen ausgesetzt, splittert so, daß die *Scheite* von den *Scheitern* sich nicht scheiden lassen. Beide bilden aber nicht – ungeschieden – eins, sondern bündeln – fast unverbunden, unverbindlich, lose – eine Last, wie auf den Schultern, so, daß behalten werden muß, was nicht behalten werden kann: daß die eine Last – ohne es mehr vorzuenthalten – mehr enthält, als sie enthält. Kein Übergewicht, unter dem ein Lastträger zusammenbricht, sondern eigenartige *Ent*lastung: unbestimmte Teilbarkeit der Scheiter. Dies wäre zu behalten: nichts, das zu behalten wäre: (viele) unerinnerbare Risse durch das *eine* Wort. Die Splitter in den Zeilen *eine / Last von Scheitern* sind nicht bloß *Gedanken*splitter, die helfen, *gescheit* zu sein, sondern splitternde Worte, Späne, Splinter, Spreisel ... Wie der *Scheit*, den Odysseus, weil er die Erinnerung, aus Vorerinnerungen an eine Wurfschaufel, in dem einartigen Beiwort *athereloigòn* – Ährenvernichter – nicht ablegt, auf der Schulter trägt. *Aber was ist diß?*

Die Frage kehrt aus zwei Stellen eines andern, in viele, fast ungefaßte Fassungen versprengten Gedichtes, PATMOS, – gesetzt, das *eine* splittert nicht in *vieles* –, wieder[133]. Gegen Ende der ersten Strophe einer ersten Fassung bittet ein Ich um *Fittige*, »Hinüberzugehn und wiederzukehren«. Und eine zweite setzt, im Anschluß an das Wort *So sprach ich*, mit meiner »Entführung [...] Vom eigenen Hauß'« ein: setzt aus. Weiter unten, am und als Ende einer neunten, und Anfang einer zehnten Strophe, derselben Fassung, taucht sie, hier aus dem Zusammenhang gerissen, in Begleitung einer Antwort, auf:

[...]
was ist diß?

Es ist der Wurf des Säemanns, wenn er faßt
Mit der Schaufel den Waizen,
Und wirft, dem Klaren zu, ihn schwingend über die Tenne.
Ihm fällt die Schaale vor den Füßen, aber
Ans Ende kommet das Korn,
Und nicht ein Übel ists, wenn einiges
Verloren geht und von der Rede
Verhallet der lebendige Laut,[134]

Die andre Wiederholung, dieser Stelle, einer zweiten Fassung, fragt, und weiß, abweichend, dies, nämlich *das*:

[...]
was ist diß?

Es ist der Wurf das eines Sinns, der mit
Der Schaufel fasset den Waizen,
Und wirft schwingend dem Klaren zu ihn über die Tenne.
Ein furchtbar Ding, Staub fällt.
Korn aber kommet ans Ende.
Nicht gar ein Übel ists, wenn einiges
Verloren gehet manchmal von Reden
Verhallet der lebendige Laut.[135]

Was dies ist, hier aus dem Zusammenhang gerissen, ist der Wurf des Säemanns, den Luther in seiner Übersetzung der Stelle im *LUKASEVANGELIUM*, die das gleichnamige Gleichnis verzeichnet, so buchstabiert: *Seemann*. Als kehrte aus dem *Säemann*, der die Spreu vom Weizen mit der Worfelschwinge trennt, der *Seemann* – Odysseus – wieder, der mit dem Ruder auf der Schulter geht, bis er einem begegnet, der das Ruder – einen (andern) *Scheit* – *Ährenvernichter* nennt, weil er in dem, was der andre auf der Schulter trägt, eine Wurfschaufel – einen (andern) *Scheit* –, die er, in Erinnerung behalten, aus Erinnerungen kennt, wiederfindet. Was dies ist, *der Wurf des Säemanns*, ist aber nicht der Wurf des Sämanns in dem gleichnamigen Gleichnis, von dem es dort heißt: »Es gieng ein Seemann aus zu seen seinen Samen«[136]. Der *Seemann* in Luthers *LUKASEVANGELIUM seet* – von Hand – Korn so, daß *etlichs* oder einiges an den Weg, auf den Felsen, und mitten unter die Dornen fiel, *etlichs* aber *auff ein gut Land / vnd es gieng auff*. Der *Säemann* in PATMOS aber wirft Weizen mit einem Scheit, einer Schaufel in Händen über die Tenne, die Spreu vom Korn zu sondern. Das Gleichnis vom *Seemann*, im *LUKASEVANGELIUM*, ist keines unter andern, sondern Gleichnis vom Wort *im Gleichnis*, vom *parabolischen* Wort, denn das Wort der Gleichnisrede gleicht, wie jedes, keinem, auch *sich* nicht. Es ist das Wort im Wurf – *-bolé* –, zur Seite – *para-* –. Das jesuanische Gleichnis schließt mit den Worten: »Da er das saget / rieff er / wer ohren hat zuhören / der höre«, und ruft in denen, die zuhörn, eine Frage auf: » Was diese Gleichnisse were?« oder, (kaum) anders: *Was ist diß?* Die Antwort Jesu fällt so aus: »DAS ist aber die Gleichnis. Der Same ist das wort Gottes«. *Est autem haec parabola: Semen est verbum Dei. Esti dè hauté he parabolé. Ho spóros estìn ho lógos tou theou.* Die Antwort aber, in *Patmos*, auf die Frage, was dies sei, fällt – dem Gleichnis fast gleich – merkwürdig anders aus. Das Wort im Gleichnis (vom Wort im Gleichnis) verlautet und befruchtet – *logos phonetikos* und *spermatikos* –, obgleich *wie* das verlautende gestreute Wort fällt, nicht berechnet werden kann: manches geht fehl, verloren, fällt aus. Es *fruchtet* aber, wo es auf offene Ohren stößt. Der Akzent im Gleichnis vom *Seemann* liegt auf der *fruchtbringenden* Rede, wie Erde. In PATMOS aber liegt der Akzent darauf, *nicht ein Übel* seis, *wenn einiges / Verloren geht und von der Rede / Verhallet der lebendige Laut*. Die verlautende ist verhallende Rede, der *Hall – Hülle* oder *Schaale*, die das Echo des Echos wirft: aus dem *Schall*, der verklingt, vorkommt oder -geht. Das ausgesprochene – wie Samen – *in Schollen* gestreute Wort im Gleichnis vom *Seemann* ist in PATMOS Wort*streu*: *schaal*: *verschollen*. Dem *Säemann* dort, der den Weizen mit der Wurfschaufel – buchstäblich *parabolisch* – wirft, fällt *die Schaale vor den Füßen, aber / Ans Ende kommet das Korn*. Der *Säemann* spaltet, indem er den Weizen mit dem Scheit oder der Schaufel über die Tenne wirft, vom Korn das *Leb*ende, den lebendigen Laut, die Spreu. So kommt das Korn ans *-ende*.

Wie aber – zu welchem Ende – das Korn, von Spreu und Schale, die fallen und zerstäuben, getrennt, gleichwie vom Wort, ausgesprochen und geworfelt, der lebendige Laut verhallet, am Ende auf der Tenne bleibt (dort, wo *Ende* das Echo der *Tenne* wirft, wie die *Schaale* des *Schalls*, der verhallt), bleibt offen. Die *Tenne* ist, ein Dielenboden – aus Scheiten verfugt –, *Trenne*: das Ende der *Ernte*. Ort der Trennung von Weizen und Streu oder, des *Waizens*, in Streu und Korn, Hülse und Kern. Wo *frucht-* und *furcht*bar Ding, innigst geschieden, ineinanderspielen, so, daß am enthülsten hüllenlosen Kern nicht abgelesen werden kann, ob er zu Mehl zermahlen – also fruchtbar Staub – wird, oder – wie Samen – aufbricht oder (anders) übrig bleibt. Unter dem *Vielen*, das an diesen Stellen in die Augen fällt, unter vielem, für das, an diesen Stellen, die offenen Augen blind bleiben, ist auch zu *behalten*, daß »einiges / Verloren gehet manchmal von Reden / Verhallet der lebendige Laut«. Und: *Nicht gar ein Übel ists*, nämlich genau *diß*. Dies eigentümliche *Behalten* sondert nicht zwischen dem, was *verhallet*, nicht zwischen *Schall* – oder *Schaa-*

le – und Wortkern – oder In*halt* –, nicht zwischen frucht- und furchtbarem Staub, dem ein und andern *Ding*, *Wort*Ding, sondern hält am *Sondern* fest. Die Erinnerung an dies Sondern liegt ins *Fassen* – und *Lassen* – der Worfelschwinge oder Schaufel, die den Wurf erlaubt, verkapselt, ins Tragen – und Ablegen – eines *Scheits*, wie auf Schultern, das weder in der Auslegung zur Worfelschwinge noch zum Ruder aufgeht, weder in dem einen noch dem andern Namen wurzelt, weder in der Heimkehr noch im Aufbruch wohnt, sondern …

Odysseus kehrt wieder. Odysseus, der aufbricht – noch einmal, von Ithaka fort –, auf der Schulter ein Ruder, kehrt wieder. Er taucht, aus der Erinnerung an den Fortgehenden, der die Vorerinnerung der Seele des Sehers, *Teiresias*, aus dem Hades mitnimmt und in Erinnerung behält, im Augenblick der Heimkehr nach Ithaka noch einmal aufzubrechen, mit dem Ruder auf der Schulter, im sechsten Kapitel des *ULYSSES* von James Joyce, der die Erinnerung an *Odysseus* und die *ODYSSEE* nicht nur im Titel trägt, als der Fortgehende wieder auf. Am Vormittag des 16. Juni 1904 fährt einer der Protagonisten – Leopold Bloom – mit Bekannten in einer Kutsche durch Dublin zum Friedhof, der als Totenacker die Erinnerung an *Hades* im elften Gesang der *ODYSSEE* belebt – und entstellt –, um der Bestattung eines Bekannten, Paddy Dignam, beizuwohnen. Fast jede Stelle im *Hades*-Kapitel des *ULYSSES* weckt ein Echo an die *Nekyia* im elften Gesang der *ODYSSEE*. Erinnerung läßt so aus Leopold Bloom mit den Bekannten im schaukelnden Kutschkasten, nach Art eines Schüttelbilds, den schüttern Schatten von Odysseus mit den Gefährten im Boot, unterwegs zum Hades, wiederkehren. Doch die beweglichen Verwerfungen zwischen *ODYSSEE* und *ULYSSES* erschüttern den Vorsatz, zweifelsfreie Entsprechungen freizulegen, und festzuhalten. Sechs Totengräber –

gravediggers – schaufeln, gegen Ende der Bestattung wie des Kapitels, Erde in die Grube, die den Sarg des Toten – *Paddy Dignam* – birgt, der das Begraben – *dig* – im Namen führt, nämlich so, als besagte sein Name – weil dessen zweite Silbe (*-nam*) den Namen (*name*) erinnert – nichts (anderes) als *Grabname: Dignam(e)*. Namensgrab: der vergrabene Name; der Name als Grab; der in den Namen vergrabene Leib dessen, der den Namen trug. Und anders. Ein Echo fast, des jungen Toten, *Elpenor*, der Odysseus bittet, nach seiner Rückkehr aus dem Hades seine Leiche zu bestatten, ein Grabmal zu errichten und in den Tumulus, ihm zur Erinnerung, sein *Ruder* zu stecken.

spade. Ein siebter Totengräber taucht unverhofft auf neben *Mr Bloom, to take up an idle spade*, einen losen Spaten zu fassen. Langsam füllt Erde die Grube, die Totengräber legen für Augenblicke ihre Spaten zur Seite – *and the gravediggers rested their spades* –, stehn eine Weile mit ihren Mützen in der Hand ums Grab, dann schultern sie die Spaten wieder, klopfen Erdreste von den Schaufelblättern. Langsam geht einer von den andern fort: »One, leaving his mates, walked slowly on with shouldered weapon, its blade blueglancing«[137]. Einer, in diesen Augenblicken aus Stille, stummer Gesten um die Spaten, verläßt, indem er langsam fortgeht, die andern Totengräber, seine Kameraden oder Kumpel – *mates* –, doch *mate* nennt – auf Schiffen, zur See – auch den *Maat*. Mit geschulterter Waffe – *weapon* –, blauglänzendem Blatt – *blade* –, wie man von einem Schaufel- oder Ruderblatt spricht, bricht er auf. Die Anspielung auf Odysseus, den andern *Maat*, der mit geschultertem Ruder, von Ithaka fort, landeinwärts geht, fällt in die Augen. In die Augen aber auch, daß der Spaten – *spade* – jetzt Waffe – *weapon* – heißt. In das geschulterte Ding, das geschulterte Wort, wandern andere Namen ein. Der Spaten, die Schaufel – oder Worfelschwinge –, der Ährenvernichter, die Waffe, das Ruder, das Blatt. Aus mehr als einer Sprache (aus), in mehr als eine andre (ein). Doch die Stelle erinnert nicht nur an die Vorerinnerung des Sehers, das Ruder auf der Schulter landeinwärts zu tragen, bis einer begegnet, der es anders nennt, sondern entstellt, was sie erinnert, dadurch, daß sie mit dem Spaten – *spade* – ins Rätsel um die Umbenennung dessen, was die Schultern tragen, und behalten (sie behalten ja, mit allem, was sie tragen, die Vorerinnerung nicht nur an *einen* andern Namen, sondern untragbarer, unerträglich, *leichter*, an – zahllos – andre Namen, anderes als Namen, *namenlose*, für das, was sie tragen), die Anspielung an eine Wendung einführt, die im Englischen zur stehenden geronnen ist: *to call a spade a spade*. Einen Spaten – Spaten nennen.

Die Wendung stammt von Nicolas Udall, der (1542) ein *Apophthegma* (oder Sprichwort), das Plutarch (auf Griechisch) verzeichnet, aus der lateinischen Übersetzung des Erasmus von Rotterdam ins Englische übersetzt. Bei Plutarch ist von der Rüpelhaftigkeit der Makedonier die Rede, die ein Schaff Schaff nennen – *tèn skáphen skáphen légontas* –. Erasmus aber liest in dem griechischen Wort *skáphe* – Backtrog, Wanne, Boot – versehentlich *skáphos* – Spaten – und übersetzt entsprechend, dem Versehen treu, ins Lateinische durch *ligo* – Hacke, Spaten –. So wandert der Spaten in Udalls englische Übersetzung ein: »the Macedonians wer feloes of no fyne witte in their termes but altogether grosse, clubbyshe, and rusticall, as they whiche had not the witte to calle a spade by any other name then a spade«[138]. Spaten oder Trog: das Rohe oder Unverblümte im sprachlichen Verhalten der Makedonier liegt offenbar darin, daß sie für ein Wort, das die Sache beim Namen nennt, kein andres haben oder sagen (wollen). Sie halten ein anderes Wort, das Zurückhaltung übte (dadurch, daß man es vorzieht), zurück. Doch schon das Wort *Spaten* – oder *Trog* – wirft, scheint es, bei Plutarch, Erasmus und Udall über ein anderes Wort den Schleier eines andern Worts. *Trog* – oder *Spaten* – spielen auf ein *x* an, das sie nicht beim Namen nennen. Die *crux* des Nennens beim Namen. Im *Spaten* liegen, scheint es, andere Wörter – Leich*namen* gleich – vergraben. Doch welches Wort immer welches Wort verhüllt oder verblümt, welches Wort immer aus welchem Wort blüht, immer geht es darum, zu vermeiden, das Wort *beim Namen* zu nennen. Vielleicht also liegt in dies Nennen – beim Namen – das *skándalon* (des Aufbruchs im Augenblick der Wiederkehr) verkappt. Weil die Verdopplung – oder Spaltung –, die *Spaten Spaten* nennt, ein unausweichlicher *Refrain* im Ursprung des Nennens, nicht die *Sache selbst* ergreift und festhält, sondern Fühlung mit der Erfahrung des sonderbaren Wortes nimmt: das Wort, *beim Namen* genannt, bricht, indem es wiederkehrt, auf: auseinander.

Das Ruder – aus dem Ruder. Unter den unveröffentlichen übrigen Gedichten von George Oppen überläßt eines das Boot – ohne Ruder – der Strömung oder Stille. In seinem Ursprung (1969) zwei Briefe. Ein Brief seiner Nichte, Diane Meyer, an George Oppen, und sein Antwortbrief. Sie schreibt: »A man sees the ocean takes a boat, an oar or a sail and grapples with it. I have spent my life hanging over the edge not wanting to use the tools«. [Ein Mann sieht den Ozean, nimmt ein Boot, ein Ruder oder Segel, und greift die Sache an. Ich habe mein Leben verbracht, über den Bootsrand gelehnt, ohne das Zeug benutzen zu wollen]. Er schreibt: »It is true a man will grab an oar. Any stick to beat a father with. What is the feminine. The love of standing still, of hugging to oneself. Of containing? It is not a feminine culture, it is very hard for women. Terribly, terribly hard«. [Das ist wahr, ein Mann wird ein Ruder greifen. Irgendeinen Stecken, auf einen Vater einzuschlagen. Das Weibliche ist was. Liebe still zu stehn, sich an sich zu halten. Zu enthalten? Das ist keine weibliche Welt, für Frauen sehr schwer. Unerträglich, unerträglich schwer.] Das Gedicht, aus beiden Briefen oder Blättern entworfen, setzt so aus:

A woman, said Diane, speaking wisely
Will let the boat drift
In the sun and the breeze
Let the boat drift
A man will grab an oar.
Perhaps he will
Any stick will do
To beat a father with[139]

Eine Frau, sagte Diane, weislich sprechend
Wird das Boot treiben lassen
In Sonne und Brise
Das Boot treiben lassen [Laß das Boot treiben]
Ein Mann wird ein Ruder greifen.
Vielleicht wird er
Jeder Stecken wird taugen
Damit einen Vater zu schlagen

Das Gedicht setzt, unübersetzbar, aus. Was es, was in ihm – unübersetzbar – aussetzt, ist das Wort, der Name oder die Silbe *will*: *Werden* und *Wollen* verhakt. Die obern vier Zeilen, wie aus dem Brief der Tochter der Tochter entlehnt, setzen so ein (oder aus): *A woman*; die untern vier Zeilen, respondieren, wie aus dem Brief George Oppens übernommen, fast als ein Echo, so: *A man*. Ein Frau wird, doch was eine Frau wird – *Will* – kommt aus Zurückhaltung vor: *sagte* [...], *weislich sprechend*. Was sie lassen oder tun – zu tun sein lassen – wird, erscheint doppelt gebrochen, durch Zeilenbruch und – zurückhaltend – sprechendes Sagen: wird das Boot treiben lassen. Die vierte Zeile, die auf den ersten Blick die zweite wiederholt – *Das Boot treiben lassen* –, taucht von der Silbe, vom Wort *Will* abgeschnitten auf: das Boot treibt, von *Werden* und *Wollen* lose, wie in einen Ruf, ins Echo einer Bitte, eines Gebets oder Gebots, das Boot treiben zu lassen, verwickelt, ohne daß der Ruf vom bloßen, losen Treiben, vom treibenden Boot abgelöst erscheint: der Ruf treibt, Abdrift vom Ruf, selber lose. Die Zeile – *Let the boat drift* – schwankt vor Augen, ohne anzulegen. Ein Mann wird ein Ruder greifen. *Punkt*. Der Satz steht, steckt – fast kehrt er wieder als Vorerinnerung aus eines Sehers Mund –, wie ein Ruder im Sand. Doch die letzten drei Zeilen lösen, was der Mann ergreifen wird und was damit, mit dem Ergriffenen, zu tun bleibt, wie, was aus dem Ruder wird, auf. *Vielleicht* wird er: erschüttert die Unumstößlichkeit des Satzes, der aus der Mitte des Gedichtes wie ein Ruder aus aufgeworfener, zum *Grab* aufgeworfener Erde ragt (sieh das Wort, die Silbe *grab* in ihm). Und *jeder Stecken tuts*, lockert den Griff ums Ruder. Der *Schlag* auf den Vater, mit einem Stock oder Stecken, es muß kein Ruder sein, geht der Ungewißheit wegen – *Perhaps he will* – aus der Fassung: *beat* tritt in *be at* auseinander, als zerfiele die Zeile, der Zeilen*takt* oder -schlag – *its beat* – in ein – syntaktisch lose – stammelndes *To be at a father with*. Zu sein an einem Vater mit …

Bateau. Sind Boote Scheite? Erst ausgestochene und ausgeschabte, gekehlte und gehöhlte Stämme – Wannen, Tröge –, dann aus hölzernen Rippen, Planken und Spanten verfugte Betten, ins Flußbett ausgesetzt, oder die See? Das Boot im -bett, *im* Boot, die Ruder oder Staken eingezogen, aus der Hand gelegt, dem ausgesetzten eingelassen, der Länge nach ausgestreckt auf dem Bootsboden so, daß die Schultern, ohne sie mehr zu tragen, die Scheiter noch fühlen, beide, Boot und Bootsmann, wie von Scheiten getragen, dem Wasser überlassen, *Rousseau*. In der fünften *Promenade* der *RÊVERIES DU PROMENEUR SOLITAIRE* wird das Gehen über festen Boden oder Grund, Fühlungnahme also mit dem, was im Französischen *sol* heißt, aufgelassen. Der Erinnerung an ein *Asyl*, die zwei Monate seines Aufenthalts, 1765, auf der Petersinsel im Bielersee überlassen – ausgesetzt –, »le tems le plus heureux de ma vie« [die glücklichste Zeit meines Lebens], die er auch »le précieux *far niente*«, kostbares *Nichts tun* nennt, beschreibt Rousseau, wie er zuweilen abends, nach dem Essen, sich von Tisch fortstiehlt, »et j'allois me jetter seul dans un batteau que je conduisois au milieu du lac quand l'eau étoit calme, et là, m'étendant tout de mon long dans le bateau les yeux tournés vers le ciel, je me laissois aller dériver lentement au gré de l'eau quelquefois pendant plusieurs heures, plongé dans mille reveries confuses mais délicieuses, et qui sans avoir aucun objet bien déterminé ni constant ne laissoient pas d'être à mon gré cent fois préférables à tout ce que j'avois trouvé de plus doux dans ce qu'on appelle les plaisirs de la vie« [und ich ging, allein mich in ein Boot zu werfen, das ich bei ruhigem Wasser bis in die Mitte des Sees lenkte, und da, ausgestreckt der Länge nach im Boot, ließ ich mich langsam nach Laune des Wassers treibend gehn, manchmal für Stunden, versunken in tausend wirre, aber angenehme Träumerein, die, ohne einen bestimmten oder steten Gegenstand zu haben, mich hundertmal vorzüglicher dünkten als alles, was ich an Angenehmstem in den sogenannten Freuden des Lebens hatte finden können][140]. Wenige Zeilen weiter unten läßt Rousseau die Erfahrung solcher Unbestimmt- und Unbeständigkeit, wiegenden Liegens (ohne zum Ruder zu greifen) im Wasser, von dem nur durch eine Handvoll Bretter, Scheite im Rücken geschieden, auf die ganze Erde, den Erd*ball* übergreifen, und wiederholt, nicht ohne abzuweichen: »Tout est dans un flux continuel sur la terre: rien n'y garde une forme constante et arrêtée, et nos affections qui s'attachent aux choses extérieures passent et changent necessairement comme elles. Toujours en avant ou en arrière de nous, elles rapellent le passé qui n'est plus ou previennent l'avenir qui souvent ne doit point être: il n'y a rien là de solide à quoi le cœur se puisse attacher. [...] Tel est l'état où je me suis trouvé souvent à l'Isle de St Pierre dans mes reveries solitaires, soit couché dans mon bateau que je laissois dériver au gré de l'eau, soit assis sur les rives du lac agité, soit ailleurs au bord d'une belle rivière ou d'un ruisseau murmurant sur le gravier« [Alles auf Erden ist in beständigem Fluß: nichts behält stete und festumrissne Form, und demnach wechseln und vergehen unsre Neigungen, an äußere Dinge geheftet, wie sie. Immer uns voraus oder hinter uns zurück, gemahnen sie an ein Vergangenes, das nicht mehr ist, oder lassen eine Zukunft ahnen, die oft ausbleibt: es gibt nichts Festes da, woran das Herz sich halten könnte. [...] In solchem Zustand fand ich mich oft auf der Petersinsel, in meinen einsamen Reverien, manchmal ausgestreckt in meinem Boot, das ich der Laune des Wassers überlassen treiben ließ, oder sitzend am Ufer des bewegten Sees, manchmal auch anderswo, am Ufer eines schönen Flußes oder eines im Kies murmelnden Bachs][141]. Nich nur greift der Unbestand aller Dinge, das Innewerden aller Dinge *im Fluß*, das Rousseau, auf dem Rücken ausgestreckt im Boot, unabgelenkt vom Ruder, das er weder in der Hand hält noch schultert, erfährt, indem es aus Träumereien, in die er versunken lag, auftaucht, auf die ganze *Erde*, sondern – so zu sagen – auf die ganze *Rede*, auf *sprachliche* Dinge über. Die Beschreibung des Unbestands (aller irdischen Dinge) wird selber von Unbestand in jedem Wort, jeder Silbe und

Letter ergriffen und einem Treiben (im Schreiben), einer Abdrift überlassen, die der Schreibende nicht in der Hand hat und an der die Augen, die's sehn und lesen, nur vorübergehend Halt finden, haften. Als wäre die Hand, die kein Ruderblatt, sondern ein Schreibrohr oder einen Halm, die Feder führt, das Blatt zu beschreiben, von einer Ablenkung ergriffen, nicht ungleich den Erschütterungen, die das Wasser, fast unmerklich, dem Boot und dem im Boot Liegenden, seinem Rücken mitteilt. So spielt nicht nur das Wort *rêverie* in das Wort *rivière*, geraten beide, fluß- und einfluß*los*, in einen Fluß, den kein Fluß*wort* mehr verflößt, fast wie in stagnierendes Gewässer; so spielen nicht nur Wort und Name, *ruisseau* und *Rousseau* ineinander, ohne daß dem Inein*ander* Einflußnahme aus der ein oder andern Richtung, in die ein oder andere Richtung sich abmerken ließe; sondern der Satz, in dem Rousseau sich in ein Boot wirft, das er zur Seemitte lenkt, um dort sich und das Boot einem Treiben, ungelenk und ungelenkt, zu überlassen, erscheint in jedem Glied von Ablenkung ergriffen, die seinen Aufriß teilt. Insbesondre Boot – *batteau* – und See – *lac* –: *et j'allois me jetter seul dans un batteau que je conduisois au milieu du lac quand l'eau étoit calme, et là, m'étendant tout de mon long dans le bateau les yeux tournés vers le ciel, je me laissois aller dériver lentement au gré de l'eau.* Ich lenkte, schreibt Rousseau, das Boot – *batteau* –, wenn das Wasser – *l'eau* – ruhig war – *calme* – bis zur Mitte des Sees – *lac* –; doch dem Satz, der noch vom Lenken schreibt, federführenderweise, entgleitet leise die Herrschaft über den Wortort: das Lenken des Bootes, bei steter See, wendet nicht nur ***lac*** und ***cal*(me)** ineinander, sondern lenkt, unter der Hand, den Blick ab, auf die Feder – ***calame*** –, wie aus Schilf – ***roseau*** –, die ***Rousseau*** führt. Wer in diesen Zeilen wen oder was lenkt, wen oder was – aus welchem Grund oder Ungrund – *ab*lenkt, bleibt offen. Zur Mitte des Sees, wie des

Satzes, der das Boot lenkt, es dort – *là* – treiben zu lassen, spielt eine eigentümliche *calamité*: ein Mißgeschick, das dem Wort *Mißgeschick* widerfährt, in alles, was es an Unausweichlichkeiten hortet, *ungeschickt* eingreift und jede Silbe, jede Letter einem Lassen überläßt, das unumrissen, rissig bleibt. So auch das Boot – *bateau* –. Es läßt sich, auf dem Wasser – ***eau*** – liegend, nicht nur deshalb nicht verorten, weil es mit dem die letzte Silbe teilt: *bat**eau*** (und in *Rouss**eau*** spielt, der im Boot liegt), sondern *wie* Rousseau, im Bootsrumpf – unten – auf dem Rücken liegend die Augen zum Himmel – oben – wendet, trennt die Verortung des Bootes zwischen oben – là-*haut* – und unten – ici-*bas* – auf. Durchs Boot geht, und löst den Umriß, in dem das Wort vor Augen ankert, das Echo von oben (oder hoch) und unten (oder tief). ***Bateau*: *bas (t) haut*.** Im Boot – *bateau* – liegend, die Scheite unten mit dem Rücken spürend, die Augen nach oben, zum Himmel gedreht, geht, weil der kahle, splitternde Stecken oder Mast in der Wortmitte – *t* oder *tt* –nicht hilft, Oben und Unten in ein Verhältnis zu setzen, und weil in *eau* das Echo des Wortes oben – *haut* – glänzt, die Orientierung des Liegenden – *Rousseau* –, der nicht nur im Boot liegt, sondern vom wiegenden Liegen dort, aus der Erinnerung an die Versunkenheit im Boot auftauchend ein Blatt mit beweglichem Halm beschreibt, im Raum verloren. Fast unter.

In zwei Strophen der Reinschrift einer Fassung des Gedichts *DER RHEIN* verzeichnet Hölderlin (1802) nachträglich, mit Bleistift, Erinnerungen, aus Lektüren, an Rousseaus Erinnerung des Aufenthalts am Bielersee, in der fünften *RÊVERIE*. Die zehnte Strophe nennt *Rousseau*, die elfte den *Bielersee*. Beide sind, wo sie der Erinnerung an *Rousseau am Bielersee* nachgeben, um die Erinnerung an Sprache und das Verhältnis zur Sprache, wie sie aus Rousseaus Erinnerungen an die Reverie im Boot auftaucht, verhalten:

[...]
Wem aber, wie, **Rousseau**, dir,
Unüberwindlich die Seele
Die starkausdauernde ward
Und sicherer Sinn
Und süße Gaabe zu hören,
Zu reden so, daß er aus heiliger Fülle
Wie der Weingott, thörig göttlich
Und gesezlos sie die Sprache der Reinesten giebt
Verständlich den Guten, aber mit Recht
Die Achtungslosen mit Blindheit schlägt
Die entweihenden Knechte, wie nenn ich den Fremden?

Die Söhne der Erde sind, wie die Mutter,
Allliebend, so empfangen sie auch
Mühlos, die Glücklichen, Alles.
Drum überraschet es auch
Und schrökt den sterblichen Mann,
Wenn er den Himmel, den
Er mit den liebenden Armen
Sich auf die Schultern gehäufft
Und die Last der Freude bedenket;
Dann scheint ihm oft das Beste
Fast ganz vergessen da,
Wo der Stral nicht brennt,
Im Schatten des Walds
Am Bielersee in frischer Grüne zu seyn,
Und sorglosarm an Tönen,
Anfängern gleich, bei Nachtigallen zu lernen.[142]

Der eine Satz (dem Hölderlin im Nachhinein *Rousseau* einträgt) in Strophe zehn, über elf Zeilen verteilt – wie zu Scheitern zerspellt, loses Bündel –, beschreibt Rousseaus unerhörtes, beispielloses und unvergleichliches Verhältnis zur Sprache *vergleichsweise*. Denn *Rousseau*, den die Strophe nennt, steht für einen Fremden, von dem ich nicht weiß, wie, bei welchem Namen – oder namen*los* – ihn nennen: *wie nenn ich den Fremden?* Die Frage, in die der Satz mündet oder ausgeht, die sein Ende aufhält, weil sie ihn öffnet und *er*öffnet (als ginge sie voraus), trägt allem, was eingangs oder anfangs in ihm gesagt, *aus*gesagt erscheint, eine Neige ein: als würde alles, was der Satz sagt, fragend vorgetragen. Als stünde alles in ihm, ja der Satz selber, dessen verbindliche syntaktische Fügung durch Enjambement aus den Gelenken gedreht, ungelenk erscheint, unter Vorbehalt. Oder Verdacht. Die *Gaabe*, die dem – wie *Rousseau* –, von dem ich nicht weiß, wie ihn nennen, den ich versuchsweise *den Fremden* nenne, ward, also *zuteil* ward, heißt *süße Gaabe zu hören*. Die *süße Gaabe* ist keine, die *gegeben* ward, sondern – *ward* (ohne *geworden* zu sein). Das Geben der Gabe bleibt, zwischen *zuteil* und *un*zuteil, suspendiert. Es ist die Gabe, zu *nehmen*: aber nicht unter allen Umständen *wahr*-. Nichts als alles, was es gibt, zu *nehmen*. Nämlich so, daß alles, was *es gibt*, dem Nehmen erst entspringt. *Süß* heißt die Gabe. In ihrer Süße klingt – und verhallt, in Wellen, fast verschollen – das Echo der Wiederkehr: *nóstos*. Niemand gibt sie, sondern sie *fällt* – als wäre ihre Süße *Reife – zu*. Die Gabe, zu nehmen, fällt zu. Sie fällt, indem sie zufällt, nicht dem ein oder anderen *zu*, ihr Fall ist nicht *gerichtet*, sondern *zufällig*. Die Gabe fällt, indem sie *zufällt – als* Gabe – aus. Wer – wie Rousseau, der wie der Fremde, von dem ich nicht weiß, wie ihn nennen – hört, lernt, was zufällt, zu nehmen. Dem, was aus der Fülle des Zu-, nämlich immerfort -fallenden, aus Eingriffen – abweichend, einschneidend – in die Fülle des Zu- – -fällig – -fallenden genommen wird (und *wie* es genommen wird), entspringt alles, was es – so oder so – gibt: alles, was so – oder so – *heißt*. Wer –

wie Rousseau –, *war gesagt worden*, hört, lernt, was zufällt, zu nehmen. Mit einem andern Wort, *zu reden*: *so, daß er aus heiliger Fülle / Wie der Weingott, thörig göttlich / Und gesezlos sie die Sprache der Reinesten giebt*. Was, wer so – *unerhört* in die heilige Fülle, also *Über*fülle, des Zufallenden eingreifend – nimmt, gibt, ist die *Sprache*. Nicht Sprache überhaupt, oder des Menschen, sondern *sie*, die Sprache der Reinesten. Wer diese Sprache – wie Rousseau – gibt, gibt sie *wie* der Weingott sie gibt. Vergießt, vergißt: *thörig göttlich / Und gesezlos*. *Thörig* wirft das Echo des Hörens: *hör ich*. Wem *süße Gaabe* zu hören ward, *giebt*: das Hören nimmt, was es hört, so, daß es *thörig* gibt. Das thörige oder törichte Geben ist eines, das taub, *wie* fühllos gibt: es überläßt, was es gibt, aus der Überfülle des Zufallenden – *gesezlos* – genommen, einem *-fall* (der den *Auseinander*fall des *Zu-* nicht ausschließt). Weder bloß *dem* Scheitern noch bloß *den* Scheitern. Sondern: *Scheitern*. Das thörige Hören überläßt die Hörsplitter, -spreisel der Sprache, die es gibt, thörigem Horchen: andern Nahmen. *Wie nenn ich den Fremden?* mag – fragend – sagen (ohne daß die Frage ins Ernstgemeinte mündet): *wie*, bei welchem Namen, wenn kein Name *einer*, eins mit sich selbst war, sondern anders *ward* (ohne geworden zu sein), thörigem Hören, das den zufallenden *unerhört* nimmt, ohne dem Willen zur *Wahr*nehmung anheimzufallen, offen, *nenn ich den Fremden? Fremd* – ein vertrautes Wort – nennt hier keinen, der den ein oder andern, fremde oder eigne Namen trägt, keinen, der beim Namen aufgerufen als der Gerufene – und sei das *Keiner*, *Niemand* oder *Namenlos* – sich zu erkennen gibt, sondern den, dem aus dem Innewerden *thörigen Hörens* die Ungewordenheit und Ungegebenheit des Namens: dem im Tragen des Namens Untragbares aufgeht. Der Namen zu nehmen: aufzutrennen, abzulegen lernt. Bloß dies – fast etwas, fast nichts –, Untragbares, wie auf Schultern, Namen*lose* zu behalten …

Die elfte Strophe setzt die *süße Gaabe zu hören* dem, was die Söhne der Erde – *wie die Mutter – empfangen*, in Kontrast. Alle Söhne der Erde empfangen, weil *allliebend*, mühlos alles. Alles fällt den Söhnen der Erde in den Schoß. Alles, außer allem andern. Alles außer dem All (überhaupt). Wer aber alles *andere*, was nicht *in Empfang* genommen, sondern – eingreifender – *genommen* wird, nämlich den *Himmel, mit den liebenden Armen / Sich auf die Schultern gehäufft / Und die Last der Freude bedenket*; wer *liebender*, alles *über alles* liebt – *wie* Rousseau, der den Himmel *wie* Herakles, der den Himmel *wie* Atlas trägt –, erfährt die *Last der Freude*: was *mühlos* war, ward *Mühsal*. Das Innewerden der *Über*last – von Überraschung und Erschrecken ist die Rede –, das Lästige der Last entzündet die Lust, sie – *zu lassen*. Nicht nur alles, was die Schultern trugen, vergessen *zu haben*, sondern vergessen – *zu sein. Fast ganz vergessen da*. Das *Bedenken*, unter der Last des geschulterten Himmels – wie eines *Dachs*, das er bedenkt, an das er *dachte* –, erinnert nicht einfach ans Vergessen, sondern an die Möglichkeit, die aus Erinnerung an das *Asyl* dort wiederkehrt, *fast ganz* vergessen *am Bielersee* zu sein. Durch die Zeilen der elften Strophe geht, mit der Erinnerung an Rousseaus Erinnerung an den Aufenthalt *am Bielersee*, die Erinnerung an eine irritierende Umkehr, die Rousseau – im Augenblick des Innehaltens und Bedenkens – zur Inversion des Atlas oder Herakles, die *die Last der Freude*, den Himmel zu schultern, (für Augenblicke) ertragen, präzisiert. Was ist der *Himmel*, über Haupt? Ein Gewölbe, oder Boot. Durch das lateinische Wort *coelum* oder *caelum* aber, dessen Echo der französische *ciel* wirft, den Rousseau in der Erinnerung an das Liegen – ausgestreckt – im Boot, vor Augen hat, gehn Spuren der Erinnerung an die Ungewißheit über das, was Odysseus, des Weges, fort vom Meer, schultert: *culmen* nennt die Himmelskuppel, *culmus* – fast wie aus Erinnerung an eine Worfelschwinge – den Halm des Getreides, und *caelum* – fast wie aus Erinnerung ans Ruder – den Meißel oder Grabstichel. Das ist die Wendung, da, an einer Stelle der fünften *RÊVERIE*, wo Rousseau, im Bootsrumpf unten liegend, die Augen zum Himmel oben, zum *Nacht*himmel dreht: *et là, m'étendant tout de mon long dans le bateau les yeux tournés vers le ciel*. Doch der Himmel lastet weniger mehr als Boot – Gewölbe oder Dach – auf dem im Boot unten Liegenden, sondern die Augen setzen ins *Stern-*, in *Streu*licht oben vertieft, ungeschickt aus. Unter der Wendung – eine *irisierende* Inversion – *am Bielersee* wird nicht einfach alles, was oben unter dem Druck und Eindruck des Himmels steht, verkehrt, sondern der Wort- und Letternstand – nicht ungleich dem Gestirnstand über Haupt – der ersten Zeilen in Strophe elf erscheint unscheinbaren Eingriffen – oder Nahmen – ausgesetzt. Die *Liebe* der allliebenden Söhne der Erde, denen alles ***lieb*** ist, kehrt *am Bielersee* aus dem Wort, Ortsnamen ***Biel*** nur *fast* invers wieder; *All* und *Alles* erscheint den *Nachti**gallen*** eingetragen, und die *liebenden **Arme***, mit denen der sterbliche Mann den Himmel sich auf die Schultern häuft, scheinen, fast ledig der Last, in das Wort *sorglos**arm*** zurückgenommen.

Es ist, als habe Hölderlin, später, in dem Gedicht *MNEMOSYNE*, wie aus Erinnerung an diese Stelle in dem Gedicht *DER RHEIN*, die Wendung *Last der Freude*, die ins Tragen und Ertragen – auf Schultern – des Himmels eine Pause legt, Eingriffen ausgesetzt, die den Rissen durch den Aufriß des *Himmels* – wie die Erinnerung an ihn aus mehr als einer Sprache, mehr als einem Wort wiederkehrt – entsprechen: *Und vieles / Wie auf den Schultern eine / Last von Scheitern ist / Zu behalten*. Die *Last der Freude* geht in die *Last von Scheitern* so ein, daß, wie aus *Scheitern* abgespalten, das Wort *heitern* das Echo der *Freude* wirft. *Scheitern* verdichtet die Spalt- und Teilbarkeit dessen, was, wie auf Schultern behalten, aus Erinnerung als das ein oder andere Wort wiederkehrt, den ein oder andern Namen zu tragen, das ein oder andere Ding *im Namen* zu schultern, umzubenennen schien. Nicht *alles*; *vieles* ist zu behalten, als *fiel*, als *gefiel es*, uneinsammelbar und unausrichtbar, zu ...

Nachen. Das Boot – die Ruder lose – treiben lassen. Wie geht das? In einem Brief an Adolfine von Werdeck, aus Paris, im Juli 1801, schreibt Heinrich von Kleist (wie aus der Erinnerung an Rousseaus fünfte *RÊVERIE*): »Zuweilen stieg ich allein in einen Nachen u. stieß mich bis auf die Mitte des Rheins. Dann legte ich mich nieder auf den Boden des Fahrzeugs, u. vergaß, sanft von dem Strome hinabgeführt, die ganze Erde, und sah nichts, als den Himmel –«[143]. Der Ruderer, der den Nachen – oder *Scheit*, denn so heißt ein kleiner Nachen (in Rheinhessen) – allein, ohne Fährmann, bis auf die Mitte des Stromes stößt, zieht dort die Ruder ein, legt sich auf den Bootsboden und vergißt, ohne zu vergessen daran zu erinnern, daß er vergaß, dem Strom, der ihn hinabführt, als Lotse überlassen, die ganze Erde. Das Erinnern ans Vergessen steckt, wie ein Ruder im Strom, den Zeilen ein Ziel. Was aber, wo das Erinnern ans Vergessen versickerte, -sagte?

der See. Die erste Strophe des Gedichts *MNEMOSYNE*, setzt, zuletzt, so aus. Im Anschluß an den wiederholten, aufgetrennten Satz *Vieles aber ist / Zu behalten.* In zwei Sätzen, beide, durch Zeilenbruch, am Satzfluß gehindert:

> Vorwärts aber und rükwärts wollen wir
> Nicht sehn. Uns wiegen lassen, wie
> Auf schwankem Kahne der See.[144]

Die erste Zeile sagt – sie beschreibt –, so sieht es aus, was wir *wollen*: vorwärts und rückwärts. Erst die zweite Zeile sieht so aus, als wollte sie es lockern oder lösen: *Nicht sehn*. Am Wollen aber festhalten. Was wir wollen ist dies, nicht vor- noch rückwärts zu sehn. Wir wollen nicht sehn wollen. Wir wollen nicht wollen. Der nächste Satz, ein Satz*fragment*, dem andern – *Let the boat drift* – ähnlich, scheint auf den ersten Blick vom Wollen so getragen, als säße er dem Wollen wie einer Schulter auf, daß er nicht sagt, was wir nicht wollen, sondern sagt, was wir wollen: *Uns wiegen lassen, wie / Auf schwankem Kahne der See*. Alles Gewicht liegt, insofern und solange wir *wollen*, auf dem *Wiegen*. Das Wollen aber geht in dieses Satzfragment, so sehr es seinen Aufriß färbt, nicht ein. Das nimmt dem *Wiegen* sein Gewicht. So nimmt das *Lassen* überhand. Und *wiegen* geht aus der Fassung eines, ein und desselben Worts. Denn so tritt es auseinander: *wie gehn*. Und legt, weil es ein Echo wirft, auch durch das den Vergleich auslösende, stete *wie* am und als Zeilenende, ein Schwanken: *Uns wie gehen lassen, wie*. Dies wie gehn lassende Wiegen, wie: *Auf schwankem Kahne der See*. Wo das Wollen (*zu wirken*), aber blaß, noch diese Zeile färbt, kann sie auf uns – ein *Wir* – zurückbezogen werden: wir wollen uns wiegen lassen, wie als wären wir auf See in einem schwanken Kahn. Ohne weder im *Kahn* noch im *Schwanken* allein ankern zu wollen. Verblaßt das Wollen aber, taucht aus der letzten Zeile ein anderes Schwanken auf, zwischen See und See. O der See. O die See: uns wiegen lassen, wie der See als wie auf schwankem Kahne wiegt. Wie geht.

Dante. Stechen Augen, die zu sehn suchen, wie Boote in See, in und zwischen diese Sätze, Satzfragmente, um aus den Zeilen-, wie aus Wellen-, Wort- und Silbenbrüchen ihre Funde – glänzende Fische –, in die Netzhaut verfangen, einzuholen, dann wiederzukehren, den Fang an Land vor andern (hungrigen) Augen (zur Speise, ausgeweidet) auszulegen? Gästen zum Mahl, vom Reichtum der See zu zeugen? Die Unruh im Geweb des Textes zur (semantisch) gesättigten Lösung veranschaulicht und so den Wissensdurst der Lesenden gestillt zu haben? Kehren die Augen, zerbrechliche Auslegerboote, von solchen Fahrten in Schriften zurück? Denn das Mitgebrachte, inschriftlich ausgelegt vor Augen, bleibt selber See- und Sehstück, bordlos, in dem die Augen ausgesetzt, unausgesetzt, unter-, über-, -*wiegen*: -gehn.

Solche Fragen unterhalten Dantes *CONVIVIO*, oder *GASTMAHL* (zwischen 1304 und 1308 entstanden), angelegt als ein Kommentar – den Dante *Brot* nennt: »questo pane, cioè la presente disposizione«[145] [dies Brot, nämlich die vorliegende Deutung] – zu vierzehn ausgesuchten Kanzonen des Dichters, aber Fragment geblieben: in vier Büchern überliefert. Verfaßt sind die vier Bücher des *CONVIVIO* (wie schon die drei ausgesuchten, in den Büchern II–IV auszulegenden Kanzonen), abweichend von geläufiger Praxis, unter die Schwelle der scholastischen *lingua franca* und europäischen Gelehrtensprache des 13. und 14. Jahrhunderts, des *Lateinischen* zurück, im *volgare*, der Volkssprache des *Italienischen* (das, wie Dante wiederholt betont, Frauen, Kinder und Gesinde einschließt). Aus geht das erste Buch, das die Disposition des *GASTMAHLS* darlegt, von der Erinnerung an den ersten Satz im ersten Buch der *METAPHYSIK* des Aristoteles: Alle Menschen wollen von Natur aus wissen [*tutti li uomini naturalmente desiderano di sapere*]. Den Grund für dies Wollen vermutet Dante darin, daß jedes (beseelte) Ding (*cosa*), »von der Vorsehung der ersten Natur *geprägt*« (*da providenza di prima natura impinta*), zu seiner eigenen Vervollkommnung neigt (*è inclinabile alla sua propia perfezione*)[146]. Diese Neige, Verlangen oder Sehnsucht, zielt auf die Vertiefung in die Herkunft des Gepräges oder Prägmals, das den Aufriß der Gestalt aller Dinge – wie der Gestalt von *Charakteren*, also *Lettern*, unter Druck – nicht nur verursacht und verkörpert, sondern versehrt. Vielfältig sind die Umstände, so Dante, die der Durchsetzung dieser Neige und Fühlungnahme mit der Herkunft des Prägmals – im Bild also, verkapselt in das Wort *impinta*, nicht nur mit dem Petschaft oder Siegel(ring), sondern auch der Einsicht ins Verhältnis der (beweglichen) *Male*, *Wund*male zueinander – Widerstand leisten. Unausdrücklich schließt der Prolog zum *CONVIVIO*, der vom Wollen aller geschaffenen Dinge handelt, Aufschluß über die Herkunft ihres Gepräges zu erhalten, ins Gesamt aller Dinge auch *Lettern* und *Wörter* ein. Die Neigung zur Vollkommenheit der *Seele* (*anima*) ist (unter der Hand dieser Zeilen) unscheidbar von der Neigung zur Vervollkommung des *Lesens* (in und zwischen Prägmalen). Den Inbegriff dieser (andern) Neige legt Dante in das Wort *Studium* (*studio*), das den meisten, aufgrund innerer und äußrer Umstände, versagt sei. Diesen Vorenthalt auszugleichen, ist das *GASTMAHL* (in der Sprache derer, die buchstäblich *unter der Treppe*, über die Gelehrte, in der lateinischen Sprache verkehrend, auf- und absteigen, kauern) angerichtet. Der skizzierten Disposition entsprechend sind die *Dinge* des *CONVIVIO* die ausgesuchten, auszulegenden, -zulesenden *Kanzonen*. Dante nennt sie *Speise*: *cibo*; den Text der Auslegungen oder Kommentare aber das den Gästen (oder Lesern) zu reichende, gebotene *Brot*: *pane*. Auf der Schwelle zum zweiten Buch (das die erste der ausgesuchten Kanzonen auslegt) wird lapidar vermerkt: »ich will, ehe die erste Speise (*cibo*) aufgetragen wird, zeigen, wie man essen muß« (*come mangiare si dee*)[147], nämlich *wie zu lesen sei*. Vor den Vergleich von Dingen, hier *Gedichten*, mit *Speisen*, und ihrer Auslegung mit *Brot* zurück, situiert Dante sich, halb aufschlußreich halb verschlossen, halb undurchsichtig halb erhellend, ausgesetzt unter einen Tisch, *Eßtisch*, wo er die abfallenden Krumen derer, die über Tisch Mahl halten, aufliest. Hier in Ausrissen:

> Ach glücklich die wenigen, die an der Tafel sitzen, wo man das Brot der Engel ißt [*Oh beati quelli pochi que seggione a quella mensa dove lo pane delli angeli si manuca!*], und beklagenswert, die mit dem Vieh die Nahrung teilen [*e miseri quelli che colle pecore hanno commune cibo*]! Weil aber Menschen einander von Natur aus Freund sind und jeden Freund der Mangel dessen, den er liebt, schmerzt, sind jene, die an dieser erhabenen Tafel gespeist werden [*che a così alta mensa sono cibati*], nicht ohne Erbarmen mit jenen, die sie ständig auf wilder Weide Gras und Eicheln essen sehn [*non senza misericordia sono inver di quelli che in bestiale pastura veggione erba e ghiande se gire mangiando*]. [...] Und ich also, der ich nicht an der glückseligen Tafel [*beata mensa*] sitze, sondern, von der Weide des Volks weggelaufen [*fuggito della pastura del vulgo*], zu Füßen jener, die sitzen, zusammenlese, was von ihnen herunterfällt [*ricolgo di quello che da loro cade*] und der ich das unglückliche Leben derer, die ich hinter mir gelassen, kenne, habe, wegen der Süße, die ich in dem spüre, was ich Stück für Stück auflese [*per la dolcezza ch'io sento in quello che a poco a poco ricolgo*], durch Barmherzigkeit bewegt, mich selber nicht vergessend, für die Unglückseligen gewisse Dinge aufbewahrt [*per li miseri alcuna cosa ho riservata*], die ich unlängst ihren Augen vorgeführt habe [*la quale alli occhi loro*]*;* und dadurch habe ich veranlaßt, daß sie nach mehr verlangen [*e in cìo li ho fatti maggiormente vogliosi*][148].

Gelehrte Ausleger dieser Auslegungsdisposition haben darauf hingewiesen, das *Brot der Engel* verweise auf eine Stelle in

Psalm 77 [24–25], wo Gott, dem Latein der *VULGATA* nach, »pluit illis manna ad manducandum / et panem caeli dedit eis / panem angelorum manducavit homo / cibaria misit eis in abundantiam«[149] (in Luthers Übersetzung, 1545, als eine Stelle in Psalm 78 [24–25] verzeichnet: »Vnd lies das Man auff sie regenen / zu essen /Vnd gab jnen Himelbrot. Sie assen Engelbrot / Er sandte jnen Speise die fülle«[150]). Patristische Exegese im Anschluß an Augustinus deutet das Engelsbrot als Christus: das inkarnierte Wort (Gottes). Doch Dante, in dieser Szene unter Tisch, über dem die Gelehrten das Engelsbrot brechen, an einem Ort, der ihn nicht *situiert*, sondern wo er, *incognito*, buchstäblich als ein *Para*sit verharrt, nennt sich von beiden, von der wilden Weide des Volkes – *vulgo* –, dem das Lesen in der (lateinischen) *VULGATA* verwehrt bleibt, und dessen Fraß (Eicheln, Gras) er flieht, wie vom gemeinsamen Mahl – *CONVIVIO* – der Gelehrten (das ihn von der Teilnahme aufgrund institutioneller Regularien ausschließt), abgesondert. Er liest die Krumen des Brots, das über Tisch gebrochen wird, unter Tisch auf und kostet seine – unvergeßliche – Süßigkeit (*dolcezza*). Bruchstücke einer Schrift, die weder den Gelehrten noch dem Volk, weder *Literaten* noch *Illiteraten* gehört. Letternabfall. In Absetzung von der (gelehrten) Auslegung, die im Engelsbrot das inkarnierte Wort (Gottes), also den Sohn, der vom Vater zeugt, vermutet, verkehrt Dante, der Situation *in parasitu*, unter Tisch angemessen, das Dogma der Dreifaltigkeit stillschweigend parodierend, in einer komisch, wo nicht häretisch anmutenden Geste, die Kanzonen zum Wort Gottes – Manna, das vom Himmel fiel – und deren Kommentar, den das *CONVIVIO* (buchstäblich) verkörpert, zur Auslegung des Sohns. Dante tritt an dieser Stelle unter Tisch verschwiegen in die Doppelrolle einer (unerhörten) *Komödie*, des verlorenen Sohns, der die Gedichte des verlorenen Vaters auslegt, auseinander.

Was beide, Sohn und Vater (die ungenannt bleiben) teilen, ist Verlorenheit; Anonymität: weder zeugt das Manna oder Himmelsbrot von Gott(vater) noch das Engelsbrot von Christus. Beide Schriften, das Manna der Kanzonen wie das Engelsbrot der Kommentare, bleiben anders übrig. In Anspielung auf schon gezeigte *Dinge* (*cosa*), nämlich das *Gepräge* schriftlich verzeichneter *sprachlicher* Dinge, im *volgare* gefertigte andere Gedichte und die Schrift vom Neuen Leben, *VITA NOVA*, die einunddreißig Gedichte einer aus autobiographischen Adnoten, Kommentaren und Digressionen zur *ARS POETICA* verschränkten prosaischen Umgebung eingetragen und so den Hunger der Lesenden auf mehr geweckt hatte, kündigt Dante das *CONVIVIO* als Fortsetzung und Erweiterung der auslegenden Vertiefung in die *Prägmale* anderer Gedichte an:

> Da ich ihnen nun auftragen will, gedenke ich ein allgemeines Gastmahl [*generale convivio*] zu veranstalten mit jenen Dingen, die ich ihnen gezeigt habe [*di ciò ch'i' ho loro mostrato*], und mit jenem Brot, das die Voraussetzung für derart beschaffene Speise ist, ohne das sie nicht essen können [*non potrebbe esser mangiata*]. [...] Die Speise [*vivanda*] dieses Gastmahls wird aus vierzehn Gängen bestehen, das heißt aus vierzehn [...] Kanzonen, die ohne dieses Brot wegen gewisser Dunkelheiten Schatten hatten [*le quali sanza lo presente pane aveano d'alcuna oscuritade ombra*] [...]. Aber dieses Brot, das heißt die vorliegende Auslegung [*Ma questo pane, cioè la presente disposizione*], wird das Licht sein, das jede Farbe ihrer Sentenzen hervortreten lassen wird [*sarà la luce la quale ogni colore di loro sentenza farà parvente*][151].

Die Schrift der Kanzonen bleibt uneßbar, wo das Brot der Auslegung fehlt. Erst das Brot der Auslegung, das gereicht wird, *um gebrochen zu werden*, hilft, den *Bruch*charakter der Prägmale, die jedes Gedicht (anders) verkörpert, zu erfahren: in jedes Mal, Silbe für Silbe, jedesmal anders, wie mit Zähnen einzuschneiden, die Male aufzutrennen und auseinanderzulegen; die auseinandergelegten aufzulesen, zu essen, zu sehn. Das stillschweigende Auftischen des Kanzonenkommentars *als* Brot, die in diesen Zeilen *als Brot* ausgelegte Auslegung, eine Auslegungsauslegung, legt aber Risse durch das Brot wie durch die Auslegung – *disposizione* –. Diese rissigen Züge verkapselt die (lose) Partikel *cioè – das heißt* –, die den Bogen vom *definiens* (*was* heißt denn das?) zum *definiendum* (das heißt: *das*) spannen soll, aber nichts als Blicke in den Abgrund, den sie überbrückt, auftut, weil aus dem Inneren des Lösungsworts, als Eigenname dessen aufgeboten, was etwas *sei*, weil es so oder so *heiße*, die Partikel *cioè* nach Art eines Ritornell, *ad in(de)finitum*, wiederkehrt: *das heißt* ... Und vertieft (und legt Risse durch) die Risse. Denn an dieser Stelle wird, um die Auslegung der Auslegung als Brot zu erhellen, das Brot noch einmal (anders) gebrochen: ausgelegt zu *Licht*, das den Kristall des Textes in seine Farben fächern, brechen soll. Was Gedicht und Kommentar, Speise und Brot, an dieser Stelle teilen, ist der unumgehbare, unausrichtbare *Bruch*charakter beider, dem keine Auslegungsanweisung – die vorschreibt, *wie* zu brechen sei – ungebrochen vorgreift. Alles, was geprägt vorliegt, liegt zerbrechlich vor Augen. *Wie* zu brechen sei, bleibt aber, wie der Vorsatz, was *das heißt* – *cioè* – heißt, beim Namen (oder *Vor*namen) zu nennen, offen. Das Brot der Auslegung hilft, *wo es gebrochen wird*, den Bruchcharakter der Prägmale, nicht nur der Speisen, sondern auch des Brotes zu erfahren, aber nicht zu erfassen oder festzustellen. In dies Unvermögen, die gebrochenen Brote nicht ihrerseits Brüchen auszusetzen, liegt die Erfahrung der unerhörten Süßigkeit (*dolcezza*), Gefallen daran zu finden, abfallende Krumen aufzulesen und zu kosten, verkapselt: aufzubrechen (ohne wiederzukehren).

Die Absicht des *CONVIVIO*, so Dante, liegt nicht darin, die eingangs genannten Kanzonen von außen zu zeigen (*di fuori mostrano le canzoni predetti*), sondern darin, sie – buchstäblich – aufzubrechen. Jenes Zeigen von außen nennt Dante, einer scholastischen Deutungskonvention des Deutens nach, *literal*; alle andern Auslegungen, auf jenes erste Zeigen angewiesen, weil sie den Buchstaben von außen (aber anders, einschneidender) angehn, nennt Dante *allegorisch*. Diese andern (deren Anzahl, jenem ein- und ausgeübten Deutungsschema des Deutens entsprechend, Dante auf drei, den *allegorischen*, *moralischen* und *anagogischen* Sinn beschränkt) verkörpern, zusammen mit dem *literalen*, die Lehre vom vierfachen Schriftsinn. Der erste muß, erläutert der Vorspann zum zweiten Buch des *CONVIVIO*, auf der Schwelle zur Exegese der ersten Kanzone, »immer vorangehen als jener, in dessen Sentenz die andern eingeschlossen sind (*sempre lo litterale dee andare innanzi, sì come quello ne la cui sentenza li altri sono inchiusi*)«[152]. Diesem hermeneutischen Geviert, das auf nichts als auf Eröffnung eines (zuvor verschlossenen) Innen, Letterninnenraumes zielt, geht der Eindruck der Geschlossenheit, den es auf den ersten Blick verbreitet, ab. Der Deutungsrahmen geht dadurch aus den Fugen, daß alle andern Auslegungsverfahren, außer dem *literalen*, das an der äußeren, buchstäblichen Façon des Textes, wie an der aus Sprachgewohnheiten entspringenden Schablone sogenannt *wörtlicher Bedeutung* festhält, (unter Einschluß der allegorischen) *allegorisch* heißen. Einerseits bedeutet das allegorische Deuten *einen* Deutungsansatz unter andern, andererseits heißen *alle* andern *allegorisch*. Das asymmetrische Überwiegen allegorischen Lesens ergreift auch noch das *literale* Deuten, das anders als alle andern – also buchstäblich *allegorisch* – deutet. Daß unter diesem Winkel wahrgenommen insgeheim auch die Buchstäblichkeit allegorischen Charakter annimmt, der feste Buchstab Falten wirft (Dante nennt den Literalsinn *Mantel*[153]), zeugt vom unverwahrbaren, wahr*losen Bruch*charakter der Lettern, auf dessen Wahrnehmung (in der das *-nehmen* überhand nimmt), weil es an ihm Gefallen findet, das *CONVIVIO* zielt.

Das einschneidende, aufbrechende Lesen, in diesen Passagen als Erschütterung der literalen Außenansicht des Gedichts durch eindringende Fühlungnahme wie mit Lippen und Zähnen angedeutet, von der inwendig anbrechenden Süßigkeit zu kosten, setzt das erstarrte Verhältnis von *Außen* und *Innen* außer kraft. Denn die allegorischen, immer anders eingeschlagenen (pfadlosen) Wege ins Gedichtinnre suspendieren, weil sie Risse durchs Geweb des Buchstabenmantels legen, die sinnlich-übersinnliche Gewißheit über den Umriß des Gedichts (in seinem Namen, wie in seinem Letternstand, seiner sprachlichen Gestalt). Die undurchsichtigen Vertiefungen ins Gedichtinnre tragen, weil sie, was inwendig anbrach, stückweis veräußern, dem aus Lettern gestifteten Außen, von Falten und Furchen durchfahren, eigentümliche Durchsichtigkeit ein. Sie stülpen, was innen lag, indem sie es kehlen, um (und um), kehren das Futter des (rissigen) Mantels nach außen und setzen, so, die Augen über das buchstäblich Äußere, an dem sie anfangs Anhalt fanden, das immer weniger geschrieben *steht*, ohne dem *Un*geschriebenen anheimzufallen, hinaus aus. Die Augen, die nach innen gehn, gehn, haltlos, über. Der skizzierte Weg (aus Wegen) nach innen, ins Gedichtinnere (am losen Faden der *Allegorie*, des Gastmahls), ist keine Heimkehr aus der Fremde an den vertrauten Ort in der vertrauten Sprache des *volgare*, und nicht – umgekehrt – Überwältigung des fremden Orts im Namen einer Fremde, aus der die Augen, wie aus einer Heimat aufgebrochen, kamen, Besitz zu ergreifen. Sondern Aussetzung – ohne Wiederkehr: wiederholt (anders) aufzubrechen. Ein und denselben Ort. Dem vertraut-unvertrauten Ort der Gedichte nah, wie unter den Tisch, auf dem sie liegen, von dem die Krumen der Auslegung fallen, verstoßen, und erst dort – *in parasitu* – die unerhörte Süßigkeit, den *Bruch*charakter beider, von Gedicht und Auslegung, erfahren. Kehrt Dante im *CONVIVIO* so, halb kenntlich, halb *inkognito*, an den Ort der Gedichte wie *aus dem* Exil oder wie *in ein* Exil (oder anders) – wieder? Zwei Jahre zuvor, 1302, war Dante aus der Heimatstadt Florenz zunächst verbannt, dann, in Abwesenheit, zum Tode verurteilt worden. Ein Stelle im ersten Buch des *CONVIVIO*, im Anschluß an die Auslegung der Auslegung zu *Brot*, der auszulegenden Gedichte zu *Speisen*, kommt darauf zurück:

> [...] die Strafe, sage ich, des Exils und der Armut [*pena, dico, d'essilio e di povertate*]. Da es den Bürgern der schönsten und berühmtesten Tochter Roms, Florenz, gefallen hatte, mich aus ihrem süßen Schoß hinauszuwerfen [*di gittarmi fuori del suo dolce seno*] – wo ich geboren und ernährt wurde bis zum Höhepunkt meines Lebens und in welchem ich, in gutem Frieden mit ihr, von ganzem Herzen wünsche, meine ermüdete Seele auszuruhen und die mir gegebene Zeit zu beenden –, bin ich durch beinahe alle Regionen, in die sich diese Sprache erstreckt, als Vagant, einem Bettler gleich, gegangen [*per le parti quasi tutte alle quali questa lingua si stende, peregrino, quasi mendicando, sono andato*] und ich habe hierbei gegen meinen Willen, die Wunde des Schicksals [*la piaga della fortuna*], die den Verwundeten in vielen Fällen ungerechterweise zugefügt zu sein pflegt, vorgezeigt [*mostrando*]. Tatsächlich war ich ein Floß ohne Segel und Steuer [*Veramente io sono stato legno sanza vela e sanza go-*

verno], vom trockenen Wind, der die schmerzhafte Armut ausdörrt, in verschiedene Häfen, an Flußmündungen und Strände getragen [*portato a diversi porti e foci e liti dal vento secco che vapora la dolorosa povertade*]; und ich bin unter den Augen vieler, die sich mich vielleicht irgendeines Rufes wegen anders vorgestellt haben, erschienen [*e sono apparito alli occhi a molti che forse che per alcuna fama in altra forma m'aveano imaginato*][154].

Verstoßen aus dem süßen Schoß der Heimatstadt Florenz, berühmteste und schönste Tochter Roms, ersehnt Dante nichts als die Rückkehr in den Schoß der töchterlichen Blumenstadt, in ihr, die ihn geboren hat, sein Leben (anders als durch Hinnahme der Vollstreckung eines über ihn verhängten Todesurteils) zu beschließen. Die Selbstkennzeichnung als Bettler und Vagant; vom Schicksal (*fortuna*) mit einer Wunde geschlagen, die er nicht verbergen kann, weil er sie verkörpert; die seine Erscheinung wie die *fama*, jenen Ruf, der ihm vorauseilt, bis zur Unkenntlichkeit entstellt; durch alle Regionen der einen Sprache des *volgare* hindurchgegangen, ohne an einer Stelle Fuß zu fassen, als wäre allerorten *Niemand*, gehüllt in einen Niemandsname (weil nur im Klang der Schritte, *sono andate* – bin ich gegangen –, die verhallen, noch die Erinnerung an *Dante* spielt) in *Auflösungs*erscheinung –; vergleicht unter der Hand Odysseus Dante, und Ithaka Florenz. Die Erinnerung an den *süßen* Schoß (*dolce seno*) wirft das Echo der unterm Tisch, über dem das Engelsbrot gebrochen wird, aufgelesenen gekosteten Krumen und deren *Süßigkeit* (*dolcezza*). Doch die deutende Vertiefung in den Aufriß der Kanzonen ist keine Heimkehr ins Gehäuse der eigenen Gedichte, im *volgare* der Heimatstadt verfaßt. Sie setzt den Schein gegebener Gedichte aus, deren Prägmale eher den Wundmalen des Verstoßenen gleichen, beide tastend aus(einander)zulegen, ohne die Wunde zu schließen oder am buchstäblichen Gepräge der Gedichte festzuhalten. Das im Prolog des *CONVIVIO* skizzierte Verhältnis zwischen Gedicht und Auslegung, die beide nichts als den *Bruch*charakter der auszulegenden wie auslegenden Charaktere, einen unzuverlässigen Auf- und Auseinanderbruch teilen, lockert auch den Glauben ans unumstößliche *Da* der gelobten Stadt und Sprache (in ihren Namen) als Ort der Herkunft (Geburt aus ihrem Schoß) wie eines unausweichlich kommenden Geschicks (im Tod). Das Selbstportrait des Ausgestoßenen malt Dante weiter aus. So, daß er die zunächst lose, verstohlene Nähe zu Odysseus verbindlichere Züge annehmen läßt. Tatsächlich – *veramente* –, als träten erst jetzt, unter Übermalungen, die eigentlichen Züge des Portraitierten zutage, war ich ein Stück Holz – *legno* –, ein Scheit, ohne Segel und Steuer, ungelenktes ungelenkes Ruder. Mit dieser Wendung zum Tatsächlichen wird dem unschlüssigen Gehn des fahrenden Sängers und bettelnden Vaganten über Land der Boden unter den Füßen entzogen. An seine Stelle aber tritt kein Seefahrer, auch keiner, der Schiffbruch erlitten hat, sondern eine Planke, ausgesetzt zwischen Land und Meer, dem Spiel der Gezeiten überlassen, angeschwemmt – an Land (Strandgut), in die Mündungen der Flüsse, den ein und andern Hafen – und wieder fortgespült. Treibholz, dem die Herkunft aus einem Schiff und Schiffbruch nur aus der Ferne anzusehen, abzumerken bleibt. Dies irritierende *Holz*portrait, aus der Erinnerung an ein (geborstenes, zerschelltes) Schiff, das ich gewesen sein mag, an einen Fahrenden zur See vielleicht, taucht zu Beginn des zweiten Buchs, auf der Schwelle zum tatsächlichen *CONVIVIO*, exegetischen Eindringens in die auserlesenen Kanzonen, wieder auf. Die Passage – oder Schwelle – verkehrt den unter Tisch – ein anderes Stück Holz – ausgesetzten Parasiten, der die Süßigkeit der Krumen schmeckt, zum Seefahrer (gezimmertes, kehlbares, schwankes Holz unter den Füßen), die Auslegung zum Ausleger*boot*, das Eindringen zum Aufbruch, die Gedichte zur (offenen) See:

> Nachdem ich der Einleitung gemäß aufgewartet habe, und mein Brot [*lo mio pane*] im vorangehenden Buch zur Genüge vorbereitet worden ist, verlangt und ruft die Zeit nun danach, daß mein Schiff den Hafen verläßt [*la mia nave uscir di porto*]; deshalb wage ich mich, nachdem das Segel der Vernunft an den Wind meines Verlangens gebracht worden ist [*dirizzato l'artimone della ragione all'òra del mio desiderio*], in der Hoffnung auf einen angenehmen Weg und auf einen rettenden und lobenswerten Hafen am Ende meines Gastmahls, auf das Meer [*entro in pelago con isperanza di dolce cammino e di salutevole porto e laudabile nella fine della mia cena*][155].

Die Überblendung des ausgemalten Bilds vom GASTMAHL, das auserlesene Gedichte (wie um sie zu lesen, auszulegen) als ausgesuchte Speisen aufträgt (wie um sie zu essen, die aufgetischten zu goutieren) und den mitgereichten Kommentar (*wie* zu lesen, *wie* zu essen sei), der in die Gedichte einzudringen, die Gedichte aufzubrechen hilft, das Brot der Lesenden nennt, mit einer *Seefahrt*, höhlt die plane beschriebene Seite, als Tischoberfläche von Lettern wie Speisen bedeckt, zur *täuschend* glatten (weil von Aufruhr unterhaltnen) See. Indem sie das Brot (der Auslegung) brechen, brechen die Augen, wie Boote, zu Sehfahrten auf, stechen in See. Es ist ein Aufbruch ins Unbekannte, Unerfahrene, Weglose: Dante folgt mit der Selbstauslegung der Kanzonen keiner (hermeneutischen, -nautischen) Tradition. Es ist, als versuchte das (Fragment gebliebene, nach Auslegung der dritten Kanzone abgebrochene) CONVIVIO nicht mehr nur ein neues Leben – VITA NOVA –, sondern eine neue Welt. Keine andre unter andern, nicht *Unter*-, sondern *Un*welt. Der Ort solchen Aufbruchs wäre, um für einen Augenblick im Bild zu bleiben, am äußersten, westlichsten Rand, wie eines Rahmens, Ende – oder Anfang –, der vertrauten alten Welt gelegen: dort, wo die Säulen des Herakles ragen: der Felsen von Gibraltar im (europäischen) Norden, *Mons Abila* im (afrikanischen) Süden, zwischen denen die Straße von Gibraltar das Mittelmeer – *Mare Nostrum* – über die verschwimmenden Grenzen des *Orbis Terrarum* hinaus ausgehen läßt. *Ne plus ultra* soll Herakles, dem Mythos nach, dem Fuß der Säulen eingetragen haben. Eine Erinnerung, die zuvor aus einer Stelle in der dritten Nemeischen Ode Pindars wiederkehrt: »nicht ist es [*oukéti*] leicht, weiter das / ungangbare Meer zu durchqueren über die Säulen des Herakles [*húper Herakléos peran*] / hinaus, die der Heros, der Gott, gesetzt hat als ruhmvolle Zeugen [*márturas klutás*] / äußerster Meeresfahrt [*nautilías eschátas*]«[156]. Daß diese Fahrt ins Offene dem Geweb der Hoffnung auf Wiederkehr einen changierenden Faden undurchsichtigen Ausblicks auf Unumkehrbarkeit einträgt, deutet das seltene Wort *Bramsegel* (der Vernunft) – *l'artimone* – an, das Dante zur Exegese (wie zur Ausfahrt in die See) des ersten Gedichtes gesetzt nennt, vom Wind seiner Sehnsucht ergriffen zu werden. Denn dasselbe Segel wird, im Wortlaut der VULGATA, auch gegen Ende der APOSTELAKTEN auf jenem Schiff, das Paulus als Gefangenen nach Rom (dem Kaiser) ausliefern soll, gehißt, kurz bevor es auf Grund läuft und zerschellt. In Luthers Übersetzung: »Vnd da sie die Ankker auffgehuben liessen sie sich dem Meer / vnd löseten die Ruderband auff / vnd richteten den Segelbawm (*artemone*) nach dem winde / vnd trachten nach dem vfer. Vnd da wir furen an einen Ort / der auff beiden seiten Meer hatte / sties sich das schiff an / vnd das forder teil bleib feste stehen vnbeweglich / Aber das hinder teil zubrach / von der gewalt der wellen«[157].

Doch bis zu welchem Punkt dringt die Auslegung einer Stelle, hier des Wortes *artimone* auf der Schwelle zum zweiten Buch des *CONVIVIO*, in einen andern Text, hier in das Schiff mit dem Gefangenentransport gegen Ende der *APOSTELAKTEN* vor, ohne die Hoffnung wiederzukehren, die Bedeutung der einen Stelle durch (hermeneutische) Beute aus dem andern Text zu erhellen und die erhellte zu erhalten, fahren zu lassen: nicht verloren zu gehn? Vierzehn Tage und Nächte sind die Schiffleute, Soldaten und Gefangene, ohne Speise auf offener See unterwegs. Am Morgen des vierzehnten Tages ergreift Paulus, dem in der Nacht zuvor ein Engel Gottes erschienen war – »Denn diese nacht ist bey mir gestanden || der Engel Gottes / des ich bin [*adstitit enim mihi hac nocte angelus Dei cuius sum ego*] / vnd dem ich diene / und sprach / Fürchte dich nicht Paule / Du must für den Keiser gestellet werden / Vnd sihe / Gott hat dir geschenckt alle die mit dir schiffen«[158] –, das Wort, fordert alle an Bord zu essen auf, bricht das Brot und fängt zu essen an: wendet *Seefahrt* und *Gastmahl* (der Auslegung, wie um zu essen) ineinander: »Es ist heute der vierzehnde tag / das jr wartet vnd vngeessen blieben seid / vnd habt nichts zu euch genomen. Darumb ermane ich euch speise zu nehmen / euch zu laben / Denn es wird ewer keinem ein har von dem Heubt entfallen. Vnd da er das gesaget / nam er das Brot / dancket Gott fur jnen allen / vnd brachs [*fregisset*] / vnd fieng an zu essen [*coepit manducare*]«[159]. Sind die vierzehn erzwungenen

Fastentage, ausgesetzt in ein Schiff, auf hohe See, ohne Land in Sicht, den vierzehn Kanzonen zu vergleichen, die Dante im Prolog zum *CONVIVIO* als Speise aufzutragen verspricht? Vierzehn uneßbare Tag-und-Nacht-Gesänge? Die ungelesenen, unangetasteten in Speise zu verwandeln? Bricht Paulus an dieser Stelle, kurz bevor das Bramsegel – *artemone* – gehißt wird und das Boot zerschellt, das (Engels)Brot der Auslegung, die Bedeutung der vierzehn hermetisch verschlossenen Hungertage, Hungernächte aufzubrechen? Trägt Dante das Rätsel der vierzehn Tage und Nächte ohne Nahrung, ausgesetzt auf hohe See, dem Aufriß der vierzehn auserlesenen Kanzonen ein? Nimmt er den Auseinanderbruch des Schiffes, auf dem er an die Stelle des Apostels (seiner eigenen Gedichte) rückt, das Brot der Auslegung zu brechen und Aufschluß über den Hunger (zu lesen) zu geben, in Kauf? Spricht (und bricht) er keinem Engel *Gottes* mehr das Wort, sondern einem *neuen* (unerhört)? Kostet Dante, vernäht ins Tuch, und Segeltuch, des Wortes *artimone*, die Süßigkeit, eine Stelle gegen Ende der *APOSTELAKTEN* unmerklich anders auszulegen, aus? Oder kennt solches -kosten (anfangenden, einschneidenden Lesens) kein *Aus-*? An welcher Stelle bricht, aus welchem Grund, solche Auslegungsauslegung ab, und kehrt um? *Wohin* aber, an welchen Ort genau, zurück? An welcher Stelle zerbricht sie, ohne wiederzukehren? Und *wie* genau zerbrechen hermeneutische Manöver, ohne dem Kosten von der Süßigkeit des *Zu-Bruch*, weil es an ihm Gefallen fand, eines Worts vor Augen (wie eines Schiffes, oder *Scheits*) als Bedeutungs-, Deutungsträger, Abbruch zu tun?

Süß heißt an dieser Stelle, auf der Schwelle zur Exegese der Kanzonen, die das *CONVIVIO* verspricht, nicht mehr der Schoß der Stadt Florenz (an die der Exilierte Gedanken um Geburt und Tod knüpft), sondern *süß* nurmehr der Weg – *cammino dolce* – (der Auslegung). Der Wind meines Begehrens (*l'òra del mio desiderio*) mag das Segel der Vernunft (*l'artimone de la ragione*), mit ihm aber die Hoffnung auf einen Weg als Weg der Umkehr, der diesem Mahl, diesmal der Ausfahrt oder Auslegung, ein Ende bereitet, zerreißen. Durch die Hoffnung auf den Weg zurück in heimatliche, gastliche Gefilde, gehn (unmerklich) Bisse: das Kosten (der Süßigkeit) des Innewerdens von Rissen durch das Segel – *artimone* –, das die Erfahrung, auszulegen, getragen von der Hoffnung, unterwegs, das Ausgelegte einzuholen, der Erfahrung unverhofften Auf- und Auseinanderbruchs der Auslegerboote, Gedichte, aussetzt: ins Weg- und Ausweglose, Unwegsame, Unerfahrne spielen läßt: ... *um-* und *um-* und *um-* ...: *un*umkehrbare -öffnung.

In den sechsundzwanzigsten Gesang des *INFERNO* situiert die *COMMEDIA* Dantes Begegnung, in Begleitung Vergils, mit *Odysseus*. Was den Verschlagenen (*polúmetis* – listenreich – ist eines seiner Attribute in der *ODYSSEE*[160]) in die Hölle (nicht anders als der *Hades* Ort ohne Wiederkehr) verschlagen hat, ist seine Verschlagenheit, die der Gesang, mit einem Wort Vergils, auch ***arte*** –Arglist – nennt (zugleich die erste Hälfte des lateinischen Worts für das Segel – ***arte****mone*–, das Dante im *CONVIVIO*, vielleicht nicht ohne List, auf der Schwelle zur Auslegung, als ungewisse Ausfahrt in die einschneidende, aussetzende Deutung, der ersten Kanzone setzt)[161]. Den sechsundzwanzigsten Gesang eröffnet eine sarkastische Apostrophe an die Heimatstadt Florenz, deren Flügelschläge Land und Meer bestreichen – *che per mare e per* *terra batti l'ali* –, und deren Name – die Flügel der *Fama* (die Gerücht, Ruhm und Geschwätz mischt) tragen ihn – bis in die Hölle reicht – *e per lo 'nferno tuo nome si spande!* –[162]. (Denn in dem Pack der Diebe, die ihm begegnet sind, waren, so Dante, wenigstens fünf Florentiner.) Dantes Schritte sind, sie gleichen darin denen des Odysseus, der weiter unten Auskunft über seine letzte Reise gibt, unumkehrbar fort von Ithaka, anders – unberechenbar – orientiert. Dante, durch die Hölle unterwegs, den Ort ohne Wiederkehr zu verlassen, und Odysseus, in der Hölle unentwegt, verlassen am Ort ohne Wiederkehr, teilen in dieser Begegnung mehr als einen Zug. Der Weg, in Begleitung Vergils, führt über Treppen – *per le scalee* –, dann durch Geröll und Abraum – *tra le schegge e tra' rocchi de lo scoglio* –, wo der Fuß die Hand zu Hilfe nehmen mußte – *lo piè sanza la man non si spedia* –, wie durch einen Steinbruch aufwärts; in der Übersetzung Rudolf Borchardts: »Wir wichen, tretend auf, die stiegen ein / der zacken [...] Und immer fort die einödige strassen / in mitten splints und mitten kar getrümmer, / da ohn die hand der fuss nicht mochte fassen«[163]. Das Brüchige und Doppelbödige der Treppe klingt im Zögern zwischen *ein-* und *auf*tretenden Schritten, die zu fußen, wie der Augen, die zu sehn suchen, an und zwischen Worten Halt zu finden, an. So spielt die Wendung *kar getrümmer* in *karge trümmer*, und die Partikel *sanza* – *ohne* –, zwischen Fuß und Hand gepaßt, dem Fuß anhand der Hand festen Stand zu verleihen, wirft das Echo der *stanza*, eines feststehenden Versgefüges, das diese Stelle, in und zwischen Übersetzungen, nur auf den ersten Blick einräumt: stanza sanza *t* ... Auf einer Brücke über dem achten Höllenkreis, die Hand an einen Fels geklammert, wirft Dante Blicke in den Schlund, wo Flämmchen wie leuchtend schwirrende Insekten flackern. Eine der Flammen, im Nähergehn, mit zerspellter Spitze – *fuoco che vien sì divisa* –, teilt seine

Aufmerksamkeit. Eingeschlossen in das zwiespältige Feuer sind, so klärt Vergil auf, Ulyss und Diomed, wo sie von ihren Taten, *Un*taten zeugen – *Là dentro si martira / Ulisse e Dïomede*« –, verkapselt in das Wort Arglist – *arte* –. Dante bittet, stehnzubleiben, die näherkommende Flamme das Wort ergreifen zu lassen. Er brennt darauf, zu hören. Vergil spricht das Feuer fragend an, worauf die höhere der beiden Spitzen erregter brennt, wie eine Zunge auf dem Sprung zu sprechen – *come fosse la lingua che parlasse* –, stößt aus der Flamme eine Stimme vor und sprach – *gittò voce di fuori e disse* –; ... *-osse ... -asse ... -isse ...* : *Ulisse*. Zwischen Hissen und Zischen verheißt das Wort, *e disse*, daß *Ulisse* spricht. Die an dieser Stelle aus dem Feuer vorstoßende Stimme kehrt nicht aus dem Text der (homerischen) *ODYSSEE* (die Dante unbekannt war) wieder, sondern wird dem aus »zerstückelten Überlieferungen«, wie aus Versatzstücken vernäht (aufgelesen insbesondre aus Vergils *AENEIS*), auftauchenden *Ulisse* zugeschrieben (der, wie von einer Antonomasie zerrissen, im Namen wund, fast unkenntlich, an dem bis ins medievale Latein verbreiteten Adverb *ulixice*, der Bedeutung *betrügerisch*, trägt)[164]. Die Stimme aus dem Feuer erstattet Bericht. Sie kommt, an dieser Stelle des *INFERNO*, Ort ohne Wiederkehr – den Dante und Vergil passieren –, auf die letzte Reise, ohne Wiederkehr, des Ulyss zu sprechen: »Quando / mi diparti' da Circe«: als ich von Kirke schied; gefolgt von einer Kaskade aus Absetzungsbewegungen: *né ... né ... né ...*: »né dolcezza di figlio, né la pieta / del vecchio padre, né 'l debito amore / lo qual dovea Penelopè far lieta«: nicht die Zärtlichkeit – *dolcezza* – des Sohns, nicht das Flehn des Vaters, nicht der einzulösende Erweis der Liebe zu Penelope: eine Dreiergruppe, die den Inbegriff der Heimat *Ithaka* verkörpert, halten Ulyss vom Aufbruch, fort von dort, ab. Was den Wunsch zum unwiderruflichen Aufbruch ins Unerfahrene nährt, sind, dem dreifachen *né ... né ... né ...* respondierend, drei lang gezogene *a*, in den Worten, die bedeuten, was ihn zieht: *l'alto mare aperto*: die tiefe (hohe) offne See. Was den Fahrenden trägt, ist jenes Wort, in das Dante im *CONVIVIO*, aus der Erinnerung an das gegenwärtige Exil, sich (am Rand der Leblosigkeit) verkörpert sieht: ***legno***; bloß ein Stück Holz,

|| weniger noch: nicht abgeschlagenes, gefälltes, sondern an-, weil abfallendes Holz: der in den *Schlägen*, in den *ins Holz* geschlagnen Schneisen, übrige Abraum: aufzuklaubendes *Lese-* oder Raffholz, denn in dem Nomen *legno*, wie in dem entsprechenden lateinischen *lignum* bleibt beider Herkunft aus dem lateinischen Verb *legere* – lesen – lesbar ||

ein Scheit, das beide, den gekerbten ausgeschabten Baum, ein Boot, wie – metonymisch – den aus Hölzern gefertigten Schiffsrumpf nennt: *sol con un* ***legno*** *e con quella compagna*: »nur auf ein schifflein mit dem schiffsgesind«. Sie fahren zum äußersten Ort – den Dante *stretta* nennt –, am Ende der alten Welt, Welt überhaupt, weil Anfang der Ausfahrt ins Offene. Der Ort führt Anfang und Ende *durch die Enge*: zu den Säulen des Herakles, die dort als Zeichen ragen: »dov' Ercule segnò li suoi riguardi / acciò che l'uom più oltre non si metta«: »da Herkules die mäler hin bestallte, / Auf dass der mensch darüber hin nicht dränge«. Die Wendung *più oltre non* variiert, fast unverwandt, das lateinische *non plus ultra*, der Legende nach Legende am Fuß jener Stelen, von dort aufzulesen: den Fuß nicht über sie hinaus zu setzen. Von dort (dem Bericht der Stimme aus dem Feuer nach) brechen sie auf, ins Weg- und Ort- und Namenlose[165]. Die Stimme aus dem Feuer erinnert eine winzige Rede – *orazion picciola* –, deren Wortlaut sie wiederholt, und die den Aufbruch (ohne Wiederkehr) Reise, der (sinkenden) Sonne nach, in eine unbewohnte Welt – *mondo senza gente* – nennt. Die Rede, aus dem Feuer wiederholt, provoziert in denen, die sie hören, daß ich sie kaum mehr halten, *zurückhalten* konnte: »che a pena poscia li avrei ritenuti«: »dass ich sie dann nicht mögen wenden schier«. Die Rede, die auf rückhaltlose Ausfahrt stimmt, hält, *weil*, nämlich während sie *gehalten* wird, zurück. Die Wendungen *a pena* – kaum – und *schier* vermerken die eigentümliche Zurückhaltung im Appell zur Rückhaltlosigkeit. Was zurück bleibt, ohne Aufschluß über Vor- noch Rückwärtsgewandtheit zu geben, sind die Worte – schwanke Boote –, die zur Überwindung der Zurückhaltung treiben. Treibscheite, die ab-, auseinanderdriften. Kaum ist die Rede gehalten, die Worte verhallt, nimmt eigentümliche Haltlosigkeit, in und zwischen Worten, überhand: »e volta nostra poppa nel mattino, / de' remi facemmo ali al folle volo«. Das Heck – *poppa* – des Schiffs gen morgen wendend, gehn die Ruder – *remi* –, gegenwendig, aus dem Ruder, wir machten sie zu Schwingen – *ali* –, das Boot zum Vogel, das Stechen (und Stochern) in See zum tollen Flug: ***de' remi facemmo ali al folle volo***. Was aus der Verwandlung – Umdeutung und Umbenennung – der Ruder in Flügel, den Fortriß in die Unumkehrbarkeit zu veranschaulichen, wiederkehrt, ist die Erinnerung an eine Stelle in Vergils *AENEIS*. Die ersten Zeilen des sechsten Buchs beschreiben die Ankunft der Troischen Flotte an hesperischem Strand, nahe der Küstenstadt Cumae, wo Aeneas unverzüglich das Orakel der Cumaeischen Sibylle um Rat, weil ihr Wort die Zukunft erschließt – *aperit […] futura* –, anzugehen sucht, Aufschluß über das kommende Geschick der aus der verbrannten Stadt Entkommenen, verstoßen in die Unumkehrbarkeit, zu finden. Der Gang zur Höhle der Apollopriesterin wird aufgehalten durch einen eingeschobenen Vergleich des Aeneas mit

Daedalus, der auf der Flucht aus dem Reich des Minos, dem Gerücht oder Gerede nach – *ut fama est* –, das Wagnis eingegangen war, auf schnellen Fittichen – *praepertibus pennis* –, einem aus Hölzern und Stricken und Federn und Leim listig gefertigten Chassis, der Bodenlosigkeit des Himmels sich zu überlassen, zuletzt aber den Flug zuende brachte, sanft wieder Fuß faßte auf dem Rücken der chalkidischen Höhe, wo er, so schließt eine Apostrophe an Apollo an, dir das Ruderwerk der Flügel weihte – *sacravit / remigium alarum* – [166]. Rudernde Flügel – beflügelte Ruder. Weder die *aus* Rudern gemachten Flügel oder *zu* Flügeln gemachten Ruder – *de' remi facemmo ali* – im Bericht der Stimme (des Odysseus) aus dem Feuer, noch das Ruderwerk der Flügel – *remigium alarum* – des Daedalus, der Flügel fertigt, die Luft zu durchrudern wie Vögel, die wie gefiederte Boote fliegen, gibt an dieser Stelle, zwischen alle Elemente – Feuer, Erde, Wasser, Luft – ausgesetzt, Aufschluß darüber, *was*, welches *Element*, außer dem losen Verhältnis der Lettern – *... l, m, n ...* – *zueinander*, die vergleichsweise Rede, die auf Verwurzelung (oder Verankerung) des verglichenen Worts, hier der Ruder, in einer angestammten bodenständigen Bedeutung oder – vorübergehender – sandigem Untergrund zielt, um den Bogen zum Verglichenen, hier zu den Flügeln im Flug zu spannen, trägt. Denn weder wurzeln (oder ankern) die Flügel in Rudern, noch die Ruder in Flügeln, keines der beiden Worte im andern (oder einem andern), noch auch in sich. Die Zeile um das Machen – ***facemmo*** –, aus Rudern Flügel, Flügeln Ruder, spielt (nicht zuletzt im listenreichen Daedalus, der den Namen des andern listenreichen variiert) in dem entsprechenden griechischen Verb *poiein* auch auf die List im Fertigen von Gedichten – *poiemata* – an. Die Ruder oder Riemen – ***remi*** – verkapseln (zerbrechlich) an genau dieser Stelle, im unausrichtbaren Übergang (oder Untergang) der Ruder in

Flügel und Flügel zu Rudern, wo weder bloß Ruder noch bloß Flügel schlagen, Risse durch den Aufriß des Gedichts, das in Dantes Italienisch ***rime*** heißt; Plural des Nomens *rima* – Zeile, Vers –, dessen Homonym *rima* im Italienischen den *Spalt* und *Riß* nennt. Nicht den (unterschwelligen) Vergleich von Rudern (oder Booten) mit Gedichten, nicht deren Verwandlung zu Vögeln im Flug bringt diese Zeile zur Sprache, sondern legt (in keiner Sprache), weil Ruder und Flügel kein hierarchisches Verhältnis geregelter Übertragung eine wörtlichen in eine übertragene, und *Rück*übertragung einer übertragenen in eine wörtliche Bedeutung – sei's *im Namen* der Ruder, sei's *im Namen* der Flügel – teilen, Risse quer zum parabolischen Verlauf, den sie nimmt, vor Augen. Beide, Ruder und Flügel, schlagen inein*ander* um, ohne die Möglichkeit, das , was – zum Beispiel – *Ruder* oder *remi* heißt, anders (denn als Flügel) zu nehmen, auszuschließen. Nicht nur die vergleichende und Gleichnisrede zerreißt diese Zeile, die den Aufbruch zur letzten Reise des Odysseus nennt, sondern sie spaltet noch den buchstäblichen Zusammenstand und -halt und -hang der Wörter, die den Aufbruch nennen. Die Wörter, die den Aufbruch nennen, brechen auf: auseinander. So erscheinen die zu Flügeln gemachten Ruder, aus Rudern gemachten *Flügel*, dem tollen *Flug* semantisch gesättigten Boden (semantisch gesättigte Luft) zu bereiten, im Anschluß an das Wort, das sie nennt – ***ali*** –, wie versehrt, ins Einsilbige zurückgenommen, auf dem Sprung zur Auflösung noch der Silbe: ***al***. Nicht dem Flug greifen die Flügel mehr vor, sondern – quer zur syntaktischen Verbindlichkeit, die sie zur Schau stellen – eigentümlicher Verflüchtigung des Worts (beider Wörter): ***ali al …*** Welchen Alterationen die zu *al* gestutzten Flügel ausgesetzt bleiben, bleibt offen. Die Flügel, ausgespannt zum Flug, versprechen kein anderes Land (gelobt oder verflucht) außer Sichtweite – *AlTerra* –, sondern bleiben, wie die Augen, die dem Flug zu folgen, seine Bahn abzustecken und ins Wort zu fassen suchen, *AltErrationen* überlassen, die weder Her- noch Zukunft kennen. Die Wendung aber vom tollen Flug – ***folle volo*** – durchläuft zerschellendes Gestammel: ***... oll ... ol ...***

Die letzte Reise des Odysseus, als Losriß vom äußersten westlichen Saum der bewohnten Welt (und Sprache) kommt in den Worten der Stimme aus dem Feuer zum Beschluß. Sie reißt das Holz – *legno* –, das Schiff : den Scheit, weder von Flügeln noch Rudern mehr, aus der Fassung zu Worten ihres Orts gedreht, zu Bruch, getragen und gelenkt, zum Untergang in die Unterwelt – Ort ohne Wiederkehr – fort. Ein Berg – den die Stimme *nova terra* nennt –, (Neuland, namenlos), ragt aus dem Wasser; ein Wirbelsturm geht von ihm aus, ergreift den Bug des Schiffes – *e percosse del legno il primo canto* –: das letzte Wort der Zeile aber – *canto* – klafft auf, nimmt der Spitze die Spitze, spaltet den Ort: *canto* nennt nicht nur die *Kante*, das Eck am äußersten Ende des Scheites – *legno* – oder Schiffs, sondern (einschneidender) auch den *canto*: nicht nur Gesang und Gedicht überhaupt, sondern jeden Gesang der zum Gesang aus Gesängen gefügten, in Gesänge aufgespaltenen *COMMEDIA*. *Canto* wirft, im Augenblick des Untergangs, das Echo der (im Augenblick der Auslegung, die in sie dringt) zerbrechenden *Canzone*. Der Wirbel reißt das Heck nach oben, stößt den Bug zum Meergrund unten, dem andern zu Gefallen – *com' altrui piacque* – [167]. »Bis dass die See sich über uns verschlossen«: »infin che 'l mar fu sovra noi richiuso«. Aus dem andern – *altrui* – aber, in dem gelehrte Kommentare der *COMMEDIA* den (namenlosen) Gott entziffert haben, kehren, unter anderm, und spalten den Aufriß des andern, auch die auseinandergespreiteten Flügel – *al*[...]*i* –, die weder mehr Boote noch Boten noch Botschaften tragen, noch *als* Flügel tragbar, wieder. Wieder aber, wohin?

Und wieder: woher? An einer Stelle im CANTO 27 des PARADISO sieht Dante (doch *Canto* erinnert fortan nicht mehr nur den Gesang, ein dem Sehsinn und Ohr gewogenes Boot oder *legno* – Leseholz –, sondern die klaffende Spitze eines kenternden Scheits[168]) noch einmal, unterm Blick zurück, aus der Ferne oben in die Ferne unten, der Säulen des Herakles, über Gades – oder Cadiz – hinaus: *il varco / folle d'Ulisse*[169]; die vermessne Überschreitung des Ulyss. Die letzte Reise des Odysseus, in die Unterwelt, kehrt aus dem INFERNO der COMMEDIA wieder. Doch dies *Wieder* ist nicht die – Entsetzen oder Entzücken auslösende – *Anagnorisis* (der griechischen Tragödie). Die Zeilen – *rime* – (verkeilt ins rissige Erinnern an splitternde Ruderblätter – *remi* –), die das Sprechen der Stimme aus dem Feuer verzeichnen, sind als Rückblick oder Rückbesinnung (in Worten) auf den (weglosen) Weg in die Unumkehrbarkeit angelegt. Doch durch das *Zurück in* den rückhaltlosen Fortriß, wie *aus* ihm, durch das Zurück *ins* Wort, wie *aus* dem Wort zurück, geht, jeden Augenblick, ein (rissiger) *Ruck*. Weder ganz zurück *in* rückhaltlose Unumkehrbarkeit, noch ganz zurück *aus* ihr, weder ganz zurück *in* den aus Versen – Kehren, Um- und Wiederkehren – komponierten CANTO, noch ganz zurück *aus* ihm (dem Gesang wie einem Schiffbruch entronnen), bricht der verzeichnete Gesang an jeder Stelle, im Aufriß eines jeden Worts aus Lettern, unter den Augen, (in der Stille), unausrichtbar, auf. So, daß am Ort des *Canto* der Blick, auf die Spitze (wie in einen Ausguck) getrieben, vor (ins *Zurück*), zurück (nach *vorne*) zu schaun, aussetzt, in schüttern Ungrund: wie schwankende Seh[170].

In Worten, die denselben Ort – *Gade*, *Cadiz* –, am Nordrand der Meerenge von Gibraltar, der Säulen des Herakles wegen, aus der Erinnerung an (die ins INFERNO verzeichnete Erinnerung an) die letzte Reise des Odysseus (heimgesucht von

Erinnerungen an die erste Reise des Columbus) nennen, kehrt an einer Stelle im *CANTO 15* von Torquato Tassos *GERUSALEMME LIBERATA* die Rede vom Fortriß in den Untergang, wie aus Versatzstücken jener Zeile vernäht, die im *CANTO 26* des *INFERNO*, zwischen Rudern auf dem Sprung zu fliegenden, Flügeln auf dem Sprung zu rudernden offen, die Orientierung über den Flug zersetzt, wieder: »Ei passò le Colonne, e per l'aperto / Mare spiegò de' remi il volo audace«: Er passierte die SÄULEN, und setzte ins offene / Meer mit (wie Segeln gesetzten) Rudern aus zu verwegenem Flug: Ruder wie Segel (das italienische Verb *spiegare* bedeutet, auch, das Setzen der Segel), die im Flug – *volo* – das ungenannte Tuch, wie ein Gespinst, der Segel – *vele* – weniger spiegeln als spielen lassen, hüllen, drei Zeilen weiter unten, den großen Fall, mit seinem Leib, des Verschollenen, vom Ozean verschlungen, zersungen, versunken, in Schweigen: »E giacque co 'l suo corpo ancor coperto / Il suo gran caso, ch' or tra voi si tace«[171]: Und liegt, mit seinem Leib – *corpo* –, zwischen einem verwesenden Kadaver und dem verwitternden, in keine Kladde aus Kladden verwahrbaren *Korpus* der *Odysseus*-Akten suspendiert, sein großer Fall – *caso* –, zwischen einem Sturz zugrund und einem schwebenden Gerichtsverfahren suspendiert, gehüllt in Schweigen unter euch.

Borges. Im Februar 1947 erscheint unter dem Titel *LOS INMORTALES* – Die Unsterblichen – in der von Jorge Luis Borges zwischen 1946 und 1948 herausgegebenen Zeitschrift *LOS ANALES DE BUENOS AIRES* eine Erzählung, die zwei Jahre später, jetzt unter dem Titel *EL INMORTAL* – Der Unsterbliche – den Erzählband *EL ALEPH* eröffnet[172]. Gründe für den Wechsel der Überschrift oder des Namens der Erzählung, von *vielen* Unsterblichen zu (nicht einem unter andern, sondern) *dem* (einen, einzigen) Unsterblichen, scheint das Motto der Erzählung, zwischen Überschrift und Einleitung plaziert, anzuführen. Es sind die ersten Sätze aus dem letzten der *ESSAYS* von Francis Bacon, *OF VICISSITUDE OF THINGS* (Von der Wechselhaftigkeit der Dinge): »Solomon saith: *There is no new thing upon the earth*. So that as Plato had an imagination, *that all knowledge was but remembrance*; so Solomon giveth his sentence, *that all novelty is but oblivion*«. Der Ausriß aus dem Essay, fast ausschließlich aus -rissen oder Zitaten vernäht, legt nahe, daß die Überschrift der Erstpublikation, ihr Name – *LOS INMORTALES* –, nur Täuschung über die in Vergessenheit geratene, in der zweiten Überschrift (wie unter einer Überschreibung freigeschabt) aus der Vergessenheit gezogene Erinnerung daran war, daß die Vielzahl der Unsterblichen dem einen, der nicht zählt, sondern zahl*los* (übrig) bleibt, dem sie alle gleichen, der keinem (auch dem einen, der nicht zählt, nicht) gleicht, entspringen. *Der* Unsterbliche – *EL INMORTAL* – wäre demnach nicht nur nicht der wiedergefundene (alte) *Eigen*name (der eine wäre bloß einer unter andern, Teil einer Vielzahl, die ins Zahlen*lose* spielt); er wäre nicht nur (der aus einer englischen Überschreibung oder -setzung wiederkehrenden solomonischen Sentenz nach) *no **new** thing*, und nicht das eine *alte*, sondern ***no thing***. Res nullius. Niemands Ding in niemands Namen, auch im Niemands*namen* der Anonymität und Namen*losig*keit nicht, sondern unter vielen (zwischen allen Sprachen) – ... *Personne*, *Pessoa*, *Keiner* (*Keuner*), *Niemand*, *Nemo*, *Oûtis* ... –, die entspringen, unterwegs: unter-, *un*unter-, *un*... Die Erzählung in fünf Teilen, als ein ins Pronominale (der ersten Person Singular), ohne mit Namen zu sparen, zurückgenommener Bericht verfaßt, von einer Nachschrift – *Posdata* – von 1950 (gefolgt von einer Widmung), und der vorangestellten Note eines ins pronominale *Wir* verkleideten Editors und Redaktors flankiert, der darauf verweist, das Original sei in einem von Latinismen abundant durchsetzten Englisch redigiert – *redactado en inglés y abunda en latinismos* –, bringt Homer, mit einem andern Wort Odysseus, nämlich Niemand, zur Sprache. Der letzte Abschnitt des Berichts erinnert an das nahe Ende, nämlich daran, daß immer, wenn das Ende naht, aus der Erinnerung die Bilder schwinden, nurmehr Worte in Erinnerung bleiben (in Worten, die an den *in Worten* verfaßten Bericht erinnern): »Cuando se acerca el fin, ya no quedan imágenes del recuerdo; sólo quedan palabras«; und mündet in den letzten Satz, der – auf der Schwelle zur Parodie der Konfessionsliteratur –, zwischen angenommenen und abgelegten Namen zögernd, ein Bekenntnis (und Versprechen) ablegt: »Yo he sido Homero; en breve, seré Nadie, como Ulises; en breve, seré todos: estaré muerto«: Ich bin Homer gewesen; werde bald, wie Odysseus, Niemand sein; werde alle sein: tot sein. Der letzte Satz, in Teilsätze, Satz*an*sätze zerstoßen, als simulierte er am Rand der Atemlosigkeit abgehacktes an-, abbrechendes Sprechen, zeichnet *Nadie* – Niemand –, aller syntaktischen Verbindlichkeit ledig, auf dem Sprung zur Sprach*un*zugehörigkeit, aus der Erinnerung an die List des Odysseus zum Namen aus, verkehrt den Namen aber unter der Hand (ohne seinen Letternstand anzutasten) zum Wort, in *niemandem* das Echo *aller* zu entziffern, die alle eines teilen (geteilt haben werden), nämlich – weil sie sterblich waren – tot (gewesen) zu sein. Das spanische Wort *todos* verschränkt, aber nicht *im Spanischen*, nicht *als* Wort der ein oder andern Sprache, das deutsche Nomen *Tod* und *alle* – *todos* –, und erinnert so daran, doch weder *in* dem einen noch *in* dem andern Wort, weder in *todos* noch *Tod*, weder im Namen aller noch im Namen des Todes, weder auf dem Sprung *zur Sprache* noch *zum Tod*, also dort, wo Erinnerung *in Worten* wie *an Worte* aus der Fassung zur (imaginierten) Galerie (Klang- und Schriftbildsammlung) geht, daß im

Lateinischen *ad plures ire* – zu den vielen gehen – sterben heißt. Dies Gehen, dessen Gang der letzte Satz, vom Staccato der Atemlosigkeit durchsetzt, als Gehen, ruckweis, weniger in Worten als durch Worte wie Namen hindurch, zur Totenstarre – *estaré muerto* –, also zur *Un*unsterblichkeit des unsterblichen Berichterstatters, der Homer war, aber bald Ulyss, bald Niemand, bald alle, bald tot zu sein verspricht, ausrichtet; der unentwegte unumwegige Zug durch dieses Gehen (der ihm den Schein der Unumkehrbarkeit, zum Tod, verleiht), wird von einer wiederkehrenden Wendung unterhalten, die es unterläuft. Es ist die Wendung *en breve, seré* – bald werde ich –. Die Wendung *en breve, seré* hält die Einlösung des Versprechens, das sie gibt, *bald* – über kurz, nicht lang –, wie alle, tot zu sein, auf. Denn ihre *aliminale* Wiederholbarkeit – ... bald werde ich ... bald werde ich ... – setzt die Auskunft darüber, wer ich war, bin und sein werde, einer Sichelung oder Serialisierung aus, die weder Anfang noch Ende kennt, sondern *Ende* und *Anfang* — serialisert: ... bald werde ich Anfang, bald Ende, bald dies bald jenes ... . In dem aus dieser Wendung – *en breve, seré* – auftauchenden Versprechen, die Aufzählung alles dessen, was ich war, bin und sein werde, zur *Summe* zu runden, spielen (oder summen) *Un*summen. *Null*summenspiele. Die Wendung setzt das Personalpronomen – *ich* – einem Umweg (aus Umwegen, unter Einschluß von Weg*losig*keiten) aus, der *a limine* alle, alle Wörter aller Sprachen tangiert (und schneidet), setzt jedes Wort jeder Sprache, zum Namen ausgeschnitten, mithin der Sprache, der das Wort zuzählt, entschlagen, weder von syntaktischen noch semantischen Rücksichten gelenkt, unausrichtbaren Schnitten aus: Namen über Namen, die aus Namen quellen. Die Wendung *en breve, seré*, zur Serialisierung disponiert, franst den teleologischen und narrativen Zug, der durch die zwischen *Homer* und *tot* gespannte Sequenz aus

Wörtern und Namen – *Niemand*, *Odysseus* und *alle* – geht und sie in ein konsekutives, wo nicht konsequentielles Verhältnis zueinander setzt, aus. Die ununterbindbare Auszehrung der narrativen Züge – syntaktisch-semantischer Gelenksamkeit der Wörter und Namen im Satz – bricht (ohne ihre *Möglichkeit* zu unterbinden) in dem Namen *Nadie* – Niemand – an: genau genommen eine *Antonomasie*, die zwischen Wort und Name, *Niemand* und *niemand* oszillierend ausschlägt und den Zusammenhalt beider Enden erschüttert. Das an die syntaktische Ausrichtung der Wörter (im Satz) geknüpfte Versprechen, bald tot zu ein – *estaré muerto* –, begegnet von der in *Niemand* verkapselten, *Niemand* entspringenden Möglichkeit her, ein Wort aus der Fassung zum Wort (der ein oder andern Sprache) entlassen und eigentümlicher Verlassenheit (von sich *als* Wort) überlassen zu sehn, am Wortort – ohne seinen Letternstand und Wortlaut anzutasten – einen *Namen* (aus Namen, die einander ins Wort fallen) zu entziffern, einer andern, quer zum syntaktisch-semantischen Aufriß verlaufenden (rissigen) Tendenz im Blick, die das Versprechen heimsucht und seine Einlösung zur Auflösungserscheinung präzisiert: nicht tot – *muerto* – zu sein, sondern *Muerto* zu heißen.

Die aus Niemand – *Nadie* –, zwischen Wort und Name offen, vorbrechende *Un*summe (möglich-*un*möglicher Nahmen des Namens – *Niemand* –), die das Ende des letzten Satzes unschlüssig verzweigt, präludiert eine Stelle weiter oben in der Erzählung des Berichterstatters (in den Worten des redigerenden Editors ein Londoner Antiquar namens Joseph Cartaphilus aus Smyrna): »Homero compuso la Odisea, postulado un plazo infinito, con infinitas circunstancias y cambios, lo imposible es no componer, siquiera una vez, la Odisea.

Nadie es alguien, un solo hombre inmortal es todos los hombres« [Homer stellte die *ODYSSEE* zusammen; postuliert man eine unendliche Frist unter Einschluß einer Unendlichkeit von Umständen und Wechselhaftigkeiten, dann ist es unmöglich, nicht zumindest einmal die *ODYSSEE* zusammenzustellen. Niemand ist jemand, ein einziger unsterblicher Mensch ist alle Menschen]. Der Satz ***Nadie es alguien***, *Niemand ist* (irgend)*jemand*, der zugleich die nachträglich vorgenommene Umbildung der Überschrift oder des Namens der Erzählung aus *LOS INMORTALES* zu *EL INMORTAL* veranlaßt, besagt, daß keiner unter allen Menschen *einer*, nämlich *ein* Mensch sei, sondern ein einziger, unsterblich, alle (anderen) verkörpere; veranschaulicht durch den Hinweis, es sei unmöglich, nicht zumindest *einmal* die *ODYSSEE*, Wort für Wort, zu komponieren (aufgrund eines kombinatorischen Kalküls, das der Annahme einer endlichen Zahl gegebener, unteilbarer Lettern oder Elemente, zu endlichen Permutationen disponiert, entspringt). Die andre Deutung aber, unablösbar von der einen, die in *Niemand* einen Namen entziffert, besagt, Niemand sei *jemand*, nämlich der (anonyme) Träger des Namens: jemand, der *Niemand* heißt. Die Suggestion eines Trägers, Namensträgers bricht aber unter der Last des Namens (seiner Uneindeutbarkeit zum Wort) zusammen: auseinander. Denn der Name – *Niemand* – geht aus der Fassung zum Wort, dem als Bedeutungsträger ein anderes Wort, das es trägt, supponiert werden kann (was den Schattenriß einer infiniten Reihe tragend- getragener Träger skizziert, getragen von der Vorannahme einer *ursprünglichen Schulter*, die all das trägt). Die Gewißheit, über kurz oder lang nicht *muer-*

to zu sein, sondern *Muerto* zu heißen oder – umgekehrt – nicht *Muerto* zu heißen, sondern *muerto*, tot zu sein, geht (über kurz oder lang) verloren.

Die Annahme, im Bericht des Antiquars, die auch der Modifikation der Überschrift der Erzählung, Zurücknahme der Vielzahl Unsterblicher – *LOS INMORTALES* – zu *EL INMORTAL*, zugrund zu liegen scheint, *ein* Unsterblicher genüge, *alle* Menschen zu verkörpern, wird durch den Zwiespalt – *Niemand* löst ihn aus –, der den letzten Satz im Bericht des Antiquars durchläuft und die Einlösung des Versprechens, über kurz, wie alle, tot zu sein vereitelt, nämlich *teilt*, untergraben. Der Zwiespalt affiziert, vor den Anfang der Erzählung zurück, auch den Aufriß ihres Namens, der nicht mehr nur zwischen Viel- und Einzahl, Sterblich-Unsterblicher, zögert, sondern das Augenmerk auf die lose Vorsilbe *in-*, oder *un-* lenkt, und teilt: sie geht, zwischen *un-* und [...]*unun*[...]sterblich, aus der Fassung zur bedeutungstragenden Partikel, ins Vorsilbige, *Para*partikulare aus: keinem Wort keiner Sprache weder fremd noch eigen. Ein greift der Zwiespalt, außerdem, in eine andere Partikel derselben Überschrift, die zugleich, Bestandteil der Überschrift als Name, deren initiale Silbe stellt: in den bestimmten Artikel *El*. Denn *El*, nicht zuletzt aus der Nähe zum Namen des Erzählbandes – *EL ALEPH* –, den *EL INMORTAL* 1949 eröffnet, bringt (unter andern) die Erinnerung an das hebräische Nomen *El* – Gott – zur Sprache, ohne (in Gottes Namen) auf ein Wort zu stoßen, das nicht auch fehlte.

Zur Sprache, war gesagt worden. Doch in welcher Sprache der (in fünf Teile zerschlagen, aus fünf Teilen vernähte) Bericht, den die Erzählung durch ein editorisches Prä- und Postskript klammert, zur Sprache kommt, bleibt offen. Der Antiquar Joseph Cartaphilus aus Smyrna, der Anfang Juni

1929 in London der Fürstin von Lucinge die sechs Bände in Kleinquart (1715–1720) der *ILIAS* von Pope anbietet, die sie erwirbt, wechselt, im Augenblick der Übergabe der Bände, in den Worten der Fürstin, die der Vorbericht des anonymen Heraugebers verzeichnet, einige Worte. Es sind Worte, die sie mit ihm wechselt: »cambió unas palabras con él«. Die Rede vom Wort*wechsel* – *cambió* – im Augenblick, in dem ein mehrbändiges Exemplar von Popes kommentierter Übersetzung der *ILIAS* ins Englische den Besitz wechselt, variiert den Hinweis auf die Wechselhaftigkeit der Dinge aus dem Motto zwischen Überschrift und Vorbericht; dem Essay *OF VICISSITUDE OF THINGS* von Francis Bacon entnommen. Ein Motto, das Zitate aus mehr als einer (andern) Sprache, wechselhaft genug, ins Englische verbracht, vernäht. Doch nicht nur wechselt die Fürstin mit dem Antiquar im Augenblick der Übergabe einer Übersetzung Worte, sondern der Antiquar wechselt, in Worten der Fürstin, binnen weniger Minuten von einer in andere Sprachen, unter Einschluß eines Sprechens, das sie (in der ein oder andern Sprache sprechend) nicht mehr als Sprechen in der ein oder andern Sprache identifiziert, sondern als rätselhafte Konjunktion – *una conjunción enigmatica* – charakterisiert: »Se manejaba con fluidez e ignorancia en diversar lenguas; en muy pocos minutos pasó del francés al inglés y del inglés a una conjunción de español de Salónica y de portugués de Macao«. Der Antiquar wechselt fließend – *con fluidez* – und in Unkenntnis – *ignorancia* – (der Sprachen, die er *fließend* spricht) die Sprache. Sein fließendes Sprechen gehört keiner Sprache an, sondern fließt von einer in andere so – übergangslos – über, daß jedes Wort, zwischen überfließendem und überflüssigem in Fassungslosigkeit (fassungslos zum Wort der einen, andern Sprache) verschwimmt. Der Hinweis auf die rätselhafte, rätselhaft *fließende* Konjunktion mehrerer Sprachen in keine (unter andern) rührt an eine Schwelle, wo gewechselte in verwechselte Worte und also Worte spielen, die Worten zum Verwechseln ähnlich klingen, ähnlich sehn: niemands Wort in niemands Sprache. »El original«, das Original des Manuskripts, aus der Hand des Antiquars, das die Fürstin im letzten Band der *ILIAS* fand, ist, so beschließt der Herausgeber den spanischen Vorbericht, »redactado en inglés y abunda en latinismos. La versión que ofrecemos es literal«. Das Original ist in einem Englisch redigiert, das Latinismen nicht nur ab und an verwendet, sondern *abundant*: ein Überfluß aus Latinismen. *Latinismen, abundant* (schon ein Latinismus), nehmen überhand. Die von uns dargebotene Version ist *literal*. Buchstäblich: buchstäblich. Was genau besagt aber *literal*? Die spanische Übersetzung des von Latinismen überfließenden englischen Originals hält dem Wort (aus *Lettern* komponiert) die Treue, mag das heißen. Aber welchem Wort, genau? Dem *redigierten*, von Latinismen bereinigten Englisch, oder dem in seinem Ursprung von Latinismen affizierten Original? *Literal* mag aber, buchstäblicher aufgefaßt, auch sagen wollen, diese Version sei weder in der einen noch in der andern Sprache, sondern aus (lateinischen) Lettern (zusammen)gesetzt. Der (anonyme) Vorbericht hält am unversehrten Gepräge der Lettern fest.

Anders der Nachbericht, das *Postskript von 1950*. Er zitiert in seinen letzten Zeilen aus den letzten Zeilen des Berichts von Cartaphil: »*Cuando se acerca el fin*, escribió Cartaphilus, *ya no quedan imágenes del recuerdo; sólo quedan palabras*« [*Wenn das Ende naht*, schrieb Cartaphilus, *bleiben nicht Bilder in Erinnerung; nur Worte bleiben*]. Und kommentiert (in Worten, Worte): »Palabras, palabras desplazadas y mutiladas, palabras de otros, fue la pobre limosna que le dejaron las horas y los siglos« [Worte, entstellte und verstümmelte Worte, Worte von andern, waren das schäbige Almosen, das die Stunden und Jahrhunderte ihm ließen]. Geblieben sind, was bleibt, Worte. Doch Worte, die *bleiben*, bleiben nicht *Worte*. Das Bleiben der Worte nennt die Nachschrift, und greift aus dem Bericht das Wort von den Verwirrungen, die Worte auf dem Weg durch die Zeit ergreifen, auf, versetzt und versehrt, entlehnt. Was bleibt, sind Worte in Umlauf, in wie außer Gebrauch gesetzt, aus- und ein- und umgetauscht; für bare wie falsche Münze genommen. Die den Leih- und Lehn-, gepfändeten und ausgefällten, ausgefallenen, auf die kein Wechsel ausgestellt wird, Wort*abfällen*, zum Verwechseln ähnlich sehn. Dem Schreibenden, der zum wenigsten *in Worten*, geschweige denn *in Sprachen* schreibt, als lose Almosen in die Hände gespielt. Wechseln und Verwechseln spielen ineinander. Solche Verwechselbarkeit, die auf ein aus allen Wortwechselgeschäften (unter Einschluß von Übersetzungen und redigierten Manuskripten) aus-, vom Wort abfallendes Wort (ohne Wort), wort*los* anspricht, betrifft im letzten Satz des Berichts (den der Nachbericht ausspart), den Namen *Nadie*, von dem Versprechen begleitet, bald, wie Odysseus, *Niemand*, alle, tot zu sein. Doch das letzte Wort, vom Totsein – *estaré muerto* –, fällt der Einlösung des Versprechens, auf das das letzte Wort den Wechsel ausstellt, ins Wort; aufgehalten von der unerhörten Wendung, die das letzte Wort unter der Hand nimmt: *Muerto* zu heißen.

Niemand sucht den letzten Satz des Berichts, der über *Nadie* – und *muerto* und *Muerto* – weniger ab- als auseinanderbricht, heim. Heimsuchung sieht Heimkehr zum Verwechseln ähnlich. Ein Jahr nach der Erstpublikation von *LOS INMORTALES* (1947) und ein Jahr vor der Veröffentlichung von *EL INMORTAL* in dem Erzählband *EL ALEPH* (1949); 1948 läßt Borges, zuerst in der Zeitschrift *ESCRITURA*, den Essay »El Enigma de Ulises« [Das Rätsel des Odysseus], ein zweites

Mal, kaum anders – durchgesehen, redigiert und überschrieben –, »El último viaje de Ulises« [Die letzte Reise des Odysseus] in der Zeitschrift *LA NACIÓN* erscheinen. Von der letzten Reise, nicht des Odysseus, sondern Homers, war schon an einer Stelle des redigierten Manuskripts von Cartophil in der Erzählung *EL INMORTAL* kurz die Rede gewesen. Um die Erinnerung (aus dem Mund Homers) an das geschulterte Ruder – *remo* – verhalten: »Tambien me refirió su vejez y el postrer viaje que emprendió, movido, como Ulises, por el propósito de llegar a los hombres que no saben lo que es el mar ni omen carne sazonada con sal ni sospechan lo que es un remo« [Er [*Homero*] sprach mir auch von seinem Alter und der letzten Reise (*el postrer viaje*), die er unternommen, getrieben, wie Odysseus, von dem Vorsatz, zu Menschen zu kommen, die nicht wissen, was das Meer ist, die gesalztes Fleisch nicht essen und nicht ahnen, was ein Ruder ist]. Die Ahnungslosigkeit darüber, was ein Ruder – *remo* – ist, das der Wanderer geschultert trägt, enthält die von Teiresias prophezeite Umdeutung des Steckens (den Odysseus schultern soll) zur Worfelschwinge vor. Diesen Vorenthalt versetzt aber im Fall des – meerabgewandt, landeinwärts – gehenden Homer ein den Blick auftrennendes Detail, dem Gehn und Lesen der eingewöhnten Augen genau entgegen, in die Waage (und löst die Waagschalen auf). Das geschulterte Wort – *remo* – geht unterwegs, weder an bestimmter Stelle noch zu bestimmter Zeit, aus der Fassung zum Wort als Bedeutungsträger. Der Wandernde – *Homero* –, der das Wort – *remo* –, in ihm einen Bedeutungsträger trägt, der Selbstauslegung zum Bedeutung tragenden Bedeutungsträger (in seinem Namen) unterworfen, bricht wort*los* auf. Das *eine* Ruder, das er trägt, ist *keines*. Nichts- und Niemandsruder. In diesem Fall, der letzten Reise des Homer, wie sie aus dem Bericht Cartaphils, der im letzten Satz bekennt, Homer gewesen zu sein, wiederkehrt, auf unerhörte Weise. Denn durch den Namen dessen, der nicht *ein*, sondern *das* (Wort) Ruder – *remo* – trägt, – *Homero* –, geht, im Gegenlesesinn, vom Namen mitgenommen, weder ein noch kein Ruder mehr – *H-**omer**-o* –, das den Namen auftrennt, der das Wort auftrennt. Es ist der Augenblick, in dem die Untragbarkeit beider, von Getragenem und Tragendem (aber nicht zum Tragen: in keinem Wort keiner Sprache) kommt: kein Homer kein Ruder trägt. Das eine (Umkehrungen überlassene) Wort – ***remo*** – aber splittert: es erinnert, indem es Risse durchs Erinnerungs*vermögen* legt (das außerstande bleibt, aus der Fassung zum Wort gehende Worte zu behalten), einer verwitternden Inschrift gleich, in der das initiale ***n*** zu ***r*** versehrt steht, an die lateinische Entsprechung von ... *Niemand* ... *Oûtis* ... *Nadie* ...: ***nemo***.

DIE LETZTE REISE DES ODYSSEUS entziffert Borges anderswo. Unter diesen Titel stellt er Überlegungen zur letzten Reise des Ulyss, wie sie aus dem Bericht der Stimme (aus dem Feuer) wiederkehrt, den der sechsundzwanzigste Gesang des *INFERNO* (in Versen) verzeichnet[173]. *Dante fue Ulises.* Dante war Odysseus: in diesen Satz faßt Borges seine Überlegungen zusammen. Die (letzte) Reise des Odysseus, über die Säulen des Herakles, das Insgesamt erschlossener, besprochener Welten (in Worten und Sprachen) hinaus, vergleicht Borges dem Schreiben der *COMMEDIA*: den Losriß des (gekehlten) Holzes – *legno* –, Bootes oder Scheits, der *Exekution*, buchstäblich dem Hinaus(ver)folgen eines Buches: »la ejecución de su libro«. Das (allem Sprechen in erschlossnen Sprachen) abgewandte Schreiben gleicht dem Losriß des Bootes in unerschlossne Un[...]umkehrbarkeit. Anders als das Boot, verkörpert die *COMMEDIA*, in keiner erschlossenen Sprache geschrieben, Spuren der Exekution jener Un[...]umkehrbarkeit: jenes *un-*. Dies Offensichtliche, so Borges, daß Dantes Unternehmen nicht, wie die letzte Reise des Odysseus, Dantes Reise, nicht das Scheitern eines Bootes, sondern Schreiben seines Buches war, aus dem, ins *INFERNO* verkapselt, der Bericht vom Zerschellen und Untergang des Bootes in die Hölle wiederkehrt, gerät gern in Vergessenheit. Ausgelöst wird die Vergeßlichkeit, so Borges, durch die Redaktion der *COMMEDIA* in der ersten Person. Sie führt dazu, *Dante* mit *Dante* zu verwechseln: die Erinnerung an den Gestorbenen, ins Schreiben eines Buchs verschollen, der die *COMMEDIA* schrieb, die blieb, verdunkelt der unsterbliche Protagonist der *COMMEDIA*, der in Begleitung Vergils den Weg vom *INFERNO* durchs *PURGATORIO* ins *PARADISO* zurücklegt. Wer also war, nicht (der unsterbliche) *Dante*, der bloß Attrappe war und Attrappe geblieben ist, sondern (der sterbliche) *Dante*? Der aufgebotene Kontrast von *Sterblich* und *Unsterblich* (oder von *Ununsterblich* und *Unsterblich*: ein Kontrast, dessen Zustandekommen durch die unausrichtbare Partikel *un-*, die sein Zustandekommen anbahnt, aufgehalten wird) nimmt das Versprechen, in das der letzte Satz aus dem Bericht von Cartaphil, der Erzählung *EL INMORTAL,* mündet, im Abschluß an das Bekenntnis, Homer gewesen zu sein – *Yo he sido Homero* –, wie an das Versprechen, über kurz, wie Odysseus, Niemand zu sei – *en breve, seré Nadie, como Ulises* –, wieder auf: *estaré muerto*. Er wiederholt aber nichts als das an der ununterbindbaren Möglichkeit zerschellende Versprechen (tot – *muerto* – zu sein), *Muerto* zu heißen. *Muerto* sucht *muerto*, *muerto* zum Verwechseln ähnlich, heim. Um den der Vergeßlichkeit und Verwechselbarkeit von *Dante* mit *Dante* in *EL ÚLTIMO VIAJE DE ULISES* entgegengehaltenen Satz *Dante fue Ulises* zu erhellen, gibt Borges einer Ablenkung nach, in einen andern lapidaren Satz getan: »Dante era teólogo«. Dante war Theologe. Diese Ablenkung vom Schreiben der *COMMEDIA* (in keiner erschlossenen Sprache) erlaubt es, die Hybris des Odysseus, in einem letzten Boot die Ausfahrt über die Enden der vertrauten Welt hinaus gewagt zu haben, mit Dantes vermessener Verzeichnung überlieferter scholastischer Theologoumena, die an der *COMMEDIA* allenthalben häretische Züge zum Vorschein bringt, zu verschränken: die Vermessenheit des einen der Vermessenheit des andern zum Verwechseln ähnlich sehn zu lassen. Wenn *Dante* aber, der (auch) Theologe war, um *Dante* nicht mit *Dante* zu verwechseln, *Odysseus* war: wer, und wo, war *Odysseus*?

Jahre später, 1964, legt ein Gedicht von Borges, *ODISEA, LIBRO VIGÉSIMO TERCERO* [Odyssee, Buch dreiundzwanzig], diese Frage in seinen letzten vier Zeilen auseinander[174]. Die Zeilen zuvor erinnern die Heimkehr – *nóstos* – des Verschollenen nach Ithaka (sie schließen alles, wovon die Stimme aus dem Feuer, im *INFERNO*, Abschied nimmt, zusammengezogen in das Bild vom Bett, das Königin und König teilen, ein). Die anschließenden Fragen aber legen Risse durchs Gewebe der Gewißheit über die Unwiderruflichkeit der Heimkehr wie durchs Gewebe der Gewißheit des in seinen angestammten, *Eigen*namen Eingekehrten oder -kerkerten, in seinem – *einen*, einzig unversehrten – Namen Heimgekehrten:

[...]
¿ dónde está aquel hombre
Que en los días y noches del destierro
Erraba por el mundo como un perro
Y decía que Nadie era su nombre?

[...]
Wo ist dieser Mann
Der in den Tagen und Nächten der Verbannung
Die Welt durchirrte wie ein Hund
Und sagte, Niemand sei sein Name?

Der Vergleich mit einem Hund – *como un perro* – erinnert an den letzten Satz im Bericht Cartaphils: »Yo he sido Homero; en breve, seré Nadie, como Ulises«. Ich bin Homer gewesen; über kurz werde ich, wie Odysseus – *como Ulises* –, Niemand sein. Der aus dem Ertasten der Narbe unter den Händen der Amme Antikleia aufbrechende Name, *Odysseus*, kehrt nicht heim. *Niemand* hält, wie ein Hund, die Heimkehr auf.

Der Vergleich mit einem Hund, gegen Ende, weckt die Erinnerung an einen Hund des Odysseus. *Argos*. Ein Name, *Bei*name von Hunden, der zwischen zwei *sprechende* Zuschreibungen aussetzt: *argós* nennt den schimmernd glänzenden, während *argós* – aus dem Adjektiv *áergos* zusammengezogen – den trägen, tatenlosen nennt. In der ODYSSEE, Buch siebzehn, taucht Argos, an den Rand der Kenntlichkeit getrieben, im Kot, den die Knechte vor das Hoftor karren, liegend, der Fäulnis und Verwesung zu Dung überlassen, vom Abfall kaum mehr unterschieden, auf: »Auf einmal / Hob da ein liegender Hund seinen Kopf und spitzte die Ohren. / Argos war es, ein Hund [...] Doch jetzt [...] lag er verwahrlost / Mitten in Mengen von Mist der Maultiere und Rinder, draußen / Reichlich um ihn gehäuft am Hoftor, bis ihn die Diener / Holten als Dung auf das riesige Gut des Odysseus. Da lag denn / Argos der Hund voll Ungeziefers, wie Hunde es haben. / Jetzt doch, als er Odysseus bemerkte, der nahe herankam, / Fing er an mit dem Schwanze zu wedeln und senkte die Ohren; / Doch seinem Herrscher noch näher zu kommen, fehlten die Kräfte. [...] Argos [...] entraffte das Schicksal des schwarzen Todes, / Kaum daß Odysseus er wiedergesehen im zwanzigsten Jahr«[175]. Weder ein Name noch keiner stößt ans

Ohr des Hundes, sondern das Echo einer Stimme, die verfliegt.

Dante war (außer daß Dante auch Theologe und mit Dante, dem unsterblichen Protagonisten der *COMMEDIA*, nicht zu verwechseln war) Odysseus. Bald aber werde ich, der ich Homer war, wie Odysseus, der wie ein Hund war, *Niemand* sein. So, oder ähnlich, lassen sich Passagen aus *EL INMORTAL,* aus *EL ÚLTIME VIAJO DE ULISES* und aus *ODISEA, LIBRO VIGÉSIMO TERCERO* aneinanderstücken. Doch der teleologische Zug, *Odysseus* (... wie Homer, wie einen Hund, wie Cartaphil ...) in *Oûtis* zu vernähen, den Namen *Niemand* zum Niemandsnamen (aller), alle im Namen der *Anonymität* für tot (oder unsterblich) zu erklären, reißt, ohne zu vernarben und aus dem Anblick der Narbe die Erinnerung ans Zerbrechen des Niemandsnamens zu erneuern, in den letzten Worten des Gedichts. Der sagt, sein Name sei *Niemand*, sagt weder, daß er Niemand *sei* noch Niemand *heiße*, sondern daß *er*, der Name, *Niemand*, sein Name, Habe sei. Die unausrichtbare Unverwahrbarkeit des Namens, zwischen *sein* und *heißen* offen, wird an dieser Stelle ergänzt – doch von *Ergänzung* kann keine Rede sein – um die Ungewißheit darüber, einen (oder keinen), eigne (oder fremde) Namen zu *haben*, im Namen eine Habe – Gut oder Ungut, Strandgut – zu entziffern, die Habe zu schultern, den Namen zu tragen. Weder *haben* noch *heißen* noch *sein*: aus *Niemand*, aller Sprachen ledig, kehrt *niemand*, Wort (unter Wörtern) einer Sprache (unter Sprachen), halb kenntlich halb unkenntlich, wieder, ohne daß die Wiederkehr, zur Ein- und Heimkehr präzisiert, zustandekommt. Denn im Augenblick der *Anagnorisis*, oder Wiederkennung, auf dem Sprung, den anfangenden Vorgang der -kennung eines Worts durchs Haben des erkannten Wortes abgelöst und -geschlossen zu haben, spielt *niemand* in

Niemand, ein Wort der ein oder andern Sprache in keines, keines Orts, das, *indem* es die Erinnerung an ein auftauchendes Wort stützt, kein Wort keiner Sprache in Erinnerung ruft: – ungeschickt und ungerufen – fehlgeht: fehlt. Das erinnerte Wort aber, denn *niemand* sieht *Niemand* zum Verwechseln ähnlich, unerinnerbaren Nahmen aussetzt.

Im ersten einer Reihe von sieben Vorträgen, 1977 im *Teatro Coliseo* in Buenos Aires gehalten und 1980 unter dem Titel *SIETE NOCHES* (Sieben Nächte) als Buch erschienen, kommt Borges, unter dem Titel *LA DIVINA COMEDIA*, noch einmal auf Dante und Odysseus, Odysseus im *INFERNO* der *COMMEDIA* zu sprechen[176]. An einer Stelle, auf der Schwelle zum *INFERNO*, sechsundzwanzigster Gesang, erinnert Borges daran, er habe eines Tages einen Aufsatz, *EL ENIGMA DE ULISES* (Das Rätsel des Odysseus), veröffentlicht, dann aber verloren – als wäre damit gesagt: ins Erscheinen verloren –, den er jetzt rekonstruieren, ins Unscheinbare zurücknehmen wolle. Es ist die erste Version jenes Textes, der im selben Jahr, 1948, zuletzt unter dem Titel *EL ÚLTIME VIAJO DE ULISES* erschienen war. Der Vortrag von 1977 setzt unter der Überschreibung *REISE* das *Rätsel* wieder frei, unter Hinweis darauf, er halte die Episode der Begegnung zwischen Dante und Odysseus für die rätselhafteste – *el más enigmático* – der *COMMEDIA*. Gegen Ende des Vortrags wiederholt, von Abweichungen durchsetzt, kaum wiederzuerkennen, Borges den lapidaren Satz *Dante fue Ulises* (Dante war, *im Grund*, Odysseus), in stillschweigender Begleitung jenes andern, *Dante era teólogo* (Dante war, *unter anderem auch*, Theologe), so: »Dante sintió que Ulises, de algún modo, era él. No sé si lo sintió de un modo consciente y poco importa« (Dante fühlte, daß Odysseus, auf irgendeine Weise, er war. Ich weiß nicht, ob er das bewußt empfand, es fällt kaum ins Gewicht). Gefolgt von einem halb verrätselten halb verästelten Zusatz, der ins Komische spielt: »En algún terceto de la *COMEDIA* dice que a nadie le está permitido saber cuáles son los juicios de la Providencia, nadie puede saber quién será condenado y quién salvado« (In einer Terzine der *COMMEDIA* heißt es, niemand habe die Erlaubnis, die Urteile der Vorsehung zu kennen, niemand könne wissen, wer verdammt und wer erlöst wird). Der Satz *Dante war Odysseus* wird in dieser Rekonstruktion einer verschollenen ersten Version des Essays *EL ÚLTIME VIAJO DE ULISES* von 1948 irgendwie – unschlüssig – umgekehrt. Dante fühlte (meinem Gefühl nach fühlte Dante, doch ich fühle, daß ich nicht fühle, ob er bewußt oder unbewußt empfand, ob er also fühlte, daß er fühlte oder nicht fühlte, daß er fühlte: doch diese Klammer, die vom Aufriß des Fühlens, und also von nichts Geringerem als vom Gefühl, *am Leben zu sein* handelt, schließt nicht; sie schließt nicht aus, daß das Gefühl zu fühlen in Fühllosigkeit spielt: sie geht – unschlüssig –, zwischen Tod und Leben, Leblosigkeit, Unsterblichkeit und Sterblichkeit, ins End- und Anfangslose aus), daß Odysseus irgendwie er, Dante war: Dante fühlte, daß Dante nicht nur nicht Dante, nicht nur nicht mit der (*unsterblich* genannten) Attrappe des Protagonisten der *COMMEDIA* zu verwechseln war, sondern daß Odysseus aus der Versenkung des *INFERNO*, in Versen, als Attrappe Dantes auftaucht. Unter dem Satz *Dante fue Ulises* entziffert Borges den (unschlüssigen, zum Satz unverwahrbaren Satzan-) Satz *Ulises fue* (*de algún modo*: irgendwie) *Dante*. Daß Odysseus aber (wie alle, Dante eingeschlossen) *Niemand* war, wird an dieser Stelle nicht gesagt. Doch der Zusatz bringt niemand – *nadie* – ins Spiel: niemand kennt, weil es verboten ist, die Urteile der (göttlichen) Vorsehung; niemand kann (darf) wissen, wer im Augenblick des Urteils ins Inferno der Verdammten, ins Paradiso der Erlösten eingeht. Und dennoch hat, so

Borges, Dante es gewagt, providentielle Urteile (die Apokalypse des Jüngsten Gerichts) vorwegzunehmen: »[...] él había escrito el poema, [...] infringiendo las misteriosas leyes de la noche, de Dios, de la Divinidad« (indem er das Gedicht schrieb, hat er die mysteriösen Gesetze der Nacht, Gottes, der Göttlichkeit verletzt). Die *COMMEDIA* ist eine (lose) Sammlung solcher Vorwegnahmen. Doch die diagnostizierte Verletzung göttlicher Gesetze in den Versen der *COMMEDIA* kommt zu spät. (Teilbare) Spuren der Unterwanderung aus einer paralinguistischen, nur unter Schwierigkeiten ansatzweise thematisierbaren Unterschicht suchen die Gesetze heim. Durch die vermeinte Verbindlichkeit des göttlichen Erlaubnisverbots gehn (rissige) Züge einer Farce: nicht nur *niemand* hat die Erlaubnis, sondern: *Niemand* hat die Erlaubnis ... Wer aber Niemand *sei*, wie Niemand *heiße*, wer den Namen Niemand *habe* – ihn zu tragen oder abzulegen –, bleibt – unwiderruflich – offen, weil der Name (aber nicht *im Namen* des Namens, sondern -loser), dem Wort zum Verwechseln ähnlich, der Auslegung (eines jeden Worts) zum Wort, wort*los*, ins Wort fällt. Ohne daß der Fall zustande käme.

Kurz bevor Borges, im Vortrag von 1977, auf das Ende, auf Dante, der irgendwie fühlte, daß Odysseus er war, zu sprechen kommt, ohne den in niemand – *nadie* – verkapselten Niemand zur Sprache zu bringen, wiederholt er eine Geste aus dem Essay von 1948, *EL ÚLTIMO VIAJE DE ULISES*. Dort in eine letzte Beobachtung – *Una observación última* – getan, hier in einen winzigen Exkurs. Doch beide Male begleitet von dem Hinweis, es handle sich um etwas, »que no ha sido señalado hasta ahora, que yo sepa« (auf das bisher, soweit ich weiß, noch nie verwiesen wurde). Es ist das Echo der letzten Worte im Bericht vom Untergang des letzten Bootes, der Stimme aus dem Feuer, im *INFERNO*, sechsundzwanzigster Gesang, am Ende von Herman Melvilles *MOBY-DICK; OR, THE WHALE*. Die Fühlungnahmen (mehr denn je durchsetzt von Fühl*losigkeiten*), ausgelöst durch die Frage, wer (im Grunde) wer war, gehn gegen Unendlich: Ahab war (wie) Odysseus; Melville (irgendwie) Dante; der aus dem Meer, jenseits der Säulen des Herakles, auftauchende Berg – der weiße Wal; und das Ende beider Boote schließt über Sätzen, die einander variieren. Dem letzten Vers im *INFERNO*, sechsundzwanzigster Gesang – *infin che 'l mar fu sovra noi richiuso* (Bis dass die see sich über uns verschlossen) – entspricht das Ende des Romans: »then all collapsed, and the great shroud of the sea rolled on as it rolled five thousand years ago«[177].

Olson. Doch ein Jahr zuvor, 1947, war in New York ein Buch von Charles Olson erschienen – *CALL ME ISHMAEL* –, das auf den letzten Seiten des letzten Abschnitts – *THE CONCLUSION: PACIFIC MAN* – denselben Fund in andre Worte faßt:

> Homer's world was locked tight in River Ocean which circled it, in Anaximander's map, like a serpent with tail in mouth. But in the *ODYSSEE* Ulysses is already pushing against the limits, seeking a way out. [...] By 1400, in Dante's hands Ulysses is again prospective. He is already an Atlantic man. In the *INFERNO* he speaks, a Columbus, to his crew:
>
> > ›O brothers!‹ I said, ›who through a hundred thousand dangers have reached the West, deny not, to this the brief vigil of your senses that remains, experience of the unpeopled world behind the sun.‹
>
> He bends the crew to his purpose, forces them West. [...] The third and final odyssey was Ahab's. [...] The Pacific is

the end of the UNKNOWN which Homer's and Dante's Ulysses opened men's eyes to.«

[Homers Welt war fest vom Fluß Okeanos umschlossen, dessen Ring sich auf Anaximanders Weltkarte wie eine Schlange mit dem Schwanz im Maul um sie legt. Doch schon in der *ODYSSEE* stößt Ulyss gegen die Grenzen, sucht einen Durchbruch. [...] Und auch um 1400, in Dantes Händen, ist Odysseus prospektiv. Nur für den Atlantik hat er Augen. So redet er, im *INFERNO*, auf seine Mannschaft ein:

> ›O Brüder!‹, sagte ich, ›die ihr durch hunderttausendfache Widrigkeit hindurch den Okzident erreicht habt, schlagt nicht die kurze Spanne wachen Lebens, die euern Sinnen bleibt, die unbewohnte Welt hinter der Sonne zu erfahren, aus.‹

Er unterwirft die Mannschaft seinem Willen, zwingt sie nach Westen. [...] Ahabs Odyssee war die dritte und letzte. [...] Der Pazifik ist die Erfüllung des UNBEKANNTEN, für das Homers und Dantes Odysseus den Menschen die Augen öffneten.][178]

Doch die Augen, die jene Reise, zwischen Homer, Dante und Melville, um den Glob zurückgelegt zu haben scheinen und den Schlangenzirkel, in den das Mittelmeer der alten Welt gefaßt war, auf einen anderen geöffnet haben, der wieder schließt, halten den Schluß zum Zirkel auf. Sie setzen, in und zwischen Worten (Zeilen, Silben) der drei *Odysseen* unterwegs, anders aus. Im Beschluß des Buchs von 1947 teilen Ahab und Odysseus (im *INFERNO* wie in der *ODYSSEE*) einen *prospektiven* Zug, der den einen (alten) in den andern (neuen) Zirkel überführt. In den Jahren nach Abschluß und Publikation des Buchs, *CALL ME ISHMAEL*, als habe sich mit ihm ein Kreis zu schließen angefangen, dessen Enden offen bleiben, experimentiert Olson nicht nur mit Versuchen, das Schreiben in Prosa ins Schreiben in Versen übergehn – genauer: aussetzen – zu lassen, sondern mit Überlegungen zu dem, was ein programmatischer Essay, 1950, *PROJECTIVE VERSE* (Projektiven Vers) nennt. Seine erste Zeile, nach Art einer (tastenden) Versuchsanordnung, den semantischen Fächer des Wortes *projektiv* zu öffnen, nennt auch das Wort *prospektiv*: »(projectile (percussive (prospective «[179]. Die Überlegungen wenden den weniger erd- als seewärts, weniger geo- als *pelago*graphisch orientierten *prospektiven* Zug, der die drei Odysseen als *narrative* Erkundungen unbefahrener und unbesprochener Welten (und Welt*meere*) ineinander über- und auseinander hervorgehn läßt, zum Untergrund der Sprachen, *in* denen sie (auf den ersten Blick) Bericht erstatten. Überlegungen, die zum Untergrund – Schichten unter Schichten – der Sprachoberflächen, wo Worte als Bedeutungsträger, im syntaktisch-metrischen Verbund, unter der Kuratel von Lexikon, Grammatik und Rhetorik, weniger *in Sprachen* als in einer aus geschichtlichen Überlieferungen (Überlagerungen, *Ab*lagerungen) selegierten Reihe von Sprach*gewohnheiten*, zu (polit-linguistischen) Gemeinplätzen verfestigt, Hof und haushalten, aussetzen. In diesen Sprachuntergrund, *Un*grund (unter Grund), nicht weniger als *aus* ihm, entwirft Olson 1950 den prospektiven, perkussiven, Projektilvers. Weniger Vers unter Versen, als – versehrender, versehrter – Vers*entwurf*. Die Komposition des Feldes (im Essay ist von *Composition by Field* die Rede), das projektive Verse öffnen – und offen halten –, unterstellt Olson der Kombinatorik zweier Gesetze oder Gesetzes*entwürfe*, deren Anwendung herrschende poetologische und linguistische

Konventionen erschüttert: vor das Wort als Reim und Bedeutungsträger zurück, legt Olson ins unvoreingenommene Horchen des *Ohrs* auf die *Silbe*, das herrschende Konvention von Reim und Metrum aufbricht, den ersten der beiden Gesetzesentwürfe: »It is by their syllables that words juxtapose in beauty, by these particles of sound as clearly as by the sense of the words which they compose. In any given instance, because there is a choice of words, the choice [...] will be, spontaneously, the obedience of [...] ear to the syllables« [Durch ihre Silben sind Worte als schöne benachbart, durch diese Klangpartikel so deutlich, wie durch den Sinn der Wörter, die sie komponieren. Jeden gegebenen Augenblick wird die Wahl, denn zwischen Wörtern ist zu wählen, [...], spontan, dem Gehorsam [...] des Ohrs den Silben gegenüber zufallen][180]. Der zweite Gesetzesentwurf betrifft das Entspringen der *Zeile*, nicht aus syntaktischer Konvention der Wortfügung zu Sätzen, nicht aus Grammatik überhaupt, sondern aus den *Atemzügen* (des Schreibenden): »I would argue that here, too, the LAW OF THE LINE, which projective verse creates, must be [...] obeyed, and that the conventions which logic has forced on syntax must be broken open as quietly as must the too set feet of the old line« [Ich würde dafürhalten, daß – auch hier – Gehorsam dem GESETZ DER ZEILE gegenüber, die der projektive Vers entwirft, [...] walten muß, und daß die Konventionen, in die Syntax durch Logik gezwungen wurde, so stillschweigend aufgebrochen werden müssen, wie der zu sehr fußende Vers der alten Zeile][181]. Der Gehorsam – *the obedience of* [...] *must be* [...] *obeyed* –, zweimal angemahnt, ist – paradox – Gehorsam zur Ungehorsamkeit (sprachlichen und poetologischen Konventionen gegenüber). Der Verschränkung beider Gesetzesentwürfe entspringt nicht nur das offene Feld aus Zeilen und Silben der projektiven Verse, sondern sie sprengt den vorschriftlichen

Charakter, den Zug zum *Gesetz-*, den beide -entwürfe teilen, weil der Aufschluß über das, was *Zeile* und *Silbe* – *syllable* und *line* – heißt, offen bleibt. Die in die Kombinatorik zweier Gesetzesvorlagen vertiefte Notiz, *PROJECTIVE VERSE*, schreibt nichts als den Ab- und Auseinanderbruch der *Gesetzes*vorlage, die sie vorlegt, nichts als die *Einhaltung* (darin liegt die Ironie des aus Doppelbödig-, Boden*losig*keiten komponierten Manifests) unausrichtbarer Absetzungsbewegungen von allem, was konventioneller Sprachauffassung nach *Projekt*, *Vers*, *Zeile*, *Silbe*, *Atem*, *Ohr* heißt, vor. Von Atem*pausen* und offenen Ohren fürs Horchen auf poröse *Stille* im Aufriß der *einen* Silbe durchworfen, verdichten *Silbe* und *Zeile* in der Notiz – emblematisch, änigmatisch, *allosem* – den Erschütterungen ausgesetzten, keiner *geo*metrischen Figur entsprechenden, *para*parabolischen Verlauf des prospektiven, projektiven, perkussiven Verses.

Im Zuge dieser Überlegungen, im Lauf der Jahre zu (intermittierenden) Untersuchungen vertieft, stößt Olson (noch einmal, anders) auf Dante; nämlich auf Passagen aus der (Fragment gebliebenen, in ihrem zweiten Buch abbrechenden) Schrift *DE VULGARI ELOQUENTIA* und auf Dantes Schreiben an Cangrande della Scala[182]. Erste (publizierte) Spuren dieser (Wieder)Begegnung verzeichnet 1956 der Aufsatz »Quantity in Verse, and Shakespeares Late Plays«[183]. In den ersten Passagen dieses Essays, der Eröffnung darüber gewidmet, daß die Sprache der letzten Stücke Shakepeares (*THE WINTER'S TALE, THE TEMPEST, THE TWO NOBLE KINSMEN*) nicht nur Fühlung mit dem nimmt, was Olson im Entwurf von 1950 *PROJECTIVE VERSE* nennt, sondern mit dem, was Dante im (lateinisch abgefaßten) Brief an Cangrande unter Hinweis auf das Wort *comedia* entwickelt, zitiert Olson zwei benachbarte Stellen aus Dantes Schreiben an Cangrande della Scala (der im Namen die Treppe – *scala* – trägt), das dem Adressaten, als Zeichen der Erkenntlichkeit für erwiesene materielle Unterstützung durch den Fürsten, den dritten Teil der *COMMEDIA*, das Paradies – *PARADISO* – widmet. Das Begleitschreiben, in seiner Mitte als ein gedrängter Kommentar zur Anlage der *COMMEDIA* entworfen, hält über diesem Wort, dem Titel – oder Namen – des aus drei Teilen komponierten Buches, inne:

> Et est comedia genus quoddam poetice narrationis ab omnibus aliis differens. Differt ergo a tragedia in materia per hoc, quod tragedia in principio est admirabilis et quieta, in fine seu exitu est fetida et horribilis; et dicitur propter hoc a *tragos* quod est hircus et *oda* quasi *cantus hircinus*, id est fetidus ad modum hirci; [...] Comedia vero inchoat asperitatem alicuius rei, sed eius materia prospere terminatur [...]. [Und die Komödie ist eine Art poetische Erzählung, von allen andern unterschieden. Sie unterscheidet sich nämlich von der Tragödie im Stoff dadurch, daß die Tragödie zu Beginn bewundernswert und ruhig ist, am Ende oder Ausgang aber ekelerregend und erschreckend; weshalb sie, aus *tragos* – dem Bock – und *oda* zusammengesetzt, gleichsam *Bocksgesang* bedeutet; [...]. Die Komödie aber beginnt mit dem Abstoßenden einer Sache, doch ihr Stoff wird glücklich abgeschlossen].

> Finis totius et partis esse posset et multiplex, scilicet propinquus et remotus; sed, omissa subtili investigatione, dicendum est breviter quod finis totius et partis est removere viventes in hac vita de statu miserie et perducere ad statum felicitatis [Das Ziel von Teil und Ganzem könnte mannigfaltig sein; nämlich näher- oder fernerliegend; zu sagen aber ist, um von einer detaillierten Untersuchung abzusehen, daß das Ziel von Teil und Ganzem darin liegt, die

> Lebenden in diesem Leben aus dem Stand des Elends herauszuholen und sie dem Stand des Glückes zuzuführen][184].

Olson zitiert aus Dantes Anmerkungen zur *comedia* nur die Stellen, die deren Stoff – *materia* – und narrativen Verlauf betreffen, spart aber Dantes Hinweise zum *Wie* des Sprechens in der *COMMEDIA* aus. Erst zwei Jahre später, 1958, in einer (losen) Reihe von Notizen, die aus dem Nachlaß 2010 unter dem Titel *THE PRINCIPLE OF MEASURE IN COMPOSITION BY FIELD. PROJECTIVE VERSE II* erschienen sind, durchsetzt Olson das abweichend wiederaufgenommene Zitat zur *materia* aus dem Brief an Cangrande mit einer Wendung in Anführungszeichen, die aber so in Dantes Brief nicht vorkommt, und verdichtet in ein Wort, was dort das Sprechen der *COMMEDIA* charakterisiert. Es ist das Wort *vernacular*: »[Comedy] requires the vernacular, because the end is to remove those living from the state of misery and lead them to a prosperous end« [[Die Komödie] braucht das Vernakulare, weil ihre Absicht darin liegt, die Lebenden aus dem Stand des Elends heraus, einem glücklichen Ende zuzuführen]. Und wenige Zeilen weiter unten, anspielend auf eine Stelle aus *DE VULGARI ELOQUENTIA*, hält Olson zum Vernakularen fest: »Vernacular is what does not possess grammar until it does. Whatever turns up in one's hands as what one is writing from (one's nurse's milk, Dante called it. Leave it. Keep it there«[185]. Zum Vernakularen der *COMMEDIA* führt Dante im Brief an Cangrande aus:

> Libri titulus est: »Incipit Comedia Dantis Alagherii, florentini natione, non moribus.« Ad cuius notitiam sciendum est quod comedia dicitur a *comos* villa et *oda* quod est cantus, unde comedia quasi *villanus cantus* [...] Similiter differunt [Comedia et tragedia] in modo loquendi: elate et sublime

> tragedia; comedia vero remisse et humiliter [...] ad modum loquendi, remissus est modus et humilis, quia locutio vulgaris in qua et muliercule comunicant« [Das ist der Titel des Buchs: »Es beginnt die Komödie des Dante Alighieri, Florentiner von Geburt, nicht der Lebensweise nach. Um dies zu verstehen, muß man wissen, daß *comedia* von *comos*, Dorf und *oda*, was Gesang heißt, herzuleiten ist, weshalb Komödie sozusagen *dörflicher Gesang*. [...] Ähnlich sind [Komödie und Tragödie] nach Art des Sprechens unterschieden; erhaben und verfeinert die Tragödie; die Komödie aber lose und derb [...] die Art des Sprechens [der COMMEDIA] ist lose und derb, weil es die Redeweise des gemeinen Volkes ist, in der sich auch die Frauen unterhalten][186].

Mit diesen Worten zum *Wie* des Sprechens – *modus loquendi* – in der COMMEDIA setzt der Brief an Cangrande della Scala *vor*buchstäblich *unter die Treppe*, in die Unterschichten (Schichten unter Schichten) des Sprechens *in Sprachen* aus, deren Inbegriff um 1300 das Lateinische, nämlich das Sprechen (und Schreiben) im Rahmen gegebener Lettern, Grammatiken und Wörtersammlungen, verkörpert. Lose, grund- und bodenlose Unterschichten, unter das Sprechen in Sprachen zurück, die das Sprechen in Sprachen bebend unterhalten: bebend unterbrechen: intermittierenden Erschütterungen aussetzen. Olsons Notizen zum projektiven Vers sind dorthin, von dorther, entworfen. Seine *para*definitive Bestimmung des Vernakularen – *Vernacular is what does not possess grammar until it does* –, *para*definitiv, weil das Vernakulare in dieser Wendung als Deckwort für ... – offen zwischen *namenlos* und *Namenlos* – aufgeboten wird, das in der Pause zwischen ***is*** und ***what*** – *Vernacular is what* – ausgelassen – fast ohr-, fast atemlos – spielt; als ein Sprechen, das keine Grammatik hat – *does not possess grammar* –, genauer:

haben *tut*, bis es eine hat, genauer – weil die Formulierung *until it does* das Haben eklipsiert: bis es eine – *tut* (und aufhört, so könnte eine unter andern möglichen Schlußfolgerungen den Faden aufnehmen, *vernakular* zu heißen; eine andre aber: und fortfährt, *vernakular* zu heißen, weil es nur *tut*, als *habe* es Grammatik); erinnert nicht nur an eine Stelle in PROJECTIVE VERSE, wo von *Anti-*, von *A*grammatikalität des projektiven Verses – »Which brings us up [...] against syntax, in fact against grammar generally«[187] – die Rede war, sondern an eine Stelle in DE VULGARI ELOQUENTIA, die das Sprechen unter das Sprechen *in Sprachen* zurück (in der Sprache, die den Sprachinbegriff grammatischen Sprechens par excellence verkörpert: im Lateinischen) so beschreibt:

> [...] quod vulgarem locutionem appellamus eam qua infantes assuefiunt ab assistentibus cum primitus distinguere voces incipiunt; vel, quod brevius dici potest, vulgarem locutionem asserimus quam sine omni regula nutricem imitantes accipimus. / Est et inde alia locutio secundaria nobis, quam Romani gramaticam vocaverunt. Hanc quidem secundariam Greci habent et alii, sed non omnes [...]. Harum quoque duarum nobilior est vulgaris [...] [daß wir *vulgarem locutionem* jenes Sprechen nennen, an das Kinder sich durch die Pflegenden gewöhnen, sobald sie anfangen, Laute zu unterscheiden; oder, um es noch kürzer zu sagen: *vulgaris* nennen wir jenes Sprechen, das wir ohne alle Regel durch Nachahmen der Amme annehmen. / Es gibt darüber hinaus für uns ein anderes Sprechen, zweiter Art – *locutio secundaria* –, das die Römer Grammatik nannten. Dieses Sprechen zweiter Art haben die Griechen und andere, aber nicht alle. [...] Von diesen beiden ist *vulgaris* das edlere Sprechen.][188]

Die kleine Schrift, *DE VULGARI ELOQUENTIA*, handelt von einem Sprechen, das es als Gegenstand gelehrter Untersuchung (in der lateinischen) bisher nicht gab. Dies unbekannte, weil allzubekannte Sprechen (*un*unterredendes Radebrechen am Sprech*rand*), unter jeden *Begriff* von Sprache und Sprachlichkeit zurück (und also auch nicht unterm Begriff der Sprach*losig*keit zu fassen), ist nicht einfach ein Gegenstand mehr, den die *lingua franca* des gelehrten Mittelalters in den Rang eines Untersuchungsgegenstands erheben könnte, sondern an solchem Sprechen bricht der Universalitätsanspruch der lateinischen Sprache: jene eine, einzige zu sein, in der die Wahrheit über alle andern verhandelt, abschließend beurteilt und *ad acta* gelegt wird. Die *locutio vulgaris* ist – *aliminal* – der letzte Gegenstand, der in der lateinischen Sprache noch erörtert werden kann, weil sie schon kein Gegenstand der Erörterung mehr ist. In *DE VULGARI ELOQUENTIA* spricht die lateinische Sprache nicht einfach fort, in einem fort, sondern bricht und stockt: so sehr in der lateinischen gesprochen wird und so sehr die lateinische in dieser kleinen Schrift spricht oder zu sprechen scheint, wird die Sprache, in der die Abhandlung verfaßt erscheint, nicht einfach mehr angewandt, sondern unterwandert: *heimgesucht*, von einem Sprechen, das in ihr, die von ihm spricht, nicht spricht. Der Sprache, in der Dante schreibt, zieht er die Beschreibung eines Sprechens vor, das in ihr nicht zum Vorschein kommt. Dies Sprechen spricht weder eine partikulare unter andern, noch die eine universale, Übersprache überhaupt, sondern *keine*: *locutio* nennt ein Sprechen vor jeder Sprache (ohne vom Sprechen *in Sprachen* abgelöst zu werden). Ein Sprechen, das nicht *in einer Sprache* als Sprechen dieser Sprache spricht, sondern ohne das keine Sprache – spricht. Sprechen spricht – aber keine Sprache, komponiert aus Wortschatz und Grammatik. Die angedeutete Unverortbarkeit der *locutio vulgaris*, zwischen *Sprechen* und *Sprache*, zwischen *gesprochener* Sprache und Sprechen *ohne Sprache*, spricht im Sprechen ein Aus- und Heraus- an, in der *locutio* – ***e****locutio*, legt aber in der *elocutio* ein *Partizip*, in *elocutio* ein *eloquens* – aussprechend –, zur *eloquentia* substantiviert, bloß: ein *-sprechend*, das nicht – (re)produktiv – nur Silben, Wörter, Laute ausspricht oder -stößt, um an den ausgesprochnen festzuhalten, sondern – projektiver –, übers Aus- hinaus -sprechend ... : nicht anfängt, um aufgehört zu haben; *eloquens* läßt das anfangende ins abbrechende Sprechen, im Sprechen ein Sprechen-*als-ob*-es-spräche, Sprechen*spielen* – spielen. Die *locutio vulgaris* ist nicht Sprache *eines* Volks und nicht Sprache *aller* Völker, sondern keine Sprache, keines Ortes – keiner *Polis* mithin –, keines Volks; keinem Sprechen (in Sprachen) *ent*sprechendes Sprechen, sondern, vor- und außerpolitisch, vor- und außerbegrifflich, vor- und außersprachlich, windiges, wolkiges, fahriges, fahrendes *Ent-*, das alle, die *in Sprachen* sprechen, weil sie *sprechen*, als Sprechen *keiner* Sprache – *teilen*. Nicht die *locutio vulgaris* ist Gegenstand der Untersuchung, sondern das, was wir so nennen – *quod vulgarem locutionem appellamus* –; der Untersuchungsgegenstand ist in diesem besonderen Fall keine durchs benennende Wort erschlossene Sache, sondern nichts als ein weniger *be-* als *ent*nennendes, namen*loses* Sprechen, das der Traktat *locutio vulgaris* nennt, aber auch anders heißen könnte, und anders als *heißen*: übers Heißen, Geheiß und Verheißen hinaus -sprechend, den Vorsatz zu heißen, ins Heißen zu finden, so oder so zu heißen, zerreißend ...

Panther. Der Titel des Traktats, *DE VULGARI ELOQUENTIA*, überspielt, daß die kleine Schrift nicht nur einer genaueren Charakterisierung der *locutio vulgaris* gewidmet ist, sondern angelegt als eine Jagd. Jagd auf ein unerhörtes Sprechen, nie zuvor weder beschrieben noch geschrieben, das Dante *vulgare illustre* nennt und, zum Panther verkörpert, aus einer Diskussion der *locutio vulgaris*, die in den ersten Zeilen des Traktates *edler* heißt – *nobilior* –, als die grammatische und Letternsprache des Lateinischen, entwickelt, aufzuspüren sucht. Skizzierte Jagd:

Das vorsprachliche Sprechen eines jeden Menschen (als Geschöpf und Kreatur – *von* wie *für* Gott) nennt Dante im ersten Abschnitt des zweiten Kapitels »unser erstes wahres Sprechen«: *nostra vera prima locutio*[189]. *Unser* Sprechen aber impliziert nicht, daß es außer uns – Menschen – noch andre sprechende Geschöpfe gibt. Weder den unter uns stehenden Tieren – *inferioribus animalibus* –, noch auch den Engeln ist das Sprechen eigen. Und auch Gott ist dem Sprechen überhoben. Für Dante war am Anfang, abweichend vom Anfang des *JOHANNESEVANGELIUMS*, nicht das Wort, und das Wort war nicht Gott. Gott ist kein Wort und Gott hat keine Sprache, sondern gibt oder überläßt das Sprechen (wortlos) – den Menschen. Die Tiere sprechen nicht, weil sie ganz in die durch Natur dominierte Sphäre des Instinkts gebannt, die Engel sprechen nicht, weil sie ganz in die Sphäre, und Sphärenharmonie, der *speculatio spiritualis* eingelassen sind. Allein dem Menschen, weder ganz Tier noch ganz Engel, sondern zwischen beide Sphären, des bloßen Instinkts und einer von Sterblichkeit entblößten Geistigkeit, ausgesetzt, der an beiden Sphären partizipiert, ohne der einen noch der andern ganz anzugehören, ist Sprechen eine Notwendigkeit: *necessarium fuit loqui*. Sprechen *mischt*, indem es spricht, und *trennt* zugleich, indem es *von ihnen* spricht, die Sphäre reiner Leiblichkeit und reiner Geistigkeit *auf*. Ins Sprechen wandert ein, was nicht spricht. Im Sprechen gehen Tier und Engel ineinander über. Im *Menschen* oder, anders wiederholt, im

Sprechen, wird die strenge Distinktion aller Geschöpfe in hierarchisch angelegte Sphären unterbrochen, weil das Sprechen in beide Sphären, der Tiere wie der Engel, eindringt und den Schein ihrer Einheit und Selbstgenügsamkeit auftrennt. Warum aber *gibt es* Menschen? Warum *sprechen* wir? Worauf zielt das *Sprechen*? »Wenn wir genau betrachten«, so setzt Dante zur Antwort auf diese Frage an, »was wir beabsichtigen – *intendamus* –, wenn wir sprechen, wird klar, daß es nichts anderes ist, als andern einen Begriff unseres Sinnens zu enthüllen«: *nihil aliud quam nostre mentis enucleare aliis conceptum*[190]. Wir sprechen, wenn wir sprechen, zu andern, die ihrerseits nicht nur sprechen, sondern aufs Sprechen *hören*. Wir hören, indem wir sprechen, voneinander. Wir sprechen zu andern (Sprechenden), weil wir von etwas sprechen (müssen), das nicht spricht (Dante nennt es *mens*), von dem aber erst im Sprechen oder aus dem Sprechen – und genauer aus dem *Hören* aufs Sprechen – eine Ahnung seines *Da*, seiner sprachlosen, aber sprachnahen Existenz auftaucht. Wir sprechen, um von etwas, das nicht spricht, zu hören. *Enucleare* ist das Verb, das Dante wählt, um dies Sprechen genauer zu kennzeichnen. Die Übersetzung entspricht durch *enthüllen*. In dem lateinischen Verb *enucleare* ist aber nicht von einer *Hülle*, sondern ausdrücklich von einem *Kern* – *nucleus* – die Rede. Wir sprechen nicht, um andern einen Begriff unseres Sinnens zu enthüllen, als wäre der hinter Schleiern verborgen, sondern sprechen, wenn wir sprechen, von Eingriffen in den Kern dessen, in uns, das nicht spricht. Und nicht nur *von* solchen Griffen und Eingriffen, sondern sprechend greifen wir in das in uns, das nicht spricht, ein und teilen es. Indem wir sprechen, weil wir sprechen *müssen*, teilen oder spalten wir den Kern dessen in uns, was nicht spricht. Sprechen ist nicht (apokalyptische) Enthüllung, sondern ein Kernspaltungsvorgang. Sprechen also heißt, was nicht spricht, in uns, im Sprechen und ins Sprechen aufzuspalten und zu teilen, aber auch, das Gesprochene um das in ihm, was nicht spricht, zu teilen. Dieser doppelte Spaltungsvorgang im Sprechen rührt daher, daß wir nicht nur sprechen, sondern auch *hören*. Ja wir sprechen überhaupt nur, weil wir aufs Sprechen horchen oder lauschen, Gefallen am Unterscheiden von Lauten finden und sie nachzusprechen lernen, aber auch Gefallen daran finden, uns von ihnen abzusetzen, ins Gehörte einzugreifen und die Laute (leise) auf-zutrennen. Der Inbegriff des *Teilens* (dem Verb *enucleare* eingelassen) liegt nicht im Sprechen (einer Sprache), sondern im (vorsprachlichen, sprachlosen) Hören. Sprechend greifen wir ins Hören ein. Das Hören oder Horchen oder Lauschen ist der Inbegriff dessen, in uns, was nicht spricht, aber allem Sprechen unterliegt, und von dem wir, wenn wir sprechen, sprechen *müssen*.

Warum aber *müssen* wir sprechen? Woher kommt Menschen die *Notwendigkeit*, zu sprechen? Anders als die Tiere, so Dante im dritten Kapitel, die durch natürliche Instinkte, die sie alle teilen, in ein unzweideutiges Verhältnis zueinander gezwungen erscheinen, das keinen Spielraum für Abweichungen läßt, wird der Mensch durch *ratio* bewegt. Diese *ratio* ist aber nicht der kleinste gemeinsame Nenner, auf den alle Menschen sich als auf die Basis ihrer Verständigungsbereitschaft berufen und verlassen können, sondern nennt, in jedem Einzelnen, den (unbegreiflichen) Inbegriff regellosen Unterscheidens, Urteilens und Wählens – *discretio*, *iudicium*, *electio* –, kurz das Vermögen, nicht nur Unterschiede wahrzunehmen, um sie im Hinblick auf Gemeinsamkeiten zwischen allen Menschen zu überwinden, sondern Gefallen am Unterscheiden und daran, *sich* (von sich) zu unterscheiden, Gefallen an der Abweichung von allen andern, Ähnlichen (und noch von der Ähnlichkeit *mit sich*) zu finden, so sehr nämlich, daß, wie Dante schreibt, »beinahe jeder sich seiner eigenen Art zu erfreuen scheint«: *ut fere quilibet sua propria specie videatur gaudere*[191]. Obwohl Dante vom *genus humanum* schreibt, bilden die Menschen, streng genommen, kein Gattungsganzes, im Namen der Natur oder natürlicher Instinkte, keine Mensch*heit*, sondern jeder Einzelne schlägt – unverallgemeinerbar, unberechenbar, unvorhersehbar – aus der Art. *Allen* Menschen ist gemeinsam, daß sie alle voneinander unterschieden sind, und *Gefallen* daran finden. Das ist der paradoxe Inbegriff des *Menschen*, mit einem andern Wort des *Sprechens*, den Dante an dieser Stelle aufbietet. Das Gefallen am Unterscheiden, Teilen, Scheiden, an *diversificatio* ist so groß, »daß niemand«, so Dante, »den andern durch das, was er tut und erleidet, anders als die benommenen Tiere, versteht«. Deshalb braucht es ein *Zeichen – signum –*. Im Ursprung der Notwendigkeit sprachlicher Zeichen entdeckt Dante die maßlose Lust am Unterscheiden, das über das Verstehen oder auch nur Verstehen*wollen* des Unterscheidens hinausgeht. Deshalb haftet dem Zeichen, das Dante »jenen edlen Gegenstand, von dem wir sprechen« nennt – *ipsum subiectum nobile de quo loquimur* –, etwas Zweischneidiges an: einerseits soll es die Differenzen zwischen Menschen, soll die *Lust* am Unterscheiden überspielen, andererseits aber soll es die unverallgemeinerbaren Unterschiede, das Gefallen am Teilen, Spalten und Scheiden alles Vorliegenden (also auch der Zeichen) *mit-teilen*. Das *Zeichen* ist nicht nur der unumstößliche, politische Gemeinschaft unter Menschen stiftende und aufrechterhaltende Garant der *Mit*teilung über das Gefallen am Teilen und Spalten, sondern zugleich der ausgezeichnete Gegenstand des Gefallens an Spaltungs- und Teilungsvorgängen, die das durchs Zeichen legierte und amalgamierte *Mit* menschlicher Gemeinschaft, im Augenblick ihres Zustandekommens, auftrennen. Die

Instabilität des sprachlichen Zeichens, seine Teilbarkeit, unterstreicht Dante dadurch, daß er das Zeichen, das Verständigungsbereitschaft signalisieren und im Dienst der Amalgamierung aller Menschen zur Mensch*heit* stehen soll, selber als ein Amalgam vorstellt, das in eine sinnliche Seite, insofern es Laut ist (der zu abweichenden Eingriffen in den Laut- und Letternstand einlädt), und in eine geistige Seite, insofern es bezeichnet – *significare* –, zerfällt; die Bezeichnung nennt Dante überdies *ad placitum*: sie ist nicht natürlich, sondern willkürlich, hinfällig und Gegenstand möglicher Debatten über Herkunft und Ausrichtung beider: des Zeichens wie der Sache oder des Sachverhalts, auf die das Zeichen zeigt. Die Lust – *gaudium* – oder das Gefallen an der Wahrnehmung von Unterschieden wird durch das Zeichen nicht überwunden, sondern vertieft.

Diese Lust – *gaudium* – an der Wahrnehmung von Differenzen, das Gefallen an Eingriffen in das, was eines und unteilbar schien, pflanzt sich nicht nur in das sprachliche Zeichen fort, das gegen die regellosen Teilungsvorgänge als Medium der *Mit*teilung aufgeboten wird, sondern *gaudium* ist auch der Inbegriff Gottes, von dem das Sprechen – *loquari* – der Menschen rührt. »Nur dem Menschen«, so Dante in Kapitel vier, »ward es gegeben zu sprechen« – *Soli homini datum fuit ut loqueretur* –[192]. Von Gott geht diese Gabe aus. Wie aber kann Gott, der nicht spricht, über alles Sprechen erhaben, dem Menschen die Gabe des Sprechens, das Sprechen als Gabe überlassen, und wie ist deren Übergabe zu denken? Wie kann das Sprechen von Gott, der nicht spricht, ausgehn? Und welchem Menschen wurde das Sprechen – *locutio* – zuerst gegeben, was wurde zuerst gesprochen, und in welchem Idiom? Unter leisen Vorbehalt stellt Dante im selben Kapitel die Antwort: *Adam* wird wohl der erste Mensch gewesen sein, dem es gegeben war zu sprechen, und was er gesagt hat – ob fragend oder antwortend, muß offen bleiben –, war wohl nichts anderes als *Gott*, also *Deus*, und genauer die hebräische Entsprechung *El*. Und Dante ergänzt diese Antwort um folgende Erklärung: »So wie nämlich nach der Verfehlung des menschlichen Geschlechts jeder den Anfang seines Sprechens mit ›Ach‹ [*Heu*] beginnt, ist es *rationabile* – also annehmbar, wobei die Annahme teilbar bleibt (die *ratio* nennt den Ort der Lust zu unterscheiden) –, daß, wer vor dem Sündenfall war, sein Sprechen mit Lust begonnen hat; und da es außerhalb Gottes keine Lust gibt, sondern alle Lust in Gott und Gott selbst ganz Lust ist – *et ipse Deus totus sit gaudium* –, folgt, daß der erste Sprechende zuerst und vor allem andern ›Gott‹ gesagt hat«[193]. Diese Vermutung über das erste gesprochene Wort wird Dante allerdings, Jahre später, im sechsundzwanzigsten Gesang des *PARADISO*, korrigieren; er präzisiert dort das Wort *El* aus Adams Mund zur willkürlichen Abweichung eines ursprünglich *I* genannten höchsten Gutes – *il sommo bene* –[194]. *I* markiert, so könnte man sagen, nicht einfach nur das initiale Wort, sondern – ungleich intensiver – die *Initialinitiale*. Als hätte Dante an dieser Stelle, im sechsundzwanzigsten Gesang des *PARADISO*, der Lust zur Parodie nachgegeben und eine leise Entstellung des Anfangs der *GENESIS*, wie der Anfang des *JOHANNESEVANGELIUMS* ihn in der *VULGATA* vorstellt, vorgenommen. Diesen Anfang – *in initio erat verbum* – entstellt Dantes Korrektur zu einem Satz, der den Blick auf die buchstäbliche Verfertigung des Satzes aus Lettern lenkt: *in initio erat i*. Gelenkt wird dieser späte Eingriff, in nichts Geringeres als in Gott, in das Wort *El*, nicht durch den Willen zur Richtigstellung einer initialen Silbe oder Letter, sondern durch die Lust – *gaudium* – an Distinktionen und Dissoziationen: noch in Gott, noch in das Wort *Gott*, noch in die Annahme eines ursprünglichen Wortes einzugreifen und den Ursprung, das Wort – *Gott* –, aufzutrennen. Schon das vierte Kapitel des ersten Buchs, *DE VULGARI ELOQUENTIA*, nimmt eine Korrektur des ersten Satzes im *JOHANNESEVANGELIUM* vor. Nicht: Im Anfang war das Wort – *logos* –, sondern: Im Anfang war die Lust – *gaudium* – und die Lust war in Gott und Gott war die Lust, heißt es dort, in unumwundener Anspielung auf jenen andern Anfang. Das mit Gott eins, von Gott unscheidbar erklärte lateinische Wort *gaudium* taucht aus dem *vulgo* der *COMMEDIA*, später, so auf: *godo.* Diese Lust, an Dissoziationen und Distinktionen (*Tmesis* ohne Teilungs*regel*), ist das Gefallen am – teilbaren – Wort.

Wie aber kann, noch einmal, alles Sprechen von Gott, der nicht spricht, ausgehn? Das Ende von Kapitel vier entwirft auf diese Frage eine Antwort: »Da wir oben sagen, der erste Mensch habe in Form einer Antwort gesprochen, ergibt sich die Frage, ob die Antwort Gott gegolten hat: Hat sie Gott gegolten, so könnte es scheinen, als habe Gott zuvor gesprochen, was dem Vorausgesetzten zuwiderläuft. / Darauf aber antworten wir, daß er sehr wohl dem fragenden Gott hat antworten können, ohne daß deswegen Gott mittels dessen gesprochen hat, was wir Sprechen nennen (*quam dicimus locutionem*). Wer zweifelt denn, daß alles, was ist, sich dem Wink Gottes beugt (*ad Die nutum esse flexibile*), von dem es erschaffen, von dem es erhalten und von dem es auch gelenkt wird? Wenn also die Luft durch die Herrschaft der niederen Natur als Gehilfin und Werk Gottes zu solch großen Veränderungen (*alterationes*) bewegt wird, daß sie Donner ertönen läßt, mit Feuer blitzt, Wasser quillt, Schnee verweht und Hagel zerfetzt, wird sie dann nicht auf Befehl Gottes dazu bewegt, Worte ertönen zu lassen, durch jenen unterschieden (*distinguente*), der viel Größeres unterschieden hat (*distinxit*)? Warum nicht?«[195] Den Inbegriff von Gottes sprachlosem aber sprachnahem Tun legt Dante in das Verb *distinguere – unterscheiden* –. Im und als Ursprung des ersten verlautbarten

Wortes vermutet Dante Lust am Unterscheiden, an Unterschieden, und am Unterscheiden des bereits Geschiedenen und Unterschiedenen. Die Lust am Teilen erschöpft sich nicht darin, das Unterscheiden als Mittel zur Entstehung distinkter sprachlicher Formen einzusetzen, sondern diese Lust pflanzt sich in die Entstellung entstandener sprachlicher Formen fort. Gottes Inbegriff liegt in der Lust an der Entstellung des Entstandenen, das nicht und niemals *entstanden* ist, sondern im Augenblick des Zustandekommens Alterationen ausgesetzt bleibt: das ist die Entstellung, die Dante dem Anfang des *JOHANNESEVANGELIUMS* einträgt, das seinerseits in den Anfang des Buches *GENESIS* entstellend eingreift. Die Serie dieser Entstellungen (offen für Entstellungen) kreist um den Ursprung dessen, »was wir Sprechen nennen«. Im fünften und sechsten Kapitel kommt Dante noch einmal auf den Ursprung des Sprechens aus der Lust und Wollust (verkörpert in Gott) an der *Tmesis*, also am Teilen und Auftrennen entstehender sprachlicher Formen zurück, indem er zunächst auf das Verhältnis zwischen *Hören* und *Sprechen* (im *Sich-sprechen-Hören*) eingeht. Die Überlegung zum Verhältnis zwischen *Sprechen* und *Hören* geht davon aus, daß Adam, »kaum daß er von der lebensspendenden Kraft [jener Kraft, die die Luft teilt und Laute vernehmen läßt] angehaucht worden war, sofort gesprochen hat. Denn wir glauben, im Menschen sei das Wahrgenommenwerden [*sentiri*: das Gefühlt- oder Gehörtwerden] menschlicher als das Wahrnehmen [*sentire*: das Fühlen oder Hören], insofern man als Mensch wahrgenommen wird und wahrnimmt, gefühlt wird und fühlt, gehört wird und hört«[196]. Ein erstaunlicher Satz, den man erst wahrzunehmen, zu fühlen oder hören lernen muß. Der Mensch, wird hier gesagt, ist nicht einfach gegeben und da, sondern wir können als Menschen wahrgenommen werden und wahrnehmen; dies *als* oder *insofern* (*dummodo*) impliziert aber, daß wir auch noch anders denn *als* Menschen hören und gehört werden können. Der erste Sprechende hat sofort gesprochen, weil er wahrgenommen, gehört werden wollte. Dies Sprechen, um gehört zu werden, nennt Dante *menschlicher*. *Als* Menschen sprechen wir, um gehört zu werden, *uns* sprechen zu hören (solange ich mich *sprechen* höre, nehme ich mich *als* Mensch wahr). Hören aber, ohne zu sprechen, ist *göttlicher*. Menschlicher ist es zu sprechen, um gehört zu werden, göttlicher zu hören, ohne zu sprechen. Die Lust zu hören, ohne Anspruch aufs Sprechen zu erheben, zielt nicht darauf, das Gesprochene *als* Gesprochenes aufzunehmen und zu behalten oder zu verwerfen, sondern darauf, Schnitte durchs Gesprochene zu legen, die den Schein der Ausgesprochenheit des Gesprochenen auftrennen. Dies Hören hat kein Ziel und keine Grenzen, es ist in die Ziel- und Grenzenlosigkeit der Lust an regellosen Schnitten durchs Gehörte, in die Lust am Ungehörten und Unerhörten (vielleicht auch Unhörbaren) *im* Gehörten vertieft. Der Übergang zwischen beiden Tendenzen aber, dem Gehörtwerdenwollen des Menschen und dem Hören Gottes, ist fließend.

Diese Asymmetrie im Verhältnis von Sprechen und Hören, und also im *Sich-sprechen-hören*, aufs Verhältnis zwischen Gott und Mensch gemünzt, durchzieht als ein Leitmotiv den Roman *MOBY-DICK; OR, THE WHALE* von Herman Melville. Der erste Satz des Romans, »Call me Ishmael«, verdichtet Fragen, die aus der Asymmetrie dieses Verhältnisses entspringen. *Ishmael* ist ein *sprechender* Name; er besagt: *Gott hört* und *erhört*. Nennt mich *Gott hört*. Aus dem Hören auf den Satz *Gott hört* aber tauchen Fragen über Fragen auf: *ob* Gott hört, wie es möglich sein könnte, den hörenden Gott – zu hören, zu hören also, *daß* Gott hört; oder ob Gott nicht aufgehört hat, den rufenden Mensch wie den Ruf *Gott hört* zu hören; und ob es möglich ist zu hören, daß Gott nicht mehr hört[197]. An einer Stelle des Romans wird die Vermutung erwogen, Gott höre das Rufen der Menschen nicht, weil er als ein Webergott am Webstuhl, der die Welt webt, ins Weben der Stimmen versunken sei: »The weaver-god, he weaves; and by that weaving is he deafened, that he hears no mortal voice« [Der Webergott, er webt; und hört, betäubt durch dies Weben, keine sterbliche Stimme][198]. Für Dante ist das *göttlichere* Hören immer noch eine *menschliche* Erfahrung, die aber dem Selbstverständnis und der Gestalt des Menschen, der Anspruch darauf erhebt, gehört und erhört zu werden, Abbruch tut.

Welche *Form* aber hatte das Sprechen des ersten Sprechers? Menschliche Geschäftigkeit (wörtlich, menschliche Unmuße: *negotium*) ist in vielerlei und verschiedene Idiome zerfallen, und zwar so viele, daß viele Menschen mit Worten einander nicht besser als ohne Worte verstehen. (Das Vorhaben, die *Zeichen*sprache als Mittel der *Mit*teilung einzusetzen, ist gescheitert.) Deshalb ist es ratsam, sich auf die Jagd nach jenem *Idiom* zu begeben das, wie man annimmt, der erste Mensch, ein Mann ohne Mutter – ungeboren, ohne Muttermilch (*vir sine matre, vir sine lacte*), ungezeugt und ungesäugt gebraucht hat[199]. Hier ist zum erstenmal von jener Jagd die Rede, die das Ende des ersten Buchs *DE VULGARI ELOQUENTIA* in Atem hält. Das gesuchte Idiom ist keine Muttersprache (*materna locutio*) und es ist nicht eine unter (allen) andern Sprachen (nach Babel), sondern jene einzige, alleinige, nach Babel, die im Schutt des scheiternden Turmbaus verloren ging, in alle Sprachen nach Babel zersplitterte und alle durchläuft – auftrennt und offenhält –, ohne mit einer unter ihnen identisch zu sein[200]. Zur *Form* (oder Gestalt) dieses Idioms merkt Dante an: »daß gleichzeitig mit der ersten Seele eine *certa forma* (die Übersetzung entspricht wieder, wie im Fall des Verbs *distinguere*, durch das Adjektiv *bestimmt*) des Sprechens von Gott erschaffen wurde«[201]. *Certa forma* ist aber nicht *bestimmte Form* im Sinn einer gegen Veränderung immunisierten (typisierten) Gestalt. *Certum* ist das Partizip Perfekt des lateinischen Verbs *cernere* – scheiden, sondern, spalten –, aus dem griechischen Verb *krinein* abgeleitet. Die *forma certa*, jene Gestalt also, die Gott dem Sprechen des ersten Sprechenden verleiht, ist, in jedem Sinn des Wortes, *kritische* Form. Was im Turmbau zu Babel, über dessen Erwähnung das sechste Kapitel schließt, zerschlagen wurde, war das *zerschlagbare* Sprechen, die *kritische* Form des Sprechens vor Babel. Was aus den Trümmern des zerbrochenen Turmes entsprang, war das Vergessen der *kritischen* Form ursprünglichen Sprechens. Ein Vergessen, dessen Energie in das Vorhaben der versprengten Menschen einging, jedem der zerschellten Idiome in jedem seiner Worte eine gegen Kritik immunisierte geprägte, typisierte Gestalt zu verleihen. *Kritisch*, nämlich teil- und *sonderbar*, war die Form *paradiesischen* Sprechens. (Das erste Sprechen, die Lust am ersten Sprechen, deshalb ist es sonderbar, ist – *sonderbar*.) »In dieser [*kritischen*] Form«, über dieser Vermutung schließt Kapitel sechs, »des Sprechens sprach Adam; in dieser Form des Sprechens [in *brechenden* Formen] sprachen alle seine Nachfahren bis zum Turmbau von Babel, der als ›Turm der Verwirrung‹ gedeutet wird; diese Form des Sprechens haben die Söhne Hebers geerbt, die nach ihm die Hebräer genannt werden. [...] Das hebräische Idiom also erzeugten die Lippen des ersten Sprechenden«[202]. Diese Vermutung über das

Hebräische als erste Sprache, vor der Verwirrung, präzisiert aber der sechsundzwanzigste Gesang des *PARADISO* zu einer wirren, irrigen Vermutung. Das *kritische* Sprechen, vor Babel, hört auf keinen Namen, eins mit sich selbst. Es läßt sich nicht beim Namen nennen, nicht in Begriffe fassen. Dies unfaßbare Sprechen – unfaßbar versprengt in alle Sprachen –, weder eine unter andern Sprachen noch Sprache überhaupt, ist Gegenstand der Jagd, die das erste Buch, *DE VULGARI ELOQUENTIA*, skizziert.

Der Turmbau zu Babel markiert in Dantes Skizze einer Entstehung aller Partikularsprachen die entscheidende Zäsur: der Turmbau war gegen das adamitische, vorbabelsche *kritische* Sprechen, gegen die Lust – *gaudium*, *godo* – am teil- und wandelbaren Sprechen errichtet worden: gegen die wandelbare eine unwandelbare Form aufzubieten. Die Zerstörung des Turms ist Manifestation der *kritischen* Gewalt (Gottes): die Lust am Scheiden und Unterscheiden, an *distinctio* und *diversificatio* wird zur *Perkussion*, zum Zerschlagen des Turmes in Trümmer, zur Erschütterung und Streuung seiner Erbauer intensiviert. Die Verwirrung menschlichen Sprechens nach Babel hat ihren (bebenden) Grund darin, daß jedes der entstehenden Idiome vom Willen zur unumstößlich gewissen sprachlichen Form unterhalten und beherrscht wird, vom Willen zur *certa* forma also (wenn *certum* durch das Wort *gewiss* übersetzt wird), aber unabschottbar bleibt gegen die ununterbindbare Instabilität, Fragilität und Hinfälligkeit derselben Form, woran dasselbe Beiwort *certum* (diesmal durch das Wort *kritisch* übersetzt) erinnert. Die Lust an der *kritischen* sprachlichen Form geht in die vielen Idiome nach Babel ein, ohne gänzlich zu verschwinden; sie geht dort um, wie ein Gespenst. Denn was alle entstehenden Partikularsprachen teilen, die alle gegeneinander aufgeboten werden, ist die Erfahrung scheiternder Aufrichtung und Aufrechterhaltung, ein für alle Mal, der einen *gegen* die andere sprachliche Form; *instabilissimum atque variabilissimum animal*, das unfestgestellteste und vielfältigste Tier, nennt Dante den Menschen *nach Babel* in Kapitel neun[203]. *Instabil* und *variabel* ist aber schon das Kennzeichen adamitischen Sprechens *vor Babel*. Die Spur der Erinnerung an das Sprechen vor Babel durchzieht, fast unscheinbar und unwahrnehmbar, alle Sprachen nach Babel. Was den Sprachen nach Babel abgeht, was sie zu unterdrücken und zu vergessen suchen, ist die Lust – *gaudium*, *godo* – am abweichenden, instabilen Sprechen, das keiner – partikularen oder universalen – Sprache eignet, aber alle durchläuft. Das Sprechen vor Babel war verschieden – von sich –, von der exzessiven Lust am Teilen (sprachlicher Formen) unterhalten, die Sprachen nach Babel sind verschieden, nicht nur voneinander, sondern jedes einzelne Idiom von sich, dem Sprechen vor Babel unberechenbar nah. Die Variabilität der nachbabelschen Idiome untersucht Dante an einem einzigen, das nicht eins ist, sondern dreigeteilt (offen für weitere Teilungen), weil in ihm dreimal anders *Ja* gesagt wird: *oc* (langue d'oc), *si* (langue de si) und *oïl* (langue d'oïl). Daß dieses Idiom, das *italische*, zunächst nur eines war, zeigt sich, so Dante, vor allem an einem Wort, das in den drei Teilidiomen des Italischen unter derselben Form erhalten blieb: *amor*. Das immer anders wiederholte Ja-Sagen zur Liebe ist Anzeichen einer fast verschollenen Liebe zur Abweichung eines jeden Worts von sich. Die Bejahung der Abweichung, das *Ja* zu ihr, kommt im abweichenden Sagen dessen, was im Deutschen *Ja* heißt, zur Sprache: *oc si oïl oui* ... Dies abweichende *Ja*, die Liebe zum abweichenden, immer anders wiederholten *Ja* (nämlich zur Liebe, abzuweichen, wodurch auch *amor* aus der Fassung ein und derselben sprachlichen Form herausgelöst wird: die Lust am Ja zur Abweichung des Ja von sich), ist in den nachbabelschen Idiomen die Spur jenes Sprechens, vor Babel, das Dante jagt.

Schon für diesen kleinsten Winkel der Welt – *in hoc minimo mundi angulo* –, des italischen *vulgare*, stoßen wir nicht nur, so Dante, auf tausend Verschiedenheiten des Sprechens – *non solum ad millenam loquele variationem venire contigerit* –, sondern auf viele mehr: *ad magis ultra*[204]. Mit einem Wort: die Aufmerksamkeit schon für die Abweichung von sich, des winzigsten Idioms, stößt auf keine Grenze. Wir sind, so Dante in Kapitel fünfzehn, indem wir den italischen Wald – *ytala silva* – durchlaufen, auf der Jagd nach einem Sprechen – *vulgare illustre und latium illustre* –, das wir auf dem Weg durch alle Teilidiome des Italischen nicht gefunden haben: ein Sprechen, geteilt von allen Teilidiomen, ohne einem der Teile noch auch dem Ganzen zu eignen. Im anschließenden Kapitel sechzehn, gegen Ende des ersten Buchs, nennt Dante dies uneingefangene Sprechen einen *Panther*: »Jetzt haben wir die Waldgebirge und Weiden Italiens durchjagt, aber den Panther, den wir suchen, nicht aufgespürt. Um ihn zu finden, wollen wir berechnender vorgehn, um ihn, der seine Duftspur überall hinterläßt, aber nirgendwo erscheint, mit letztem Eifer in unser Netz zu ziehn«[205]. Indem Dante hier den Duft des Panthers betont, greift er auf eine Überlieferung zurück, die von Aristoteles' *GESCHICHTE DER TIERE* bis in die byzantinischen und mittelalterlichen Bestiarien reicht[206]. Sein Duft unterscheidet ihn von allen andern Tieren. Kein Tier verbreitet einen angenehmen Duft, schreibt Theophrast, außer dem Panther. In der Stadt Tarsus gab es einst ein Parfum, das man *pardalium* – *Panther* – nannte, dessen Rezeptur aber schon zu Plinius' Zeiten verschollen war. Von der Jagd auf das *vulgare*, das Dante dem Panther vergleicht, heißt es weiter unten, daß es in jeder Stadt seine Fährte (oder Duftspur) hinterläßt, doch in keiner wohnt[207].

An dieser Stelle, die vom Überall und Nirgendwo des gesuchten Tieres handelt, greift Dante in das Wort *Panthera* ein und liest es auseinander, in eine halb griechisch halb lateinisch buchstabierte Wendung, zu *pan terra*: über die ganze Erde verstreut, ohne an einem Ort zuhause zu sein. Das Tier lebt nur in der Spur des Duftes von ihm. Deshalb findet der nächste Satz zu einem erstaunlichen Schluß und Beschluß der Jagd: »Es [das gesuchte Tier wie das gesuchte Sprechen] kann dennoch in einer Stadt [und Stadt*sprache*] mehr als in einer andern seine Duftspur hinterlassen [...] Deshalb haben wir erlangt, was wir suchten [...]«[208]. Daß Dante den Fund des gesuchten flüchtigen Sprechens, dessen Spuren die *COMMEDIA* verzeichnen wird[209], aus der Verkörperung in den gejagten Panther löst und in den unfaßbaren Duft, der von im aus -geht, legt, präzisiert das *vulgare illustre*, in Anlehnung an eine Stelle in den *INSTITUTIONEN* des *CORPUS IURIS CIVILIS*, wonach dem Jagenden ein wildes Tier solange gehört, bis er es aus den Augen verliert – *cum* [...] *oculos tuos effugerit* – und es zur *res nullius*, Niemandshabe wird[210], zur *locutio nullius*: niemands Sprechen (für alle und keinen). (Vom Haben eines *Dufts*, vom Duft als *Habe*, ist im Römischen Recht nicht die Rede.) Daß wir nicht fangen können, was wir suchten, ist Anzeichen dafür, daß wir es gefunden haben: der abweichende Eingriff, die Lust am abweichenden Eingriff in die sprachliche Form *panthera*, die das Wort zu *pan terra* auftrennt und über die ganze Erde verstreut, ist Anzeichen dafür, daß das Wesen (und Weben) des gesuchten Sprechens im Flüchtigsten, in der teilbaren Spur des Dufts, der von ihm ausgeht, lebt.

Keine Regel schreibt die Benennung, den Namen oder Eigennamen dieses Sprechens vor, denn dies Sprechen entspringt regellos: *sine omni regula*. Gegenstand der Untersuchung ist ein Sprechen, das alle (sprachlos) teilen, am Rand aller Sprachen wie am Rand des Sprechens, das seinen Anfang in ein andres Partizip, in die Nichtsprechenden – *infantes* – verkapselt, nimmt. Aus diesem *in-* (fans), *Un-* (sprechend) bricht es vor, ohne vom *Un-* (gänzlich) zu lassen. Die letzte, kürzeste Beschreibung dessen, was wir *locutio vulgaris* nennen, zieht Dante in ein drittes Partizip zusammen (es wirft das Echo der *infantes*): *imitantes*. Was wir ohne jede Regel die Amme nachahmend annehmen – *quam sine omni regula nutricem imitantes accipimus* –[211]. Kein Sprechen, auch das der Amme nicht, das nicht (genau genommen aber weder *vor-* noch *nach-*) *ahmend* spräche: spricht, *als* spräch es: offen zwischen As*simi**l*ation und As*simul*ation.

In diese vorübergehende Situation im Ursprung der *locutio vulgaris*, der die Amme als *Ahme* oder Ahmende zwischen *Un-* und *Aus-* und *Unaus-*, -sprechende, aussetzt, treibt Charles Olson die Fortsetzung der von Pausen durchsetzten Bestimmung des Vernakularen in *PROJECTIVE VERSE II*: »Whatever turns up in one's hands as what one is writing from (one's nurse's milk, Dante called it. Leave it. Keep it there«[212]. Die Pause am Anfang der *para*definitiven Bestimmung des Vernakularen – *Vernacular* ***is what*** – wird hier unter der Wendung ***as what*** wieder aufgenommen: »Was unter jemandes Händen auftaucht als das, von woher jemand schreibt (seiner Amme Milch, hat Dante es genannt. Laß es. Halt es dort«. Als besagte die Forderung, oder Bitte, zwischen Hin- und Abkehr, (Los)Lassen und (Fest)Halten hin- und hergerissen, denn *Leave it* mag auch sagen, *Laß es (bleiben)*: Streich oder überschreib nicht, was unter den Händen im Schreiben auftaucht. Es taucht von dorther auf. Von woher aber, genau? Ein Jahr später, in einem Brief an Elaine Feinstein, Mai 1959, kommt Olson auf diese Stelle zurück:

> The only advantage of speech rhythms [...] is illiteracy: the non-literary, exactly in Dante's sense of the value of the vernacular over grammar – that speech as a communicator is prior to the individual and is picked up as soon as and with ma's milk ... he said nurse's tit. [Der einzige Vorzug von Sprechrhythmen [...] ist Unbuchstäblichkeit, *illiteratio*: das Un-Literarische genau im Sinn des Vorzugs, den Dante dem Vernakularen vor Grammatik einräumt – daß Sprechen als Mitteiler dem Individuum [buchstäblich *Un*geteilten] vorausgeht und so früh wie, nämlich mit, Ma's Milch aufgesogen wird ... er sagte Ammenzitze.][213]

An der entsprechenden Stelle in *DE VULGARI ELOQUENTIA* ist aber weder von (Mutter)milch noch (Ammen)zitze die Rede. Die Silbe *Ma*, die Olson dem Brief an Feinstein einschreibt, lenkt die *materiale* Ausrichtung der *COMMEDIA* ins *Maternale*, aber läßt die maternalen Züge im Untergrund entspringenden Sprechens ins *Am-* oder *Para*maternale spielen: zögert zwischen Ammenmilch und Muttermilch, zwischen Milch und Zitze, *Ma* und *nurse*. Die Silbe *Ma* öffnet die Lippen (des Kindes) um eine Leere, zwischen Zu- und Abwendung, An- und Abgewöhnung offen: aus der duftenden teilbaren Knospe im Mund, von Lippen wie Händen (lose) gehalten, süße weißliche Speise zu ziehn; im Losriß von dort, atmender, Silben, die ans Ohr schlagen, unterscheiden zu lernen, und *aus-*, ausein*ander*zustoßen. Dante verdichtet dies anbrechende Sprechen der *locutio vulgaris* in das Verb *assuefare* (aus *ad*, *suus* und *facere* vernäht, wörtlich *sichzueigenmachen*) das genau genommen zwischen *ad*su- und *ab*su-, An- und Abeignung, An- und Abgewöhnung oszilliert, dies Oszillieren in die nächsten Wörter übergehen – *assuefiunt ab assistentibus* –, und noch aus dem Nennen – *asserimus* – wiederkehren läßt, in das die Zeilen zuletzt den Sprechursprung derer, die nicht sprechen (aber aufs Sprechen ansprechen) – *infantes* – verdichtet: »vulgarem locutionem asserimus quam sine omni regula nutricem imitantes accipimus« [*vulgaris* nennen wir jenes Sprechen, das wir ohne alle Regel durch Nachahmen der Amme annehmen]. Als ahmten die Silbensplitter *assu-* ... *assi-* ... *asse-* ... das regellose Ablösen der Kinderlippen vom saugenden Einziehn der Milch und anfangende Ausstoßen angeahmter, ansprechender Silben (in keiner Sprache) nach. Olsons Interpolationen von ... *Ma* ... *nurse* ... *milk* ... *tit* ... in diese Stelle *DE VULGARI ELOQUENTIA* skizzieren eine *Ur*szene. Deren Zustandekommen wird aber aufgehalten durch den Akzent, den *PROJECTIVE VERSE* auf *Ohr* und *Atem* legt; beide öffnen, aus dem Unter-, *Un*untergrund des Horchens ins an-, abbrechende Sprechen her, die Ur- zur *Un*szene. Von horchendem Atmen unterhalten, atmendem Horchen unterbrochen. Der Titel eines unveröffentlichen Prosastücks, 1946, aus dem Olson Stücke oder Bissen in *PROJECTIVE VERSE* mitaufgenommen hat, legt den Akzent so auseinander: *MOUTHS BITING EMPTY AIR* [Münder Beißend Leere Luft][214]. Zwei Zeilen aus einem späten Gedicht, Fragment, Friedrich Hölderlins, vertiefen sie ins Bodenlose:

> Und was du hast, ist
> Athem zu hohlen.[215]

Der Atem ist keine Habe, den Atmenden, *am Leben*, zu eigen. Sondern was sie haben, ist Atem *zu holen*. Dies Holen ist, was (*vom Leben*) bleibt, und vorübergehend (*am Leben*) hält. Was ich habe, wo Atem, *aus*atmend, zur Neige geht: daß mir nichts (anderes) übrig bleibt, als Atem zu holen. Was ich habe, *am Leben*, wo der Atem ausgeht, fehlt, und das Gefühl, zu fühlen am Leben zu sein, ins Leb- und Fühl- und Atemlose spielt, ist nichts: Nichts- und Niemandshabe; das Holen des

Atems, den ich (aus niemands Brunnen, Niemandsbrunnen) schöpfe, der keinem (auch *Keinem* nicht) eignet: Niemandsatem, namenlos. Was ich habe, ist Atem *dort* zu holen, wo Atem aus- und verlorengeht. Wer Atem holen geht, geht verloren. Denn dies Holen geht, die Odyssee des Atemholens geht, an keinen Ort und aus von keinem andern, den Atem *ab*zuholen, sondern setzt, des *Hohlens* eingedenk, in einen *Hohl*raum aus. Das Hohlen des Athems höhlt die Athemhohlenden – kehlt (stumm) die Stimme, kielgehohltes Boot. Wer Atem – einatmend – holt, hält nicht am Atem fest, den Atem nicht an, sondern läßt den Atem – ausatmend – los. Das *Holen* zu haben, besagt: die Erfahrung, den eingeholten Atem wieder gehn und los zu lassen, wieder*holen*. Was Holen, Atem zu holen, wiederholt, ist nichts Verläßliches, sondern spielt in Verlassenheit: vom Holen als Habe verlassen. Wer Atem holt, wird weder des Holens noch Atems habhaft, holt den Atem, das Holen nicht ein, sondern geht leer aus. Diesem *leer aus* entspricht die Zeile, wo sie bricht: *Und was du hast, ist*   Dort, wo, was du hast, weder Habe *ist* noch *heißt*, bleibt nichts, als Atem zu holen. Auf dem Sprung, *Athem zu hohlen* (jede *Silbe*, uneins, der *Zeile*, anders) wiederholt auseinanderzulesen: ...

ANMERKUNGEN

1 Paul Celan, *DIE NIEMANDSROSE* (1963), Tübinger Ausgabe, hrsg. von Jürgen Wertheimer, Frankfurt am Main, 1996, S. 134–137.

2 *DIE ÄLTESTE MÄRCHENSAMMLUNG DER BRÜDER GRIMM*, Synopse der handschriftlichen Urfassung von 1810 und der Erstdrucke von 1812, hrsg. und erläutert von Heinz Rölleke, Cologny-Genève 1975, S. 238–243.

3 Zur Verwicklung ineinander beider Wendungen, *athánatos mnéme* und *kléos áphthiton*, siehe Thomas Schestag, »Poiein«, in *POIESIS*, hrsg. von Nathan Brown und Petar Milat, Zagreb 2017, S. 23–24 [im folgenden: Schestag, *POIEIN*].

4 Franz Kafka, *BRIEFE 1913 – MÄRZ 1914*, hrsg. von Hans-Gerd Koch, Frankfurt am Main 1999, S. 188 [im folgenden: Kafka, *BRIEFE 1913 – MÄRZ 1914*].

5 Franz Kafka, *BRIEFE 1918 – 1920*, hrsg. von Hans-Gerd Koch, Frankfurt am Main 2013, S. 188 [im folgenden: Kafka, *BRIEFE 1918–1920*].

6 Johann Wolfgang Goethe, *FAUST*, hrsg. von Albrecht Schöne, in Johann Wolfgang Goethe, *SÄMTLICHE WERKE*, I. Abteilung, Band 7/1, Frankfurt am Main 1994, S. 33–47 [*NACHT*].

7 Platon, *KRATYLOS* [397c–d], in ders., *WERKE IN ACHT BÄNDEN*, Griechisch und Deutsch [deutsche Übersetzung von Friedrich Schleiermacher], hrsg. von Gunther Eigler, Band 3, S. 441: »*Sokrates*: [...] Es scheint mir, daß die ältesten Bewoh-

ner von Hellas die allein für Götter gehalten haben, welche auch jetzt noch vielen Barbaren dafür gelten, nämlich Sonne, Mond und Erde, die Gestirne und der Himmel; wie sie nun dies alles immer in seiner Bahn sich bewegen und gehen [*théonta*] sahen, so haben sie sie von dieser Eigenschaft des Gehens [*thein*] ›Götter‹ [*theòus*] genannt.«

8 *Sêma* nennt im Griechischen (unter anderem) *Zeichen* (und *Wunder*) und *Grab*: »σημα [...] *das Zeichen*, *Kennzeichen*, *Mahl*, *Merkmal*, überh. Alles, woran man etwas erkennt od. unterscheidet [...] das von einer Gottheit gesendete od. unter göttlichem Einfluss stehende Zeichen, *Anzeichen*, *Vorzeichen*, *Vorbedeutung* [...] das Zeichen, woran man ein Grab erkennt, *der Grabhügel*, *das Grab*, *das Grabmal* [...] überh. *Grab*, *Grabstätte* [...]« [Franz Passow, *HANDWÖRTERBUCH DER GRIECHISCHEN SPRACHE*, Band 2/2, Leipzig ^{5}1857, S. 1403. Im folgenden: Passow, *HANDWÖRTERBUCH*]. — Siehe auch *SÊMA. WENDEPUNKTE DER PHILOLOGIE*, hrsg. von Joachim Harst und Kristina Mendicino, Würzburg 2013.

9 Siehe Benedictus de Spinoza, *ETHICA ORDINE GEOMETRICO DEMONSTRATA / DIE ETHIK MIT GEOMETRISCHER METHODE BEGRÜNDET*, Propositio XXIX, Scholium. Spinoza nennt dort *natura naturans*, »was in sich ist und aus sich begriffen wird [*id, quod in se est, et per se* ***concipitur***], nämlich »Gott insofern er als freie Ursache betrachtet wird« [*Deus, quatenus, ut causa libera consideratur*]. Entsprechend heißt *natura naturata* »Alles, was aus der Nothwendigkeit der Natur Gottes oder eines jeden göttlichen Attributs erfolgt [*omne, quod ex necessitate Dei naturae, sivè uniuscujusque Dei attributorum sequitur*], nämlich »alle Modi der Attribute Gottes, insofern sie als Dinge betrachtet werden, welche in Gott sind und ohne Gott weder seyn noch begriffen werden können« [*omnes Dei attributorum modos, quatenus considerantur, ut res, quae in Deo sunt, et quae sine Deo nec esse, nec* ***concipi*** *possunt*]. Das lateinische Verb *concipere*, in beider Definition, von *natura naturata* und *natura naturans* aufgeboten, wendet kognitive und generative Tendenzen im Begreifen, über Kreuz, ineinander: es nennt sowohl Zeugung und Empfängnis, als auch

Erfassen, Begreifen und Verstehen von etwas; als entspräche (undurchsichtig) die verstandene *Sache* dem entspringenden *Kind*. Ein (splitterndes) Überkreuz; splitternd, weil das *Begreifen* weder *im Namen* generativer noch *im Namen* kognitiver Züge greift und begriffen wird; das aus dem deutschen Verb *erkennen* wiederkehrt. [Spinoza, *OPERE. WERKE*, Lateinisch und Deutsch, hrsg. von Konrad Blumenstock, Band 2, Darmstadt [4]1989, S. 132–133.]

10 *DEUTSCHES WÖRTERBUCH VON JACOB UND WILHELM GRIMM*, Band III, Leipzig 1862, Spalte 866 [im folgenden: Grimm, *DEUTSCHES WÖRTERBUCH*].

11 Grimm, *DEUTSCHES WÖRTERBUCH*, Band V, Leipzig 1873, Spalte 718.

12 *EUANGELIUM S. JOHANNIS* [1, 43], in D. Martin Luther, *BIBLIA/DAS IST DIE GANTZE HEILIGE SCHRIFFT / DEUDSCH AUFFS NEW ZUGERICHT* [Wittenberg 1545], hrsg. von Hans Volz, Band 3, München 1974, S. 2139 [im folgenden: *LUTHERBIBEL*].

13 *NOVUM TESTAMENTUM TETRAGLOTTON*, hrsg. von C. G. G. Theile und R. Stier [1858], Zürich 2010, S. 364.

14 Ebd.

15 Ebd., S. 365.

16 *LUTHERBIBEL* [*EUANGELIUM S. MATTHEUS*, 16, 18], S. 1999.

17 Kurt von Bahder, »Wortgeschichtliche Beiträge«, in *BEITRÄGE ZUR GESCHICHTE DER DEUTSCHEN SPRACHE UND LITERATUR*, Band 22, 1897, S. 534.

18 Ebd., S. 532.

19 Johann Christoph Adelung, *GRAMMATISCH=KRITISCHES WÖRTERBUCH DER HOCHDEUTSCHEN MUNDART*, Band 2, Wien 1807, Spalte 764 [im folgenden: Adelung, *WÖRTERBUCH*]

20 Georg Henisch, *TEÜTSCHE SPRACH VND WEISSHEIT. THESAURUS LINGUAE ET SAPIENTIAE GERMANICAE*, Augsburg 1616, Spalte 1717.

21 Erich Auerbach, *MIMESIS. DARGESTELLTE WIRKLICHKEIT IN DER ABENDLÄNDISCHEN LITERATUR*, Bern 1946, S. 7–30 [im folgenden: Auerbach, *MIMESIS*].

22 Homer, *ODYSSEE* 19, 389, Griechisch und Deutsch, Übertragung von Anton Weiher, München [7]1982. Zitate aus dem griechischen Text im folgenden nach dieser Ausgabe.

23 Ebd., 19, 400.

24 Zu antiken Legenden um Autolykos als »Gestalt des mittelgriechischen Volkswitzes« siehe den Eintrag *AUTOLYKOS* in *PAULYS REAL-ENCYCLOPÄDIE DER CLASSISCHEN ALTERTUMSWISSENSCHAFT*, hrsg. von Georg Wissowa, Band 2, Stuttgart 1896, Spalten 2600–2601; hier auch der Hinweis auf eine Stelle in den hesiodischen Katalogen, wonach Autolykos alles, was er in die Hand nahm, verschwinden lassen konnte; ein Hinweis, den Benjamin Hederich in *GRÜNDLICHES MYTHOLOGISCHES LEXICON* (1770) so ausmalt: »Er erhielt von seinem Vater, daß er stehlen konnte, was er wollte, ohne darüber ertappet zu werden; wie er denn sein Gestohlnes in allerhand Gestalten verwandeln, und zwar aus weißen Dingen schwarze, und aus schwarzen weiße machen konnte« [Darmstadt 1986, Spalte 492].

25 Homer *ODYSSEE*, 19, 396. — *CHAPMAN'S HOMER* (1614) ergänzt den Hinweis auf das Stehlen und Schwören – *th'Art / Of Theft and swearing* – um den erläuternden Zusatz *(not out of the hart, / But by equivocation)* [*CHAPMAN'S HOMER*, Edited, with Introductions, Textual Notes, Commentaries, and Glossaries, by Allardyce Nicoll, Band 2, Bollingen Series XLI, New York 1956, S. 340].

26 Homer, *ODYSSEE* 19, 402.

27 Ebd., 19, 403.

28 Autolykos sagt nicht, daß er den Namen *findet*, sondern: »gebt den Namen – *títhesth' onom'* –, den ich jetzt sage – *hótti ken eípa* – [19, 406]«.

29 Homer, *DIE ODYSSEE* 19, 407–409, Deutsch von Wolfgang Schadewaldt, Hamburg 1958, S. 256.

30 W. B. Stanford, »The Homeric Etymology of the Name Odysseus«, in *CLASSICAL PHILOLOGY*, Band 47, Heft 4 [October 1952], S. 209–213; siehe auch André Sauge, »Le nom d'Ulysse«, in κορυφαιω ανδρι. *MÉLANGES OFFERTS À ANDRÉ HURST*, hrsg. von Antje Kolde, Alessandra Lukinovich, André-Louis

Rey, Genf 2005, S. 267–273. — In einem frühen Aufsatz, »Gedanken über Mythos, Epos und Geschichte« (1813 in Friedrich Schlegels *DEUTSCHEM MUSEUM* erschienen) erlaubt sich Jacob Grimm, sprunghaft – offen für Interpolationen –, Funde und Befunde zum Namen, *Odysseus*, zu assoziieren: »[...] gegenwärtig erlaube ich mir dafür einen absprung auf Ulysses, an den uns schon das wort Holle, Hulle an und für sich erinnert. man hat die griechische form Odysseus von *odussomai* geleitet, und könnte ihn in so fern, wie Ute zu Gudrun, zu Grimhild halten. indessen scheint mir eigentlich weder Odysseus der zürnende, noch Grimhild die grimmige geheiszen zu haben. bei letzterm namen denke man an Grimur, was wieder ganz gleichbedeutig ist mit Gramur, und beide sagen aus: könig oder herr. der könige zürnen ist erst das abgeleitete, wie grimm und gram im sinn von zorn und unmut. hiernach möchte eher *odussomai* von *Odusseus* oder dessen stamm rühren, der freilich im griechischen verloren ist; auf die richtige spur leitet die gleichsam daraus spielende fabel und benennung von *outis* (IX. 366) *oudeis* oder *outheis*, wofür sich der held bei Polyphem ausgibt, und was die deutsche übersetzung durch ›niemand‹ nur halb richtig ausdrückt. nicht wörtlich, aber sagenmäszig recht ist es übertragen in unserm lied von Wolfdieterich, der in so manchen stücken dem griechischen könig gleich steht, als ihn der heide [...] fragt: wie er hies gemeit? / Wolf Dieterich sprach: ›nit anders dan ein frumer man‹. / Aus Odysseus wurde Ulysseus [...]; in der mitte läge Uldysses, Oldysses, welches nah an Hullebrand, Hille-Hildebrandt liegt«. In einer Anmerkung nehmen die aus *Odysseus* vorbrechenden, an *Odysseus* anschießenden Namen, unter der Hand, überhand, und lassen das anfangende Aufzählen von Wörtern, die *eins und das nämliche* heißen (oder verheißen), ins Unzählige, Zahl- und Namenlose los: »folgende wörter sind eins und das nämliche: Ute, Utys, Odysz, Ulysz (hieraus Ils, wie schon Aventin wuste, daher Hildebrands bruder Ilsan, mutter Eisen, Isis), Hulde, Hilde, Odin, Wodan (in Waltend, Woldan tritt auch das l vor), Bog, gott, vater, Atta, Tatta, Abba, papa, die englische frau Mab, Ahn, tante, ama, amitta, amme, mamme, mutter, Juno, Diana und unzählige andere mehr« [Jacob Grimm, *KLEINERE SCHRIFTEN*, Band 4, Berlin 1869, S. 82–83]. Überrissen oder haltlos könnten diese abbrechenden Auf- und Auseinanderzählungen regellos anmutender Wortwucherungen nur heißen, wo ein Wort sich fände, das als Antwort auf die Frage *What's in a name?* erschöpfend Auskunft über Woher und Wohin des (ein oder andern) Namens gegeben, den Schein der Auflösungserscheinung abgestreift hätte. Kein Wort aber tritt ohne *Auflösungs-*, ohne dort, wo es entspringt, dem *Namen*, bei dem es aufgerufen wird, zum Verwechseln ähnlich zu sehn, in *-erscheinung*. Die Liste in Grimms Anmerkung erinnert an das Unverfügbare, Unvorhersehbare und Unausrichtbare, Unzähl- und Unerzählbare der durch grund*loses*, unbedingtes, ungebundenes, unbändiges Gefallen an der Vertiefung in *Namen* ausgelösten losen, dissoziierenden Assoziationen.

31 Die List des Odysseus, wenn er der Forderung Polyphems, seinen Namen zu sagen, also zu erkennen zu geben, *wer* er sei, nachkommt, liegt bekanntlich darin, daß im Griechischen die Auskunft *Oûtis* – Niemand –, als Name aufgefaßt, unentwirrbar verflochten in die Wendung *oú tís – nicht-*(irgend)*wer*, nie-mand – auftaucht. Die Antwort auf die Frage *Wer?* spielt in ein irritierendes *Un-Wer* oder *Wer-los*. In seiner Studie *NO ONE'S WAYS. AN ESSAY ON INFINITE NAMING* (New York 2017) legt Daniel Heller-Roazen Spuren der Auseinandersetzung mit den Niemandswegen der verneinenden Partikel *oú* in der Wendung *oú tís – nicht-wer*, *nicht-ein(er)* – im Geschicht abendländischer Philosophien frei. Anstoß für die philosophische Auseinandersetzung mit der verneinenden Partikel als Präfix ist der Umstand, daß die Wendung *oú tís*, der Aristoteles die Auseinandersetzung mit einer entsprechenden Wortzusammensetzung *ouk anthropos* – Nicht-Mensch, Kein-Mensch, Un-Mensch, Mensch-los – vorzieht, in der Auslegung zur Negation (einer Affirmation) nicht aufgeht. *Nicht-* ist nicht das *Nicht* der Negation. *Nicht-Mensch* – nicht die bestimmte Negation von *Mensch*, sondern Andeutung einer unbestimmten (unausrichtbaren) *Aus*setzungsbewegung

dessen, was *Mensch* heißt, *als* Mensch *per definitionem* verortet erscheint. *Nicht-x* ist *Alles-andere-als-x*, ohne daß dies *andre*, *alles* andere sich fassen ließe. Einen solchen Unnamen versieht Aristoteles in der Abhandlung *PERI HERMENEIAS / DE INTERPRETATIONE* versuchsweise mit der Benennung *onoma aoriston*: indefinit oder unumgrenzt. Boethius entspricht der griechischen Wendung im Lateinischen durch *nomen infinitum*. Weder bestimmt noch unbestimmt, sondern als Merkmal der Bestimm*bar*keit (heimgesucht vom Schatten der *Un*bestimmbarkeit), taucht die Wendung *oú tís*, gleichsam maskiert, noch in Fichtes erstem, schlechthin unbedingtem Grundsatz *Ich bin* auf, in dem, der ersten Fassung der *GRUNDLAGE DER GESAMMTEN WISSENSCHAFTSLEHRE* (1794) nach, »die Stelle des Prädikats für die mögliche Bestimmung des Ich ins Unendliche leer gelassen wird«. Dieser Halbsatz, oder Satzansatz, von Fichte zum absoluten Grundsatz allen Wissens erhoben, besagt, genau genommen, *Ich bin* – oder *Ich bin …*, und Heller-Roazen präzisiert: »without that syntagma being completed. One might call it a transcendental fragment, or a speculative aposiopese« [ohne den Satz abzuschließen. Man könnte ihn ein transzendentales Fragment oder spekulative Aposiopese nennen]. Es ist, als verzeichneten die wechselnden, immer abreißenden Versuche, mit diesem *a-*, *in-*, oder *un-*, dem *oú* in der losen Wendung *oú tís* begrifflich zurande zu kommen, den Schmerz im gepfählten Auge des Zyklopen. Die Diskussion dieser Versuche führt, in Heller-Roazens Essay auf die Schwelle einer unerhörten, das Verstehen (als Anwendung hermeneutischer Schablonen) suspendierenden Erörterung des Namens, Nennens und Benennens, dessen *Vor*erinnerung im Affix *oú* der Wendung *oú tís*, mit einem anderen Wort im Namen *Oûtis*, anbricht: »The saying reaches further than the said […] we can name what we fail to know« [Weiter als das Gesagte reicht das Sagen […] wir können nennen, was zu wissen uns versagt bleibt] [Daniel Heller-Roazen, *NO ONE'S WAYS. AN ESSAY ON INFINITE NAMING*, New York 2017, S. 13–21 und 153–166; im folgenden: Heller-Roazen, *NO ONE'S WAYS*].

32 Auerbach, *MIMESIS*, S. 9–11.

33 Ebd., S. 10.

34 Auerbach, *MIMESIS*, S. 106.

35 Ebd., S. 94.

36 Ebd., S. 12.

37 Ebd., S. 16.

38 Ebd., S. 25.

39 Lucians von Samosata *SÄMTLICHE WERKE*. Aus dem Griechischen übersetzt und mit Anmerkungen und Erläuterungen versehen von C.M. Wieland, Zweyter Theil, Leipzig 1788, S. 125 [= *POS DEI HISTORIAN SYGGRAPHEIN / HISTORIA QUOMODO CONSCRIBENDA SIT*, 41] — In einem andern Dialog Lukians – *ZEUS TRAGÖDOS* – übersetzt Wieland die Wendung *tèn skáphen skáphen légon*, auch dort, aus dem Mund des Herakles, einem komischen Dichter zugeschrieben, so: »Ich bin, mit dem Komiker zu reden, ein bäurischer Mann und gewohnt, *jedes Ding bei seinem Namen zu nennen*«. — Zur Herkunft der Wendung des – anonymen – *Komischen Dichters* siehe *COMICORUM ATTICORUM FRAGMENTA*, hrsg. von Theodor Kock, Band 3, Leipzig 1888, S. 451 [fr. 227].

40 Plutarch, *MORALIA* 178 b. — Den Bedeutungsfächer des griechischen Nomens σκαφη öffnet Franz Passow so: »[...] jeder ausgegrabne od. ausgehöhlte Körper, bes. a) *Schaff*, Wanne, Trog, Mulde, Becken [...] sprüchw. *tèn skáphen skáphen légein*, von biedern u. derben Leuten, die die Sache beim eigentlichen Namen nennen [...] *Backtrog* [...] *Waschtrog*, *Waschwanne* [...] *Badewanne* [...] *ein Becken zum Fusswaschen* [die Szene der Anagnorisis des heimkehrenden Odysseus, in dem Augenblick, wo Eurykleia, die dem Fremden die Füße in einem glänzenden Becken – *lébes* – wäscht, dessen Narbe fühlt, ist um ein solches *Schaff* – *skáphe* – verhalten] [...] ein kleines *Schiff*, Kahn, Nachen, Barke [...]«. Diesen Bedeutungsfächer teilt *skáphe* mit dem Nomen σκαφος, das außerdem, vor *skáphe* zurück, den Vorgang des Grabens und Höhlens, wie den Grab*scheit* nennt: »*das Graben* [...] *Grabscheit*, Hacke« [Passow, *HANDWÖRTERBUCH*, Band 2/2, S. 1438–1439].

41 *OPERA OMNIA* Desiderii Erasmi Roterodami, Band II/3

[*ADAGIORUM CHILIAS SECVNDA, PARS PRIOR*], hrsg. von M. Szymanski, Amsterdam 2005, S. 220–221. — Unter der Überschrift *FICVS FICVS, LIGONEM LIGONEM VOCAT* [Er nennt Feige Feige, Spaten Spaten] zitiert und übersetzt Erasmus: »*Tà suka suka, tèn skáphen skáphen légon*, id est / *Ficusque ficus ac ligonem nominans / Ligonem*« [Adagium 1205; siehe auch Adagium 1149].

42 *APOPHTHEGMATUM SIUE SCITE DICTORUM LIBRI SEX* [...] *per DES. ERASMVM ROTERODAMVM* [...], Basel 1531.

43 *APOPHTHEGMES, that is to saie, prompte, quicke, wittie and sentencious saiynges, of certain Emperours, Kynges, Capitaines, Philosophiers and Oratours, as well Grekes, as Romaines, bothe veraye pleasaunt & profitable to reade, partely for all maner of persones, & especially Gentlemen. First gathered and compiled in Latine by the ryght famous clerke Maister Erasmus of Roterodame. And now translated into Englyshe by Nicolas Udall*, London 1542, S. 167. – Allerdings weicht Udalls englische Übersetzung der lateinischen Glosse des Erasmus dadurch von Erasmus ab, daß er nicht nur dessen Fehlübersetzung (*qui ligonem nihil aliud nossent vocare quam ligonem*) folgt, *skáphe* durch *Spaten* [*spade*] zu entsprechen, sondern außerdem *skáphe* aus dem bei Erasmus zitierten Spruch des griechischen Komikers – *tà suka suka, tèn skáphen skáphen légon* – durch *Boot* [*bote*] übersetzt: »Alludyng to that the commenused proverbe of the grekes, callyng figgues, figgues: and a bote a bote. As for his menyng was, that thei wer traitours in veraye deede. And the fair flatte truthe, that the vplandyshe, or homely and plain clubbes of the countree dooen vse, nameth eche thyng by the right names«.

44 Grimm, *DEUTSCHES WÖRTERBUCH*, Band XI, I, 1, Leipzig 1935, Spalte 1253.

45 Grimm, *DEUTSCHES WÖRTERBUCH*, Band XI, I, 2, Leipzig 1952, Spalte 154.

46 Hugo von Hofmannsthal, »Der Dichter und diese Zeit. Ein Vortrag«, in ders., *SÄMTLICHE WERKE. KRITISCHE AUSGABE*, Band 33 [*REDEN UND AUFSÄTZE 2*] , hrsg. von Konrad Heumann und Ellen Ritter, Frankfurt am Main 2009, S. 136–137

[im folgenden: von Hofmannsthal, *DER DICHTER UND DIESE ZEIT*].

47 Der Dichter – *Niemandssache*. In einem Brief an Friedrich Schiller, *d. 4 Sept. [17]95*, nennt Friedrich Hölderlin, mit einer paradoxen Wendung, sich als *res nullius* dem Adressaten angehörig: »Ich gehöre ja – wenigstens als *res nullius* – Ihnen an« [Friedrich Hölderlin, *SÄMTLICHE WERKE UND BRIEFE*, hrsg. von Michael Knaupp, Band 2, München 1992, S. 595; im folgenden: Hölderlin, *SÄMTLICHE WERKE UND BRIEFE*]. *Res nullius*, Niemandsdinge, die keinem gehören, sind, ihrer Definition in den *INSTITUTIONEN* des *CORPUS IURIS CIVILIS* nach [II. 1, 7], *res sacrae et religiosae et sanctae*: »die sakralen, religiösen und sakrosankten Sachen« (wie Stadtmauern und Tore). Einen religiösen Ort – *religiosum locum* – kann, wiederum den *INSTITUTIONEN* nach [II. 1, 9], »jedermann nach seinem Willen dadurch schaffen, daß er auf seinem Grundstück einen Toten bestattet«: *mortuum infert in locum suum* [*CORPUS IURIS CIVILIS. DIE INSTITUTIONEN*, hrsg. von Okko Behrends / Rolf Knütel / Berthold Kupisch / Hans Hermann Seiler, Heidelberg 1999, S. 48; im folgenden: *CORPUS IURIS CIVILIS. DIE INSTITUTIONEN*]. Mit dem paradoxen Angehören, im Brief an Schiller, spielt Hölderlin auf sich (der Alexiuslegende nah, den Adressaten in die Rolle des Hausvaters drängend), auf der Schwelle zum Toten, als *lebendig Toten* an und präzisiert so, unter der Hand, den Brief, der weder mehr dem Absender noch Adressaten eignet, zum Niemandsbrief – *litterae nullius* –: Niemandsletter, Niemandsliteratur; die Sprache aber, nicht nur dieses Briefs, zur Niemandssprache. In einem Briefentwurf, vier Jahre später, Ende Juni 1799, an Susette Gontard, schreibt Hölderlin: »Wenn ich an große Männer denke, in großen Zeiten [...] und dann an mich [...] – siehe! da geht ein wunderbarer Schauer mir durch alle Glieder, und leise ruf' ich mir das Schrekenswort zu: lebendig Todter« [s. o., S. 779]. Zur Diskussion der Wendung *res nullius* (insbesondre im Zusammenhang mit Kafkas lebendigtotem *Jäger Gracchus*) siehe Peter Fenves, »Niemands Sache. Die Idee der ›Res Nullius‹ und die

Suche nach einer Kritik der Gewalt«, in *PHILO : XENIA*, hrsg. von Thomas Schestag, Basel 2009, S. 123–205.

48 von Hofmannsthal, *DER DICHTER UND DIESE ZEIT*, S. 136.

49 Ebd., S. 137–138.

50 Gelesen hat Hugo von Hofmannsthal die Alexius-Legende wohl in dieser Ausgabe, die Teil seiner Bibliothek war: *GESTA ROMANORUM / DAS ÄLTESTE MÄHRCHEN- UND LEGENDENBUCH DES CHRISTLICHEN MITTELALTERS / ZUM ERSTEN MALE VOLLSTÄNDIG AUS DEM LATEINISCHEN IN'S DEUTSCHE ÜBERTRAGEN, <...> MIT ANMERKUNGEN <...> VERSEHEN VON DR. JOHANN GEORG THEODOR GRÄSSE. 3. AUSGABE. UNVERÄNDERTER NACHDRUCK DER ORIGINAL-AUSGABE VON 1842*, 2 Teile, Leipzig 1905 [*VOM LEBEN DES HEILIGEN ALEXIUS, DES KAISERS EUFEMIANUS SOHN* in Teil 1, S. 24–30]. — In einer Erläuterung zur Alexius-Legende verweisen die Herausgeber des Vortrags *DER DICHTER UND DIESE ZEIT* auf eine Stelle in Hölderlins Briefroman *HYPERION ODER DER EREMIT IN GRIECHENLAND*, die (neben dem Vergleich Hyperions mit dem *heimathlosen blinden Oedipus*) eine Erinnerung an den heimkehrenden *Alexius* mit dem unerkannten *Ulyß* im Augenblick der Heimkehr nach Ithaka zu verschränken scheint: »So kam ich unter die Deutschen [...] Demüthig kam ich, wie der heimathlose blinde Oedipus zum Thore von Athen [...] Es ist auch herzzerreißend, wenn man eure Dichter, eure Künstler sieht [...] Sie leben in der Welt, wie Fremdlinge im eigenen Haus, sie sind so recht wie der Dulder Ulyß, da er in Bettlergestalt an seiner Thüre saß, indeß die unverschämten Freier im Saale lärmten und fragten, wer hat uns den Landläufer gebracht?« [von Hofmannsthal, *DER DICHTER UND DIESE ZEIT*, S. 551–552]. In einem hymnischen Entwurf, *DER ADLER*, Jahre später, um 1804, wird das *Herzzerreißende* des Wohnens der Dichter und Künstler, wie Fremdlinge im eigenen Haus, zum Rat zurückgenommen: »Will einer wohnen, / So sei es an Treppen, [...] Und was du hast, ist / Athem zu hohlen« [Hölderlin, *SÄMTLICHE WERKE UND BRIEFE*, Band 1, S. 471]. — Zitate aus dem lateinischen Text der Alexius-Legende im folgenden nach

GESTA ROMANORUM, hrsg. von Hermann Oesterley, Berlin 1872, S. 292–300 [Cap. 15. *DE VITA SANCTI ALLEXII FILII EUPHEMIANI IMPERATORIS*].

51 *THE GOLDEN LEGEND OR LIVES OF THE SAINTS AS ENGLISHED BY WILLIAM CAXTON* [1483], hier zitiert nach einer Transkription im Anhang zu *GESTA ROMANORUM*, translated from the Latin by the Rev. Charles Swan, London 1912, S. 360.

52 *LA VIE DE SAINT ALEXIS*, Édition critique par Maurizio Perugi, Genf 2000, S. 174–176.

53 Franz Kafka, *EIN LANDARZT. KLEINE ERZÄHLUNGEN*, München und Leipzig 1919 [= Frühjahr 1920], S. 95–101.

54 František Št. Kott, *TSCHECHISCH-DEUTSCHES WÖRTERBUCH* [*ČESKO-NĚMECKÝ SLOVNÍK ZVLÁŠTĚ GRAMMATIKO-FRASEOLOGICKÝ*], Band 2, Prag 1880, S. 296: »**Odpadek** [...] der Abfall«.

55 Adelung, *WÖRTERBUCH*, Band 1, Spalte 33. Eine Bedeutung, die auch aus dem tschechischen Nomen *Odpad* wiederkehrt: »**Odpad** [...] **od čeho**: [...] der Abfall vom Glauben« [Kott, *TSCHECHISCH-DEUTSCHES WÖRTERBUCH*, Band 2, S. 296]. Neben einer – losen – Reihe anderer: »**Odpadlec** [...] ein Abtrünniger, Abgefallener. [...] **Odpadlictví** [...] Apostase [...] **Odpadlský**, apostatisch. [...] **Odpadlství** [...] der Abfall, die Abtrünnigkeit« [ebd.]. –– In seiner Studie »Die Geste im Namen. Benjamin und Kafka« zitiert Werner Hamacher eine Deutung Odradeks, die Max Brod in seinem Kafka-Essay von 1922 an einer Stelle vorlegt, die unter dem Wort *Skala* an die *Treppe* rührt. Es ist »eine ganze Skala slavischer Worte«, die in *Odradek* »anklingt, die ›Abtrünniger‹ bedeuten, abtrünnig vom Geschlecht, *ros*, vom *Rat*, dem göttlichen Schöpfungsbeschluß, *rada*«. Die *ganze Skala*, den Cluster jener *Odpad*-Wörter, unter ihnen *Odpadek*, aber hält Brod unter Verschluß: unter der Treppe. Im Umkreis des Brod-Zitats führt Hamacher *Apostasie* und *Name*, den Namen *Odradek*, durch die Enge: »Apostat vom Namen, ist er [der Name] zur bloßen Geste der Benennung suspendiert. [...] *Odradek* heißt Apostat [...] Der Name – *Odradek* – ist der Apostat von der Ordnung der Spra-

che und von der Ordnung [...] überhaupt« [Werner Hamacher, *ENTFERNTES VERSTEHEN*, Frankfurt am Main 1998, S. 303, 307–308]. Der dem Namen abfallende Name – *Odradek* – fällt an dieser Stelle *im Namen* der *Apostasie* – *Odpadek* – vom Namen ab; fast so, als hielte er am Abfall fest: als bliebe er am Abfall, *als* Abfall, hängen. Die in *Odradek* spielende Apostasie legt aber durch den Abfall, weil *Odradek* noch dem im Nomen *Odpadek* bedeuteten Abfall abfällt, Risse. *Odradek* verdichtet, lose genug, was, stotternd, stammelnd, [... Ap-, Ap-] *Ap-Apostasie* heißen mag (zur Frage des Abfalls vom Abfall in Schriften Franz Kafkas, insbesondre um Szenen *zu Tisch* und um *Sekten*bildung verhalten, siehe weiter unten, S. 125–134).

56 Adelung, *WÖRTERBUCH*, Band 1, Spalte 33.

57 Ebd., Spalte 34.

58 Grimm, *DEUTSCHES WÖRTERBUCH*, Band I, Leipzig 1854, Spalte 94.

59 Franz Kafka, *DER VERSCHOLLENE*, hrsg. von Jost Schillemeit, Frankfurt am Main 1983, S. 288–289 [im folgenden: Kafka, *DER VERSCHOLLENE*].

60 Kafka, *BRIEFE 1913 – MÄRZ 1914* [an Felice Bauer in Berlin; Prag, 21./22. Februar 1913], S. 104.

61 Kafka, *BRIEFE 1913 – MÄRZ 1914* [an Max Brod in Prag; Prag, 3. April 1913], S. 152.

62 Franz Kafka, *OXFORDER OKTAVHEFT 3* [Februar/März 1917] hrsg. von Roland Reuß und Peter Staengle, Frankfurt am Main 2008, S. 4–9 [Abdruck der Manuskriptseiten mit freundlicher Genehmigung der Bodleian Library, Oxford]; Hinweise von Roland Reuß zur Semantik des Wortes *Absatz* in »Die Oxforder Oktavhefte 3 und 4. Zur Einführung«, *FRANZ KAFKA-HEFT 6*, S. 8–14.

63 Kafka, *NACHGELASSENE SCHRIFTEN UND FRAGMENTE I*, hrsg. von Malcolm Pasley, Frankfurt am Main 1993, S. 335 [im folgenden: Kafka, *NACHGELASSENE SCHRIFTEN UND FRAGMENTE I*]; außerdem Apparatband, S. 285–286.

64 Grimm, *DEUTSCHES WÖRTERBUCH*, Band IV, II, Leipzig 1877, Spalte 736.

65 Kafka, *NACHGELASSENE SCHRIFTEN UND FRAGMENTE I*, S. 329–330.

66 Abfallend wie das Gäßchen (fast Abzugsgraben: *Dole*), Gosse, erfüllt von Kinderlärm: »Der Lehrer nickte und zog mit den gleich wieder losschreienden Kinderhaufen weiter. Sie verschwanden bald in einem jäh abfallenden Gäßchen«. Franz Kafka, *DAS SCHLOSS*, hrsg. von Malcolm Pasley, Frankfurt am Main 1982, S. 20.

67 Franz Kafka, *BRIEFE 1900–1912*, hrsg. von Hans-Gerd Koch, Frankfurt am Main 1999 [an Felice Bauer in Berlin; Prag, 17. November 1912], S. 241 [im folgenden: Kafka *BRIEFE 1900–1912*].

68 Grimm, *DEUTSCHES WÖRTERBUCH*, Band I, Leipzig 1854, Spalte 94.

69 *KINDER- UND HAUSMÄRCHEN GESAMMELT DURCH DIE BRÜDER GRIMM* (Ausgabe letzter Hand mit den Originalanmerkungen der Brüder Grimm) [7 1857], hrsg. von Heinz Rölleke, Band 1 [Nr. 42], Stuttgart 1989, S. 224–226.

70 Grimm, *DEUTSCHES WÖRTERBUCH*, Band IV, I,3, Leipzig 1911, Spalte 4641.

71 Kafka, *BRIEFE 1913 – MÄRZ 1914* [an Felice Bauer in Berlin; Prag, 7./8. Februar 1913], S. 81–82.

72 In einem Brief an Max Brod [Prag, 29. August 1917] nennt Kafka, in Anspielung an den Blutsturz aus der Lunge drei Wochen zuvor, den Ort, an dem keiner weiß, *was oben und unten ist*, Babel. Ausriß aus dem Treppenhaus im Innern des innern babylonischen Turms: »[...] der Vorgang in einem Stockwerk des innern babylonischen Turmes und was oben und unten ist, weiß man in Babel gar nicht« [Franz Kafka, *BRIEFE APRIL 1914–1917*, hrsg. von Hans-Gerd Koch, Frankfurt am Main 2005, S. 310] [im folgenden: Kafka *BRIEFE APRIL 1914–1917*.

73 Kafka, *BRIEFE 1900–1912* [an Felice Bauer in Berlin; Prag, 25. Dezember 1912], S. 360.

74 Martin Luther, *EYN SERMON VON DEM HEYLIGEN HOCHWIRDIGEN SACRAMENT DER TAUFFE* [1519], in *D. MARTIN LUTHERS WERKE. KRITISCHE GESAMTAUSGABE*, Band 2,

Weimar 1884, S. 728; siehe auch Thomas Schestag, »Nahmen nehmen. Zur Theorie des Namens bei Carl Schmitt«, in *MODERN LANGUAGE NOTES*, Band 122, Nr. 3 [April 2007], S. 544–562.

75 Max Brod, *FRANZ KAFKA. EINE BIOGRAPHIE* [1954], in ders., *ÜBER FRANZ KAFKA*, Frankfurt am Main 1974, S. 114.

76 Franz Kafka, *NACHGELASSENE SCHRIFTEN UND FRAGMENTE II*, hrsg. von Jost Schillemeit, Frankfurt am Main 1992, S. 379–380 [im folgenden: Kafka, *NACHGELASSENE SCHRIFTEN UND FRAGMENTE II*].

77 Kafka, *BRIEFE 1900 – 1912* [an Felice Bauer in Berlin; Prag, 20./21. Dezember 1912], S. 348.

78 Kafka, *DER VERSCHOLLENE*, S. 57.

79 Kafka, *BRIEFE 1900 – 1912* [an Felice Bauer in Berlin; Prag, 3. Dezember 1912], S. 296.

80 Kafka, *NACHGELASSENE SCHRIFTEN UND FRAGMENTE II*, S. 67 und 129.

81 Kafka, ebd., S. 155–156.

82 Kafka, *BRIEFE 1900 – 1912* [an Felice Bauer in Berlin; Prag, 1. November 1912] S. 202.

83 Kafka, *NACHGELASSENE SCHRIFTEN UND FRAGMENTE II*, S. 189.

84 Ebd., S. 187.

85 Ebd., S. 188.

86 Ebd., S. 204.

87 Kafka, *BRIEFE 1918 – 1920* [an Milena Pollak in Wien; Prag, vermutlich 2. Oktober 1920], S. 354.

88 Kafka, *NACHGELASSENE SCHRIFTEN UND FRAGMENTE II*, S. 194.

89 Kafka, *BRIEFE 1918 – 1920* [an Milena Pollak in Wien; Prag, vermutlich 7. Oktober 1920], S. 355.

90 Kafka, *NACHGELASSENE SCHRIFTEN UND FRAGMENTE II*, S. 341–342.

91 In einem Brief, am 10. Januar 1918, aus Zürau an Max Brod, erwähnt Kafka die *Vorlesung des Tröltschaufsatzes*, dort auf *LUTHER UND DER PROTESTANTISMUS* (1917) bezogen: »Mir [...] ist letzthin bei Vorlesung des Tröltschaufsatzes einge-

fallen«: nicht auszuschließen, daß die Rede vom *Einfall* die Erinnerung an die Diskussion des *Abfalls* in jener andern Schrift von Troeltsch ausgelöst hat [Kafka, *BRIEFE 1918 – 1920*, S. 13].

92 Ernst Troeltsch, *DIE SOZIALLEHREN DER CHRISTLICHEN KIRCHEN UND GRUPPEN* [1911], in ders. *GESAMMELTE SCHRIFTEN*, Band 1, Tübingen 1922, S. 367–375.

93 Zur Diskussion des Verhältnisses von *Apostasie* und *Konversion* siehe Jean-Claude Milner, *LE SAGE TROMPEUR. LIBRES RAISONNEMENTS SUR SPINOZA ET LES JUIFS*, Kapitel 6 (»Éloge de l'apostasie«) und 7 (»Une, deux, trois apostasies«), Lagrasse 2013, S. 73–100. Siehe auch Milners kleine Studie »Platon, interprète de Kafka«, die in *Odradek* ein Partialanagramm von *Dodekaeder* diskutiert; an einer Stelle, ohne der Verwicklung Odradeks in *Apostasie* nachzugehn, streift sie auch den Abfall: »Il est la créature qui a émergé des charniers et des décombres« [Er ist die aus den Leichenhaufen, Beinhäusern, aus Abraum aufgetauchte Kreatur]. [Jean-Claude Milner, *LA PUISSANCE DU DÉTAIL*, Paris 2014, S. 67–82.]

94 Unter den Anmerkungen von Jacob und Wilhelm Grimm zu *ASCHENPUTTEL*, verhalten um die Stelle, an der dem *armen Kind* von den Stiefschwestern der Name, den das Märchen trägt, gegeben wird – »Wenn es müd war Abends kam es in kein Bett, sondern mußte sich neben dem Heerd in die Asche legen. Und weil es da immer in Asche und Staub herumwühlte und schmutzig aussah, gaben sie ihm den Namen *Aschenputtel*« –, findet sich, aufgelesen unter andern, ähnlichen Märchen- und Sagenmotiven, auch die Erinnerung »an den Alexius, der in seines Vaters kaiserlichem Haus unter der Stiege wie ein Knecht wohnt«. Diese Erinnerung löst in den *ANMERKUNGEN* eine andre, unterschwelligere, an *Odysseus* (in Namenlosigkeit gehüllt) aus: »Es war uralte Sitte daß der Unglückliche sich in die Asche setzte, so setzt sich Odysseus, der als Fremdling und um Hilfe flehend zu dem Alkinoos geredet hat, demüthig in die Asche am Herd nieder [...]«. Nämlich so: »Sprachs und ließ sich nieder am Herd in der Asche, am Feuer; / Jene indessen verstummten alle in lautloser Stille«

[Homer, *ODYSSEE* 7, 153–154]. Unter diese Schwelle zurück bitten die *ANMERKUNGEN* um deren Vergleich mit einer andern Stelle, weiter unten, in der *ODYSSEE*. Es ist, in Buch 11 – *NEKYIA* –, das die Reise des Odysseus in die Unterwelt beschreibt, die Erinnerung, aus dem Mund der toten Mutter, an den Gram des Vaters über den verlorenen Sohn: »Kommt dann der Winter, / Schläft auch er, wo die Diener schlafen im Haus, auf dem Boden, / Nahe beim Feuer [...]« [Homer, *ODYSSEE* 11, 190–191]. *KINDER- UND HAUSMÄRCHEN GESAMMELT DURCH DIE BRÜDER GRIMM* [siehe oben Anm. 69], Band 1, S. 137 (Wortlaut hier nach dem Erstdruck von 1812); Band 3, S. 38.

95 Kafka, *BRIEFE 1918 – 1920* [an Milena Pollak in Wien; Prag, 13. August 1920], S. 308–309.

96 Franz Kafka, *TAGEBÜCHER*, hrsg. von Hans-Gerd Koch, Michael Müller und Malcolm Pasley, Frankfurt am Main 1990, S. 725–726.

97 Franz Kafka, *AMTLICHE SCHRIFTEN*, hrsg. von Klaus Hermsdorf und Benno Wagner, Frankfurt am Main 2004, S. 395–405. — Das Ende des *Ende* überschriebenen Kapitels von *DER PROCESS*, das Kafka nicht *am Ende* schreibt, sondern vorwegnimmt, *Ende* so in den Abfall vom Willen zum Ende und *Process*ende spielen läßt, den Process vorderhand brachlegt und der Verbrachung überläßt, spielt in einen, spielt in einem *kleinen Steinbruch, verlassen und öde*. Auf der Suche nach einer passenden Stelle für K.'s Exekution – oder Lebens*ende* – wird einer der Herren fündig: »Es war nahe der Bruchwand, es lag dort ein losgebrochener Stein«. Der Stein, an den die Herren K. lehnten, obenauf seinen Kopf zu betten, ist kein *Terminus*, sondern der losgebrochene, nahe der Bruchwand im Steinbruch, bleibt Schauplatz fortgesetzter Brechungen, nicht zuletzt im Blick. Losbrechungen überlassen: »Mit brechenden Augen sah noch K. [...]«. Die brechenden – ohne den Weg zu *gebrochenen* zurückzulegen – trennen den Blick, der die Entscheidung zu beobachten sucht, das *Ende* – einen Zeitpunkt – festgestellt zu haben, auf. Die brechenden Augen zerfällen den Zeitraum, der (in jedem Wort)

am Ort des Endes an-, auf-, ab-, -bricht, zu (bröckelndem) *Ab*raum. Den kein Blick, *Kafka* ferner oder näher, in den Griff kriegt: *-kryvka*. [Franz Kafka, *DER PROCESS, ENDE*, hrsg. von Roland Reuß, unter Mitarbeit von Peter Staengle, Basel / Frankfurt am Main 1997, S. 18–25.]

98 Fast wie um Abschied zu nehmen, für immer. Franz Kafka in einem Brief an Max Brod: »Wäre es Abschied für immer gewesen [vom Bureau] dann wäre ich bereit gewesen, nach 6stündigem Diktieren etwa noch auf den Knien das ganze Treppenhaus zu waschen vom Boden bis zum Keller und auf diese Art jeder Stufe die Dankbarkeit des Abschieds zu beweisen.« [Kafka, *BRIEFE APRIL 1914–1917* (Marienbad, 5. Juli 1916), S. 168.] So aber wird, im Waschen, Abwaschen jeder Stufe, jede einzelne – Absatz für Absatz – von aller Überschrift, von aller Unterschrift, von -schrift zu reinigen, alle Lettern, von ganz oben unterm Dach – nämlich vom *Boden* – bis nach unten – *bis zum Keller* –, auf Knien abzutragen –; weil die wischende Geste des Waschens den Schreibvorgang, den sie unterbricht, auf jeder Stufe wiederholt (sie schreibt, *indem* sie abreibt, ein), einer jeden Stufe, jedem losen Blatt die Ahnung eines Abschieds eingetragen, der Abschied vom Abschiednehmen nimmt. *Abschied (vom Abschied)*, aus der Erinnerung an das tschechische Verb **Odrhati** – abreiben, reinigen, -scheuern –, wie den Augen, Händen, Knien dessen inne, der das ganze Treppenhaus zum Abschied hätte fortwaschen, auswischen wollen, vom Reinigen bereinigt, in ein Wort getan, das ins Namenlose spielt: *Od-*

99 Homer, *ODYSSEE* 9, 364–412. — In seiner Antwort auf die Frage *Qui vient après le sujet?* [Wer kommt nach dem Subjekt?], erschienen unter dem Titel *LA RÉPONSE D'ULYSSE* [Die Antwort des Odysseus] (1988), hat Philippe Lacoue-Labarthe darauf hingewiesen, daß die zwischen *oú tís* und *Oûtis*, *niemand* und *Niemand*, einem Namen und keinem oszillierende Antwort des Odysseus auf die Frage des Zyklopen, wer er sei, weder der Frage *Wer?* noch der Frage *Was?* entspricht, weder Auskunft über die *essentia* noch die *existentia* des Befragten, ohne mit Antwort zurückzuhalten, gibt. Der Zyklop for-

dert: »Sag mir deinen Namen gleich, jetzt« [*moi teòn oúnoma eipè / autíka nûn*]. Doch was ans Ohr schlägt, was ins Auge fällt, löst Verwirrung aus: »La réponse d'Ulysse [...], si l'on s'y attache un tant soit peu, est parfaitement énigmatique: a-t-on remarqué par exemple que lorsqu'Ulysse répond ›Personne‹ (en grec: *outis* ou bien *oudeis*), c'est son propre nom (*Odysseus*) qu'il déforme à peine? La ruse (qu'on croit volontiers grossière, ou ›enfantine‹) comporte le risque, au défaut (ou au plus juste) de la prononciation, de l'aveu du vrai nom – ou tout au moins de l'énoncé d'un nom. Et d'un nom lui-même ni plus ni moins signifiant que ne le sont en général les noms mythiques. À la question de Polyphème: ›Qui?‹, Ulysse semble répondre par un ›quoi‹, négativement (personne: non pas rien, mais nul être humain). Mais en répondant ›Personne‹, il entend bien répondre à la question ›Qui?‹ [...]. Autrement dit, la ruse n'est ruse, et à ce point enjouée (et vertigineuse), que parce que se confondent dans la réponse [...] les deux instances du *quoi* et du *qui*: du *was* et du *wer*« [Die Antwort des Odysseus [...], hält man auch nur für einen Augenblick inne, ist vollkommen rätselhaft: ist zum Beispiel aufgefallen, daß Odysseus, wenn er ›Niemand‹ antwortet (im Griechischen: *outis* oder *oudeis*), seinen Eigennamen (*Odysseus*) unmerklich entstellt? Die List (die man gern grobschlächtig oder ›kindisch‹ nennt) birgt das Risiko, bei fehlerhafter (oder treffender) Aussprache, den wahren Namen preiszugeben – zumindest das Ausgebot (*énoncé*) eines Namens. Nicht bedeutungsvoller oder -ärmer als mythische Namen schlechthin. Der Frage Polyphems: »Wer?« scheint Odysseus, negativ, zu entsprechen durch ein ›was‹ (niemand: nicht *nichts*, sondern *Nicht*-Mensch). Doch indem er »Niemand« antwortet, hält er mit Antwort auf die Frage ›Wer?‹ nicht zurück [...]. Anders gesagt, die List ist List nur, unerhört lose (und schwindelerregend), weil die Antwort beide Ansuchen, *was* und *wer*, verwirrend mischt] [Philippe Lacoue-Labarthe, *LA RÉPONSE D'ULYSSE ET AUTRES TEXTES SUR L'OCCIDENT*, hrsg. von Aristide Bianchi und Leonid Kharlamov, Fécamp 2012, S. 7–21; 162–163]. Der wiederholte Hinweis auf die List – *mêtis* – des Antwortenden erinnert unausdrücklich eine Verwirrung mehr: daß an der Stelle in Buch neun der *ODYSSEE* um die Antwort *Oûtis* / *oú tís* auch das Nomen ***mêtis*** aufgetrennt erscheint. Denn wie *oú* nennt *mé* im Griechischen eine verneinende Partikel: *mé tís*, auseinandergeschrieben, variiert, synonym, *oú tís*: nicht-wer, nicht-(irgend) einer, nie-mand, k-einer. So taucht es an einer Stelle im neunten Gesang aus dem Mund der herbeigerufenen Zyklopen als Antwort auf die Auskunft Polyphems – »Freunde! Keiner (***Oûtis***) will mich mit List (*dólo*) oder Stärke ermorden« – auf: »Wenn dich Einsamen wirklich keiner (***mé tís***) mit Kraft überwältigt [...]«. Auf die Komplizität zwischen *mé tís* und *mêtis*, *oú tís* und *Oûtis* (ausgelöst weniger durch Akzentversetzung als durch *Pausen*, im Sprechen wie Horchen, die den verbindlich angenommenen Zusammenhalt der Silbenketten lockern) ist vielfach hingewiesen worden. Im Detail diskutiert sie das Kapitel *»Outis*: The Noman-clature of the Self« [*Outis*: die Niemand-klatur des Selbst] in John Peradotto, *MAN IN THE MIDDLE VOICE. NAME AND NARRATION IN THE ODYSSEY*, Princeton, 1990, S. 142–170. Siehe auch Heller-Roazen, *NO ONE'S WAYS*, S. 7–11 [und oben Anmerkung 31].

100 *GREEK EPIC FRAGMENTS. FROM THE SEVENTH TO THE FIFTH CENTURIES BC*, hrsg. und übersetzt von Martin L. West, Cambridge, Massachusetts 2003, S. 152 [im folgenden: *GREEK EPIC FRAGMENTS*].

101 Friedrich Schlegel, »Ueber die Unverständlichkeit«, in *ATHENAEUM. EINE ZEITSCHRIFT VON AUGUST WILHELM SCHLEGEL UND FRIEDRICH SCHLEGEL*, Dritten Bandes Zweites Stück, Berlin 1800, S. 342.

102 Homer, *ODYSSEE* 10, 496.

103 Ebd., 10, 560.

104 Ebd., 11, 77.

105 Ebd., 11, 78 (Übersetzung von Wolfgang Schadewaldt).

106 *HOMERS ODÜßEE ÜBERSEZT VON JOHANN HEINRICH VOSS, HAMBURG, AUF KOSTEN DES VERFASSERS, 1781.*

107 Passow, *HANDWÖRTERBUCH*, Band 1/2, S. 1403.

108 Ebd.

109 Ebd.

110 Hölderlin, *SÄMTLICHE WERKE UND BRIEFE,* Band 2, S. 374.

111 Homer, *ODYSSEE* 11, 61.

112 Passow, *HANDWÖRTERBUCH*, Band 1/1, S. 45.

113 Homer, *ODYSSEE* 11, 91.

114 Ebd., 11, 100.

115 Passow, *HANDWÖRTERBUCH*, Band 2/1, S. 364.

116 Homer, *ILIAS*, übertragen von Hans Rupé, München ^{8}1983 [1, 249: *tou kai apò glósses mélitos glukíon rhéen audé*]; in Hölderlins Übersetzung: »von welches Munde die Rede süßer als Hönig träufte« [*SÄMTLICHE WERKE UND BRIEFE*, Band 2, S. 125].

117 Passow, *HANDWÖRTERBUCH*, Band 2/1, S. 364.

118 Homer, *ODYSSEE* 11, 120–129.

119 Ebd., 11, 150.

120 Kleines Verbarium zum meerabgewandten Tragen des Ruders: WM. F. Hansen, »The Story of the Sailor Who Went Inland«, in *FOLKLORE TODAY. A FESTSCHRIFT FOR RICHARD M. DORSON*, hrsg. von Linda Dégh, Henry Glassie, Felix J. Oinas, Bloomington 1976, S. 221–230; William F. Hansen, »Odysseus and the Oar: A Comparative Approach to a Greek Legend«, in *APPROACHES TO GREEK MYTH*, hrsg. von Lowell Edmunds, Baltimore (^{1}1990), 2014, S. 245–279; Charles Segal, »Teiresias in the Yukon: On Folktale and Epic«, in ders., *SINGERS, HEROES, AND GODS IN THE ODYSSEE*, Ithaca und London, 1994, S. 184–197.

121 Homer, *ODYSSEE* 11, 132.

122 Ebd., 11, 209.

123 Ebd., 23, 251–253.

124 Ebd., 23, 264.

125 Ebd., 23, 267–276.

126 Ebd., 11, 134.

127 Proclus, *CHRESTOMATHIA*, suppleta ex Apollod. Epit. 7.34–37, in *GREEK EPIC FRAGMENTS*, S. 166–169.

128 Hölderlin, *SÄMTLICHE WERKE UND BRIEFE*, Band 1, S. 437.

129 Ebd., S. 436.

130 Ebd., S. 438.

131 Johann Gottfried Herder, *VOLKSLIEDER. NEBST UNTERMISCHTEN ANDERN STÜCKEN. ZWEITER THEIL*, Leipzig 1779, S. 5–7.

132 Hölderlin, *SÄMTLICHE WERKE UND BRIEFE*, Band 1, S. 437.— Unter dem *Vielen*, zu behalten, das die *eine* Last spaltet und ins Unhaltbare spielt, weil es den Zusammenhalt der Wörter, aus Lettern, auftrennt, liegt unter anderem auch die Erinnerung an zwei Echokammern bloß. *Die eine*: in einem Entwurf zur endgültigen Fassung des *HYPERION* schreibt Hyperion in einem Brief an Bellarmin: »O ich möchte einen Atlas auf mich laden, um die Schulden meiner Jugend abzutragen«. In *ATLAS* spielen zwei Namen, *Atlas* – Sohn des Titanen Iapetos, der das Himmelsgewölbe trug – und der Name einer Bergkette in Nordafrika, ohne eine Kette zu bilden. *Atlas* bricht, untragbar, in den vier zitierten Zeilen des Gedichts *MNEMOSYNE*, aus dem Wort *Last* vor. Und die *Schulden*, die ich durchs Laden eines Atlas auf mich abzutragen suche (unterhalten vom Kalkül: je mehr ich auflade, desto mehr trage ich ab), gehn in die *Schultern* ein: weder mehr aufzuladen noch abzutragen [Hölderlin, *SÄMTLICHE WERKE UND BRIEFE*, Band 1, S. 583]. *Die andere*: eine Erinnerung an Hölderlin (1804 in Homburg vor der Höhe), im *ABENDBLATT* der *FRANKFURTER ZEITUNG*, vom 6. Februar 1894: »Hölderlin bewohnte in dem Hinterhause des Grundstückes Haingasse 8, im ersten Stock, ein einfensteriges Zimmer. Er phantasirte daselbst Tag und Nacht auf einem Klavier, als sich Spuren von Geistesstörung bei ihm zeigten, griff er nicht selten zu Holzscheiten und bearbeitete die Tasten seines Instruments. Er belästigte die Nachbarschaft sehr, aber man wußte, wie unglücklich er war, und ließ ihn ruhig gewähren« [Friedrich Hölderlin, *SÄMTLICHE WERKE, BRIEFE UND DOKUMENTE IN ZEITLICHER FOLGE*, hrsg. von D. E. Sattler, *BREMER AUSGABE*, Band 11, München 2004, S. 17].

133 Zur eigentümlich unumreißbaren Unverfaßtheit des Gedichts siehe Charles de Roche, *FRIEDRICH HÖLDERLIN: PATMOS. DAS SCHEIDENDE ERSCHEINEN DES GEDICHTS*,

München 1999; insbesondere die Abschnitte »Im Sausen des Rohrs« und »Gesetz, los« (S. 118–124 und 138–160).

134 Hölderlin, *SÄMTLICHE WERKE UND BRIEFE*, Band 1, S. 451.

135 Ebd., S. 458. — Drei andere Erinnerungen, *Vor*erinnerungen, um Tenne und Worfelschwinge, werfen, diesen Zeilen unter der Hand eingetragen, das ein und andre Echo. Die ersten beiden an zwei Stellen der *ILIAS*. Beide stellen, abweichend voneinander, zwei Heere in der Schlacht ins Bild des Worfelschwingens. Im fünften Gesang [5, 498–504] treibt Hektor, von Worten des Bundesgenossen Sarpedon, der den Troiern Feigheit vorwirft, verwundet, das fliehende Heer zur Umkehr, gegen die Argeier anzugehn: »Argos Volk dort harrte [in der Übersetzung von Johann Heinrich Voß], gedrängt in Scharen und furchtlos. / Doch wie der Wind hinträget die Spreu durch heilige Tennen, unter der Wurfeler – *andrôn likmónton* – Schwung, wann die gelbgelockte Demeter – *Deméter* – / Sondert – *kríne* – die Frucht und die Spreu – *karpón te kaì áchnas* – im Hauch andrängender Winde; / Fern dann häuft das weiße Gestöber sich: also umzog nun / Weiß von oben der Staub die Danaer, den durch die Heerschar / Hoch zum ehernen Himmel emporgeschlagen die Rosse«. Der *kritische* Augenblick der Sonderung von Spreu und Weizenkorn wird hier so übernommen, daß der Akzent auf den weißen Staub, der von oben, durch den Hufschlag der Pferde aufgewirbelt (deren Hufe Wurfschaufeln gleichen), auf die Griechen fällt, fällt. Dadurch wird aber, im Vergleich, das Korn aus den Augen verloren. Denn wer oder was in dieser in Staub gehüllten Szene dem Korn entspricht, bleibt undurchsichtig. Die an die Stelle der Wurfeler – *likmetér* – rückenden Hufe der Pferde trennen noch den Namen *Deméter* (wörtlich: der Götter Mutter) auf und lassen, verdichtet in die Silbe *lik-*, nichts als ein Lassen übrig, dem die Initiative einer werfenden, worfelnden Hand, Wanne oder Schaufel abgeht. Die andre Szene, die einen Augenblick der Schlacht ins Bild der Wurfschaufel auf der Tenne stellt, findet sich im dreizehnten Gesang der *ILIAS* [13, 588–592]: »Wie von der breiten Schaufel herab auf geräumiger Tenne / Hüpfet der Bohnen Frucht, der gesprenkelten,

oder der Erbsen, / Unter des Windes Geräusch, und dem mächtigen Schwunge des Wurflers – *likmetêros* –: / Also vom Panzer herab dem herrlichen Held Menelaos / Ferne zurückgeprallt, entflog das herbe Geschoß hin«. Diesmal fällt der Akzent im Vergleich auf Pfeile, die Früchten – Bohnen und Erbsen – gleich, vom Worfler in den Wind geworfen, fliegen. Doch die fliegenden Pfeile, wie Früchte, fallen nicht zuhauf, sondern prallen – gleichen so der Spreu im Wind – vom Panzer des Gegners ab und werden in die Ferne abgetrieben – *apoplagchtheìs* – (wo der Blick sie aus den Augen verliert). Die Bebilderung treibt, in beiden Szenen, die Veranschaulichung aus dem Rahmen, der ihr durch den Vergleich der Schlacht mit der Sonderung von Spreu und Weizen, Staub und Frucht, Kern und Hülle, im Wurf des Weizens mit der Schaufel über die Tenne gesteckt schien. Die dritte Vorerinnerung hält eine Stelle im *MATTHÄUSEVANGELIUM* fest [3, 1–12]. Johannes der Täufer predigt (und tauft) in der Wüste, im Namen der Um- oder Abkehr – *metánoia* – (in der Übersetzung Martin Luthers): »Thut busse [...] Sehet zu / || thut rechtschaffene frucht – *karpoùs* – der busse – *metanoías* –. [...] Jch sage euch / Gott vermag dem Abraham aus diesen steinen Kinder zu erwecken. Es ist schon die Axt den Bewmen an die wurtzel gelegt / Darum welcher Bawm nicht gute Frucht bringet / wird abgehawen / vnd ins fewr geworffen. JCh teuffe euch mit Wasser zur busse / Der aber nach mir kompt [...] wird euch mit dem heiligen Geist vnd mit Fewr teuffen. Vnd er hat seine Worffschauffeln – *ptúon* – in der hand / Er wird seine Tenne fegen / vnd den Weitzen in seine Schewnen samlen / Aber die Sprew wird er verbrennen mit ewigem Fewr«. Der Aufruf zur Um- und Abkehr häuft die Vergleiche: Menschen als Bäume, die Abkehr (vom bisherigen Leben) als Frucht (reiflicher Überlegung), die Wassertaufe als vorübergehende Besiegelung der Umkehr, die Feuertaufe – buchstäblich *Pyri*fikation – als deren Intensivierung, die ein für alle Mal die Spreu vom Weizen trennt. Doch die Vergleiche zuhauf gehn ineinander über und vereiteln den Vorsatz der Abwendung vom einen und Hinwendung zum andern. Der eine fängt am andern gleichsam Feuer, so, daß das Feuer der Taufe, als kochte es die Früchte ein, deren Süßigkeit zu konservieren, mit dem Feuer, das die Spreu verbrennt, während der Weizen in die Scheuer fährt, das Feuer der Erlösung mit dem Feuer der Verdammnis in Konflikt gerät: das eine im andern Feuer, ohne daß eins *im Namen* der Erlösung, eins *im Namen* der Vernichtung brennt, verloren geht.

136 *EUANGELIUM S. LUCAS* [8, 5–11], in *LUTHERBIBEL*, Band 3, S. 2091.

137 James Joyce, *ULYSSES* [Paris 1922], London 1985, S. 114.

138 Siehe oben, S. 46 und 272–273.

139 George Oppen, *NEW COLLECTED POEMS,* hrsg. von Michael Davidson, New York 2008, S. 348 und 415 (dort die beiden Briefauszüge).

140 Jean-Jacques Rousseau, *ŒUVRES COMPLÈTES*, hrsg. von Bernard Gagnebin und Marcel Raymond, Band 1, Paris 1959, S. 1044.

141 Ebd., S. 1046–1047.

142 Hölderlin, *SÄMTLICHE WERKE UND BRIEFE*, Band 1, S. 346. — Siehe auch Hans-Jost Frey, »Hölderlin und Rousseau«, in ders., *STUDIEN ÜBER DAS REDEN DER DICHTER*, München 1986, S. 107–134.

143 Heinrich von Kleist, *SÄMTLICHE WERKE UND BRIEFE*, hrsg. von Roland Reuß und Peter Staengle, Band 2, München 2010, S. 754.

144 Hölderlin, *SÄMTLICHE WERKE UND BRIEFE*, Band 1, S. 437.

145 Dante Alighieri, *CONVIVIO / DAS GASTMAHL*, Erstes Buch, Italienisch – Deutsch, in ders., *PHILOSOPHISCHE WERKE* 4/I, hrsg. von Ruedi Imbach, übersetzt von Thomas Ricklin, eingeleitet und kommentiert von Francis Chevenal, Hamburg 1996, S. 6. Zitiert wird im folgenden nach dieser Ausgabe (die Übersetzung hin und wieder modifiziert); der italienische Text wurde verglichen mit der kommentierten Ausgabe des *CONVIVIO*, in Dante Alighieri, *OPERE*, Band 2, hrsg. von Marco Santagata, Mailand 2014.

146 Dante Alighieri, *CONVIVIO / DAS GASTMAHL* I, S. 2.

147 Dante Alighieri, *CONVIVIO / DAS GASTMAHL*, Zweites Buch, Italienisch – Deutsch, in ders., *PHILOSOPHISCHE WERKE* 4/I, hrsg. von Ruedi Imbach, übersetzt und kommentiert von Thomas Ricklin (Übersetzung stellenweise modifiziert), Hamburg 1996, S. 8.

148 Dante Alighieri, *CONVIVIO / DAS GASTMAHL* I, S. 4.

149 *BIBLIA SACRA, IUXTA VULGATAM VERSIONEM*, hrsg. von Robert Weber und Roger Gryson, Stuttgart [5]2007, S. 866 — Auszug aus einer Antwort Marcel Prousts auf die Frage eines Journalisten – »Si vous étiez obligé, pour une raison quelconque, d'exercer un métier manuel, lequel choisiriez-vous, selon vos goûts, vos aptitudes et vos capacités?« [Wenn Sie aus irgendeinem Grund gezwungen wären, ein Handwerk auszuüben: welches käme Ihren Vorlieben, Fertigkeiten und Fähigkeiten am nächsten?] –, (die Antwort erschien, gekürzt, am 3.8.1920 in der Tageszeitung *L'INTRANSIGEANT*): »Vous faites entre les professions manuelles et spirituelles une distinction à laquelle je ne saurais souscrire. L'esprit guide la main. [...] Vous me permettrez de m'autoriser de cette collaboration de la main et de l'esprit, pour vous dire que si je me trouve dans la situation que vous spécifiez, je prendrais comme profession manuelle, précisément celle que j'exerce actuellement: écrivain. Que le papier venait absolument à faire défaut, je me ferais, je crois, boulanger. Il est honorable de donner aux hommes leur pain quotidien. En attendant, je confectionne de mon mieux ce ›Pain des Anges‹ dont Racine (que je cite de mémoire et sans doute avec bien des fautes) disait: [...] [Sie machen zwischen manueller und spiritueller Profession einen Unterschied, den ich nicht teile. Der Geist lenkt die Hand. [...]. Sie werden mir gestatten, mich auf die Autorität dieser Kollaboration von Hand und Geist zu stützen, um Ihnen zu sagen, daß ich in der von Ihnen spezifizierten Situation just jenes Handwerk ergreifen würde, das ich gegenwärtig ausübe: Schriftsteller. Sollte aber das Papier unwiderruflich zur Neige gehn und fehlen, würde ich, glaube ich, Bäcker werden. Es ist ehrenwert, den Menschen ihr tägliches Brot zu geben. Einstweilen setze ich mein Bestes daran, jenes

›ENGELSBROT‹ zu fertigen, von dem Racine (den ich aus dem Kopf, also alles andere als fehlerfrei, zitiere) sagte: [...]] [Marcel Proust, »[Si vous étiez obligé d'exercer un métier manuel ...]«, in ders., *CONTRE SAINTE-BEUVE*, précédé de *PASTICHES ET MÉLANGES* et suivi de *ESSAIS ET ARTICLES*, hrsg. von Pierre Clarac unter Mitarbeit von Yves Sandre, Paris 1971, S. 604–605 und 949–950.

150 *LUTHERBIBEL*, Band 2, S. 1033.

151 Dante Alighieri, *CONVIVIO / DAS GASTMAHL I*, 4–6.

152 Dante Alighieri, *CONVIVIO / DAS GASTMAHL II*, S. 10.

153 Dante Alighieri, *CONVIVIO / DAS GASTMAHL II*, S. 8: »L'uno si chiama litterale [...] L'altro si chiama allegorico, e questo è quello che] si nascondo sotto 'l manto di queste favole« [Der eine heißt buchstäblich [...] Der andre allegorisch, und verbirgt sich unterm Mantel dieser Fabeln].

154 Dante Alighieri, *CONVIVIO / DAS GASTMAHL I*, S. 14–16.

155 Dante Alighieri, *CONVIVIO / DAS GASTMAHL II*, S. 8.

156 Pindar, *SIEGESLIEDER*, Griechisch – Deutsch, hrsg., übersetzt und mit einer Einführung versehen von Dieter Bremer, Darmstadt 1992, S. 232–235.

157 *LUTHERBIBEL*, Band 3, S. 2251 [Act 27, 40–41].

158 Ebd., S. 2250 [Act 27, 23–24].

159 Ebd., S. 2251 [Act 27, 33–35].

160 Homer, *ODYSSEE* 21, 274 [und öfter].

161 Ossip Mandelstam nennt den sechsundzwanzigsten Gesang des *INFERNO*, an einer Stelle im *GESPRÄCH ÜBER DANTE* (1933), die »segelhafteste [*parusnaia*] unter allen Kompositionen Dantes«, und bringt Dante, im Namen der List, Odysseus nah: »die am meisten lavierende, die am besten manövrierende. An Gelenkigkeit, Flexibilität, florentinischer Diplomatie und einer Art griechischen Schlauheit [*kakoi-to grecheskoi khitrosti*] hat sie nicht ihresgleichen« [Ossip Mandelstam, *GESPRÄCH ÜBER DANTE*, Russisch und Deutsch, aus dem Russischen übertragen von Norbert Randow, Leipzig und Weimar 1984, S. 62–63] [im folgenden: Mandelstam, *GESPRÄCH ÜBER DANTE*].

162 Dante Alighieri, *LA DIVINA COMMEDIA. INFERNO*, Canto

XXVI, hrsg. und kommentiert von Anna Maria Chiavacci Leonardi, Mailand 2012, S. 759–795.

163 Rudolf Borchardt, *DANTES COMEDIA DEUTSCH*, Sechsundzwanzigster Gesang, Stuttgart 1967, S. 122–127 [Entsprechungen italienischer Zitate aus dem sechsundzwanzigsten Gesang des *INFERNO* und aus dem ersten Gesang des *PURGATORIO* fortan in Borchardts Übersetzung].

164 Hugo Friedrich, »Odysseus in der Hölle (Dante, Inferno XXVI)«, in *GEISTIGE ÜBERLIEFERUNG. DAS ZWEITE JAHRBUCH*, Berlin 1942, S. 162–163, 198.

165 An einer Stelle ihres Aufsatzes »Terra nullius. Zum Feindbegriff im Völkerrecht« (1995) streift Cornelia Vismann die rissige Ausrichtung des im Übersetzen des lateinischen Adjektivs *nullus* entspringenden Suffixes *-los*: »*Terra nullius* ist [...] allein durch das gekennzeichnet, was es nicht ist. In dem leeren Land liegt ein Versprechen wie ein unausgeschöpftes Reservoir [...]. Und *nullus* – dieser Shifter durch die Epochen der Entdeckungen, Eroberungen und Kriege – hat noch jedes ›-los‹ angenommen, das man ihm aufgebürdet hat: herrenlos, glaubenslos, rechtlos, staatenlos«. Einerseits schultert *-los*, dieser Andeutung nach, als wär es sein *Los*, alles, was das Nomen, dem es anhängt, als ein Reservoir möglicher Ausdeutungs-Ausbeutung verkörpert: unerschöpfliches *Noch-nicht*; das Versprechen der Usurpation, Annexion, Appropriation. Zugleich aber, loser, reißt das Suffix *-los* nichts als ein (unausrichtbares) *Fort-von* an: vom Ort, vom Wort, vom Namen *los*. A limine vom *-los* noch *los-*... [Cornelia Vismann, *DAS RECHT UND SEINE MITTEL. AUSGEWÄHLTE SCHRIFTEN*, Frankfurt, 2012, S. 301]

166 Vergil, *AENEIS* 6, 1–19.

167 Die Wendung ***com' altrui piacque*** kehrt am Ende des ersten Gesangs im Saum des *PURGATORIO* wieder. Die ersten Zeilen dieses *Canto* stellen, und schließen Dante mit Odysseus kurz, die Reise der *COMMEDIA* ins Bild einer Schiffahrt; ohne Schiffbruch zu erleiden durchs *INFERNO*, fortan durch bessre Wasser dringend, dem *PURGATORIO* entgegen: »Per correr miglior acque alza le vele / omai la navicella del mio

ingegno, / che lascia dietro a sé mar sì crudele« [Auf besser seefahrt eilt sein segel stellen / nunmehr das schifflein meiner künste und gaben, / das hinter ihm lässet alse ergrimmte wellen]. Die Ankunft am Gestade des Läuterungsberges, den Odysseus, dem Bericht der Stimme aus dem Feuer im *INFERNO* nach, als *nuova terra* aus dem Meer noch hatte auftauchen sehn, bevor sein Schiff ohne Umkehr in den Untergang gerissen wurde (aus dem die Stimme wiederkehrt), beschreiben die letzten Zeilen des ersten *Canto* des *PURGATORIO* so: »Venimmo poi in sul lito diserto, / che mai non vide navicar sue acque / omo, che di tornar sia poscia esperto. / Quivi mi cinse sì ***com' altrui piacque***: / che mariviglia! ché qual elli scelse / l'umile pianta, cotal si rinacque / subitamente là onde l'avelse« [Wir kamen dann zu dem verlassen stade, / der nie gesach gen seinem borde fliessen / menschenkind das heimkehrte auf gleichem pfade: / Da kränzte er mich als ordnungen ihn hiessen. / Welch wunder! denn das selb, wie ers da pflückte, / fromm kräutlein: also kehrts aufs neu entspriessen, / Eh ers versah, von wannen ers entrückte]. [Dante Alighieri, *LA DIVINA COMMEDIA. PURGATORIO*, Canto I, hrsg. und kommentiert von Anna Maria Chiavacci Leonardi, Mailand 2012, S. 9, 34–35]. Die Ankunft am Strand des *PURGATORIO*, von dem kein Sterblicher noch hat hoffen können, um- und zurückzukehren, wird von der Wiederkehr jener Wendung skandiert, die am Ende des sehsundzwanzigsten Gesanges im *INFERNO* – sie kehrt dort als ein *Zitat* aus dem unsichtbaren Mund der Stimme aus dem Feuer wieder – das Geschick des Odysseus, unwiderruflich scheints, besiegelt: *com' altrui piacque* [wie es dem andern gefiel; auf Geheiß des andern]. Das Gefallen des andern scheint darin zu liegen, den einen – Odysseus – in die Unumkehrbarkeit zu stoßen, den andern – Dante – in Kehren, Um- und Wiederkehren, wie Verse gehen, gehn zu lassen. Dies Gefallen an der Wiederkehr, alles dessen, was auf den ersten Blick unumkehrbar gebrochen und fortgenommen scheint, verkörpert in den letzten Zeilen das gebrochene Schilf (aus ihm, dem andern zu Gefallen, einen Gürtel zu flechten; Teil eines Rituals der Bereinigung von Spuren an denen, die aus dem *INFERNO* wiederkehren): anstelle der einen gepflückten Pflanze sprießt sogleich wieder eine, ebensolche – *cotal* –, nicht die*selbe*, sondern der gebrochnen täuschend ähnlich: das Zeichen (oder Wunder – *oh maraviglia!* –) öffnet einen Riß zwischen verwechsel- und unverwechselbarer Wiederkehr. Die dem anderen (und seinem Gefallen) in Versen (also Kehren) wiederholt zugeschriebene Willkür der Entscheidung über Um- und Unumkehrbarkeit, Vers und *Un*vers, wird dadurch erschüttert, daß dort, wo ein Kraut gebrochen, ein Wort gesprochen, ein Urteil gefällt worden scheint, *ein ebensolches* in Erscheinung tritt, dem verschwundnen zum Verwechseln ähnlich, und Erscheinen und Verschwinden eines teilen: *Un*zustandgekommenheit. Die strenge Distinktion in Um- und Unumkehrbarkeit wird, genau an dieser Stelle, in die unausrichtbare Vorsilbe *Un-* verkapselt, zur unhaltbaren Distinktion zwischen *Un-* und *Unun*umkehrbarkeit präzisiert. Unumkehrbarkeit und Wiederkehr, Erscheinen und Verschwinden, teilen nichts als ein sprödes, hinfälliges, vorübergehendes Zustandekommen. Nicht anders als die *Verse* (der *COMMEDIA*) in jedem *-fuß*. Das Wort *Pflanze* – *pianta* – deutet die Nähe zum Vers, der sie beschreibt, in dem sie sprießt, geschrieben steht, gebrochen wird, an. Denn *pianta* nennt weniger die sprießende Pflanze als den Vorgang, mit der Fußsohle und Ferse – *planta* im Lateinischen – ein Samenkorn behutsam in Erde zu drücken. Kaum anders als mit der Hand unter losem oder Nachdruck Lettern und Silben in das weiße Blatt. Von dort brechen sie, unter den Augen, auf. Auseinander. Weder ganz *un-* noch ganz *unun*umkehrbar …

168 »Il Canto di Ulisse« (Der Gesang des Odysseus) ist eines der Kapitel in Primo Levis Buch *SE QUESTO È UN UOMO* (Wenn das ein Mensch ist) überschrieben, der Bericht seiner Gefangenschaft im Vernichtungslager Auschwitz, 1944–45, den Levi zwischen Dezember 1945 und Januar 1947 schreibt; nach der Rückkehr aus dem Lager – *campo* –, ein Ort, wie das *Inferno*, entworfen, die Rückkehr derer, die dort ankommen, ins Leben zu vereiteln. In diesem Kapitel gehen Primo Levi und

Jean, ein Student aus dem Elsaß, der *Pikolo* des (Chemie-) Kommandos, dessen Aufgabe darin besteht, einen unterirdischen Gastank zu scheuern, mit zwei Stangen über den Schultern zu der einen Kilometer entfernten Lagerküche, den 50 Kilo schweren Suppenkessel mit der Tagesration auf den Stangen zurückzutragen zur Baracke. In ihnen geht das Echo dessen, der mit geschultertem Ruder landeinwärts geht, und auf den Titel des Berichts, *SE QUESTO È UN UOMO*, fällt der Schatten der Erinnerung an *Oûtis*, den Niemandsnamen / (zwischen keinem, schon keinem mehr, der verloren geht, und Keinem, der aus der Erinnerung, aus dem die Erinnerung an Odysseus wiederkehrt). Unterwegs begegnen ihnen ein SS-Mann auf dem Fahrrad, der Spion Frenkel, Limentani der Römer, mit dem Primo auf Italienisch Worte wechselt. Pikolo wiederholt, in Silben zerlegt, aufgeschnappte Worte aus dem Gespräch der beiden Italiener: »*Zup-pa, cam-po, acqua*«. Aus drei Punkten – ... – taucht die Erinnerung an den Gesang des Odysseus in Dantes *INFERNO* auf. Im Gehen sucht Primo Levi seinem Begleiter aus dem Gesang von jener Stelle an zu rezitieren, wo die Stimme des Odysseus aus dem Feuer spricht, einzelne Wörter zu übersetzen und zu kommentieren. An mehr als einer Stelle aber erinnert Levi nichts als Erinnerungslücken. Die schmerzhafteste, wie ein fortgerissenes Stück Leben, fühllos fast, gegen Ende des *Canto*, wo die Stimme aus dem Feuer das Auftauchen des höchsten Berges, den sie je gesehen hat, aus dem Wasser beschreibt. Dies Auftauchen ruft im Rezitierenden die Erinnerung an »meine Berge« wach, »die aus der Abenddämmerung, wenn ich im Zug aus Mailand nach Turin zurückfuhr«, dem Augenblick der Heimkehr nah, auftauchten. Die Erinnerung an meine Berge blockiert die Erinnerung an die letzten Zeilen des Gesangs; *tanto* – so sehr –, das letzte Wort der Zeile, die das Auftauchen des Berges nennt, baut keine Brücke zum Reimwort, das ihm entspricht, das Wort legt einen Erinnerungsriß bloß. Es versagt den Sprung zum Reimwort, weiter unten, das sein Echo wirft: *il primo canto*. Diese Wendung aber nennt nicht den *ersten Gesang*, den sie auch nennt, sondern in *canto* die äußerste Ecke, Kante oder Spitze, den Bug des Bootes, das mit Odysseus und seinen Gefährten in den Untergrund gerissen wird. Die Wendung nennt aber, an dieser Stelle des Kapitels, das Levi *IL CANTO DI ULISSE* nennt (es nennt nicht mehr *nur* den *Gesang* des Odysseus) auch den Vornamen *Primo*, so, daß (kaum anders als *Niemand*, als *niemand*, in *Oûtis*, in *oú tís*) weder das Wort *primo* noch der Vorname *Primo* zu sich, zum Namen oder Wort, ihres Orts, zurückfinden. *Canto* überschreibt an dieser Stelle den Namen, *Levi*, (eine Geste, die zwischen Unterdrückung und Inschutznahme spielt), legt in den Weg vom Vor- zum -namen Risse. Von Rissen durchlaufen: weder mehr bloß *Gesang* noch *Bug* des Schiffes, sondern Echo eines Reimworts, das an dieser Stelle nichts als Unumkehrbarkeit verspricht (ein Versprechen, das der Bericht dessen, der aus dem Lager wiederkehrte, bricht): *canto* wirft das Echo des (Vernichtungs-)Lagers: *campo*.

169 Dante Alighieri, *LA DIVINA COMMEDIA. PARADISO*, Canto XXVII, hrsg. und kommentiert von Anna Maria Chiavacci Leonardi, Mailand 2012, S. 753.

170 Ein Gedicht Heiner Müllers, das in verschiedenen Versionen unter verschiedenen Titeln – so im Erstdruck als *TOD DES ODYSSEUS*, später als *ULYSS* erschienen –, wie *LETZTE FAHRT* und *ODYSS[EUS]* im Nachlaß erhalten ist, legt den Akzent auf die Partikel *seh* (wie abgespalten aus der Odys*see* und aus der *See*, in die Odysseus, indem er die Säulen des Herakles passiert, von Müller aus dem sechsundzwanzigsten Gesang des *INFERNO* erinnert, aussetzt). *Dante*, über dieser Zeile schließt die unter dem Titel *ULYSS* erschienene Fassung, *hat ihn gesehn, mit andern Flammen*. Dante hat den, der am *Gesehen*haben kein Genügen fand, *gesehn*. Eine der unerschienenen Versionen des Gedichts, *Odyss[eus]*, von Müller mit einer Widmung an Hanns Eisler versehen – »Für H. E. der das Licht auf dem Rücken trägt« –, verzeichnet die Verse, Odysseus zugeschrieben: »Mein Aug das so viel der Welt gesehn / War nicht gesättigt bis es alles sah«. Als ginge es in der Auseinandersetzung mit Odysseus, emblematisiert zur Odys*seh*, darum, ausgelöst durch das Ungenügen an dem Partizip

Pefekt *gesehn*, Wege ins Imperfekt *sah* zu bahnen, darauf zu sehen, alles, was gesehn, also geschehen scheint, einem Sehen (und Geschehn im Sehen) anzutragen, das von der Umkehr des Sehens ins Gesehne abzusehen anfängt (aufhört zu sehn, um gesehn zu haben und das Gesehene als Habe auf dem Rücken zu tragen). Nichts Gesehenes fortan, sondern ein Leichtestes auf dem Rücken zu tragen: *Licht.* 1983, in seinem *BRIEF AN DEN REGISSEUR DER BULGARISCHEN ERSTAUFFÜHRUNG DES* PHILOKTET *AM DRAMATISCHEN THEATER SOFIA*, Dimiter Gotscheff, nennt Heiner Müller Odysseus *Schauspieler*: »Odysseus als der erste Schauspieler seines Schicksals ist der Fremde hier wie dort, sein Name Niemand, sein Land Niemands Land«. Der Schauspieler fängt an, das Spiel im Schauen wahrzunehmen: die Unausrichtbarkeit des Sehns auf das Gesehene (vom *Wieder*sehn zu schweigen). Es ist in den Satz um *Niemands Land* und *Niemands Namen* als Niemands Sehn verkapselt. Von dort, aus dem Spiel zwischen *niemand* und *Niemand*, bricht es auf [Heiner Müller, *WARTEN AUF DER GEGENSCHRÄGE. GESAMMELTE GEDICHTE*, hrsg. von Kristin Schulz, Berlin 2014, S. 40 und 499–502; *HEINER MÜLLER MATERIAL*, Leipzig 1990, S. 62–70].

171 *GERUSALEMME LIBERATA. POEMA EROICO DI TORQUATO TASSO*, hrsg. von Angelo Solerti, Band 3, Florenz 1895, S. 153.

172 Jorge Luis Borges, *EL INMORTAL,* in ders., *OBRAS COMPLETAS I (1923-1949)*, Barcelona 1996, S. 533–544.

173 Jorge Luis Borges, *EL ÚLTIMO VIAJE DE ULISES,* in ders., *NUEVE ENSAYOS DANTESCOS* [Neun Essays über Dante] (Madrid 1982), hier zitiert nach Jorge Luis Borges, *OBRAS COMPLETAS III (1975–1985),* Barcelona 1996, S. 352–357.

174 Jorge Luis Borges, *ODISEA, LIBRO VIGÉSIMO TERCERO,* in *SECONDE ODYSSÉE. ULYSSE DE TENNYSON À BORGES*, hrsg. von Évanghélia Stead, Grenoble 2009, S. 424.

175 Homer, *ODYSSEE* 17, 291–327. — Im Vorentwurf eines Briefes an Diotima, der nicht in die publizierte Fassung des *HYPERION* aufgenommen wurde, vergleicht Hyperion, im Anschluß an die Frage *wie bist du so herabgekommen?*, auf das *väterlich Geschlecht* gemünzt, *uns* dem *Hund des Ulyß* und

sieht dies *Wir*, wie unter die Treppe gekehrt, warten auf die *Rükkehr des Herrn*: »wie bist du so herabgekommen? wir sind, wie der Hund des Ulyß, verachtet, von Schlechten hinausgeworfen, aufs Stroh, und liegen und kränkeln und hoffen bessere Tage wie jener die Rükkehr des Herrn –« [Hölderlin, *SÄMTLICHE WERKE UND BRIEFE*, Band 1, S. 593; Band 3, S. 313].

176 Jorge Luis Borges, *LA DIVINA COMEDIA*, in ders., *SIETE NOCHES* (Buenos Aires 1980), hier zitiert nach Jorge Luis Borges, *OBRAS COMPLETAS III (1975–1985)*, Barcelona 1996, S. 207–220.

177 Herman Melville, *MOBY-DICK; OR, THE WHALE* (1851), hrsg. von Hershel Parker und Harrison Hayford, New York/London 2002, S. 427 [im folgenden: Melville, *MOBY-DICK; OR, THE WHALE*].

178 Charles Olson, *CALL ME ISHMAEL* (New York 1947), Baltimore 1997, S. 118–119.

179 Charles Olson, *PROJECTIVE VERSE* (1950), in ders., *COLLECTED PROSE*, hrsg. von Donald Allen und Benjamin Friedlander; mit einer Einführung von Robert Creeley, Berkeley/Los Angeles/London 1997, S. 239–249 [im folgenden: Olson, *COLLECTED PROSE*].

180 Ebd., S. 241.

181 Ebd., S. 244.

182 Auf einer Postkarte an Frances Boldereff, am 11. Mai 1948, erwähnt Olson: «(Back on Dante yesterday myself: de vulgare eloquentia« [Gestern selber zurück zu Dante: de vulgare eloquentia]. Am selben Tag hatte Olson von Monroe Engel bei Viking Publishers deren *PORTABLE DANTE* (1947 erschienen) erbeten, der wenige Auszüge aus *DE VULGARI ELOQUENTIA* in englischer Übersetzung enthält, aber nicht das Schreiben Dantes an Cangrande della Scala [*CHARLES OLSON AND FRANCES BOLDEREFF. A MODERN CORRESPONDENCE*, hrsg. von Ralph Maud und Sharon Thesen, New England, Hanover 1999, S. 4]. Ungekürzte Übersetzungen beider Texte findet Olson später in *TRANSLATION OF THE LATIN WORKS OF DANTE ALIGHIERI* (London 1904). — Auf die sachliche,

sprach(sach)liche Nähe von *PROJECTIVE VERSE* zu *DE VULGARI ELOQUENTIA* kommt Olson 1966 in einem Interview (in Auszügen als Tonbandmitschnitt erhalten) zu sprechen: »I discovered there wasn't an *ars poetica* in existence and the last, the only poet that I knew that ever wrote one was Dante's *DE VULGARI ELOQUENTIA* and that's a marvelous essay. [...] ›Projection‹ is where you permit your feeling to flow and go out through the subject matter. And that's not the thing to do. Like my great master, Whitehead, said: ›All is there for feeling. All does flow.‹ That's objectively true. That is the creation. You don't use that for creation; that's like sucking off the tit, for christ's sake. You do your own act, which is to separate yourself from that expression of feeling. You put the feeling back on the other side entirely. It's an act of both mind and creation itself, on *your* part. And that's what I proposed in the ›projective‹: that the adjective has nothing to do with projection of that order. It has to do with the search to undo the inherited reason in art that we have had for so long and is based upon a false, a poor discourse and a poor aesthetic. And I was after something that I didn't know, but I started with an *ars poetica*, to in fact supply an *ars poetica*, not even knowing that there was a great one, which I didn't even know at that time, the Dante« [Ich fand heraus, es gab überhaupt keine *ars poetica*, und der letzte, einzige Dichter, von dem ich wußte, der je eine schrieb, war Dantes *DE VULGARI ELOQUENTIA*, ein wunderbarer Essay. [...] ›Projektion‹ geschieht, wo du deinen Gefühlen freien Lauf läßt, durch das, was Sache ist, hindurch. Darum aber geht es nicht. Wie mein großer Meister, Whitehead sagte: ›Alles ist zum Fühlen da. Alles fließt‹. Objektiv gesehen, stimmt das. Das ist die Schöpfung. Doch wenn du selber schaffst [*do your own act*], siehst du davon ab; sonst saugst du einfach nur die Zitze auf, Herrgottnochmal. Du handelst allein, nämlich trennst dich von solchem Gefühlsausdruck. Alles Fühlen schlägst du der andern Seite zu. Geist und Schöpfung, auf *deiner* Seite, handeln von allein. Genau das habe ich im ›Projektiven‹ vorgeschlagen: daß das Adjektiv nichts mit Projektion in dem genannten

Sinn zu tun hat. Es hat zu tun mit der Suche danach, den überlieferten Kunstverstand, der schon solange herrscht, und der auf einem falschen, klapprigen Diskurs, einer hageren Ästhetik baut, aufzulösen [*to undo*]. Und ich war hinter etwas her, das ich nicht kannte, doch ich fing an mit einer *ars poetica*, tatsächlich um überhaupt eine *ars poetica* zu liefern, ohne zu wissen, daß es eine großartige gab, die ich zu jener Zeit nicht kannte, den Dante]. [*FILMING IN GLOUCESTER*, in Charles Olson, *MUTHOLOGOS. LECTURES AND INTERVIEWS*, hrsg. von Ralph Maud, Vancouver 2010, S. 214.] Der *projektive* ist kein *Projektions*vers, auf einen beliebigen *Stoff* zu applizieren. Das Tun des projektiven, prospektiven, perkussiven Verses ist weder bloß *An*- noch *Ab*-, sondern *Un*tun alles dessen, was überlieferter Auffassung nach *als* Vers galt: kein Vers auf dem Sprung zum Univers..., sondern *Un*vers, der dem *Un*tun dessen, was *zu tun* heißt, entspringt, ohne entsprungen *zu sein*; ohne entsprochen *zu haben*. Der projektive Vers ist Vers*ent*wurf: im Wurf – suspendiert. — Zur Diskussion des griechischen *poiein*, zwischen *An*- und *Ab*tun (wie von Worten, in und zwischen Worten) offen, siehe Schestag, *POIEIN*, S. 10–37.

183 Charles Olson, *QUANTITY IN VERSE, AND SHAKESPEARE'S LATE PLAYS*, in Olson, *COLLECTED PROSE*, S. 270–282.

184 Dante Alighieri, *DAS SCHREIBEN AN CANGRANDE DELLA SCALA*, Lateinisch – Deutsch, in ders., *PHILOSOPHISCHE WERKE 1*, hrsg. von Ruedi Imbach; übersetzt, eingeleitet und kommentiert von Thomas Ricklin (Übersetzung modifiziert), Hamburg 1993, S. 12; 16 [im folgenden: Dante, *SCHREIBEN AN CANGRANDE*]; der lateinische Text wurde verglichen mit der kommentierten Ausgabe von *EPISTOLA XIII*, hrsg. von Claudia Villa, in Dante Alighieri, *OPERE*, Band 2, Mailand 2014, S. 1494–1521 und 1565–1592.

185 Charles Olson, *THE PRINCIPLE OF MEASURE IN COMPOSITION BY FIELD. PROJECTIVE VERSE II*, hrsg. von Joshua Hoeynck, Tucson 2010, S. 19–20 [im folgenden: Olson, *PROJECTIVE VERSE II*].

186 Dante, *SCHREIBEN AN CANGRANDE*, S. 12–14.

187 Olson, *COLLECTED PROSE*, S. 244.

188 Dante Alighieri, *DE VULGARI ELOQUENTIA I*, Lateinisch – Deutsch, in ders., *PHILOSOPHISCHE WERKE 3*, hrsg. von Ruedi Imbach; übersetzt von Francis Cheneval [...] [Zitate aus dieser Übersetzung stellenweise diskutiert und modifiziert], Hamburg 2007, S. 2–4 [im folgenden: Dante, *DE VULGARI ELOQUENTIA I*]; der lateinische Text wurde verglichen mit der kommentierten Ausgabe von *DE VULGARI ELOQUENTIA*, hrsg. von Mirko Tavoni, in Dante Alighieri, *OPERE*, Band 1, Mailand 2011, S. 1065–1363.

189 Ebd., S. 4.

190 Ebd.

191 Ebd., S. 8.

192 Ebd., S. 10.

193 Ebd., S. 10–12.

194 Dante Alighieri, *LA DIVINA COMMEDIA. PARADISO*, Canto XXVI, hrsg. und kommentiert von Anna Maria Chiavacci Leonardi, Mailand 2012, S. 731.

195 Dante, *DE VULGARI ELOQUENTIA I,* S. 12.

196 Ebd., S. 12–14.

197 Zur Diskussion des Namens *Ishmael* in dem Satz *Call me Ishmael* siehe Thomas Schestag, »Call me Ishmael.«, in *PARATEXTE IN LITERATUR, FILM, FERNSEHEN*, hrsg. von Klaus Kreimeier und Georg Stanitzek, Berlin 2004, S. 21–42.

198 Melville, *MOBY-DICK; OR, THE WHALE,* Kapitel 102 [»A Bower in the Arsacides«], S. 345.

199 Dante, *DE VULGARI ELOQUENTIA I*, S. 16.

200 Zur Komplizität von Sprachverwirrung, *Adams* Sprechen und dem sprachlosen der *infantes*, siehe die beiden Kapitel – oder *Späne* –, »Türme und Riesen« und »Adams Sprache« in Hans-Jost Frey, *DANTE. FÜNFUNDZWANZIG LESESPÄNE*, Basel/Weil am Rhein 2008, S. 71–87.

201 Dante, *DE VULGARI ELOQUENTIA I,* S. 16.

202 Ebd., S. 18.

203 Ebd., S. 28.

204 Ebd., S. 36.

205 Ebd., S. 56.

206 Kleines Verbarium zum Panther: Isidor von Sevilla, *ETYMOLOGIARUM SIVE ORIGINUM LIBRI XX* [Lib. XII. ii, 8], hrsg. von W. M. Lindsay, Band 2, Oxford, 1911, S. 43; das Kapitel »Perì pántheros« [Vom Panther], in *PHYSIOLOGUS*, Griechisch/Deutsch, übersetzt und hrsg. von Otto Schönberger, Stuttgart 2001, S. 30–31; Marcel Detienne, »La panthère parfumée«, in ders., *DIONYSOS MIS À MORT*, Paris 1998, S. 49–131; Martin Rueff, »La panthère parfumeuse«, in *PO&SIE 145–146* (2014), S. 116–137.

207 Dante, *DE VULGARI ELOQUENTIA I*, S. 58.

208 Ebd.

209 Samuel Beckett erinnert daran, daß das *vulgare*, in dem Dante die *COMMEDIA* schrieb, niemand sprach, und daß die Leser der *COMMEDIA* mit lateinischen Augen und Ohren lasen: »[Dante] wrote a vulgar that *could* have been spoken [...], but which in fact was certainly not spoken nor ever had been. [...] We are inclined to forget that Dante's literary public was Latin that the form of his Poem was to be judged by Latin eyes and ears, by a Latin Esthetic intolerant of innovation [...]« [[Dante] schrieb ein *vulgare*, das man hätte sprechen *können* [...], das in der Tat aber, mit Gewißheit nicht gesprochen wurde, noch je gesprochen worden war. [...] Wir sind geneigt zu vergessen, daß das literarische Publikum Dantes LATEINISCH war, daß die Form eines Gedichts LATEINISCHEN Augen und Ohren, und einer Neuerungen gegenüber unduldsamen LATEINISCHEN ÄSTHETIK unterworfen wurden.] [Samuel Beckett, *DANTE ... BRUNO . VICO .. JOYCE* (1929), in ders., *DISJECTA. MISCELLANEOUS WRITINGS AND A DRAMATIC FRAGMENT*, hrsg. von Ruby Cohn, New York, 1984, S. 30–31]. An einer Stelle im *GESPRÄCH ÜBER DANTE* unterstreicht Ossip Mandelstam die nicht-syntaktische Überbeweglichkeit, den *Schwarm*charakter des *vulgare*, der das Unfügsame, Unverfügbare, *Illiterarische* der Verse der *COMMEDIA* streift: »Wie die Buchstaben unter der Hand des Schreibers [...] vom Sinn als von einer wonnevollen Speise angelockt werden, genauso picken auch die Vögel, magnetisiert vom grünen Gras, bald getrennt, bald vereint, was

gerade kommt, wobei sie bald Kreise bilden, bald sich in einer Reihe dahinziehen … / Schreiben und Sprechen sind inkommensurabel, Die Buchstaben entsprechen den Intervallen. Die alte italienische Grammatik ist, ebenso wie unsere russische, immer derselbe aufgeregte Vogelschwarm, dieselbe bunte toskanische [*toskanskaia*] ›schiera‹, das heißt die florentinische Menge, die die Gesetze wechselt wie Handschuhe und gegen Abend die am Morgen des gleichen Tages für das Allgemeinwohl erlassenen Anordnungen vergessen hat. / Es gibt keine Syntax [*net sintaksisa*] – Es gibt einen magnetisierten Leidenschaftsausbruch, eine Sehnsucht [*toska*] nach dem Schiffsheck, eine Sensucht [*toska*] nach Wurmgehäck, eine Sehnsucht [*toska*] nach dem noch nicht erlassenen Gesetz, eine Sehnsucht [*toska*] nach Florenz [Mandelstam, *GESPRÄCH ÜBER DANTE*, S. 110–113]. *Niemands*sprache, *un*syntaktisch, der *COMMEDIA*. Und auch das, was dem Unsyntaktischen, von Syntax fort, als eine Sehnsucht nach … zu entgegnen scheint, taucht in diesen Zeilen zerhackt, zerpickt auf, weil das *Toska*nische der Stadt Florenz, in die zuletzt die Sehnsucht – *toska* – mündet, das russische Wort *toska* zu splitternden Silbenscheiten auftrennt; wie – fast invers – von der Sehnsucht – *toska* – aufgebrochen wird. Dem *volgare* der *COMMEDIA* kommt das *Toskanische*, in jedem Sinn des Worts, abhanden. Keiner Gegend, keiner Sprache eigen.

210 *CORPUS IURIS CIVILIS. DIE INSTITUTIONEN*, S. 49.

211 Dante, *DE VULGARI ELOQUENTIA I*, S. 2.

212 Olson, *PROJECTIVE VERSE II*, S. 20.

213 Charles Olson, *LETTER TO ELAINE FEINSTEIN*, in Olson, *COLLECTED PROSE*, S. 250.

214 Olson, *COLLECTED PROSE*, S. 426. — Eine Notiz in *MOUTHS BITING EMPTY AIR,* die Olson in *PROJECTIVE VERSE* übernimmt, hält fest: »›Is‹ comes from the Aryan root *as*, to breathe« [›Is‹ stammt von der Indoeuropäischen Wurzel *as*, atmen]. Sie wirft das Echo der zwischen an- und ab-, ein- und aus- soufflierten Silben *as*… *as*… *as*… in Dantes *DE VULGARI ELOQUENTIA*, wo Kinderlippen den Atem verflüssigen, ver-

flößen, und den verflößten höhlen. Fortgepflanzt noch in die erste der zwei Zeilen Hölderlins um das *Athem [...] hohlen*: »Und was du hast, ist«: *...as...as...is...*

215 Hölderlin, *SÄMTLICHE WERKE UND BRIEFE*, Band 1, S. 471.

BIBLIOGRAPHISCHE HINWEISE

das Kind beim rechten Namen nennen

... Goethe ... Auerbach ... Homer ...

Eine erste Fassung erschien in dem Sammelband *NAMEN. BENENNUNG – VEREHRUNG – WIRKUNG*, hrsg. von Tatjana Petzer, Sylvia Sasse, Franziska Thun-Hohenstein, Sandro Zanetti, Berlin 2009, S. 273–294. Erweitert im Herbst 2017.

Treppen

Sorge: *oikos*: Odradek

Eine erste Version, aus datierten Segmenten, geschrieben zwischen dem 12. und 24.8.2008, die über der Wendung *will Dich nicht länger auf- und zurückhalten hier* abbricht, erschien in einem Begleitband zur Ausstellung *ARCHITEKTUR* (4. Oktober bis 9. November 2008; Kuratoren: Christoph Aigner, Helmut Kuess, Juri Troy), hrsg. von der Berufsvereinigung Bildender Künstlerinnen und Künstler Vorarlbergs Künstlerhaus Palais Thurn und Taxis, Bregenz 2008. Die unter der Wendung ***Absatz.*** *— Jahre später* einsetzenden Seiten sind zwischen Herbst 2016 und Sommer 2017 entstanden.

Und vieles / Wie auf den Schultern eine / Last von Scheitern

Odysseus. Aufbruch. Aposiopese ...

Eine erste Version, aus datierten Segmenten, geschrieben zwischen dem 26.9. und 7. 11. 2015, die über dem Satzansatz *Wie geht* des Abschnitts ***der See*** abbricht, erschien in einem Begleitband zur Ausstellung *NENNEN, BENENNEN* (21. November 2015 bis 3. Jänner 2016; Kurator: Christoph Aigner), hrsg. von der Berufsvereinigung Bildender Künstlerinnen und Künstler Vorarlbergs Künstlerhaus Palais Thurn und Taxis, Bregenz 2016, S. 30–51. Die übrigen Seiten sind zwischen Oktober und Dezember 2017 entstanden.

Erste Auflage Berlin 2020
Copyright © 2020 MSB Matthes & Seitz Berlin
Verlagsgesellschaft mbH
Göhrener Straße 7 | 10437 Berlin
info@matthes-seitz-berlin.de
Alle Rechte vorbehalten.
Satz: Michael Rosenlehner, Berlin
Druck und Bindung: Pustet, Regensburg
Umschlaggestaltung unter Verwendung
eines Details der Skulptur
By the Ionian Sea (1988) von Cy Twombly
ISBN 978-3-95757-762-7
www.matthes-seitz-berlin.de

Thomas Schestag
Lesen Sprechen Schreiben (Kritzeln)

141 Seiten, Klappenbroschur

Die drei in diesem Band versammelten Versuche (zu einem Gedicht Paul Celans; zu Charles Baudelaire als Übersetzer Edgar Allan Poes; zu schriftlichen – und gekritzelten – Spuren eines Drogenversuchs von Walter Benjamin) sind unabhängig voneinander entstandene Gelegenheitsarbeiten. Was sie im Nachhinein verbindet, sind ihre ersten Sätze: »Wer liest, liest jetzt«; »Wer spricht, spricht unter Druck« und: »Schreiben geht von der Hand«. Die drei Sätze bilden keinen Dreisatz, eine vierte – unbekannte – Größe zu ermitteln. Das Verhältnis der drei Essays zueinander stiftet keinen verbindlichen, weder erkenntnistheoretisch noch terminologisch ausgerichteten Zusammenhang zwischen Lesen, Sprechen, Schreiben (Kritzeln), sondern skizziert eine bewegliche Gegend (aus Gegenden), das Ineinanderspiel der drei – +n –, im Lesen, Sprechen, Schreiben angerissenen Erfahrungen genauer, unvoreingenommen wahrzunehmen.

Matthes & Seitz Berlin

Francis Ponge
Le Soleil / Die Sonne

Herausgegeben, aus dem Französischen übersetzt
und mit einem Kommentar versehen von Thomas Schestag
884 Seiten, gebunden mit Schutzumschlag

Unter dem Titel *Mythe du jour et de la nuit* [»Mythos von Tag und Nacht«] fasst Francis Ponge die Sonne, die als Zentralgestirn des Tages nicht nur den Mythos des Wechsels von Tag und Nacht unterhält, sondern für die Ausbildung der Menschensprache als Urteilssprache (im Sonnenlicht) zur Rechenschaft gezogen werden soll, ins Auge. Diese Auseinandersetzung mit der Sonne bricht 1931 über Notizen ab, die der Sonne den Prozess machen, also die Herrschaft der Urteilssprache im Zeichen der Sonne, die Ponge zur Disposition zu stellen sucht, bloß bestätigen. Jahre später nimmt Francis Ponge die Auseinandersetzung in einem umfangreichen, im Nachlass erhaltenen Dossier, unter geänderten Vorzeichen, wieder auf. Diesmal wird nicht mehr nur die Sonne, sondern auch das Wort *soleil* in Betracht gezogen. Aus diesem umfangreichen Konvolut verdichtet, resultiert ein mehrteiliger Text, den Ponge im Dezember 1954 unter dem Titel *Le Soleil placé en abîme* [»Die Sonne versetzt in den Abgrund«] publiziert. Das Dossier, dem dieser Text entspringt, entfaltet einen Facetten- und Ideenreichtum, den der publizierte Text abschattet. Es erscheint in der vorliegenden Ausgabe, mit Faksimiles der Handschriften und Typoskripte, Transkriptionen, Übersetzungen und Kommentar, zum ersten Mal.

Matthes & Seitz Berlin